W0239270

JOCHEN HECKMANN

tanzen fallen fliegen

ROMAN

QUERVERLAG

Alle Charaktere, Schauplätze und Handlungen in diesem Roman sind frei erfunden. Ähnlichkeiten mit lebenden und toten Personen sind unbeabsichtigt.

© Querverlag GmbH, Berlin 2024

Erste Auflage September 2024

Lektorat: Marc Lippuner

Alle Rechte vorbehalten. Kein Teil des Werkes darf in irgendeiner Form (durch Fotokopie, Mikrofilm oder ein anderes Verfahren) ohne schriftliche Genehmigung des Verlages reproduziert oder unter Verwendung elektronischer Systeme verarbeitet, vervielfältigt oder verbreitet werden.

Umschlag und grafische Realisierung von Sergio Vitale
unter Verwendung einer Illustratiom © Sergio Vitale
Gesamtherstellung: Finidr
ISBN 978-3-89656-347-7
Printed in the Czech Republic

Bitte fordern Sie unser Gesamtverzeichnis an:
Querverlag GmbH
Akazienstraße 25, 10823 Berlin
www.querverlag.de

FÜR HEINZ

KAPITEL 1

F – PARIS, 01. JANUAR 1989

Ich bin wach. Fühle mich lebendig wie noch nie. Bin mir ganz nah. Meine Zellen pulsieren. *Bum-Bum. Bum-Bum-Bum.* Die Schlagzahl sticht sich wie ein Tattoo in meine Muskeln. Bis auf die Knochen bebt es in mir. Es hört nie mehr auf. *Bum-Bum. Bum-Bum-Bum.* Mein Körper hält nicht still, denn wer stillhält, fällt raus. Raus aus dem Rhythmus, der aus den Boxen hämmert, hart auf meine Haut trifft, wo sich die feinen Härchen aufrichten wie tausende Antennen, die die Distanz zum nächsten Körper ausloten. Sie kennen keine Geschlechter, weichen elektrisiert vor jeder Annäherung zurück und suchen unverzüglich wieder die Nähe. Mann berührt Frau. Frau berührt Mann, berührt Frau, Mann, Männer, Frauen. Berühren Haut, Haare, Sehnen, Knöchel, Finger, Münder. Eher zufällig, wie ein Hauch.

Unter dem klitschnassen T-Shirt bahnen sich Rinnsale von Schweiß den Weg. Meine Brusthaare dividieren sich auseinander, geben die Richtung vor. Und irgendwann verkleben sie, bilden gemeinsam mit dem Shirt einen Panzer. Und ich tanze. Nur für mich.

Die Feier hat eine Stunde vor Mitternacht begonnen. Es ist das erste Mal, dass ich nicht zu Hause bin, nicht gemeinsam mit meiner Familie Silvester feiere. Ich bin unter Fremden. Mehr oder weniger. François ist da und Geneviève. Die Einzigen meines Tanzstudiengangs, die sich mit mir in diesen Club, in dieses Abenteuer gestürzt haben. Während ich tanze, hängen sie auf einem dunkelroten, plüschigen Zweisitzer herum und nuckeln an ihrem Cuba Libre. Ihre Füße wippen im Takt, unklar, ob von ihnen gesteuert oder weil der Bass alles in Schwingung versetzt, was sich in der Nähe der Boxen befindet.

Die Lebendigkeit, diese Notwendigkeit mich zu bewegen, meine Zellen pulsieren zu lassen, ist wie Sex. Nur besser. Intensiver. Beinahe egoman. Dabei fühle ich mich komplett. Alle Sinne werfen sich die Bälle zu, spielen Pingpong. Süßlich-herber Duft gelangt in meine Nase, beschert mir eine Gänsehaut auf den Armen, die hohen Töne der Musik vibrieren, umschwirren meinen Kopf, dringen in alle Öffnungen. Mund, Nase, Ohren, in die Poren, umspielen mein schlagendes Herz, wandern in die Füße. *Bum-Bumm-Bummm.*

Ich genüge mir selbst, und das ist gut so. Denn ich tanze nur für mich. Keine falschen Schritte. Keine fehlersuchenden Ballettmeister, keine neidischen Kollegen, kein erwartungsfreudiges Publikum, keine Gefühlsduselei. Obgleich ich so weit von zu Hause weg bin – oder gerade deshalb –, finde ich hier zu mir. Inmitten von Schweiß, Anonymität und dem nackten Dröhnen der Bässe bin ich Mittelpunkt und Achse.

Das neue Jahr hat begonnen, und Paris offenbart sich mir in seiner ganzen Pracht. Zumindest nachts. Dort tauche ich ein. Oder besser unter? Die Grenzen sind verschiebbar, die Zeit rast an mir vorbei, bleibt stehen, hält inne, alles dreht sich, und ich tanze auf der Stelle, ohne Reue, ohne Hast. Fühle mich komplett. Brauche niemanden an meiner Seite.

Seit ich von zu Hause weg bin, liegt der Fokus auf dem Tanz, auf meinem Leben, auf meinen Bedürfnissen. Egal zu welcher Tages- oder Nachtzeit. Ich rauche nicht, trinke selten etwas Alkoholisches und brauche auch sonst keine berauschenden Mittel. Es hat nichts mit Abstinenz oder einem Gelübde zu tun. Der Tanz ist meine Droge.

Bum-di-Bum-di-Bum-di… Füße stampfen auf, tippen mit den Zehenspitzen zu den Synkopen, die Arme schwingen, schnellen vor, werfen die Hände in die Luft, schleudern sie über den Kopf, Finger furchen durch die Haare. Der Kopf fällt in den Nacken, schnellt vor und zurück. Ein Augenpaar fixiert mich. Haselnussbraun. Bevor ich den Blick erwidern kann, wirft sich eine goldblonde Mähne vor mein Sichtfeld und die haselnussbraunen Augen tauchen wieder ab.

Nicht, dass ich es zu Hause nicht ausgehalten hätte. Alles ist in Ordnung. Der Tanz hat mich nach draußen gezerrt, mitten hinein in eine neue Welt. In einen Kosmos, der zwischen blankem Narzissmus, tief empfundener Demut gegenüber den täglich zu erbringenden Leistungen, dem Streben nach akkurater Ausführung und nach der so scheinbar mühelos daherkommenden Leichtigkeit, einer geschmeidigen Eleganz stetig hin und her pendelt.

Ich hole mir eine Cola an der Bar. François, Geneviève und ich stoßen an, stürzen die Gläser mit der dunkelbraunen, süßen Brause in einem Zug hinunter, halten uns an den Händen und betreten gemeinsam die Tanzfläche. Es dauert nicht lange und ich verliere die beiden aus den Augen, tauche wieder in das Wabern und Pulsieren der Musik ein. Schließe meine Augen und lasse mich treiben.

Jemand klopft auf meine Schulter. François möchte sich verabschieden. Es ist nach vier Uhr morgens. Er umarmt mich, will mir einen Kuss auf die Wange setzen, ich drehe meinen Kopf zu seinem Gesicht und küsse ihn mitten auf den Mund, bleibe darauf kleben. Sauge mich fest. Es ist diese eine Sekunde, die er nicht reagiert, es passieren lässt. Dann löst er sich, geht einen Schritt auf Abstand, blickt mich an, ein Schmunzeln gleitet über seine Lippen, er schüttelt dabei leicht den Kopf..

Bevor er etwas sagen kann, hat ihn Geneviève von hinten umarmt, legt ihre Arme um seine Taille, haucht ihm einen Kuss in den Nacken. Er zwinkert mir zu und ich schließe wieder meine Augen. Keine Ahnung, was mich da geritten hat, bin nur meinem Instinkt gefolgt. *Wild animals* geht mir durch den Kopf. Wie war das auf Französisch *ani... animaux sau... sauvage*? Da steckt *Sau* drin, also wird es schon passen.

Mein Kopf dröhnt, kein Puls, nur das durchgeschwitzte T-Shirt schmatzt auf meiner Haut. Ich blinzele und versuche, die Tageszeit einzuordnen. Draußen scheint es trüb zu sein. Keine Sonne, eher eine graue Masse, die sich vor dem Fenster vorbeischiebt. Ich liege auf meinem Bett. In meiner Wohnung. Wie bin ich hierher gekommen? Filmriss. Von einem Cuba Libre?

Das Telefon klingelt, und ich brauche drei Anläufe, bevor ich meine Beine sortiert und auf den Boden gestellt bekomme, mich aus dem Matratzenlager herausstemme und im letzten Moment den Hörer abhebe. Ich spüre so etwas: als ob ich den Anrufer vor mir sehen kann, spüre, wie seine Geduld am Ende und er kurz davor ist, den Hörer auf die Gabel zurückzulegen.

– Oui, allô?

– Ein gutes Neues Jahr wünsche ich dir.

– Ach Paps, du bist es. Ja, danke. Dir auch.

– Dass das Jahr all das bringt, was du dir wünscht, erhoffst und bleib am Ball.

– Ja, danke, das wünsche ich dir auch.
– Hast du gefeiert?
– Ja, war mit Freunden auf einer Party.
– Schön, ich habe mit Opa gefeiert. Du weißt ja, die Silvestershow im Fernsehen, kurz mit einem Glas Sekt auf seinen Geburtstag angestoßen und dann ab ins Bett.
– Wie geht es ihm, hat er sich von der Erkältung erholt?
– Alles gut. Er grüßt auch schön.
– Danke. Gruß zurück. Passt auf euch auf.

Kaum ist das Telefonat beendet, falle ich wieder zurück ins Bett. Genau in dem Moment, als ich auf der Matratze lande, zischt es draußen, und das Knallen verrät, dass ein Feuerwerkskörper nahe an meinem Fenster explodiert ist. Es leuchtet kurz rot auf, dann ist es vorbei.

Zwei Tage habe ich frei, danach geht es weiter. Länger halte ich es sowieso nicht aus. Mein Körper muss sich bewegen.

Die Lider werden schwer, legen sich über die Augäpfel. Kaum ist alles schwarz, spitzen sich meine Lippen und formen ein letztes „Bum“.

Der nächste Knall dringt kaum noch in meinen Gehörgang, und die darauf folgende Farbexplosion bekomme ich nicht mehr mit.

KAPITEL 2

D – SUNTHEIM, 21. FEBRUAR 1989

Er ist tot. Ist einfach eingeschlafen. Ohne Schmerzen. Augen zu und weg.

So und nicht anders wünschte Heiner es sich auch einmal. Opa ist nun bei Frieda. Wie sehnsüchtig hat sie wohl auf ihn, auf ihren Egon gewartet? Dort oben. Trotz der Konflikte, der Ungereimtheiten. Einundsechzig Jahre sind sie davor gemeinsam durchs Leben gegangen.

Heiner hat es auf gerade einmal achtzehn Ehejahre gebracht. Das klingt vergleichsweise erbärmlich, macht ihn wütend, treibt ihm den Herzschlag nach oben bis in den Hals. Ihm entringt sich ein Schnauben, und sein Blick klärt sich wieder.

Sein Vater sitzt tot im Fernsehsessel. Die fahle, fast gräuliche Haut, die schlaffen Gesichtszüge, der offenstehende Mund, die Lider geschlossen. Er wirkt entspannt. Kein Kampf. Nicht wie bei seiner Gattin. Friedas Nicht-Gehen-Wollen, ihr krampfhaftes Verlangen, trotz der Schmerzen, der zahllosen Stürze und der ständigen Einnahme von Medikamentencocktails am Leben festzuhalten. Dies ist seinem Vater erspart geblieben. Hinsetzen, einschlafen, nicht mehr aufwachen.

Das würde er jetzt auch wollen.

Heiner öffnet das Fenster, ein kalter Windhauch zieht herein, wirbelt für einen Moment Egons wenige graue Haare auf. Er nimmt ein leises Seufzen wahr, dreht sich ruckartig um. Nichts. Und Heiner ist sich sicher, die Seele hat ihren Weg nach draußen gefunden, das Haus verlassen. Ihn mit der leblosen Hülle seines Vaters zurückgelassen. Allein in diesem Haus, das von drei Generationen bewohnt ist. Präteritum, bitte, bewohnt war. Denn er ist der Letzte hier. Ein Überbleibsel. Der Rest.

Heiner setzt sich auf das Sofa gegenüber dem leblosen Körper. Sein Atem gleitet dahin, als ob nichts geschehen wäre. Folgt dem Reflex. Ein und aus. Was passiert als Nächstes? Ein und aus. Was kann ihn jetzt noch verlassen?

Sein linker Arm liegt in seinem Schoß, reglos und fast genauso leblos wie sein Vater. Ein Anhängsel am Schultergelenk, mit Sehnen und Bändern verknüpft, wo dünne Muskelstränge untätig unter der Haut schlummern, auf Befehle warten, die nicht ankommen. Es ist keine Verweigerung. Es ist reine Ohnmacht.

Heiner holt eine ungeöffnete Flasche Aquavit aus Vaters Kühlschrank, die sofort beschlägt, und stellt sie auf dem Couchtisch ab. Das Kondenswasser rinnt am Glas hinunter, hinterlässt eine Pfütze. Er genehmigt sich ein Schnapsglas. Ein zweites. Ein drittes. Hält inne und setzt die Flasche zu einem großen Schluck an. Es brennt, rinnt seine Speiseröhre hinunter, lässt ihn erst frösteln, dann füllt ihn Wärme aus.

Irgendwo tickt eine Uhr. Das zarte Klacken des Zeigers verliert sich mit den Minuten. Verschwindet, als ob jemand Watte in seine Ohren gestopft hätte. Es ist still. Endlich.

Am Telefon hat er sofort den Hausarzt und den Leichenbestatter erreicht. Beide sind innerhalb der nächsten Stunde da, begutachten, prüfen, notieren die Zeit, das Datum, den Ort, unterzeichnen, stempeln ab und nehmen den Vater in einem silbernen Zinksarg mit.

Nachdem Heiner die Tür zur Wohnung im Obergeschoss geschlossen hat, dreht er den Schlüssel um, lässt ihn stecken und hält inne. Morgen wird er noch einmal nach dem Rechten sehen: Pflanzen gießen, die Heizung hinunterfahren und aufräumen, Egons guten Anzug heraussuchen, dessen rote Lieblingskrawatte und die selten getragenen schwarzen Lederschuhe mitnehmen.

Heiner ist jetzt Vollwaise. Keinen Vater, keine Mutter mehr. Niemand mehr über ihm, der Führung übernehmen könnte. Kein Stockwerk mit Leben mehr, wo es seine Hilfe benötigt. Er ist allein. Von allen verlassen, und es ist so still hier im Haus, als ob das Gebäude aufgehört hat zu atmen und nicht weiß, was es machen soll, wen es sich zu beherbergen noch lohnt.

Der Raum um ihn zieht sich zusammen, das Atmen fällt Heiner schwer, sein Brustkorb bewegt sich kaum noch. Flach hebt und senkt sich das Brustbein. Es kommt einem Vakuum gleich. Selbst ein im Hals steckendes Räuspern schluckt er hinunter. Einzig eine Fliege, die sich irgendwo in einer Ritze des Hauses vor der Winterkälte versteckt hat, ist zu früh erwacht, hat ihren Stoffwechsel halbwegs hochgefahren und taumelt nun durch das Treppenhaus, lässt sich auf dem Treppengeländer in der Nähe von Heiners linker Hand nieder. Mit dieser könnte er, im wahrsten Sinnes des Wortes, nicht einmal einer Fliege etwas zuleide tun. Ein Toter am Tag reicht, und er lässt sie in Ruhe, geht Stufe für Stufe seiner eigenen Wohnung entgegen.

Heiners Schwester bleibt am Telefon stumm, reagiert mit einem leisen Schluchzen, legt auf und steht zehn Minuten später vor der Tür. Fährt dann zum Bestatter. Abschied nehmen ist so eine Sache.

Als sie zurückkehrt und bei Heiner im Wohnzimmer steht, nehmen sich beide in die Arme. Das haben sie schon lange nicht mehr getan. Zumindest nicht so lange. Ohne Scheu, ohne Worte.

Im Hintergrund läuft das Radio. Ein Lied ertönt, das beide sofort innehalten lässt. *Sag mir Quando, sag mir wann …* Bei Sophie lösen sich die ersten Tränen. Sie flüstert das *quando, quando, quando* in jeder Strophe mit und Caterina und Silvio trällern weiter: *Ich habe immer für dich Zeit.*

Heiner hält es nicht aus, bringt ihr eine Packung Papiertaschentücher und ein Glas Wasser. Es war Friedas Lieblingslied, erinnert sich Sophie, während Heiner an Hannahs erste Gehversuche im Italienischkurs zurückdenkt, als Italien für sie beide eine Hochzeitsreise wert war. Als Träume und Ideen vor ihnen ausgebreitet dalagen, wie eine Palette, ein Farbsammelsurium, das alles zuließ und die Sehnsucht befeuerte, ein anderes Leben zu leben. Nicht wie die eigenen Eltern, sondern die vorgezeichneten Wege umgehen, anders hinschauen, denken, handeln. Bis dann doch alles im Trott des Alltags, der eigenen Bedürfnisse und Unzulänglichkeiten verloren gegangen ist.

Im Radio übernimmt der Nachrichtensprecher. Heiners Schwester verabschiedet sich, Heiner begleitet sie zur Haustür, und Sophie verspricht, in den nächsten Tagen vorbeizukommen, ihm zu helfen.

Zurück im Wohnzimmer wird das Wetter verkündet: Regen und eine nahende Kaltfront. Heiner schaltet das Radio aus, setzt sich in den Fernsehsessel und schließt die Augen. Dann ist es wieder still.

KAPITEL 3

D – SUNTHEIM IM SÜDSCHWARZWALD / 05. MÄRZ 1989

Ich friere, spüre die Kälte, die durch die Sohlen dringt, sich trotz der Wollsocken an meine Füße heftet. Der Boden ist gefroren. Es ist ein langer kalter Winter gewesen. Der Frühling lässt auf sich warten. Die Sonnenstrahlen sind zu zaghaft, als dass sie etwas ausrichten könnten. Alles hängt in der Schwebe. Kein Vor oder Zurück. Ich beginne, an der Stelle von einem Fuß auf den anderen zu treten, blicke auf die Mauer vor mir. Das Bauwerk bröckelt. Ein rechteckiger, grob behauener Stein liegt vor meinen Füßen.

Opa Egon hätte hier nichts mehr auszurichten vermocht. Zumindest nicht mit seinen alten Händen, den asthmatischen, scheppernden Atemzügen und dem steifen Rücken. Nicht bei dieser Kälte. *Was zählt, ist der gute Gedanke*, hätte er früher in solch einer Lage gesagt, gleichzeitig mir eine Hand entgegengestreckt, mich zu sich gezogen und mir einen bartstoppeligen Schmatz auf die Stirn gedrückt. Der Auftakt zur Lösung des Problems. Er wäre es mit seinem eigentümlichen Prozedere angegangen, hätte den Kopf schief gehalten, den Ursprung des Übels nicht aus den Augen gelassen, sich einmal mit dem rechten Zeigefinger an der Nasenspitze gerieben, das Übel in die Hände genommen und mit raschen Bewegungen alles gerichtet, bis es sich wieder zusammengefügt und entwirrt oder das Problem in Wohlgefallen aufgelöst hätte.

Dies nachzuahmen, will mir heute nicht gelingen. Nicht hier. Nicht allein. Nicht mit schief gehaltenem Kopf. Nicht ohne Opas Hilfe. Ich stehe da, zittere und trete weiterhin von einem Fuß auf den anderen, um die Kälte abzuschütteln. Und das Durcheinander in meinem Kopf. Was mir nicht gelingt. Denn der zig Fragen, die mir durch den Kopf jagen, sich dabei gegenseitig zu überholen scheinen, werde ich momentan nicht Herr. In Paris sind so viele Türen aufgestoßen worden, so viele Gelegenheiten haben sich vor mir aufgetan, dass es einem schwindlig werden könnte.

Es gibt Momente im Leben, in denen ich nicht weiß, für was, wen oder wie ich mich entscheiden soll. Dieser innere Zwiespalt zerlegt mich in Stücke, die auseinanderdriften, sich zu verirren scheinen. Nach außen hin wechselt meine Hülle die Farben wie ein Chamäleon, ich passe mich der Umgebung an. Zu Hause ist zu Hause. Und das andere Zuhause ist daheim? Oder ist es ein Übergangsort, mit Sicherheit ein Zwischenstand, nicht mein Endziel? Oh nein, Paris ist nicht mein Endziel. Klingt es auch noch so romantisch, und denkt sich alles in meiner näheren Umgebung: „Wie geil ist das denn! Was der dort wohl so alles erlebt?"

Das Chamäleon bleibt, was es ist, trotz der Oberfläche, der Farbanpassungen: Die Innereien, die Form, die Moleküle sind dieselben, egal wohin sie sich davonstehlen wollen. Solange sie in der Hülle bleiben, geht nichts davon verloren. Doch bei mir passiert etwas anderes. Als versuchten sich mein Ich, meine Verhaltensweise, meine Gedanken an jeden Ort anzupassen. Ohne Rücksicht auf Verluste. Teils wirkt es auf mich wie eine erfolgreiche Eroberung von Paris, teils nur wie ein möglicher Versuchsaufbau ohne Garantie. Solange ich mich nicht dabei verliere, die zerklüfteten Bruchstücke beieinander behalte, irgendetwas in der Hand halte, das mich zurückführt. Dorthin, wo ich mich wiederfinden kann. Wie dieser hübsch gemaserte Kieselstein, den ich letzten Sommer im Garten hinter unserem Haus gefunden habe, der sich in meine Handmulde schmiegte, dort hinzugehören schien, den ich in die Hosentasche steckte und mit mir herumschleppte. Dieser Kiesel hat sich so in der letzten Stoffritze versteckt, dass ihm kein Waschmaschinengang etwas anhaben konnte, ich ihn dort immer wieder gefunden, berührt und die Hand darum geschlossen habe. Er erinnert mich an diesen Moment des Findens, an den Garten, die Handschmeichelei. Ermahnt mich, ihn nicht zu verlieren. Mich nicht zu verlieren.

Erst vor acht Tagen haben Friedhofswärter, nicht unweit von hier, den harten Boden auf dem Friedhof geöffnet, ein tiefes Loch geschaufelt und die gefrorene Erde an der Seite aufgehäuft. Der Morgennebel lichtete sich, die ersten Sonnenstrahlen verwandelten den ganzen Park in eine einzige Glitzerkulisse. Die Bäume und Sträucher lagen unter einer dicken Schicht Eis und Schnee verborgen. Wenn Vögel sich aus den Bäumen erhoben, rieselten Eiskristalle auf den Trauerzug, der sich auf den Weg von der Kapelle zum Grab in gemessener Geschwindigkeit wie ein Lindwurm zwischen den Grabsteinen hindurchschlängelte. An der Ruhestätte für Opas Überreste hielten alle inne und stellten sich reihum. Mein Blick fiel sofort über den Rand hinweg in das schwarze Loch. Darin verschwand Opa. Direkt über Oma, deren sterbliche Überreste wir im letzten Jahr dort versenkt und betrauert hatten.

Das anschließende Geschehen, die Reden, das Händeschütteln, die Beileidsbekundungen sowie der spätere Leichenschmaus in Opas Lieblingsgaststätte *Zur Goldenen Gans* zogen an mir vorbei, ohne eine Wirkung zu hinterlassen. Als ob ich nicht dazu gehören würde. Ein Zaungast, den diese Veranstaltung nichts anzugehen schien.

Mir kommt die Idee, den rechteckig behauenen Stein aufzuheben und ihn zu Opas Grab zu tragen. Ein Erinnerungsstein aus seiner Mauer, die er vor Jahrzehnten eigenhändig aufgeschichtet hatte. Stein für Stein. Er hatte befolgt, was einen *richtigen Mann* seiner Meinung und seiner Zeit nach auszeichnete: Er musste ein Haus gebaut, eine Familie gegründet, einen Baum gepflanzt und bis ans Lebensende Geld auf dem Konto besessen haben.

Das mit dem Hausbau stimmt nicht in vollem Umfang, das Haus und die Garage sind ein paar Jahre vor dem Kauf vom Vorbesitzer, der kurz darauf verstarb, errichtet worden. Das Gebäude stand bezugsfertig bereit, Opa kaufte es und zog neben der Garage eine zusätzliche Mauer hoch. Ein Frühjahrsbeet für Omas geplanten, groß angelegten Gemüsegarten hinter dem Haus.

Das dürfte als Beweis dienen, um jeglichen Zweifel an seiner Männlichkeit auszumerzen. Denn sein Leben sei nicht in den Bahnen verlaufen, wie er es sich erhofft hatte, betonte er mit ernster Miene bei jeder größeren Familienzusammenkunft. Oma im Hintergrund bestätigte diesen Satz mit einem schweren Kopfnicken, ging in die Küche, schenkte zwei Schnapsgläser Schwarzwälder Kirsch randvoll ein, während Opa von allerlei Anekdoten berichtete, denen alle mit offenen Mündern und aufgerissenen Augen lauschten. Danach schluckten Opa Egon und Oma Frieda die Hochprozentigen in einem Zug ohne weiteren Kommentar hinunter.

Es fiel mir schwer, diesen alten Kamellen Interesse abzugewinnen. Wenn Opa seine Anekdoten zum Besten gab, sich alle Enkelkinder zu seinen Füßen gesetzt hatten, bin ich meist davongeschlichen, habe mich in mein Zimmer verkrümelt, Musik gehört und getanzt.

Mittlerweile sind Opas Geschichten verblasst, ob rührselig, gruselig oder rühmlich. Ob sich das Leben in Wirklichkeit in dieser Form abgespielt hat, erschließt sich mir im Moment nicht. Nach seinem Tod scheinen diese Geschichten ziellos im Haus umher zu schwirren. Sie finden keine Zuhörer mehr. Mich haben sie in den letzten Tagen gefunden und eingeholt, denn Paps hat mir von zahlreichen Familienepisoden berichtet, von denen ich zuvor nie oder nur in abgemilderter Form etwas gehört hatte. Sie haben sich mir in den letzten Tagen an die Fersen geheftet. Sie haben mich nicht gefragt. Sind einfach da. Erklären das eine oder andere, lassen einen den Taschenlampenstrahl auf die Familiengeschichte neu ausrichten.

Die Zeit scheint in diesen Tagen angehalten worden zu sein. Die Schwerkraft presst mich hinunter. Dabei komme ich nicht wie eine Fliege zum Fliegen. Klebe am Boden und harre der Dinge. Ungewohnt, denn Gegenwart und Zukunft haben mich die letzten Jahre auf eine Reise ohne Rückfahrschein geschickt. Keine Haltestelle in Sicht. Nicht notwendig. Das Ziel – weit weg – immer vor Augen.

Drei Tage hatte ich vor hierzubleiben. Mittlerweile sind es fünf, und mein Körper verlangt nach dem morgendlichen Training, dem Strecken und Anspannen der Muskeln, dem Auswärtsdrehen der Hüften bis zum Anschlag, dem Aufrichten und Stabilisieren der Wirbelsäule, dem Nachspüren der Lungenflügel, wie sie sich heben und senken, wie aus dem Schultergürtel heraus die Arme die Rippenbögen bis hin zum Brustbein alles mobilisieren, dem Ausloten in den Raum, bis der Herzschlag zu spüren ist und alles beginnt. Ich vermisse das Atmen mit jeder einzelnen Bewegung. Das Spiel mit oder besser entgegen der Schwerkraft. Das bewusst wahrgenommene Hier und Jetzt. Tag für Tag. Nacht für Nacht. Und ich vermisse die Unabhängigkeit: ganz in meinem eigenen Rhythmus zu leben. Ohne Rücksichtnahme auf andere, ohne Erklärungsbedarf.

Der grau melierte Stein liegt immer noch vor meinen Füßen auf dem gepflasterten Weg. Er würde auf dem Grab kein Erinnerungsstück abgeben, keine sentimentale Reminiszenz, eher als fremdes Objekt, als Störfaktor betrachtet und mit Sicherheit auf schnellstem Weg entsorgt werden.

Ich beuge mich zum Beet hinunter und rieche an der Erde. Tauche einen Finger in das modrige Schwarzbraun und ziehe ihn wieder heraus. Feucht bleiben Erdstückchen auf der Haut und unter dem Nagel kleben. Mit spitzer Zunge berühre ich das Bröckelige auf der Fingerkuppe. Es schmeckt nach nichts. Opa hätte dem widersprochen. Mir einen Vortrag gehalten, was der Erde fehle, der exakte Mineraliengehalt, das Universum der kleinsten Insekten darin, und was die Pflanzen zu schnell in die Höhe schießen lassen würde, ob Wassermangel herrschte oder alles zu morastig war.

Das Beet kam einem Schutzwall gleich. Zumindest, was die Schnecken anbelangte. Opa hatte Mühe, ihnen eine Notwendigkeit abzugewinnen. *Diese schleimigen, kriechenden Dinger,* wie er sie nannte. Keiner von ihnen war es erlaubt, ins Frühjahrsbeet zu gelangen. Falls eine mit verräterischer Schleimspur den Mauerrand erklomm, nie kam sie im Beet an. Unter regelmäßiger Kontrolle ergriff er jede, um sie mit spitzen Fingern im Segelflug über den Maschendrahtzaun zurück auf die angrenzende, sich im Wildwuchs befindende Blumenwiese zu befördern. Ein Bollwerk gegen Schleimigkeit und Schmarotzen.

Das bauliche Zeugnis meines Großvaters steht kurz vor dem Verfall. Seit meiner Kindheit wies diese Mauer eine Schieflage auf. Man ermahnte uns, nicht vor ihr herumzutoben oder zu hüpfen und sich auf keinen Fall daraufzusetzen. Wir hielten uns daran. Opas angedrohte Backpfeifen reichten aus, wir spielten nicht in unmittelbarer Nähe und rannten in weitem Bogen um das Areal des Frühjahrsbeetes.

Meine Gedanken breiten sich im Körper aus, durchfluten mich mit Wärme, verscheuchen die Kälte. Mein Blick wandert zurück zum Stein; er passt nicht mehr in die Lücke, die er hinterlassen hat. Mörtel klebt an verschiedenen Stellen wie trockene Kuchenkrümel auf einem Teller. Mit den Fingern kratze ich Mörtelreste aus den Fugen, drücke den Stein in die Lücke und verkante. Mit einem kräftigen Ruck ziehe ich ihn wieder heraus. Dabei löst sich ein weiterer Stein. Mit dem Fuß bugsiere ich diesen zurück in seine ursprüngliche Position und halte den losen Stein in meinen Händen, wie eine Chance, hier irgendeine letzte Handlung in einer über Generationen übermittelten Tradition zu Ende zu führen – oder fortzusetzen. Das gelingt mir nicht. Mein Leben ist anders und wird auf jeden Fall anders bleiben.

Opas Meinung zu meiner Entscheidung, Tänzer zu werden, behielt er für sich und nahm sie mit ins Grab. Dass dies nicht die einzige Abweichung von der Norm bleiben würde, hat er womöglich geahnt, kam ihm doch die Frage nach der aktuellen Freundin fast jeden Sonntag beim gemeinsamen Mittagessen in den Sinn, die von mir meist mit „keine Zeit für so was" beantwortet worden war.

Paps, das weiß ich, steht hinter mir. Zumindest beim Tanzen. Ich merke es an der Art, wie er zuhört, an seinen detaillierten und fundierten Fragen. „Das Klassische Ballett steht auf Fundamenten der Tradition", höre ich mich aus den Theorielektionen meines Studienganges zitieren. Und die spitze Stimme des auf Seriosität bedachten Kunstgeschichtsprofessor von der Sorbonne, Monsieur Gargant, stimmt an: „Eine königliche Geschichte, über Jahrhunderte gereift und für die großen Bühnen gemacht. Dem jedoch steht mittlerweile der Moderne Tanz in nichts nach. Weniger adlig, dafür umso erdgebundener, archaisch und expressiv. Auf der einen Seite die Vollendung, auf der anderen Seite die Suche nach der eigenen Stimme, der eigenen Bewegungssprache."

Zuerst höre ich ihn, bevor ich ihn sehe. Dieser unregelmäßige Rhythmus der Schritte. Erst ein reibeisenartiges Schlurfen, dann ein leichtes Platschen der vorderen Sohle auf dem gepflasterten Weg vom Haus zum Beet hinunter. Heiner, mein Vater, steht neben mir, atmet tief ein und mit einem leichten Seufzer aus, begutachtet ebenfalls die marode Stelle in der Mauer und greift nach dem Stein in meiner Hand.

„Nein, lass mich ihn wieder einsetzen", widerspreche ich und umklammere den Stein mit halberfrorenen Fingern. Unsere Blicke treffen sich. Seine Tränensäcke haben sich noch nicht vom Schock erholt, hängen unter den Lidern wie zwei weiße Maden, die sich an dem Leid laben, das nicht enden will. Die Trauer hat Paps in jeglicher Hinsicht seine Stabilität genommen, lässt ihn kleiner, zerbrechlicher wirken.

„Du weißt, wo das Werkzeug ist", antwortet er, ohne verschnupft zu klingen. „Ruf mich, wenn du Hilfe brauchst."

Ich nicke und er schlurft und platscht davon. Der Kopf ist zwischen seine Schultern gesunken, das Kinn liegt auf der Brust, der linke Arm hängt ein wenig tiefer und versetzt den ganzen Torso in eine Schieflage. Der Haarkranz, erst vor zwei Wochen auf ein Minimum heruntergeschoren, verleiht ihm die Aura eines in Demut verfallenen Mönches. Als ob er daran schuld wäre, dass die Mauer ein Loch hat.

Zum Teil kann ich es nachvollziehen. Verstehen kann ich es dennoch nicht. Er hat in seinem Leben viel erreicht, beruflich, ist angesehen in der Gesellschaft. Und für seine Krankheit kann er am wenigsten. Gut, er hat zwar sein Leben lang nichts selber gebaut, das stimmt, eher repariert. Und seine Ehe ist vor fünf Jahren gescheitert. Aber das sind doch überholte Idealvorstellungen. Wobei, das mit dem Geld, das ist ausreichend vorhanden. Dafür hat er gesorgt. Das mit den Bäumen ist ihm ebenfalls gelungen. Einen richtigen Wald hat er gepflanzt. Die Nachbarn haben keine Chance mehr, zu uns herüberzuschauen. Im Sommer spendet der Hain eine erfrischende Kühle. Manch ein tageslichtscheues Tier hat sich vom nahen Wald in unseren Garten verirrt: Rehe, Feldhasen, Eichhörnchen, Igel. Zur Freude meiner tiervernarrten Schwester. Und von Bodo, dem letzten von Opas Stallhasen, der alle seine Kollegen überlebt hat. Fest für Fest. Jahr für Jahr.

Paps ist um die Ecke, und mir ist klar: Ein eigenes Haus zu bauen oder eine Familie zu gründen, liegt ebenso weit von mir entfernt wie eine Wiedervereinigung meiner Eltern. Geld ist aktuell kein wirklicher Motivationsgrund, daran liegt mir nicht viel, solange ich über die Runden komme. Das Thema Baumpflanzen habe ich bereits zu Grundschulzeiten erledigt. Ob das Tanzen als Beruf zählt?

Im Geräteschuppen unterhalb der Garage kann ich keinen Hammer finden. Ich gehe am Frühjahrsbeet entlang nach oben in die Garage und öffne den Schrank mit dem Handwerkszeug. Ein ausgewaschener Blaumann hängt darin, an den Säumen ausgefranst und an den Ellbogen und Knien zahllose Male geflickt. Motten und Mäuse haben weitere Löcher in den Stoff gefressen, getrockneter Mäusekot bedeckt den ganzen Boden des Schrankes. Eine Mausefalle steht in der hintersten Ecke. Verborgen oder vergessen. Zum Glück ist sie leer. Ich greife den Blaumann vom Haken, halte ihn vor mich hin. Er passt nicht, ist an den Beinen und Ärmeln zu kurz.

Überall Opa. Wieder und wieder begegnet er einem. Seinen Tod habe ich verpasst. Den von Oma im vergangenen Jahr ebenfalls. Zu den Beerdigungen war ich jeweils hier. Ansonsten bin ich nicht oft zu Hause. Eher unterwegs. Gepackte Reisetasche und fahrbereites Auto, soweit das Geld für das Benzin reicht. Mir schwebt ein Leben vor, das sich von Tag zu Tag grundlegend neu erschaffen lässt. Begriffe wie Sicherheit, Routine und Verbindlichkeiten lösen bei mir ein heftiges Kopfschütteln aus.

Ich wende den Stein von einer Hand in die andere und suche nach einer Lösung. In einer Schublade finde ich eine Art Kitt. Mit neuem Elan gehe ich ans Werk. Schleife mit einer rostigen Metallfeile an allen Fugen, Kanten und Flächen. Schmiere den Stein mit der Tube Zementkleber an den Seiten ein, gehe zurück zur Mauer und drücke ihn ins Mauerloch. Ohne Knirschen oder Verkanten gleitet er in das leere Rechteck. Er passt.

Die Suche nach Vater im Haus endet im Wohnzimmer. Ich trete ein und schalte den Fernseher an. Dort knallen sich auf dem Bildschirm eine Handvoll Mafiosi aus fahrenden Oldtimern gegenseitig ab. Vater schläft auf dem Sofa. Ich schalte um. Im Dritten läuft irgendeine volkstümliche Musiksendung. Auf der Titelseite der heutigen Tageszeitung, die auf dem Couchtisch liegt, prangt die Überschrift:

Deutsche Botschaft in Prag von geflüchteten Bürgern der DDR belagert.

Ich schalte den Fernseher aus und gehe nach oben in mein Zimmer, muss meine Sachen packen. Morgen fahre ich. Nach Paris, tanzen, leben.

CHRONOLOGIE I

1900 | 1. Januar

Geburt von Egon Heinrich Humbacher im städtischen Krankenhaus von Mannheim. Die Eltern Emil Hans Humbacher und Katharina Ida Humbacher (geb. Seitz) halten abwechselnd ihren Erstgeborenen im Arm.

Trotz der langen und schweren Geburt findet Katharina keinen Schlaf und flüstert ihrem Egon das Schlaflied *Guten Abend, gute Nacht* ins Ohr. Bei der Zeile *Morgen früh, wenn Gott will, wirst du wieder geweckt* gleitet sie ins Summen über, denn diese Stelle behagt ihr nicht.

1901 | 23. Dezember

Nach einer komplizierten und bettlägrigen Schwangerschaft kommt das zweite Kind zur Welt. Obwohl er ein Schwesterchen erwartet, bekommt Egon einen Bruder: Eduard Hubert Humbacher.

Nach zehn Tagen holt der Vater seinen zweiten Sohn nach Hause. Die Mutter Katharina bleibt aufgrund von hohem Fieber über die Weihnachtstage im städtischen Krankenhaus von Mannheim.

1902 | 7. Januar

Zu Hause im Elternbett ereilt die Mutter nach Wochenbettfieber der Tod.

Egon hält stundenlang die erkaltete Hand seiner Mutter.

1903 | 23. April

Der Vater Emil gibt beide Söhne in die Obhut seiner Schwester Ottilie und seines Schwagers Karl Seißmann nach Waldbrunn im Odenwald, deren Ehe bisher kinderlos geblieben ist.

Egon und Eduard gibt es von da an nur im Zweierpack. Sie halten sich immer an je einer Hand gegenseitig fest.

1904 | 15. August

Die einzige Tochter der Seißmanns wird geboren: Heide-Maria Seißmann. Sie wird eine langjährige Weggefährtin und Verbündete von Egon und Eduard Humbacher.

Ab und an hält auch sie eine Hand der Brüder in der ihren.

1905 | 01. Oktober

Vater Emil Humbacher verkündet, dass er in den Vereinigten Staaten von Amerika sein Glück finden will, und verlässt am 11. Oktober das deutsche Festland mit dem Passagierschiff *Amerika* auf dessen Jungfernfahrt von Hamburg nach New York – ohne seine beiden Söhne.

Daraufhin verstummt Eduard für über sechs Monate und spricht mit niemandem ein Wort. Zwischen Egon und ihm entwickelt sich eine andere Kommunikationsebene, die selbst Heide-Maria nur teilweise verstehen kann.

1906 | 10. September

Egon Humbacher wird in Waldbrunn eingeschult und beginnt seinen ersten Tag mit vierzehn anderen Jungs und Mädchen.

In seiner Schultüte befindet sich neben Bonbons, Obst und Keksen ein silbernes, an einer Kette hängendes Medaillon des Hl. Christophorus, das er bis zu seinem Tod immer bei sich tragen wird.

1907 | 15. April

Bei dem Versuch, das Fahrrad seines Pflegevaters Karl Seißmann zu fahren, stürzt Egon schwer und bricht sich das rechte Handgelenk.

Dem Fahrrad ist zum Glück nicht viel passiert.

1908 | 01. Januar

In der Nacht zu Egons achtem Geburtstag hat es so viel geschneit, dass die ganze Familie mehrere Stunden benötigt, um aus dem Haus und zur Neujahrsmesse in die Kirche zu kommen.

Egon, Eduard und Heide-Maria schaufeln am Nachmittag einen Tunnel und bauen eine Schneehöhle, die für alle drei den ganzen kalten Winter über ihr Rückzugsort sein wird.

1909 | 23. Juni

Die Johannisnacht ist die erste Feier, an der Egon einen Schluck Bier probieren darf. Dabei kommt er so auf den Geschmack, dass er aus allen Biergläsern die Reste austrinkt und unter einer Bierbank die Nacht verbringt.

Die am Folgetag auftretenden Kopfschmerzen werden mit dem Kommentar *Willkommen im Erwachsenenleben* bedacht und mit einer eiskalten Dusche *geheilt*.

1910 | 25. Dezember

Unter einem Mistelzweig gibt Heide-Maria Egon den ersten Kuss auf den Mund, den er sich verschämt wieder abwischt.

Er droht ihr, beim nächsten Mal seine Zunge in ihren Hals zu schieben. Daraufhin schiebt sie ihre Zunge Eduard in den Mund, der ihr angewidert auf die ihre beisst.

1911 | 16. September

Egons Wechsel auf das Gymnasium von Waldbrunn wird zu einem Freudenfest in der Familie Seißmann. Egon ist der Erste der Humbachers, der es schafft, diesen Schulzweig zu erreichen.

Das Ziel, Jura zu studieren, wird ihm von seinem Pflegevater Karl nahegelegt.

1912 | 1. März

Egon tritt in den neugegründeten Turn- und Sportverein TSV Waldbrunn 1912 e. V. ein und beginnt mit dem Turnen.

Gleich beim ersten Training schlägt er sich den Kopf an der Reckstange an, wird mit einem Medizinball abgeschossen und stürzt vom Bock. Daraufhin liegt er für zwei Tage zu Hause flach. Die Woche darauf tritt er wieder an.

KAPITEL 4

D – SUNTHEIM IM SÜDSCHWARZWALD / PFINGSTSONNTAG, 14. MAI 1989

In der Küche ist es still. Das zarte Klacken des Sekundenzeigers zirkelt in regelmäßigen Abständen die Zeit in den Raum. Darunter, auf der größten Platte des Herdes, steht ein silberner Topf, aus dem Wasserdampf emporsteigt. Der Dunst legt sich auf die darüberhängende messingbeschichtete Oberfläche der tellergroßen Uhr, erkaltet und bringt eine schlierenartige, mit Staubpartikeln behaftete Fettschicht zum Vorschein. Auf dem Ziffernblatt fehlt die Neun. Die Stelle ist glattpoliert, als ob der Minutenzeiger dort langsamer und dichter vorbei gekrochen wäre, bei der Neun gerne länger verweilt hätte.

Heiner starrt auf den dampfenden Topf und wartet. Harrt der Dinge. Verliert die Uhr aus den Augen. Seit Hannah sich von ihm getrennt hat, die Kinder aus dem Haus und seine Eltern für immer gegangen sind, ist Kochen das einzige, was ihn zu Hause aus der Lethargie in eine euphorische Erregbarkeit führt, ihn sich lebendig fühlen lässt. Alles andere ist Routine, eingespielt und zigfach wiederholt.

Auf der rechten vorderen Herdplatte steht eine mit Butterschmalz ausgeriebene Pfanne. Ein feiner Fettfilm auf der Innenfläche schimmert im Schein der Küchenlampe. Trotz des gekippten Küchenfensters schwebt ranziger Geruch in der feuchtheißen Luft. Allmählich verdichtet sich der Dampf, nebelt den ganzen Herd ein. Die Zeit verschwindet hinter einem dichten Schleier.

Mit der rechten Hand wedelt Heiner den Dampf weg, stellt die eine Herdplatte ein paar Grad hinunter, die andere auf höchste Stufe. Er hält einen kurzen Augenblick inne, öffnet die Schublade links von ihm und greift nach einem metallenen Küchensieb. Dabei behält er die mit Mehl gepuderten, gleichmäßig geformten Kugeln aus Kartoffelteig im Auge, die auf einem Holzbrett neben dem Herd auf der Ablage über der Geschirrspülmaschine liegen. Sie warten auf ein Bad im heißen, gesalzenen Wasser.

Der Geruch von angebranntem Fleisch liegt in der Luft, übertüncht das Ranzige. Augen und Nase registrieren es zuerst. Heiners Blick gleitet zur Küchenuhr und zurück zum Herd. Sein Körper bemerkt es zu spät. Mit einem Ruck zieht Heiner seine linke Hand vom Herd. Die Platte glüht auf und erlischt kurz darauf wieder. Ein paar schwarze, längliche Kringel schmoren auf ihr.

Er hat die falsche Herdplatte angestellt. Nicht die für die Pfanne. Ein eigenartiges Ziehen breitet sich in seiner Hand aus. Er betrachtet seine Handinnenfläche. Geronnenes Blut und schwarz verklebte Haut umranden die Fingerknöchel. Mehrere Wundkrater sind zu sehen, die die glühende Hitze in das Fleisch gebrannt hat. Auf der Kuppe des mittleren Fingers bläht sich eine weißgelbliche Blase.

„Scheiße. Scheiße. Scheiße!", entringt sich seiner Kehle.

Fließendes, kühlendes Wasser rinnt über die Brandstellen auf der Hand, stoppt die Blutung. Die Blase flacht ab. Ein Stich mit einer Nähnadel zuvor hat geholfen. Heiner hat dabei nichts gespürt, weder die Verbrennungen noch den Stich der Nadel. Er sieht zu, wie sich klebrige Tropfen Wundsekret ihren Weg über die Fingerkuppen bahnen. Mit einem leisen Plopp fallen sie ins Spülbecken dem Abfluss entgegen. Zum Schluss wickelt er ein nasses, kühlendes Geschirrtuch erst um die Finger, dann um die ganze linke Hand.

Sein verdammter Arm. Die Narben an seiner Hand lassen sich nicht mehr verbergen, denn es ist nicht das erste Mal, dass er sich auf diese Weise verbrannt hat. Lediglich ein weiteres Missgeschick. Würde Heiner Kerben für jeden Unfall in einen seiner hölzernen Kochlöffel schnitzen, es wäre nur noch ein geripptes Stängelchen übrig.

Dieser verdammte Arm. Dieses vermaledeite Rückenmark. Was hatte er verbrochen?

Einhändig Klöße zu formen ist in den Augen vieler eine wahre Kunst. Er jedoch kann dieser Fähigkeit nichts mehr abgewinnen, denn sein linker Arm ist seit Jahren gelähmt. Für ihn ist es gewöhnlicher Alltag. Hier und da spürt er noch etwas in den Knöcheln, dem Handgelenk, aber die Botschaften, die ihm die wenigen funktionierenden Nerven noch ins Gehirn senden, stammen von einem ihm unbekannten Ort, sind nicht entzifferbar.

Erst vor kurzem hat er gelesen, dass einem Mann einfach seine Nase abgefallen sei und später auch noch ein Finger – ohne Vorankündigung. Vielleicht wird ihm dies eines Tages auch passieren. Erst die Finger, dann der ganze Arm. Stück für Stück.

Mittlerweile hat die Herdplatte mit dem großen Topf zu glühen und das Wasser wieder zu sieden begonnen. Kleine Luftblasen wirbeln vom Boden empor, entladen ihre heiße Fracht an der Oberfläche. Der aufsteigende Dampf beruhigt ihn. Seine Brille beschlägt.

Das Telefon klingelt. Heiner geht nicht ran. Sein linker Arm hängt schlaff herunter, das feuchte Geschirrtuch an der wunden Hand tropft und hinterlässt eine kleine Lache auf dem graugesprenkelten Linoleum.

Fluchen könnte er, nur fluchen. Alles mit Worten ausspucken. An allem war Hannah schuld. Nie war sie zufrieden gewesen. Die edle Madame wollte sie spielen. Die große Freiheit entdecken. Hat die Familie im Stich gelassen. Alles hingeschmissen. Ihm vor die Füße. Einfach so.

Er hatte ihretwegen mit dem Rauchen aufgehört. War ihr zuliebe ins Theater und Kino gegangen. Sogar nach Spanien zu einem Strandurlaub hatte er sich von ihr überreden lassen. Trotz Sonnenallergie. Und zu diesen verdammten Operationen.

Gut sieben Jahre ist das alles her. Und jetzt ist er ein Krüppel. Vielleicht war das an allem schuld. Er, der Krüppel. Vielleicht.

Der Geruch von Kümmel, Rosmarin, Knoblauch und gegartem Fleisch steigt ihm in die Nase, übernimmt die Führung, gewinnt Oberhand über den Geruch des gerade eben noch verbrannten Menschenfleisches. Der Kalbsbraten ist fertig. Die Klöße steigen im heißen Sprudelbad vom Boden des Kochtopfes auf, um an der Oberfläche zu taumeln. Dampfend landen sie auf dem Holzbrett. Die Soße fehlt. Heiner zerkleinert mit einem Zwiebelhacker die Schalotten, da klingelt das Telefon wieder. Er hebt die Sauciere von der Kochplatte, stellt sie neben den Klößen auf das Brett, streift seine Hand an der Schürze ab, schaltet den Ofen aus, öffnet die Klappe ein wenig, klemmt einen Kochlöffel dazwischen und geht in den Flur. Nach einem tiefen Atemzug hebt er den Hörer ab.

– Paps, entschuldige, aber ich schaffe es nicht.

– Julian, wo bist du denn?

– Kurz vor Colmar. Irgendwas mit dem Motor. Hab keine Ahnung, wie lange ich hier festhänge. Haben es gerade noch in eine Werkstatt geschafft. Rufe von dort aus an.

– Ist schon in Ordnung.

– Du hast doch nicht wieder gekocht, oder? Ist Carla auch da?

– Nein, nein, deine Schwester ist das Wochenende mit Thomas unterwegs. Sie kommen erst abends zurück.

– Alles klar, ich melde mich, sobald ich weiß, wie lange es mit der Reparatur dauert. Bis später dann.

– Fahr vorsi…

Das metallische Tuten in der Ohrmuschel schneidet ihm die Worte ab, und er lässt den Hörer sinken. Legt auf. Am Hörer und an seiner rechten Hand kleben Zwiebelreste. Seine Augen tränen. Er versucht, mit seinem linken Arm über die Schläfen zu wischen. Diese unbedeutende Bewegung strengt ihn an, treibt ihm Schweißperlen auf die Stirn. Auf halbem Weg fällt der lahme Arm wie ein nasser Sack herunter, schrammt an der Konsole vorbei, auf der das Telefon steht. Der Hörer hüpft, stürzt sogleich ab und baumelt, von dem kurzen geringelten Kabel gehalten, in der Luft hin und her.

„Scheiße. Scheiße. Scheiße. Scheiße …“

Wievielmal genau, kann er sich nicht erklären. Das ständige Fluchen, das unweigerliche Ausspucken dieses einen Wortes, als ob es nicht auch andere gäbe, ärgert ihn jedes Mal.

Ist er allein im Haus, platzt es aus ihm heraus, unkontrolliert, wie ein Befreiungsschlag, den er nicht lenken kann. Es überfällt ihn, kommt aus dem tiefsten Inneren: „SCHEISSE!“

Sein Blick gleitet am Inneren des Türrahmens der Küche entlang, an dem zentimeterweise übereinander teils verblasste Strichlinien mit zahlreichen Daten und den Namen seiner Kinder in jährlichen Zeitabständen hingekritzelt sind. Das Größenmessen endet 1984, in dem Jahr, als Hannah sie verlassen hat. Dann entdeckt er oben, kurz unter dem Türstock nochmals Julians Namen. Er hat es bis dahin nie bemerkt. Ein Lächeln huscht über sein Gesicht, denn daneben steht: 2,00m / Juni 1986. Das Jahr seiner Volljährigkeit. Da fehlen locker fast zwanzig Zentimeter, geht ihm durch den Kopf, lehnt sich an den Türrahmen und sein Blick schweift hinein in die Küche. Eine in Weißgrau, Silber und Blau gehaltene Küche, die ihr Alter, den Verschleiß nicht mehr verbergen kann.

Nach dem Schwelbrand vor neun Jahren, dem chaotischen Einsatz der Feuerwehr, die den ganzen Plastikruß des kokelnden und schmelzenden Mobiliars im Kinderzimmer mit ihren Wasserschläuchen durch die Wohnung gepustet hat, zahlte die Versicherung nur einen Bruchteil. Und so gestalteten er und Hannah die Wohnung neu. Zumindest das, was mit dem Geld und dem Ersparten umzusetzen war.

Carla schnappte sich das Kinderzimmer, in dem die Geschwister von klein an gemeinsam untergebracht waren. Julian zog ins obere Stockwerk, ins frühere Haushaltszimmer neben der Wohnung der Großeltern.

Zum Schluss reichte das Geld nicht mehr für eine neue Küche, sie hatte unter dem Brand kaum gelitten. Die Wände erhielten einen neuen Anstrich, die Polster der Bank und Stühle wurden modisch bezogen, frische Gardinen aufgehängt und eine Geschirrspülmaschine fand ihren Platz.

Heiner übernahm damals gelegentlich die Küche an Sonntagen, normalerweise kochte und buk Hannah. Die Küche als ihr Revier zu bezeichnen wäre übertrieben. Sie tat, was getan werden musste. Daher verzichtete sie auch auf eine neue Einrichtung. Vielleicht hatte sie schon geahnt, dass sie nicht mehr lange hierbleiben würde. Die Küche hatte ein Vierteljahrhundert auf dem Buckel, und das überholte Mobiliar und Geschirr hatte seine Zeit gedient. Man sieht Schrammen, Kratzer, Scheuerstellen, einen Sprung in mehreren Suppentellern, abgeplatzte Ecken in einzelnen Tassen, ein Teil der Messer ist stumpf, die Trinkgläser sind ein heilloses Sammelsurium aus Senf- und Nutellagläsern.

Heiner schwankt zum Kühlschrank. Dort findet man im Moment das, was eine Person benötigt, wenn sie morgens einen schwarzen Kaffee trinkt, sich mittags das Essen in der Kantine holt und abends unter der Woche Brotzeit macht: eine volle Butterdose, dreierlei Wurstaufschnitt, abgepackten Käse in Scheiben, ein ungeöffnetes Marmeladenglas, ein halbleeres Essiggurkenglas, ein paar Radieschen, eine halbe Salatgurke, ein frischer weißer Rettich, einen abgelaufenen Naturjoghurt, zwei Flaschen Bier und eine halbleere Flasche Aquavit. Ein Gläschen in Ehren. Auf den Schreck hin.

Vor dem geöffneten Backofen angekommen, fällt Heiners prüfender Blick auf das vor sich hinbrutzelnde Fleisch. Der Schweiß rinnt ihm mittlerweile über die Wangen. Er wischt ihn nicht weg. Möchte sich hinlegen. Schlafenlegen. Nichts mehr tun.

Ein Rumpeln und Poltern schreckt ihn auf. Sein Blick wandert in Richtung Wohnungstür. Das kurz darauf folgende Geschrei und Getrampel von davonlaufenden Kindern lässt ihn innehalten, zur Decke blicken.

Seine Eltern hatten über ihnen gewohnt. Mutter plagten Panikattacken, sie litt am Parkinson-Syndrom, tippelte durch die Wohnung und stellte mit regelmäßiger Vehemenz fest, dass sie das Haus nicht mehr verlassen würde. Den Vorschlag in das untere Stockwerk im Erdgeschoss zu ziehen, lehnte sie genauso heftig ab und ließ keinerlei Diskussion zu. Diese Sturheit kannte er zu gut, er hatte sich bei zahllosen Gesprächen zwischen seinen Eltern gewundert, wie sein Vater immer die Ruhe bewahrt hatte. Mit gleichmäßigen Atemzügen stand er vor ihr und mit seinem typischen schlichten Handauflegen auf ihre Schulter besänftigte er sie, so dass ihre Tiraden austrudelten und an brüllender Kraft und unterstützender Luft zusehends verloren. Bis sich ihr Körper wie ein Blatt im Wind schwankend und sie vor sich hin zeternd zur nächsten Sitzgelegenheit begab, darin versank und ihre klagenden Worte in ihr stecken blieben.

In den letzten Jahren stürzte Mutter täglich. Ihre Beine trugen sie nicht mehr. Die Nerven, das Gehirn versagten ihren Dienst. Sie weigerte sich, in der eigenen Wohnung einen Stock zur Hilfe zu nehmen. Vater, der an Asthma und Rheuma litt, sich teils aus dem Sessel unter kurzen und heftigen Atemstößen herausstemmen musste, war meist nicht rechtzeitig zur Stelle, um ihr zu helfen.

Alle rannten sie los: Hannah, Julian, Carla und er. Die Treppen nach oben. Rufen, Zimmer suchen, das Fluchen unterdrücken, aufrichten helfen, lächeln und zurück in die Wohnung. Zurück zum vermeintlichen Alltag.

Nach Monaten war es ein Reflex, die ganze Familie für jegliches Geräusch sensibilisiert, das nach unsanftem, dumpfem Aufschlagen auf hartem Boden klang. Jedes Mal waren sie aufgesprungen – vom Tisch, vom Sofa, aus dem Bett.

Mit den Monaten schreckten immer weniger hoch: Hanna war auf und davon, Julian studierte in Paris, war kaum zu Hause anzutreffen, und Carla verbrachte die Zeit lieber mit Ralph oder Heiko oder zuletzt Thomas, ihrer neuen Flamme.

Zum Schluss hat Mutter das Haus verlassen. Unfreiwillig. Füße voraus. Sie ist nicht umgefallen. Ist eingeschlafen und trotz der Fürsorge und ärztlichen Versorgung zwei Tage später im Krankenhaus nicht mehr aufgewacht.

Vater ist zurückgeblieben. Allein. Nach über sechzig Jahren.

Das gesamte Haus duftet nach Kalbsbraten. Die Klöße liegen auf einem ovalen, mit blauem Zwiebelmuster verzierten Porzellanteller, wie an einem Budenstand zum Wurf auf Dosenpyramiden aufgereiht. Die heiße Zwiebelsoße in einer Sauciere daneben.

Der Tisch im Esszimmer ist für drei Personen gedeckt: Julian, einen ihm unbekannten Studienkollegen aus Paris namens François und für ihn selbst.

Heiners Platz ist der Stuhl mit der Rundumlehne am Kopf des Tisches. In die Rückseite ist ein Relief mit einem röhrenden Hirsch geschnitzt. Hannah hatte ihm den Stuhl vor acht Jahren zum Wiedereinzug in die neu renovierte Wohnung geschenkt. Passend zur Jägerstube, in der Geweihe, ausgestopfte Tierköpfe und eine uralte Kuckucksuhr an den vier Wänden rundherum drapiert sind. Sie stammen aus der urgroßväterlichen Gastwirtschaft mitten im Hochschwarzwald. Erbstücke, die von Hannah vor Jahren auf dem Speicher in Kartons entdeckt, ihren Platz zurück an die Wände gefunden haben, womit sie dem Esszimmer einen rustikalen Charme verpasste.

In den ersten Wochen, als er sich zu den Abendessen oder sonntags zum Frühstück auf den Stuhl gesetzt hatte, nannte sie ihn den *Thronbesteiger*. Er, der nie gerne im Mittelpunkt stand. Der das Scheinwerferlicht scheute, lieber im Hintergrund agierte und dort die Fäden zog. Bestimmt nicht auf einem Thron. Da gehörte er nicht hin. Denn von dem ist er mehrfach gestürzt. Als Familienoberhaupt, als Ehemann und als Vater. Gestürzt ist wohl nicht korrekt. Eher gepurzelt, wie ein Kleinkind, das die Kontrolle über sich verloren hat, mit rudernden Armen vergeblich das Gleichgewicht sucht und mit weit aufgerissenen Augen und offenstehendem Mund tonlos fällt, und keiner fängt es auf.

Es klingelt an der Haustür. Er schlurft zum Küchenfenster, von dem aus man die Haustür sehen kann, und öffnet es. Niemand steht davor. Dafür liegt ein kantiger graumelierter Stein auf der Stufe zum Eingang. Das hallende Getrampel und Geschrei von Kindern verliert sich hinter den nächsten Nachbarhäusern. Er geht die Treppe vom Hochparterre hinunter, öffnet die Tür, betrachtet den Stein, bückt sich und nimmt ihn in die rechte Hand. Auf dem Weg zur Garage ahnt er es. Die Gartenmauer.

„Scheiße. Scheiße. Sch…"

Einzeln liegen graue Ziegelsteine unter einer Schicht halbgefrorener schwarzbrauner Erde. Dazwischen von ihm im Frühjahr zu tief gesetzte Schößlinge, die nie das Tageslicht erblickt hatten, den Sommer nicht erleben sollten. Und ein rötlich beflecktes, braunes Stück Fell: Bodo, der letzte Zuchthase von Opa. Das verbliebene lebende Vermächtnis von seinem Vater liegt unter dem Trümmerhaufen begraben.

Aus der Ferne klingen aufgeregte Stimmen herüber, die sich darum streiten, wer den Hasen als Erstes angefasst hat und wer der Letzte war. Er hatte den Nachbarskindern erlaubt, Bodo aus dem Stall neben den Johannisbeersträuchern zu holen und mit ihm zu spielen. Von der Mauer sollten sie wegbleiben. Ein Viertel davon lag nun am Boden und Bodo war tot. Er würde veruchen, ihn später aus seinem Steingrab zu befreien, soweit er es einhändig erledigen konnte. Bestimmt wird es Julian richten. Wenn er nachher kommt.

Im Haus klingelt wieder das Telefon. Julian meldet sich kurz nochmals. Sie kommen nicht weiter. Das Ersatzteil kann erst morgen im Auto verbaut werden. Nichts Tragisches, hat er gemeint. Er würde zurück nach Paris fahren müssen und erst in zwei oder drei Wochen wieder vorbeikommen können.

Der Duft des fertigen Essens hat nichts Appetitliches mehr. Der Esstisch ist abgedeckt. Die Kerzen gelöscht. Der Essensgeruch hängt wie eine Nebelschwade in der ganzen Wohnung, breitet sich aus, ohne das noch vor Stunden Genussvolle zu verströmen.

Heiner sitzt am Küchentisch, stochert in der aufgewärmten Mahlzeit herum.

Als Heiner später das Wohnzimmer betritt und den Fernseher anschaltet, knallen sich auf dem Bildschirm Agenten mit Maschinengewehren gegenseitig ab. Am Boden bleiben mehrere tote Körper liegen, während eine dramatische Sinfonie erklingt.

Das Sofa scheint ihn aufzusaugen, ihn zu verschlucken. Die Vorstellung, einfach zu verschwinden, weg zu sein, gefällt ihm, löst in ihm eine Schwere aus, die ihn die folgende Nachrichtensendung und erste Ansage nur unterschwellig wahrnehmen lässt:

In den Wahllokalen der DDR wurden bei den Kommunalwahlen nachweislich Stimmzettel zugunsten der SED gefälscht.

Im Anschluss: Die DDR mit ihren Mauern und Zäunen zeigt erste Löcher. Die Massenflucht der gegeißelten Bürger – ein Blick nach Ungarn.

KAPITEL 5

F – PARIS / DONNERSTAG, 13. JULI 1989

Ich döse. Schwitze vor mich hin. Die Luft steht. Die dünnen Gardinen hängen schlaff herunter. Die bodentiefen Fenster haben die ganze Nacht über weit offen gestanden, dennoch bewegt sich kein Luftzug durchs Zimmer. Beim Schlucken hinterlässt der verbrauchte Atem, der sich wie ein tauber Belag auf die Zunge gelegt hat, einen faden Nachgeschmack am trockenen Gaumen. Tagsüber brennt sich die Julihitze in den Asphalt ein, dringt zwischen die Pflastersteine, in die Mauern und Dächer bis in die letzten Ritzen vor, wird dort abgespeichert. Die Nacht konnte die Restwärme des vorherigen Tages nicht verjagen, lässt die Stadt über Nacht nicht abkühlen.

Die Hände liegen hinter dem Kopf verschränkt, die Beine von mir gespreizt, das Laken zusammengeknüllt neben mir, mein Shirt lässt sich auswringen und Haarsträhnen kleben mir auf der Stirn. Hier auf meinem riesigen Bett dämmere ich auf dem Rücken vor mich hin. Nach nur vier Stunden Schlaf. Das *Bum-Bum-da-Bum* des letzten Tanzes im Club zuckt in meinen Muskeln, verebbt wie ein tausendfaches Echo, versickert in den Matratzenteilen, die vor Jahrzehnten meinen Großeltern als Ehebett dienten. Mit einer Ladung Kissen und Polstern an den Wänden gesichert, gleicht das Bettlager einer Insel. Meine Rückzugsinsel. Ähnlich wie in meinem alten Zimmer zu Hause unterm Dach.

Weitere Gedanken spinnen zum Tagesbeginn ihre Fäden. Jeder Tag birgt etwas Neues. Ich habe nichts dagegen, allein zu sein. Genieße die Ungebundenheit, wie ein Wolf, der durch die Steppe zieht, sich nach seinen Bedürfnissen ausrichtet.

Vor einem Jahr klang Paris nach Abenteuer, womöglich nach Unüberwindbarem, und lag wie eine Fata Morgana vor mir. Unvorstellbar, hier zu leben, in dieser Stadt meiner Leidenschaft nachzugehen. Ich könnte nicht sagen, dass ich angekommen bin oder hier jemals bleiben möchte. Dafür bin ich zu jung und noch nicht lange genug weg von zu Hause, um über weitere Verläufe zu spekulieren. Jeder Tag zählt, ist ein Schritt in meine eigene Bestimmung. Jeder Tag beginnt mit dem Sonnenaufgang, egal wie es mir geht, ob Wolken die Sicht auf den Himmel versperren, was alles in der Weltgeschichte passiert oder ob ganz Frankreich mal wieder streikt und der Müll sich auf den Strassen türmt. Also mache ich das Beste draus. Und das Beste ist im Moment der Tanz.

Der unablässige Strom eines gewaltigen Flusses dringt ins Schlafzimmer. Der Boulevard Périphérique verläuft in rund dreihundert Meter Luftlinie von meiner Wohnung entfernt. Das fünfstöckige Haus steht am Ende einer Sackgasse. Im Süden am Rande der Ringautobahn, im Viertel *Porte de Vanves*, unweit der gleichnamigen Métrostation. Von dort aus erschließe ich mir täglich meine neue Tanzwelt. Dringe mitten hinein ins Herz der Stadt der Liebe. Diese hier zu finden wäre Zufall, nicht zwingend. Mein Matratzenlager hat schon ein paar Körper und heiße Nächte erfahren. Zufallsbekanntschaften. Niemand aus der Tanzszene oder von der Schule. Auch nicht aus den nächtlichen Discogängen.

Dreimal hintereinander in der Métro gesehen, an der gleichen Station ausgestiegen, Blicke getauscht, Libido hochgefahren und schon ist es passiert; er aus Mauritius, dunkle Locken, glatte Brust. Direkt, fordernd, schnell. Mehr Kontrast geht nicht. In einem Café um die Ecke zu lange ein leeres Glas Orangina angestarrt, plötzlich steht ein neues da. Sie setzt sich zu mir, spricht genauso gebrochen Französisch, unsere Finger berühren sich, sie sucht einen Job und eine Unterkunft. Für ein bis zwei Nächte. Aus einer endlosen Nacht wurde ein ganzes Wochenende und schließlich eine ganze Woche.

Geblieben ist niemand. Das liegt in der Natur von One-Night-Stands. Meist waren sie schon vor dem Frühstück weg.

Nein, ich bereue nichts. Nicht, dass ich hier in Paris gelandet bin. Nicht, dass ich Hunderte von Kilometern weit weg bin von meiner Familie, mit einer Grenze und Schlagbäumen zwischen uns. Weg von meiner Heimat, vom Deutschsein. Ohne anfangs ein Wort Französisch gesprochen zu haben. In einem Land von Fremdsprachenignoranten: *„Si tu ne parles pas notre langue, si tu es allemand, tu fais mieux de (fermer) ta gueule!“* – wenn du nicht unsere Sprache sprichst und du Deutscher bist, halte besser die Klappe!

Mein *Bonjour! Une baguette et deux croissants, s'il vous plaît, Madame* klingt unbestritten fließender und amouröser als in den ersten Tagen. Das Holperige, Geflüsterte, die in gebrochenen Silben ausgesprochenen oder verschluckten Worte fließen mittlerweile wie Honig über meine Lippen. Das Augenzwinkern und das aufmunternde Lächeln der Verkäuferin hinter der Theke sind Motivation genug, nicht locker zu lassen. Mein deutscher Akzent verschwindet *peu à peu*. Mein Deutschsein ist für manch einen an meinen blonden Haaren, den blauen Augen und an meiner Akkuratesse festzumachen, die sich in meiner Ordnungsliebe manifestiert. Nicht pedantisch. Eher aufgeräumt, bedacht. Wenn ich die Wohnung verlasse, ist nichts in Unordnung. Alles verräumt.

Heute ist ein Marschiertag angesagt. Mein Weg in die Akademie ist jeden Tag ein anderer, und solange das Wetter mitspielt, wandele ich zu Fuß durch die Straßen und Gassen. Erobere mir Paris auf meine eigene Weise. Ohne Stadtführer oder Karte. Ohne Métro, RER oder Bus. Alle Wege führen mich zum Eiffelturm. Ein Leuchtturm in den Wogen dieser Stadt, die sich ohne Unterlass überschlagen.

Gleich an der ersten Ecke ist die Boulangerie *Fournil du Ciel*. Die Aussicht auf eine der Leckereien in den Auslagen, wie *pain au chocolat*, gefüllte Eclairs und glasierte Törtchen, ist verführerisch, muss sich leider in Grenzen halten. Erst am Wochenende gönne ich mir das eine oder andere süße Teil. Mein Babyspeck scheint an mir wie Pattex haften zu wollen. Dagegen kämpfe ich an, und so manch ein Blick in den Spiegel hinterlässt einen schalen Nachgeschmack. Das Ideal – oder besser: mein Ideal – zu erreichen, ist ein mühsamer Hindernislauf, denn ein Asket zu sein, sich auf das Notwendige zu beschränken, gleicht einer Selbstkasteiung, der ich nicht immer gewachsen bin.

Die nächsten Schritte führen an der *Rue de Brancion* entlang. Mitten durch das fünfzehnte Arrondissement, an Straßenzügen vorbei, wo sich ein Geschäft nach dem anderen aneinanderdrängt. An diese immerwährende Lebendigkeit und den nie aufhörenden Strom von Menschen und Bewegung, an diesen mechanischen Fluss der Großstadt musste ich mich erst gewöhnen. Ich bin ein Landei, von dort, wo abends ab achtzehn Uhr die Bürgersteige hochgeklappt werden. Falls jemand trunken durch die Straßen zieht, weiß es spätestens zur zweiten Tasse Morgenkaffee jeder in der Gemeinde. Anonymität, ein gewisses *Laissez faire* gibt es dort nicht. Andererseits, wenn ich zu Hause in Suntheim bin, genieße ich die Stille, das Vertrauen, dass nichts so schnell den Tag ruinieren, die Alarmglocken läuten und Sirenen aufheulen lässt. Nicht wie hier in Paris, wo es stündlich aufjaulende Polizeiwagen, brabbelnde Touristenaufläufe, zeternde Hupkonzerte und regelmäßig Streiks mit Parolen brüllenden und mit Trillerpfeifen gewappneten Menschenmassen gibt.

Anders die Neugierde am Fremden und Außergewöhnlichen. Der Pariser lebt eher zurückgezogen, man bleibt unter sich. Unter seinesgleichen. Keine Gardine bewegt sich. Kein Gesicht stiert mir hinter geschlossenen Fenstern entgegen. Das Interesse am Gegenüber beschränkt sich auf das Notwendigste. Auf schlichte Alltagsrituale und unumstößliche Sittlichkeitsformeln. Ein Lächeln oder ein zu langer Blick könnten Bände sprechen und mehr über einen verraten, als einem lieb ist. Eine Spur zu viel für den Pariser Geschmack.

Mir gefällt diese Zurückhaltung, auch wenn sie von den meisten anderen als Arroganz oder Ignoranz abgetan wird. Ich bin gerne allein unterwegs, der tägliche Kontakt mit meinen Studienkollegen und anderen Tänzern reicht mir vollkommen aus. Freunde habe ich drei. Das reicht. Mag keine Menschenaufläufe, meide die touristischen Plätze so gut es geht. Meist suche ich Straßen aus, in denen kaum Verkehr herrscht, wo Geschäfte, Lokale und Sehenswürdigkeiten fehlen. Wo das typische Pariser Leben unter der Hand stattfindet. Eben nicht das Offensichtliche. Die zahlreichen großbogigen Toreingänge zu den Innenhöfen verleiten mich, stehen zu bleiben, zwischen die geöffneten Torflügel zu linsen und ein Stück Pariser Alltag zu erhaschen. Nicht das, was in allen Stadtführern angepriesen und charakteristisch *á la parisienne* bezeichnet wird. Sondern das Verborgene, nicht Vorzeigbare.

Auf dem heutigen Weg liegt die *Avenue Bosquet*. Dort wohnt Céline. Bei ihren Eltern zu Hause. Sie tanzt, seit sie sich erinnern kann, brach sich letzten Sommer bei einem Sturz vom Fahrrad das Schlüsselbein und musste, kurz vor ihrem Abschluss an der Akademie und der Möglichkeit, einen Elevenvertrag bei *Les Ballets de Monte-Carlo* in Monaco anzutreten, alles vorerst abbrechen. Ein halbes Jahr Unterbruch haben ihre Willenskraft beinahe gebrochen. Sie komplett aus dem Rhythmus geworfen. Ihre Leichtigkeit ist verschwunden, einer melancholischen Haltung gewichen, die sich in ihren Schultern ausdrückt. Wie zum Schutz ihres langen, schwanenähnlichen Halses hält sie die Schultern erhöht, lässt sie leicht nach vorne fallen, schützt damit ihr Brustbein, büßt dadurch ihre grazile Aura ein. Ihr Schwerpunkt liegt jetzt woanders.

Gleich am ersten Tag, als ich ihr in der Schule begegnet bin, ist sie mir aufgefallen. Ihr Äußeres eher knabenhaft, androgyn. Wenig Rundliches, Weibliches an sich. Alle Glieder waren lang, perfekt proportioniert, fein ziselierte Muskulatur zeichnete sich ab und ihre Trikots mit den rückenfreien Ausschnitten ließen mich fasziniert die Haut- und Muskellandschaft entlang der Wirbelsäule beobachten, die sich fortlaufend wie ein Lavafluss veränderte. Mit ihrer Art sich zu bewegen, jeden einzelnen Muskel mühelos ansteuern zu können, jede Balance wie ein federleichtes Spiel aussehen zu lassen, zog sie alle Blicke auf sich. Wohlwollende wie neidische. Sie war technisch versiert, hielt mühelos das Gleichgewicht auf einem Bein, meist auf Spitze, mit einer phänomenalen Ausstrahlung und in absoluter Vollendung, dass sie damit im Zirkus hätte auftreten könnte. Céline schien den Boden nicht zu berühren, huschte und glitt über das Parkett wie ein Wesen von einem anderen Stern. Beim *Pas de deux* hatte man das Gefühl, mit einer Feder zu tanzen. Und dennoch hatte sie Kraft und leistete Widerstand, konnte einen Sog entwickeln, der einen physisch wie seelisch in ihren Bann zog.

Seit dem Unfall ist diese Magie wie weggeblasen. Ich habe Céline im Krankenhaus besucht. Mehrmals. Sie hat sich mir anvertraut, von dem Druck der Eltern erzählt, ihren Probleme mit dem Körpergewicht, der Vorstellung, ihr ganzes Leben so verbringen zu müssen, in einer Scheinwelt, wo jede Imperfektion sogleich abgestraft wird. Hier wird nichts verhandelt. Nur gefordert. Nachdem sie aus dem Krankenhaus entlassen worden war, trafen wir uns fast täglich, redeten, tranken verbotenerweise Orangina – deren Zuckergehalt enorm ist – und knabberten gesalzene Erdnüsse oder, aus Alibigründen, langweilige Reiscracker.

Sie übernachtete mehrfach bei mir, dabei lagen wir uns in den Armen. Wie Geschwister. Dachte ich. Eines Nachts küsste sie mich. Es war wie ein Hauch. Kaum dass ihre Lippen mich berührt hatten. Zuerst dachte ich, es sei ein Versehen, dann wiederholte sie es. Ich erwiderte ihren Kuss. Ihre Hände glitten unter mein Shirt, strichen über meinen nackten Rücken. Dann umschlangen sie mich wie Lianen, mit der Kraft einer Würgeschlange. Sie presste ihren Körper an meinen, um sich mit dem nächsten Atemzug leicht wie ein Seidentuch an mich zu schmiegen.

„Dein Rücken ist so breit wie ein Cadillac", flüsterte sie mir bewundernd ins Ohr. Ich hingegen hatte das Gefühl, ein Rehkitz zu umarmen, Angst, sie zu erdrücken, sie zu beschädigen. Alles war so fein an ihr. Ich spürte jeden Knochen, jede kleinste Erhebung und Vertiefung. Ihr Atem ging stoßweise, ihr Brustkorb hob sich dabei kaum. Ich lag neben ihr, ein Neandertaler, ein Grobian, der mit jeder Berührung Schaden anrichten könnte. Es schwang keine Erotik mit, kein Verlangen, dieses Wesen zu erobern. In sie einzudringen. Eher das Gegenteil war der Fall: Ich wollte sie beschützen.

Irgendwann schliefen wir beide ein. Das war die letzte Nacht, die Céline bei mir verbracht hat. Danach sahen wir uns nur noch auf dem Weg zur Akademie oder für einen Kaffee nach dem Training, sofern sie einen guten Tag hatte und trainieren konnte. Sie musste später zweimal zur Beobachtung ins Krankenhaus, da sich bei ihr immer wieder Schwindelanfälle einstellten.

Eines Tages offenbarte sie mir, dass sie sich verliebt hatte. In einen der Pfleger im Krankenhaus. Er wisse nichts davon. Und sie traue sich nicht, zu ihm zu gehen. Wisse überhaupt nicht, wie es weitergehen solle, ob sie weitertanzen wolle. Der Tanz fehle ihr und stosse sie ab. Sie möge mich, meine Art über Tanz zu reden und zu denken, wie ich tanze. So ganz anders, als man es ihr eingebläut habe. Erdiger, wie Wasser fließend und voller Überraschungen. Wie ich die Lehrer herausfordere, mit meinen Blicken, meiner Haltung. So, als ob ich den Schritt gerade eben erfunden hätte und ihn zu meinem machen würde. Keine Kopie. Kein Vergleich möglich.

Sie hat mir das Versprechen abgenommen, für sie da zu sein, und ich tue, was ich kann und unterstütze sie dabei. Sie kämpft sich zurück. Schritt für Schritt, zwei nach vorne, einen zurück, wie in einem Kinderreim. Nur sind wir keine Kinder mehr. Möchten raus in die Welt. Ohne schützende Flügel über uns.

Ich klingele. In einem der oberen Stockwerke öffnet sich ein Fenster. Madame Boisneau, Célines Mutter, lehnt sich heraus und ruft mir zu, dass ihre Tochter heute zu Hause bleibt. Eventuell zur zweiten Lektion später dazustoßen wird. Sie winkt mir freundlich zu und schließt die Fensterflügel wieder.

Es ist acht Uhr dreißig, in einer Stunde beginnt die erste Lektion. Inmitten der Häuserreihen ragt das Wahrzeichen der Stadt auf. Der Eiffelturm ist wie ein Leuchtfeuer, das man nicht verfehlen kann, egal zu welcher Tages- und Nachtzeit. Die Ballettakademie ist nicht weit weg von dem metallenen Riesen, wenige hundert Meter entfernt, auf der anderen Seite der Seine. Der Fluss, der mit zahlreichen Brücken bestückt ist, die die beiden Stadthälften verbinden, wird zigfach in Chansons idealisiert und besungen. Dabei ist er schlammgrau, mieft, wirkt unappetitlich und hat nichts mit den Gewässern zu tun, die ich von zu Hause kenne. Darin baden? Fehlanzeige. Ein weiterer Grund, warum ich die Großstadt-Euphorie nicht ganz nachvollziehen kann.

Ich gehe über den Verkehrsknotenpunkt *Alma Marceau* hinweg, ein paar Schritte weiter direkt an der *Avenue George V* entlang, einer von den *Champs-Élysées* abgehenden Seitenstraße, und bin nach anderthalb Stunden Fußmarsch angekommen. Sobald ich mich meiner Schule nähere, grummelt es im Magen. Das Gewicht verlagert sich auf die Zehenballen. Der Rücken streckt sich. Die Beine beschleunigen die Gangart. Das Herz schlägt mir bis zum Hals. Es schwelt eine Aufregung in mir, wie bei einem ersten Date. Jeden Tag aufs Neue.

Anfang August letzten Jahres reiste ich zur renommierten Sommerakademie in Châteauroux im Herzen Frankreichs. Zweieinhalb Wochen jeden Tag tanzen. Von morgens bis abends. Alle Techniken und Stilrichtungen, die man sich vorstellen kann. Die Crème de la Crème der Tanzkünstler und Lehrer ist vor Ort. Koryphäen auf ihren Gebieten. Aus aller Herren Länder trifft man sich. Vom Amateur bis zum Profi. Man wohnt in beschaulichen Hotels und Pensionen oder gleich auf dem Campingplatz um die Ecke. Eine Art Woodstock des Tanzes. Dort bin ich Mademoiselle Golovine zum ersten Mal begegnet. Dort hat sie mir ein paar Lektionen später ein Angebot unterbreitet, das ich nicht ausschlagen konnte. Dort hat diese neue Reise begonnen.

Sechs Wochen später, Ende September, besuchte ich Solange Golovine in den heiligen Hallen ihrer Akademie in Paris. Ich war fasziniert und erschrocken zugleich: Hier lehrt die Grande Dame des französischen Balletts. In einem Hinterhof im Keller. Lässt exerzieren, tanzen und schwitzen. Von hier haben es zahllose Ballerinas und Ballerinos auf die etablierten Bühnen der Welt geschafft.

Im überschaubaren Vorraum, bevor es mehrere Treppenstufen hinunter in den Tanzsaal geht, ist eine Art Umkleide für Männer und Frauen. Keine Duschen. Die Toilette auf der anderen Seite des Hofes. Ein Tanzsaal, den kein Tageslicht durchdringt, wo der schwingende Parkettboden an zahlreichen Stellen ächzt und zittert, wenn man darüber tanzt, wo jede Diele gemeinsam mit den Holzpaneelen an den Wänden den Schweiß und die Tränen zahlloser Tänzer von Jahrzehnten aufgesaugt hat. Die Ballettstangen, an die Wände montiert und zur Mitte hin jeweils nach unten durchgebogen, schimmern speckig-matt. An den Ecken der Spiegelwand sind blinde Stellen sichtbar. Nichts ist gradlinig hier. Die Wände stehen in schrägen Winkeln zueinander, und man hat das Gefühl, sich in einem verwirrenden Oktaeder zu bewegen, in dem sich, wie in einem Spiegelkabinett, die eigene Reflexion mehrfach bricht. Kein Vorne, Zur-Seite oder Hinten. Kein rechtwinklig klar strukturierter Raum. Der Stutzflügel in der Ecke hat bessere Zeiten gesehen, Schrammen an den Kanten, vergilbte weiße Tasten in den hohen und tiefen Oktaven, Flecken auf der schwarzen Oberfläche, die von dem Blumentopf stammen, der auf dem abgescheuerten lackierten Deckel steht. Umso mehr verwundert es, wenn man den beiden Pianisten zuhört, die abwechselnd für die Klassen spielen, diesem Kasten Töne und Melodien entlocken, die einen antreiben, in die Musik hineinfallen lassen und täglich beflügeln.

Fünf T-Shirts für das heutige Trainingspensum werden reichen müssen. In Windeseile bin ich umgezogen, nutze die gewonnene Zeit, um meinen Körper, mein Instrument zu stimmen. Das Aufwärmen wie ein Ritual. Am Boden auf dem Rücken liegend alle Gelenke mobilisieren. Den Asymmetrien nachspüren und unregelmäßigen Verspannungen Paroli bieten. An der einen oder anderen Stelle in der Wirbelsäule knackt es, entweicht Luft. Gleiches in den Füßen, Händen, Knien und Schultern. Ich erhebe mich und gehe zur Wand. Missbrauche die Barre als Dreh- und Angelpunkt meiner Gelenke. Hänge an der Ballettstange, ein Bein obenauf, das andere am Boden verankert, leicht gebeugt. Lasse meinen Oberkörper in alle Richtungen kreisen und sich biegen. Bis zum Anschlag verdrehe und dehne ich mich. Die Augen dabei geschlossen. Es ist ein Balanceakt zwischen Schmerz und Genuss.

Pünktlich mit dem Zeiger auf halb zehn, mit den ersten Klaviertönen im Dreivierteltakt und den dezent nachdrücklichen Anleitungen Solange Golovines richtet sich das Rückgrat in die Vertikale auf, schweift der Blick über die Stange hinweg zum Spiegel. Schultern straffen sich, der Blick wandert in eine Ferne, als ob man das Publikum im dritten oder vierten Rang im Saal des imaginären Theaters anstrahlen möchte.

Bewegung für Bewegung erobere ich den Raum. Wachse aus mir heraus. Beine und Arme erobern die Achsen. Die Vertikale wechselt in die Horizontale, abgelöst von Diagonalen und Kreisen … zirkeln, zeichnen, punktieren. Eine lebendige Architektur. Nichts verweilt in der Statik, alles bleibt im Fluss. Die Balance auf einem Bein und halber Spitze ist ein konstantes Expandieren und Verorten der Kräfte. Ich erhebe mich aus dem Boden, schraube mich um meine eigene Achse, löse mich entgegen der Schwerkraft vom Parkett, um kurz darauf wieder auf ihm zu landen. Unter meiner Haut hämmert das Herz, zieht sich das Zwerchfell zusammen, dehnt sich aus. Ohne Geräusch. Wie ein Panther.

Eine Hand berührt meine rechte Schulter von hinten. Die Spannung im Schulterblatt verringert sich, das Brustbein senkt sich um wenige Millimeter. Der Drang nach oben wird ausgeglichen, ein Gegenpol nach unten gesetzt. Die Korrektur zum richtigen Zeitpunkt zeigt umgehend ihre Wirkung. Ein paar Schritte später beobachtet Solange meine finale Pirouette, hebt das Kinn an, zeigt mir im Profil ihre Wangenknochen. Wortlos. Ich mach es ihr nach. Halte den Atem an, verharre, bis der letzte Ton der Musik verklungen ist. Ihr Lächeln löst alles auf.

Nach zwei Trainingseinheiten und über vier Stunden Schuften und Schwitzen wechsele ich hastig ins dritte T-Shirt und schlüpfe in meine Jeans, denn heute ist ein voller Tag, es geht direkt weiter zum modernen Tanztraining, da tippt mir jemand auf die Schulter. Es ist François.

Er ist ein Jahr älter als ich, studiert Tanz mehr aus Zeitvertreib, besitzt viele Talente, wenig Ausdauer und einen unsteten Fokus, weiß noch nicht, wo es ihn im Leben hintragen wird.

„In Deutschland ist echt was los."

„Wie meinst du das?", frage ich nach, „habe ich etwas verpasst?"

„Viele Leute aus der DDR haben ihr Land verlassen. Über Ungarn und die Tschechoslowakei und so."

„Echt?" Ich halte inne, schüttele den Kopf. „Du weißt doch, ich habe keinen Fernseher und im französischen Radio reden sie mir viel zu schnell, so dass ich nur einen Bruchteil von dem verstehe, was die da erzählen. Und die Zeitung lesen würde bedeuten, mit dem *Dictionnaire* dasitzen zu müssen und den halben Tag Artikel zu übersetzen."

François blickt mich erstaunt an und erwidert: „Du bist doch ab und an zu Hause in Deutschland. Bekommst du da nichts mit?"

„Wenig, schaue dort auch nicht viel fern, trainiere da lieber mit meiner Tanzgruppe." Ich beuge mich zu meinen Füßen hinunter und binde mir die Schnürsenkel zu.

„Es rumort im Osten", bohrt François weiter, „Demonstrationen überall. Da passiert bald etwas Großes. Die Bürger in der DDR wollen nicht mehr."

François rührt sich nicht vom Fleck, wartet auf eine Antwort. Ich schaue direkt in seine Augen und lasse ihn spüren, dass mich das wenig interessiert: „Hmm, hier die Revolutionsfeier der Franzosen und in der DDR eine Neuauflage? Hoffentlich unblutig, nicht dass wie vor zweihundert Jahren die Köpfe rollen. Weißt du, ich habe null Bezug zum Osten, das war nie ein Thema bei uns zu Hause."

Ich greife nach meinem Rucksack, schultere ihn und wende mich von François ab. „Entschuldige, aber ich muss los, bin schon spät dran."

François nickt mir leicht zu, als ob er das Gesagte versteht und akzeptiert, hebt die rechte Hand zum Gruß, als entließe er mich aus seiner Audienz, und legt noch ein „Kein Ding. *Salut!*" hinterher.

Morgen soll am frühen Nachmittag während der Parade zur Zweihundertjahrfeier der Französischen Revolution eine Kunstflugstaffel der Luftwaffe über den *Champs-Élysées* die Trikolore an den Himmel zaubern. Ein Ereignis, das mich recht kalt lässt, in mir keinerlei Ambition hervorruft mitzufeiern. Da ist es wieder, dieses Paris, wo die Franzosen ihre Revolution feiern. Es ist ein Fest der anderen. Mein Deutschsein kommt mir in die Quere.

Warum soll ich mitfeiern … darf ich überhaupt? François geht mir durch den Kopf. In Deutschland passiert gerade irgendwas. Und ich habe mich vollkommen ausgeklinkt. Und wann habe ich zuletzt mit Paps über Politik oder das Weltgeschehen gesprochen? Sollen sie doch feiern.

Ich sprinte die Treppen hinauf ins Tageslicht, überquere den Hinterhof, schlüpfe durch das halb offen stehende Tor hinaus auf die belebte *Avenue George V*, vorbei an einer dicht gedrängt stehenden Gruppe großgewachsener Frauen auf hochhackigen Schuhen, in engen Trikots und Strumpfhosen, mit Stulpen an den Waden, Trainingsjacken mit einem Emblem auf dem Rücken. Die Haare streng nach hinten zu einem Pferdeschwanz gezurrt, jede mit einer Zigarette in den Fingern, pusten sie den Qualm in den Sommerhimmel.

Einen Eingang weiter beherbergt der Gebäudekomplex das *Crazy Horse*, eines der nächtlichen Show-Etablissements, in denen die berühmt-berüchtigten Oben-ohne-Revuen stattfinden, die man in Paris besuchen kann. Kunst und Kommerz direkt nebeneinander. Kein Wunder, dass mich die Leute zu Hause in der alemannischen Provinz fragen, wann, wo und wie sie mich denn demnächst im Fernsehen oder bei irgendeiner Show bewundern können. Was Tanz sein kann und wie er als existenzielle Grundlage funktionieren soll, ist für die meisten Menschen, die in der Provinz leben, ein Mysterium. *Ach, Sie tanzen, sind abends auf der Bühne! Und was machen Sie tagsüber?*

Paps hat dies nie hinterfragt oder gar mein Vorhaben in Frage gestellt. Er weiß, was es braucht, um was für ein mühsames und erbarmungsloses Vorhaben es sich handelt, in diesem Metier Fuß zu fassen und sich täglich zu schinden. Nicht umsonst hat er mich mehrere Jahre trainiert. Mich im Kunstturnen unterrichtet, herausgefordert und zu Höchstleistungen getrieben.

In einem *Franprix* an der nächsten Ecke kaufe ich ein Käsesandwich, einen Apfel, eine Flasche Volvic, tauche darauf in die Métrostation *Champs-Élysées – Clemenceau* ab und nehme die Linie 1 Richtung *Château Vincennes*. Unweit der *Place de la République*, im Studio des Tanzgurus Peter Goss beginnt mein modernes Tanztraining. Dort trifft sich die professionelle Tanzelite der freien Pariser Szene. Ein Glücksgriff, den ich einer weiteren Begegnung beim Tanzsommer in Châteauroux zu verdanken habe, denn hier wurde mir ebenfalls ein Stipendium zugesprochen. Seit zwei Monaten bin ich Mitglied im Goss'schen Tanzensemble. Eine Art Praktikum.

Auf dem Boden liegend, beginnt das Ritual des Aufwärmens, des sich Neu-Ausrichtens, wieder von vorne. Die Live-Perkussion ersetzt das *Bum-Bum* der nächtlichen Tanzsause nur bedingt; ist sanfter, berührt meine Sinne eher wie ein Streicheln. Die Zeit gleitet dahin. Die raumgreifende und atmende Bewegungssprache fordert ihren Tribut. Das Ausloten in alle möglichen Richtungen lässt den ganzen Bewegungsapparat an seine Grenzen gehen.

Bevor ich zur Ruhe kommen darf, meine schmerzenden Füße und müden Glieder unter die wohlverdiente heiße Dusche schleppen kann, geht es weiter, denn heute Abend steht eine Probe an.

Bert Poullsen, ein Belgier, den ich bei einem Tanzprojekt im Frühjahr kennengelernt habe, tanzt abends im *Le Paradis Latin*, einer der anspruchsvollsten Shows im Pariser Revueleben. Tagsüber kann er sich den künstlerisch reizvollen, aber schlecht bezahlten zeitgenössischen Tanzkreationen verschiedener angesagter Choreografen widmen. Nur ein Job im Ensemble der Pariser Oper oder in einer der renommierten publikumswirksamen Tanzshows ist ausreichend bezahlt, um in Paris entspannt leben zu können. Alles andere: ein teures Hobby.

Das Vortanzen dauerte gerade einmal fünfzehn Minuten: eine kurze jazzige Sequenz. Oben ohne. Mit der Empfehlung meine Brusthaare und den Dreitagebart abzurasieren. Dann wurde ich über die Gage in Kenntnis gesetzt, was meine ersten Zweifel und Ressentiments umgehend im Keim erstickte. Und per Handschlag die erste Probe und der Job vereinbart.

Ich werde ihn vertreten, zwei Wochen lang einspringen. Mehr will ich nicht. Es soll eine Erfahrung bleiben. Und das Honorar für diese kurze Zeit ist für einen Studenten ausgezeichnet.

Für Aufregung und Fragen ist heute kaum Zeit. Bert weist mich auf der leeren Bühne in die einzelnen Sequenzen ein. Dafür haben wir zwei Stunden Zeit. In der nächsten Probe wird meine Tanzpartnerin dazustoßen: Elisabetta, eine langbeinige, dunkelhaarige Mittzwanzigerin, die ihre Ballerinakarriere an den Haken gehängt hat und ihr Glück im Showbusiness versucht. Diese Revue als Sprungbrett nutzen möchte. Ihr Traum: Las Vegas.

Nachdem alle partnerlosen Sequenzen einstudiert sind, genehmige ich mir einen langen Schluck aus der Wasserflasche und betrachte Bert von oben bis unten. Er ist gleich groß wie ich, besitzt einen durchtrainierten Körper. Rotblonde, kurz geschnittene Haare. Sein Brustkorb mit den ausgeprägten Brustmuskeln und dem unvermeidlichen Sixpack glänzt verschwitzt. Den einzelnen Muskelgruppen zuzuschauen, wie sich die Strukturen, Erhebungen und Vertiefungen fortwährend verändern, wie sie definiert und so fein artikuliert sichtbar werden, hat etwas Animalisches, lässt meinen Blick dort eine Spur zu lange verweilen.

Bilder aus alten Kunstturnzeiten tauchen auf. Die Unsicherheit bezüglich meines Körpers. Der vermeintliche Babyspeck, der zu weiche Muskeltonus, die Hyperbeweglichkeit, die zu kontrollieren ich kaum fähig war. Zumindest, wenn es um die kraftraubenden Übungen und Haltepositionen an den Ringen, am Pferd oder am Barren ging. Da half kein zusätzliches Krafttraining in der Muckibude. Die Teamkameraden wirkten auf mich meist geeigneter in ihrer Artikulation, Proportion und Koordination. Ihnen beim Training oder Wettkampf zuzuschauen barg etwas Voyeuristisches, Faszinierendes und letztlich Erotisches in sich. Dieser Anziehung, insbesondere bei Männern, konnte ich mich nie erwehren.

Bert steht direkt vor mir, trocknet sich den schwitzenden Oberkörper mit einem Handtuch ab, das er sich danach um den Nacken und über die Schultern legt. Ich gehe auf Angriff und frage drauflos.

„Wie ist es, mit einer Frau zu tanzen, wenn sie dir die nackten Brüste mitten ins Gesicht entgegenstreckt? Vergreift man sich da nicht manchmal und fasst einfach hin?"

Bert hält inne, schaut mich an und setzt ein verschmitztes Lächeln auf: „Das ist pure Übung. Du bist so konzentriert und willst alles perfekt präsentieren, dass du keine Zeit zum Denken hast. Und wenn doch, dann gehört das zum Job dazu."

„Schon mal 'nen Steifen bekommen, wenn du mit solch attraktiven Frauen auf so engen Körperkontakt gehen musst?"

Bert lacht laut auf, ist mit zwei großen Schritten bei mir, greift nach mir, umschlingt mich mit beiden Armen und presst sein Becken an meins. Ich spüre sein Geschlechtsteil fest an meinem. Er wirbelt mich herum, dabei steigt mir der Duft von Sandelholz und Zitrus, gepaart mit dem Geruch nach frischem Schweiß, in die Nase. Dann löst er sich genauso schnell von mir, wie er mich in die Arme genommen hat, wirbelt um seine Achse, springt in die Luft und landet mit einem tiefen Ausfallschritt und einer ausladenden Armhaltung erhobenen Hauptes einen Meter entfernt. Er ist gut. Wirklich gut.

„Alles geht so schnell, da ist nicht viel echte Erotik in den Choreografien möglich. Keine Zeit für einen Steifen."

Das kann ich so nicht stehen lassen und erwidere mit einer erhobenen Augenbraue: „Da kennst du mich schlecht."

Bert grinst mich an und ich bin froh, dass er im schummerigen Bühnenlicht mein kurzes Erröten nicht sehen kann. Diese schlagartige Körpernähe irritiert mich, löst eine sanfte Welle der Erregung aus, die in meinen Lenden beginnt. Es ist mir nicht peinlich. Der Körper hat reagiert. Mein Glied drückt gegen das Suspensorium. Und da ist er wieder: der Grund, warum ich nach dem Sport nie gerne mit den anderen Jungs unter der Dusche stand. Mit einem erigierten Schwanz schutzlos vor aller Augen zu stehen, ist nicht erklärbar oder mit banalen Ausflüchten wegzureden. *Bist du schwul? Macht es dich an, mich nackt zu sehen? Möchtest mal anfassen?*

Ich habe das schon erlebt, selten am eigenen Leibe erfahren, meist nur beobachtet und jeweils versucht, die anderen, die Gaffer und Schamlosen, abzulenken, dem Betroffenen den Moment zu geben, wo er mit zittrigen Händen den Thermostat auf Kalt stellt, das Unvermeidliche schrumpfen, ungesehen oder noch besser ungeschehen lassen möchte. Ich stand dann da, das Badetuch eng um die Hüften geschlungen, lenkte die coolen Typen ab, die lässig ihr Gemächt zur Schau stellten, erzählte was von den anstehenden Matheprüfungen und ob wir alle noch Eis essen gehen wollten. Dabei zog ich im Kopf Wurzeln, addierte mehrstellige Zahlen und multiplizierte im Quadrat, dachte an Eisberge, die Antarktis, um mich selber abzulenken, meiner Erregung keine Chance zu geben das Badetuch zu wölben.

„Okay. Verstanden!", murmele ich, stehe auf und markiere nochmals die letzte erlernte Sequenz der Finalnummer, drehe mich dann kurzerhand um und frage unvermittelt: „Hattest du schon eine? Ich meine, eine Erektion auf der Bühne? Oder besser noch: Hast du schon nackt auf einer Bühne gestanden? Vor Publikum?“

Bert zögert nicht lange, bejaht die Erektion und verneint das Nackttanzen auf einer Bühne. Damit entlässt er mich mit einem Klaps auf den Po aus der Probe.

Kurz vor Beginn der Show lerne ich den *Dance Captain* kennen. Daniele ist verantwortlich für die Kommunikation und schnelle Umsetzung kurzfristiger Änderungen im Programm. Er hat mir einen Platz nahe der Bühne organisiert, damit ich die Abläufe, die Platzwechsel und Auf- und Abgänge im Detail sehen kann.

Vor ausnahmslos blanken hüpfenden Brüsten langbeiniger Showgirls und vor Testosteron strotzenden schwitzenden Männerkörpern weiß ich nicht, wohin ich schauen soll. Versuche, mich während des ganzen Abends so gut wie möglich auf die Choreografie zu konzentrieren, mir meine Parts und Platzierungen zu merken. Folge Bert und Elisabetta. Starre den beiden unverhohlen auf den Hintern, auf ihre Titten oder in seinen Schritt.

Da ist es wieder: dieses Voyeuristische. Die Reduktion auf rein körperliche Attribute, zudem in einer direkten und unverhüllten Art, löst eine unterschwellige Abneigung gegen diese Art von Nabelschau aus. Bin mir zwischenzeitlich nicht sicher, ob ich das hier machen will. Nicht einmal für maximal zwei Wochen.

Das andere Ich drängt sich durch die Ritzen der scheinbaren Sittsamkeit. Aus winzigen Puzzleteilchen, so klein wie Fruchtfliegen, formen sich Bilder der nächtlichen Abenteuer der letzten Monate, die ich zwar mit einer Handbewegung auseinanderstieben kann, die sich aber nicht verscheuchen lassen, sich vor meiner Netzhaut in immer neue Momente verwandeln, in denen ich tanze. Anders tanze. In Clubs unterwegs bin. Pure Lust. Schwitzende, glänzende Körper. Frauenkörper. Männerkörper. Das *Bum-Bum* setzt sich hier fort, kommt aber nicht von innen. Wirkt aufgesetzt, künstlich und trotzdem zieht es mich in seinen Bann.

Einzelne Tanzsequenzen faszinieren mich. Sie sind anspruchsvoll, verlangen einem Tänzer höchste Konzentration, vollen körperlichen Einsatz und technische Versiertheit ab, ohne dabei das Lächeln zu vergessen. Diese greifbare und spürbare Körperlichkeit löst in mir einen wohligen Schauer aus. Zwar ist das Bild sehr heterolastig, aber so will es die Mehrheit des Publikums wohl haben. Zumindest hält sich die Balance zwischen weiblichem und männlichem Publikum die Waage. Und dann immer wieder die kleinen Intermezzi, wenn nur die Frauen auf der Bühne sind.

Die Nähe irritiert mich, das konstante Spiel zwischen den Frauen. Das Cover einer Schallplatte kommt mir in den Sinn: *Bilitis*, die Filmmusik. Zart, sinnlich, erotisch. Dieses hinter einem Schleier und Lichterspiel versteckte anzügliche Kokettieren zweier Frauen. Und war da nicht auch ein Mann dabei? Mam hatte die Platte gekauft. Wenn Paps in der Sporthalle oder für den Sportverein unterwegs war, lief zu Hause im Wohnzimmer die Platte hoch und runter. Dabei hielt Mam ein Glas Rotwein in der Hand, sie bewegte sich zur Musik, wiegte ihre Hüften von einer Seite zur anderen, summte mit, ganz in sich gekehrt.

Die Frauen auf der Bühne tangieren sich des Öfteren, tanzen nahe beieinander, berühren sich so flüchtig, als ob jeder Kontakt einen Stromschlag auslösen könnte. Ganze Gruppenchoreografien finden nur mit ihnen statt. Einzig die riesigen Federgestelle, wie Räder schlagende Pfaue, halten sie in der einen oder anderen Szene gegenseitig auf Distanz. Die Männer scheinen sich eher unterzuordnen, heben und präsentieren die Frauen und schieben sich selten in den Vordergrund. Umso mehr registriere ich, wie ich beginne, den nackten Männeroberkörpern zu folgen, bis in die Seitenkulissen hinein, sie in Kategorien einteile: schmalbrüstig wie die zähen, konstant auf Spannung gepolten und im Hohlkreuz stehenden Flamencotänzer; oder der breite, aufgepumpt wirkende Brustkorb, mit dem gewölbten *Pectoralis Major* eines Bodybuilders, als wollten sie mit einem Gorilla um die Wette ihren Oberkörper mit Fäusten bearbeiten; die wie eine Sanduhr verlaufende Taille, die fein ziselierte, mit zahlreichen kleinen Wölbungen bespickte Bauchdecke, auf der man Wäsche waschen könnte; und die knackigen, wohlgeformten, festen, meist den mediterranen Typen vorbehaltenen Pobacken.

Mein Puls ist erhöht, ich spüre mein Herz bis zum Hals schlagen. Die Sittsamkeit durchbrechenden Fruchtfliegen flitzen erneut durch die Ritzen, nehmen Formen an, die mir Szenen vorgaukeln, mich kurz aufstöhnen lassen, mich ablenken. Und ich kneife mir in den Unterarm, konzentriere mich wieder auf die Abläufe und die später zu übenden Sequenzen.

Nach der Show treffen wir uns in der Garderobe. Ich lehne an einem der Schminktische. Um mich herum ein Gewusel von halbnackten Körpern, die sich glitzernder, federbewehrter und goldsilbern durchzogener Kostümteile entledigen. Haare werden ausgekämmt, falsche Wimpern abgezupft und Brustwarzen von mit Fransen behangenen Pasties befreit. Alles ohne Scham. Männlein und Weiblein gemischt. Hier und da eine zotige Bemerkung, ein Klaps auf einen nackten Hintern. Einer der muskelbepackten, stattlichen Tänzer steuert auf mich zu. Er ist locker einen Kopf größer als ich. Mit einer Geste, als sei ihm das Handgelenk gebrochen, bleibt er vor mir stehen, begrüßt mich mit drei Küsschen auf die Wange, *droit-gauche-droit*, und stellt sich mir in tiefstem bayerischem Dialekt als Ferdinand oder besser „da Ferdi" vor. Mein Gesichtsausdruck muss ihn irritieren.

„Gell, do schaugst! Middn in Paris a boarische Seele. Bisd a Schwob?"

„Nein, ein Alemanne", antworte ich und kann mir ein Schmunzeln nicht verkneifen.

„Beanvenü schä nuh. Freit mi, di kenne z'lerna." Er wirft mir über seine Riesentatze hinweg einen Handkuss zu.

Beide grinsen wir uns an und er geht weiter.

Die fistelnde Stimme hinter ihm gehört einem der mediterranen Typen. Er begutachtet mich von oben bis unten, legt den Kopf schief und schenkt mir das breiteste Lächeln, das ich bisher gesehen habe. So viele Zähne habe ich noch in keinem Mund gezählt. Seine Lippen nähern sich meinem rechten Ohr und er flüstert mir in einer südamerikanischen Sprache etwas zu, was ich jedoch nicht verstehe. Lächele zurück und lass ihn davonstaksen. Er hat einen Hüftschwung, mit dem er den meisten Damen hier Konkurrenz und die Divenkrone streitig machen könnte.

Als sich ein paar gewaltige Brüste direkt an meinem Gesicht vorbeischieben, wird es mir dann endgültig zu ungemütlich. Mein Blick schweift umher. Ich halte Ausschau nach Bert.

Elisabetta sieht zu mir herüber und winkt mich zu sich. Ohne die High Heels verliert sie etwas an der eindrücklichen Größe, überragt meinen Kopf dennoch um ein, zwei Zentimeter. Sie spricht fließend Englisch und wir verstehen uns auf Anhieb. Das Timbre in ihrer Stimme erzeugt einen kurzen Schauer, der mir über den Rücken läuft, lässt mich stoßweise ausatmen, was wie ein

Seufzer klingt. Sie greift mit beiden Händen meine Oberarme, zieht mich zu sich heran und gibt mir einen Kuss auf die Wange, verabschiedet sich und freut sich auf die anstehenden Proben. Ich kann nicht umhin, ihr hinterher zu starren, da steht Bert vor mir.

„Noch auf einen Drink?"

Ich zögere eine Sekunde. „Danke, aber ich muss los, morgen früh Training, am Nachmittag Proben mit Peter Goss und abends gehe ich in die Vorstellung des Béjart Balletts *1789 … et nous* im *Grand Palais.*"

„Du hast Karten dafür?"

„Ja, über die Akademie. Solange hat mich eingeladen, sie zu begleiten. Bin sehr gespannt."

Bert schenkt mir ein verständnisvolles Lächeln.

„Dann wünsche ich dir viel Spaß. Wir sehen uns übermorgen wieder. Gleiche Zeit?"

„Irgendwie komisch, hier zu sein, das konnte ich mir so gar nicht vorstellen. Und gleichzeitig ist es aufregend, eine ganz andere Welt für mich. So schillernd, glamourös."

„Nicht alles, was glänzt, ist echt. Gut, dass du mich vertreten kannst und dich auf das hier einlässt. Danke dir."

Ich lache kurz auf und erwidere: „Nicht alles, was echt ist, muss glänzen. Ich werde mein Bestes tun."

Mittlerweile sind die Schminktische aufgeräumt, die Garderobieren haben alles zusammengepackt und verräumt. Der Duft von Deos, Parfüms und Zigarettendunst hängt in der Luft, eine Mischung, die exotisch, aphrodisierend wirkt. Es herrscht hier eine Freiheit, eine Großzügigkeit, die es in jedem Raum zu geben scheint. Nichts ist festgelegt. Jeder darf der sein, der er sein möchte. Ob ehrlich, wahrhaftig oder unecht, vorgetäuscht. Wen kümmert es, solange es im Moment so und nicht anders gelebt werden will.

Es ist weit nach Mitternacht und ich trete auf die reichlich bevölkerte Straße hinaus, feiere diesen Abend, diese Freiheit, hier sein zu dürfen und Dinge zu erleben, die ich noch nach dem Abitur vor zwei Jahren nie für möglich gehalten hätte. Ein *Bum-Bumm-Bummm* macht sich in meinem Inneren bemerkbar, fast so, als ob es mich überreden möchte, doch noch in einen Club zu gehen. Abtanzen. Allein.

Ich richte mich auf, straffe meine müden Muskeln, recke das Kinn in die Höhe, hole einmal tief Luft und atme langsam aus. Das hilft.

Bis ich zu Hause ankomme, wird es bereits zu dämmern beginnen. Schwarz wird zu Grau, wird zu Blau. Unterwegs hängt an manchen Balkonen und Fensterbrettern die französische Nationalflagge. Einmal braust ein hupendes Auto, die Fahne auf der Motorhaube drapiert, an mir vorbei. Unweit des *Cimetière de Montparnasse* begegnet mir ein Radfahrer, der sich das blau-weiß-rote Banner um den Hals gehängt hat. Es flattert ihm wie Supermans Cape waagrecht hinterher. Und mir scheint, als pfeife er die Marseillaise vor sich hin.

Endlich angekommmen, entdecke ich einen Brief, der aus meinem Briefkastenschlitz ragt. Er hat eine deutsche Briefmarke, der Poststempel stammt von einem Berliner Postamt. Erst als ich in meinem Ledersessel sitze, öffne ich den Umschlag.

Es ist die Einladung an die Deutsche Oper Berlin. Solange Golovine hat Wort gehalten: Peter Schaufuss, der designierte neue Ballettdirektor, will mich beim privaten Vortanzen sehen. Mitte November soll ich für mindestens drei Tage vor Ort sein und zur Verfügung stehen.

Draußen zischt etwas am Fenster vorbei. Ein Knall ertönt und eine kräftige Männerstimme brüllt dreimal „*Vive la France!*“

KAPITEL 6

D-SUNTHEIM / SAMSTAG, 30. SEPTEMBER 1989

Er ist fort. Unwiderruflich. Auf Kopfhöhe der Zimmertür klebt das schwarz-weiß gedruckte Poster einer französischen Tanzaufführung. Ein verwischtes, wie mit einer zu langen Blende aufgenommenes Tanzfoto prangt in der Mitte, darunter der Titel „*Je t'aime quand tu neiges*".

Seit dieses Plakat dort hängt, hat sich Heiner trotz seiner Französischkenntnisse dieser Titel nicht erschlossen. Liebe im Schnee löst in ihm eher Erinnerungen an einen alten Filmtitel aus. *Film noir* kommt ihm in den Sinn, diese düsteren, mit verbitterten Charakteren bestückten Schwarz-Weiß-Filme, denen er nie etwas abgewinnen konnte, im Gegensatz zu seiner Ex-Frau. Dass jemand schneien muss, damit er geliebt wird, hat etwas Unwirkliches an sich, eine Poesie, die ihn ratlos zurücklässt. Julian hingegen blüht bei derlei Titeln geradezu auf, folgt seinem inneren Drang, sich solche Welten zu erschließen. Taucht tief ein und verbringt dort Stunden, wenn nicht Tage. Je surrealer, desto spannender.

Julians Zimmer ist nicht abgeschlossen. Es ist sein Reich, seit er dreizehn Jahre alt ist. Heiner hat es zuletzt betreten, als sein Sohn vor mehr als einem Jahr seine Sachen für den Umzug nach Paris gepackt hatte, und er ihm half, eine Lampe abzumontieren, die sein Sohn unbedingt mitnehmen wollte.

Beim Betreten des Zimmers atmet er trockene Luft ein. Darunter schwebt ein herb süßlicher Duft nach Sandelholz, der von einem halb abgebrannten Räucherstäbchen stammt, das in einer flachen Holzschale neben der Stereoanlage liegt. Daneben eine geöffnete, längliche Schachtel mit weiteren Duftstäbchen.

Dieser Geruch hat sich in das Zimmer, die Stoffe, die Holzpaneele, den Teppich hineingefressen, wie eine Tätowierung unter der Haut verewigt. Das durch die heruntergelassene, orangegelbe Stoffjalousie fallende Morgenlicht entfaltet einen warmen Charme. Geborgenheit hat sich ausgebreitet.

Heiner zieht das Rollo an den Schnüren nach oben. Dahinter, auf dem Fensterbrett, liegen tote Fliegen auf dem Rücken. Er öffnet den rechten Fensterflügel und katapultiert die Insektenkadaver ungelenk mit dem rechten Zeigefinger und Daumen in Schnippbewegungen einzeln über den Fensterrahmen auf den Sims und von dort hinweg in die feuchtwarme, frühherbstliche Morgenluft.

Heiner vermisst ihn. Vermisst die Anwesenheit seines Sohns. Dessen grenzenlose Begeisterungsfähigkeit und überbordenden Enthusiasmus. Die Lebendigkeit und Leidenschaft, wenn Julian über den Tanz spricht, den Bewegungen hinterherforscht. Im Garten auf der Wiese einfach lostanzt, sich einer Sache komplett hingibt, darin versinkt wie in einem blaugrünen, tiefen See und erst nach Stunden wieder auftaucht.

Julian lebt im Moment und verschwendet keinen Gedanken daran, wo es ihn hinführen, wie seine konkrete Zukunft aussehen wird. Nicht unbedacht oder gar naiv. Eher intuitiv. Einfach der Nase nach.

Im Gegensatz zu seiner Schwester, die, viel nüchterner unterwegs, das Leben als kalkulierbares Risiko betrachtet und Stufe für Stufe vorplant, alle Seiten abwägt. Heiner könnte nicht sagen, was die bessere Wahl ist. Vielleicht von beidem etwas?

Bis auf die in Pastellgrün gestrichene Wand hinter dem Schreibtisch ist alles in Holz ausgekleidet. Kiefer *Red Pine*, ohne Astloch.

Hannah hat alles dies ausgesucht, mit Julian bis ins letzte Detail geplant und durchgesprochen, daraufhin das Bett und den Kleiderschrank samt Schiebetüren von einem Schreiner in die Schräge einpassen lassen.

Jeder Winkel ist optimal genutzt, die frühere Speise- und Abstellkammer neben der Wohnung seiner Eltern unter dem Dach zu einem wohnlichen und behaglichen Zimmer verwandelt worden. Hannah hatte ein Geschick und Gespür für gemütliches Wohnen bewiesen. Manchmal – und für seinen Geschmack – etwas zu exklusiv und zu teuer.

Seine Ex-Frau war regelmäßig hier oben gewesen. Zum Schluss fast jeden Abend. Hatte sich mit ihrem Sohn ausgetauscht und nach dem Rechten gesehen, wie sie vor dem Zubettgehen mitzuteilen pflegte, und dann, im Bett liegend, ihm den Rücken zugewandt. Ohne Kuss oder irgendeine zärtliche Geste.

Alles wirkt aufgeräumt. Das Bett ist frisch bezogen und mit einer Tagesdecke belegt. Die gesamte Länge vom Fenster bis zur Tür hin wird von einem ausladenden hölzernen Schreibtisch und einem wandhohen Regal eingenommen. Dazwischen eine Pinnwand aus Korkplatten, an der zahlreiche Urkunden mit ersten und zweiten Plätzen aus Turnwettkämpfen, Medaillen mit verschiedenen mehrfarbigen Bändern und angegilbte Zeitungsartikel über Erfolge und Ehrungen hängen, die Julians sportliche Ambitionen und Erfolge belegen. Ein Foto zeigt seinen Sohn konzentriert dreinblickend, mit einem Akkordeon in den Armen während eines Konzertes. Daneben eine Viererserie von schwarz-weißen Passfotos aus einem Automaten, auf denen Julian gemeinsam mit seiner Schwester Carla Grimassen schneidet. Aus Zeiten, als Familie familiär war. Gemeinsamkeiten zelebriert wurden.

Aktuell scheint alles aus dem Ruder gelaufen zu sein. Jeder geht seine eigenen Wege. Er als einziger scheint an der Stelle zu treten. Sich dabei eher ein Loch zu buddeln, tiefer und tiefer.

Den alten Schreibtischstuhl aus seinem alten Büro im Amt hat sein Sohn ihm bei einer Wette abgeluchst. Das *Sehr gut* damals für seine Mathearbeit hatte er sich redlich verdient, den Stuhl als Preis dazu.

Fokus ist das Losungswort. Alles geht bei Julian über den Fokus. Damit schafft er es. Wird es schaffen. Wie alles, was er angefasst und begonnen hat. Ein Gefühl von Stolz übermannt Heiner, lässt ihn aufseufzen und langsamer ausatmen, dabei hebt sich seine Brust und die Schultern senken sich ab, ohne zu hängen. Werden eher weiter, als ob er Flügel tragen würde. Eine Kraft breitet sich aus, die er lange nicht mehr in sich gespürt hat. Für einen Moment ist er sich seiner Größe bewusst, dass er im aufrechten Gang seinem Sohn auf Augenhöhe begegnen sollte.

Heiner öffnet die zweitoberste Schublade auf der rechten Seite des Schreibtischs und entnimmt ihren Inhalt, sortiert ihn. Julian hat ihm präzise beschrieben, wo er die benötigten Unterlagen finden würde: das Abiturzeugnis und das offizielle Schreiben des Kreiswehrersatzamtes zur Bestätigung, dass er nicht zur Bundeswehr eingezogen wurde und keinen Zivildienst leisten musste: „untauglich“ und „studiert Bühnentanz“.

Da hatte Heiners Krankheit, diese vermaledeite Rückenmarksgeschichte, endlich einen Nutzen für seinen Sohn gehabt.

Er schließt das Fenster und lässt die Stoffjalousie wieder herunter, verlässt das Zimmer und setzt den ersten Schritt auf der Treppe abwärts, zögert und dreht sich um.

Vor ihm die Tür zur Wohnung seiner Eltern. Drei längliche Glasscheiben mit einer perligen Oberfläche sind dort senkrecht eingearbeitet, sodass man dahinter Bewegungen oder eine Person nur schemenhaft erkennen kann. Er kann nicht hinein. Sein Körper weigert sich.

Seit dem Tod seines Vaters hatte er ein einziges Mal die Wohnung betreten, um die notwendigen Papiere zusammenzusuchen, den besten Anzug, ein weißes Hemd, Egons rote, seidene Lieblingskrawatte und die schwarzen Sonntagsschuhe für die Bestattung zu holen. Wie oft schon hatte er die Schwelle zur Wohnung seiner Eltern überquert! Sich nie aufgehoben oder geborgen gefühlt. Diese Erinnerung schwebte wie ein Damoklesschwert über ihm, über seiner Familie, vor allen Dingen seine Mutter. Wie oft waren sie in den letzten Jahren in das Stockwerk über ihnen gerannt, hatten sich wie ein Suchtrupp von der Diele aus aufgeteilt, jeder ein anderes Zimmer in Angriff genommen und nach Oma Ausschau gehalten. Meist stand Egon bei ihr, vornübergebeugt, als ob er im Begriff wäre, etwas aufheben zu wollen. Er konnte sich mit seinen rheumatischen Gelenken und der asthmatischen Lunge nicht bücken, seine Frau nicht hochheben und sprach in beruhigenden Worten zu ihr.

Zum Schluss wog Mutter weniger als ein frisch geborenes Kälbchen. Auf Julians Armen lag sie wie ein Federbett, das sich mit der nächsten Böe aufzublähen und davonzufliegen drohte. Eingefallene Gesichtszüge, nur Haut und Knochen.

Heiner kannte diese Bilder von woanders her. Er hatte Menschen in diesem körperlichen Elend gesehen. Eingepfercht, zitternd, nach Exkrementen stinkend, mit verfilzten Haaren und den leeren Blicken, ohne Hoffnung. In einem Eisenbahnwaggon. Einmal. Er war zwölf Jahre alt. Der Krieg seit ein paar Tagen zu Ende. Er hatte sich dorthin geschlichen, obwohl sein Vater es ihm verboten hatte, lugte durch einen Schlitz zwischen der Schiebetür und dem Rahmen und nahm fluchtartig Reißaus, dass der Schotter hinter seinen Fersen aufspritzte. Einen Tag später stand der Waggon in Flammen.

Später begegneten ihm Bilder wie diese nur in Dokumentationsfilmen, Fotoausstellungen und Geschichtsbüchern.

Jedes Mal, wenn er seinem Vater half, den bis zur Taille entblößten Oberkörper seiner Mutter mit Körpercreme einzusalben und sich dabei bis zu handtellergroße Hautschuppen lösten, rann ihm eine Gänsehaut den Rücken herunter, wurden seine Achselhöhlen feucht. Frieda trank zu diesem Zeitpunkt maximal zwei Gläser Wasser am Tag. Der Morbus Parkinson leistete volle Arbeit. Zum Schluss ging nichts mehr. Die zahllosen Medikamente entfalteten ihre Wirkung so wenig wie Zuckerpillen.

Dass sein Vater, trotz seiner knapp neunzig Jahre, sich dermaßen aufopfernd und fürsorglich um seine Frau kümmerte, verlangte Heiner Bewunderung und höchsten Respekt ab. Wer würde sich eines Tages um ihn kümmern? Wer?

Die letzten zwei Tage im Krankenhaus, wo Frieda künstlich ernährt wurde, ließen seinen Vater schrumpfen, ihn in kürzester Zeit um Jahre altern. Ein knappes Jahr später folgte er ihr, seiner ersten und einzigen Liebe, wie er es bei jeder Familienfeier erwähnte, dabei sein Schnapsglas hob und ihr mit einem Zwinkern und verschmitzten Lächeln zuprostete.

Heiner überlegt es sich anders, wendet seinen Blick vom Treppenhaus ab Richtung Wohnungstür und legt seine taube, linke Hand auf den abgegriffenen silbernen Knauf, dreht den im Schloss steckenden Schlüssel mit der Rechten um, drückt seine Schulter gleichzeitig gegen die Wohnungstür und öffnet sie.

Ein Schwall abgestandener Luft drängt sich ihm entgegen. Es riecht muffig. Eine säuerlich-süße Mischung aus Maggi, Ammoniak, Essig und dem hölzern würzigen Duft von Vaters allgegenwärtigem *Old Spice*.

Die Rollläden sind in allen Zimmern heruntergelassen. Er schaltet das Licht in der Diele an. Ein kurzes blitzartiges Aufflammen und es ist sogleich wieder dunkel.

„Scheiße. Scheiße. Scheiße."

Heiner hat das Haus geerbt, seiner Schwester Sophie ihren Pflichtanteil umgehend ausbezahlt. Sie war kurz nach Vaters Tod zweimal hier in der Wohnung gewesen, hatte ein paar Fotos und das eine oder andere Erinnerungsstück aussortiert, ihn gefragt, ob das in Ordnung sei, alles in eine Kiste gepackt und mitgenommen. Sie standen sich nahe und doch sahen sie sich seit dem Tod ihrer beider Eltern kaum. Ein Telefonat hier, eine Grußkarte da. Sie hatte ihre eigenen Kämpfe auszufechten.

Bisher hat er es vor sich hergeschoben: das Aussortieren, sich in Erinnerungen wälzen, Dinge entdecken, die ihn nichts mehr angingen. Alles wegschmeißen. Das Leben seiner Eltern ablegen. Essenzielles behalten. Den Rest entsorgen. Die Guten ins Töpfchen, die Schlechten ins Kröpfchen.

Das war sein Job, eine Berufung. Halb Jurist, halb Beamter.

Einmal angefangen, kann er nicht mehr aufhören. Nachdem er die Glühbirne in der Diele ausgetauscht hat, reißt er alle Fenster und Türen auf. Licht und Frischluft. Hähne aufdrehen, die Spülung betätigen und das Wasser fließen lassen. Die toten Pflanzen, die unberührt an Ort und Stelle stehen, wo sich Vater zuletzt um sie gekümmert und gewässert hat, aus ihren Blumentöpfen entfernen und entsorgen.

Im Esszimmer geht er langsamen Schrittes eine Runde um den mit einer roten Leinendecke und einem weißen, kleinen, quadratischen Baumwolltuch bedeckten Tisch mit den sechs Stühlen. Berührt jede Stuhllehne einzeln, streift mit den Fingerspitzen über das staubige dunkle Holz.

Am Weihnachtsabend saßen sie hier immer alle gemeinsam, aßen Schäufele mit lauwarmem Spargel aus dem Glas und Toastbrot mit Butter. Während des Tischabräumens danach schlich er unbemerkt aus der Wohnung, ging ein Stockwerk tiefer, zündete die weißen Kerzen an und klingelte mit dem Glöckchen. Das Zeichen des himmlischen Kindes. Kurz darauf versammelten sich alle im Wohnzimmer, wo der reich geschmückte, im warmen Kerzenschein und silbernen Lamettaschmuck schimmernde Weihnachtsbaum alles in ein anderes, ein verklärtes Licht tauchte.

Als Nächstes betritt er das Schlafzimmer, kommt nicht umhin, über die dunkelbraune Stelle auf dem grün gemusterten Teppichboden zu steigen, wo sein Vater nach einem Herzinfarkt gestürzt, mit dem Kopf an der Bettkante aufgeschlagen und dank der Wiederbelebungsversuche Julians, der für zwei Tage zu Hause weilte, und der schnell eintreffenden Sanitäter gerettet worden war. Der Fleck ließ sich nicht entfernen.

Im Schrank liegt alles an Kleidung und Bettwäsche des täglichen Bedarfs, was seine Eltern besessen haben. Wohlsortiert und fein säuberlich gefaltet, wie zu Ausstellungszwecken in den Regalen einer Boutique gestapelt.

Die Rotkreuzsäcke, die er über das ganze Jahr gesammelt hat, kommen zum Einsatz. Er stopft, ohne sich die Sachen genau anzuschauen, alles hinein. Selbst in der hintersten Ecke und dem letzten

Winkel einer Schublade findet er nichts Überraschendes. *Wenn man diese Welt verlässt, soll alles seine Ordnung haben* – Worte seiner Mutter, die priesterlicher nicht hätten sein können. Von einer Frau, die weder der Kirche noch ihrem Ehegatten gegenüber unterwürfig war. Ihre eigenen Regeln entwickelt hatte, die sich bei genauerem Hinsehen nicht wirklich von gutbürgerlichen Grundsätzen und kleinbürgerlichen Moralvorstellungen unterschieden. Und zuweilen einem Verhalten und einer Denkweise entsprachen, die er gerne ad acta gewusst hätte. Nach außen keine Geheimnisse, keine Altlasten. Alles frei von Frevel und Lügen. Die letzte Beichte abgelegt und den Freifahrschein in den Himmel mitgenommen. Fast klinisch rein wirkt dieser Schrank auf ihn. Keimfrei.

Im Wohnzimmer nimmt ein mahagonifarbenes Bücherregal die ganze Wand ein. Vaters Bibliothek und Heiligtum. Buchrücken neben Buchrücken. Goldene Lettern auf grünem und braunem Leder. Dazwischen ein paar hölzerne Buchstützen. In der obersten Reihe, direkt unter der Decke eingepfercht, steht ein Kästchen. Rechteckig, doppelt so dick und schwer wie Tolstois *Krieg und Frieden*, was schief daneben lehnt.

Heiner kennt diese Kiste, hat sie zum ersten Mal nach dem Einzug ins neue Heim wahrgenommen. Ob es als Stütze diente oder dort in Größe und Machart perfekt in die Lücke passte, hatte er nie hinterfragt. An was er sich erinnern kann: dass es immer weit oben stand. Nur erreichbar mit einem Stuhl oder Hocker.

Er zieht das Fußteil des Ohrensessels zum Regal, steigt hinauf und ergreift das Kästchen. Dabei lösen sich mehrere Bücher und fallen ihm entgegen, mitten ins Gesicht. Im letzten Moment fängt er sich, rutscht vom glatten samtenen Stoff des Hockers ab und knallt mit dem Oberkörper gegen den Heizkörper. Sein linker Arm, nutzlos wie immer, kann nichts ausrichten, durch eine abrupte Drehung nach links rollt er an der Wand entlang zum Regal, dabei zieht er sein Kinn eng an das Brustbein und stemmt mit letzter Kraft seine Füße in den Boden, um den Schwung abzufangen. Das Kästchen balanciert er in seiner rechten Hand wie ein kostbares Gut.

„Scheiße. Schei…“

Vor ihm auf dem Couchtisch steht das Holzkästchen. Die Nachmittagssonne bricht sich auf der glatten Oberfläche, blendet ihn, sodass er die Vorhänge schließt und es im Licht der Deckenlampe näher in Augenschein nimmt. Das lackierte Holz sieht frisch poliert aus und glänzt, als ob es nie berührt worden war. Die aufwändige vierfarbige Intarsienarbeit zeugt von hoher Schreinerkunst. Das rhombusartige Muster mit den zahlreichen hellen scheinbaren Erhebungen und dunklen Vertiefungen gibt einem das Gefühl, in ein Labyrinth zu tauchen. Wie ein Rätsel, das man zuerst lösen muss, bevor man es öffnen darf. Einer Zeitkapsel gleich.

In all den Jahren hat er seine Eltern nie das Kästchen aus dem Regal holen oder gar öffnen gesehen. Er hebt es hoch. Es fühlt sich unhandlich an, liegt schwer in der rechten Hand. Er versucht, es zu schütteln, was ihm einhändig nicht wirklich gelingt. Ein feines Rumpeln kann er dem Kästchen entringen. Er dreht es um. Auf der Unterseite klebt ein kleiner, vergilbter Briefumschlag. Ein bronzefarbenes Schlüsselchen mit ziseliertem Kopf fällt heraus. Mit einem geräuschvollen „Klack“ springt das Schloss auf und er öffnet den Deckel.

Ein Kamm aus marmoriertem Horn mit zwei fehlenden Zähnen. Ein grauer, an den Ecken geknickter Lichtbildausweis. Eine silberne, teils schwarz angelaufene Taschenuhr mit Kette. Ein goldener Ring mit Inschrift. Ein metallenes Kreuz an einem zwar zerschlissenen, aber säuberlich aufgewickelten blauweißen Band. Eine abgegriffene Münze mit einem Januskopf darauf. Eine Tabakpfeife aus Rosenholz, deren dumpfes Aroma sich mit der Zeit allen Gegenständen in der Enge des Raums aufgezwungen hat. Und ganz zuunterst: ein Brief.

Seine Augen schweifen zwischen den Objekten umher und bleiben an dem mit seinem Familiennamen beschrifteten Ausweis aus dem Jahr 1933 hängen. Der Vorname, mit Wasserflecken übersät, ist nicht mehr lesbar. Das Geburtsdatum im Jahr 1901 notiert.

Mit wachsender Neugierde reift Heiners Wissen um seine Unkenntnis, denn auf dem mit zwei silbernen Nieten fixierten und vergilbten Foto starrt ihn ein ihm unbekanntes männliches Gesicht entgegen. Je länger er die Linien um Augen, Wangen, Kinn und Mund betrachtet, desto mehr fallen ihm Ähnlichkeiten auf: mit seinem eigenen Spiegelbild.

Worte seines Vaters aus seiner Kindheit kommen ihm in den Sinn: Du bist ihm wie aus dem Gesicht geschnitten. Doch die

Frage nach dem *ihm* hatte Vater nie beantwortet. Und er hatte sie seinem Vater irgendwann nicht mehr gestellt.

Er legt den Telefonhörer auf. Genauso ratlos wie zuvor. Seine Schwester konnte ihm nicht weiterhelfen. Von einem Onkel hat sie Vater nie etwas erzählen gehört. Ihr Erstaunen über diese Neuigkeit löst Fragen aus, die beide nicht beantworten können. Gibt es noch mehr Dinge, die dort in der Wohnung vor sich hin schlummern, die die Geschichte ihrer Familie neu erzählen? Am nächsten Sonntag will sie vorbeikommen.

Heiner kehrt ins Wohnzimmer zurück, wo auf dem Tisch das Kästchen und der Inhalt ausgebreitet vor ihm liegen. Er betrachtet nochmals den Pass, das Foto, das Geburtsdatum. Beinahe ein Christkind. Ein Tag vor Weihnachten geboren, knapp zwei Jahre jünger als Vater.

Er greift nach dem leicht vergilbten ungeöffneten Briefumschlag. Kein Absender. Ein Poststempel, der so gut wie nicht entzifferbar ist. Nur die Anschrift. Die alte Adresse vom Bahnhof in Hinterzarten, wo sie bis in den Sommer 1949 hinein gelebt haben und Vater als Bahnhofsvorsteher fungierte.

Seine Kindheit und Jugend hatte Heiner dort verbracht. Zwischen mit Schotter unterlegten Schienen, von Dampf umhüllten Lokomotiven, anfangs von Touristen und später vermehrt von Soldaten überfüllten Bahnsteigen, zahllosen Koffern und Menschen, die zum Ende hin meist rastlos, orientierungslos und getrieben, keinen Halt zu finden schienen. Dann wieder entspannt und erwartungsfroh unterwegs in die Erholungsgebiete und in die Natur waren. Hinterzarten, ein Städtchen mitten im südlichen Hochschwarzwald, in einer Region, die im Vergleich zu manch anderen Gebieten im damaligen Deutschen Reich mustergültig das Nazisein pflegte.

Obwohl sich Vater zu vielen Ansichten immer distanziert verhalten hatte. Äußerungen, selbst im intimsten Familienkreis seinerseits, gab es nie. Zumindest vermittelte er nie den Eindruck, dass er es guthieß, was geschah. Er kritisierte es auch nicht. Er passte sich an. Der Familie und der Liebe zum Beruf wegen. Wie viele andere in ihrem Umfeld auch.

Eine Zeit, die sich so weit weg anfühlt, nicht mehr greifbar scheint, im letzten Winkel der hintersten Abstellkammer versteckt wurde. Nie ganz vergessen, schwelt sie vor sich hin wie die rötliche, nicht ausgehende Glut eines Kaminfeuers am nächsten Morgen. Eine unmerkliche Brise lässt sie nie ganz verlöschen. Gut so. Oder auch nicht.

Er zieht den Umschlag an den mit einem Messer fein säuberlich aufgeschlitzten Rändern auseinander und fingert ein beidseitig handgeschriebenes gefaltetes Blatt Papier heraus. Ein geradlinig in Sütterlin verfasster Brief, aus dem er nicht schlau wird. Die *Deutsche Schrift*, wie sie genannt wurde, lernte er noch in den ersten Grundschuljahren. Dann übernahm die lateinische Schrift den Schulalltag und verdrängte das alte Schriftbild. Keine Chance, diesen Brief zu entziffern. Ein um zehn Jahre älterer Kollege im Amt sollte den Brief jedoch lesen können. Doch das muss warten.

Heiner packt alle Dinge so in das Kästchen zurück, wie er es vorgefunden hat, schließt es und nimmt es mit nach unten in seine Wohnung. Dort angekommen, stellt er es auf den runden Wohnzimmertisch, setzt sich in seinen Ohrensessel, nimmt die Zeitung vom Tisch und betrachtet die Titelseite. Seine Augen verengen sich, er schüttelt den Kopf. Ein zischendes „Tztztz" entweicht seinen Lippen, dann schaltet er den Fernseher ein.

Ein paar Minuten später zeigen Bilder Szenen aus der deutschen Botschaft in Prag. Hans-Dietrich Genscher, der Außenminister, betritt einen schlecht ausgeleuchteten Balkon. Man erkennt ihn nur anhand seiner Silhouette, die sich von der grellen, gelbweißen Wand abhebt. Einige andere Männer in Anzügen stellen sich dazu. Unterhalb des Balkons drängt sich eine laut rufende Menschenmenge. Mehrere versuchen, an einem Metallgitter hochzuklettern. Andere sitzen bereits oben auf den Zäunen. Die Menge begrüßt den Politiker mit rhythmischem Klatschen, dann verstummt sie. Genschers Stimme klingt rau und teils, von Zwischenrufen übertönt, brüchig.

„Wir sind heute zu Ihnen gekommen, um Ihnen mitzuteilen, dass heute Ihre Ausreise …"

Der Rest geht im Jubel der Menge unter. Der eingeblendete Nachrichtensprecher ergänzt: „… möglich geworden ist."

CHRONOLOGIE II

1913 | 31. Juli

Während der großen Familienfeier zum 40. Geburtstag von Egons und Eduards Ziehvater Karl Seißmann springt ein Funke des abendlichen Lagerfeuers auf den hölzernen Schuppen hinter dem Haus über. Wegen der andauernden Hitzewelle brennt das Holz wie Zunder. Nur durch das gemeinschaftliche Helfen aller Gäste kann das Feuer vom Haupthaus ferngehalten werden.

Seitdem vermeidet Egon offenes Feuer.

1914 | 31. Juli

Genau ein Jahr nach dem Brand wird der neue, gemauerte und mit einem Ziegeldach erstellte Anbau anstelle des abgebrannten Schuppens feierlich eingeweiht. Dabei spielt Egons Bruder Eduard ein selbstkomponiertes Lied und begleitet sich selbst auf der Gitarre. Alle feiern ihn.

Am nächsten Tag löst das Attentat auf den österreichisch-ungarischen Thornfolger Erzherzog Franz Ferdinand den 1. Weltkrieg aus.

1915 | 25.–27. Juni

Beim 1. Schwäbischen Jugendturntag in Stetten nimmt Egon an verschiedenen Wettkämpfen teil und erhält zwei Lorbeerkränze für seine siegreiche Teilnahme. Dort begegnet er der zwei Jahre jüngeren Frieda Säbersbach aus dem Hochschwarzwald.

Ihre blauen Augen lassen ihn träumen.

1916 | 23. Dezember

Während des Hungerwinters verteidigen die Seißmanns erfolgreich die Ernte aus ihrem großen Gemüsegarten gegen den Zwangseinzug durch das Militär und verteilen anschließend ihre Vorräte unter den bedürftigen Bürgern der Gemeinde Waldbrunn.

Hinter dem Haus steht eine Eiche. Ein heftiger Sturm hatte einen Ast abgerisssen, wodurch ein großes Loch im Baumstamm enstand. Dort legen Egon und Eduard in einer alten Eiche ein geheimes Lager an Schokolade und selbstgemachten Keksen an. Das perfekte Versteck.

1917 | 02. September

Eduard offenbart Egon, dass er in den Krieg ziehen möchte. Es sei ein Abenteuer und er könnte nicht tatenlos zusehen. Ihn drängt es, dort mitzumischen.

Im Oktober tritt Eduard, unter großen Protesten Egons und seiner Zieheltern, in das Heer ein, das bereits Jugendliche ab sechzehn Jahren rekrutiert, und wird umgehend an die Westfront versetzt.

1918 | 14. November

Drei Tage nach Ende des 1. Weltkrieges kehrt Eduard körperlich unversehrt nach Waldbrunn zurück. Er spricht wochenlang mit niemandem und verkriecht sich in seinem Zimmer.

Erst nach einem längeren Gespräch mit Egon nimmt er an den Weihnachtsfeierlichkeiten teil.

1919 | 19. Juni

Egon schließt sein Abitur mit einem *Gut* ab und besucht für eine Woche die Juralesungen an der Universität zu Frankfurt am Main. Ihn beschleicht die Angst, in eine zu trockene Materie eintauchen zu müssen und dem Beruf des Juristen nicht gerecht zu werden.

Auf der Reise zurück nach Waldbrunn begegnet er während der Zugfahrt einem Lokführer und unterhält sich angeregt mit ihm über die neu entstehende Deutsche Reichseisenbahn und die dortigen Berufschancen.

1920 | 01. August

Egon beginnt mit einem Maschinenbaustudium an der Universität Mannheim und bezieht ein kleines Zimmer im Quadrat B7, wo die Studentenwohnheime untergebracht sind.

Seine Ziehmutter Ottilie lässt ihn ungern gehen, hält ihn lange fest. Karl hingegen gibt ihn frei.

KAPITEL 7

F-PARIS / FREITAG, 10. NOVEMBER 1989

Ich sprinte zur Wohnungstür, denn ich höre auf dem letzten Treppenabsatz das Telefon klingeln, spüre eine Dringlichkeit darin, die ich noch im Korridor vernehmen kann, schließe die Tür auf. Das Haar hängt triefend in mein Gesicht. Seit zwei Tagen regnet es in Strömen. Kein Schirm schützt einen vor diesen sintflutartigen Himmelsergüssen.

Ich schüttele mich wie ein nasser Hund, trockne die Hände an der Jeans ab und greife atemlos nach dem Hörer.

– *Oui, … allô?*

– Hallo Julian, hier ist Paps.

– Oh, … schön, von dir zu hören – alles in Ordnung?

– Die Mauer ist gefallen.

– Das tut mir leid. War ja abzusehen. Konnte sie ja letztes Mal nur provisorisch abstützen. War ja eh nichts mehr darin eingepflanzt. Oder?

– Nein. Julian, ich meine die Berliner Mauer. Sie ist gefallen.

– Warte mal, … wie die Berliner Mauer ist gefallen?

– Hast du es nicht im Fernsehen gesehen?

– Paps, ich habe hier doch keinen Fernseher, und selbst wenn, die Franzosen geben einen feuchten Kehricht auf das, was in Deutschland passiert. Die sind noch immer in ihrem Revolutionsfieber.

– Ja, das ist da im Osten auch voll im Gange. Als Revolution kann man das schon bezeichnen. Die Grenzen in den Westen sind wieder geöffnet und die Menschen tanzen auf der Berliner Mauer.

Ach …

Muss ich jetzt jubeln? Was habe ich da verpasst? Hat mich der Tanz dermaßen vereinnahmt, dass ich nichts mehr um mich herum mitbekomme, nur noch sich schlängelnde, verbiegende, um die eigene Achse drehende und hüpfende Körper? Mehr *Bum-Bum* und das narzistische Sich-im-Spiegel-Betrachten? Und draußen zieht das Leben an dir vorbei?

Vor zwei Jahren war ich in Berlin, gleich zweimal hintereinander. Der erste Trip war direkt nach den schriftlichen Prüfungen im März, mit der Abiturklasse. Der zweite während des Deutschen Turnfestes, als ich von Berlin so gut wie gar nichts mitbekommen, nur die einzelnen Sporthallen und Stadien von innen gesehen habe. Mit der Abiklasse waren wir in Kreuzberg untergebracht: Museumsbesuche, Checkpoint Charlie, kurzer Abstecher in den Osten. Im KaDeWe flaniert, dort eine Ansichtskarte gekauft und das Brandenburger Tor von der Plattform aus begafft. Und die Mauer. Schon auf der Hinfahrt dieses seltsame Gefühl, als wir auf der Waschbrett-Autobahn im Bus durchgerüttelt die Grenzen passierten. Die strengen Blicke der Grenzsoldaten. Alle bewaffnet. Stacheldraht und Betonmauern zum Abwinken. Ein genau geplanter und kontrollierter Stopp auf einer Raststätte. Dann endlich auf dem Avus-Rennstreckenabschnitt wieder der Westen.

Nicht dass uns viele Unterschiede aufgefallen wären. Die Gebäude im Westen teils mit einem frischeren Anstrich. Mehr Grünflächen, Bäume, Natur. Die Reklame auffälliger und bunter. Die Menschen wirken deutsch, durchmischt mit anderen Nationen und Kulturen, wie in anderen Ländern.

Spürbar die Schizophrenie, auf dem Boden eines geteilten Landes zu stehen. Nicht Hunderte Kilometer entfernt, sondern direkt vor Ort. Den Boden zu betreten, der so geschichtsträchtig ist, der einen im ersten Moment vor lauter Ehrfurcht zögern lässt, aus dem Bus zu steigen. Was weiß ich schon? Was ist mein Bezug zu diesem Teil der Geschichte? Zu diesem Teil von Deutschland? Zu den Ereignissen, die dazu geführt haben?

– Was heißt das nun? Werde ich Probleme haben, in knapp zwei Wochen nach Berlin zu fahren? Hab doch mein Vortanzen.

– Ich glaube nicht. Eher einfacher.

– Ich will mit dem Auto fahren. Muss also über die Autobahn, über die Grenzen. Kannst du für mich rausfinden, ob es irgendwas Schriftliches braucht? Bekomme hier doch keine Infos.

– Mach ich, Julian, mach ich.

– Du bist doch viel näher dran als ich – deutsche Geschichte. Mein Gott, das wurde bei uns auf dem Gymi behandelt wie ein eitriges Furunkel. Schnell ausquetschen, desinfizieren, trockenlegen und Pflaster drüber. Selbst bei unserem Berlinbesuch hatte das eher was Touristisches als das Eintauchen in unsere Geschichte. Wie geht es dir damit?

– Hmmm, kann ich dir nicht sagen. Es ist spannend. Unverhofft. Da kann jetzt so viel passieren. Die Wiedervereinigung. Das Ende des Kalten Krieges. Der Abzug der Alliierten. Keine Ahnung. Aktuell ist der Osten ein Pulverfass. Wer weiß, was da auf uns zukommen mag.

– Eher beängstigend?

– Wir werden es sehen. Momentan herrscht eine Euphorie. Die ersten Trabis sind auf dem Weg über die Grenzen. Bin gespannt, wann die ersten bei uns hier unten im Südwesten gesichtet werden.

Nach einer heißen Dusche sitze ich in meinem alten Ledersessel, den ich auf einem Flohmarkt unweit von hier erstanden habe, warte, bis das Nudelwasser kocht, suche nach Anzeichen, Zitaten und Gesprächsfetzen, die in den letzten Wochen und Monaten auf diesen Mauerfall hingewiesen haben könnten. Wann habe ich zuletzt die Nachrichten im Fernsehen gesehen, Zeitungsartikel gelesen? Bin ich so weit vom wirklichen Leben abgedriftet? Ist das Leben da draußen so unbedeutend für mich geworden, das Tanzen eine große schillernde Seifenblase, die mich gefangen, alles andere auf Distanz hält?

Genauso, wie ich den Feierlichkeiten der Franzosen zu ihrer Revolution nichts abgewinnen kann, dieses historische Ereignis ein Teil einer anderen Geschichte ist, deren Ursprung ich zwar in Zahlen, Namen und Daten nachvollziehen, aber nicht nachempfinden, daran teilhaben kann. In mir entsteht keine Bindung. Nicht einmal Luftwurzeln, wie bei den Orchideen, um sich notdürftig Nährstoffe und Wasser aus der Luft zu ziehen. Obwohl die Trikolore überall gehisst ist und man gefühlt in jedem Fahrstuhl und in den Kaufhäusern mit der Marseillaise beschallt wird. Hat das mit Nationalstolz zu tun, dieses Abfeiern der eigenen Identität?

Warum kann ich mich nicht für diesen Mauerfall begeistern, mitfühlen, sehen, was das für *mein* Land, mein Volk bedeuten könnte? Wann habe ich zuletzt die Deutschlandflagge gesehen, an Balkonen, Fenstern, Zäunen hängend? Die Hand auf die Brust gelegt und die Hymne angestimmt? Beim Sport geht das, dort fiebere ich mit den deutschen Athleten mit. Wohlgemerkt mit den Westdeutschen. Mit den Ostdeutschen sympathisiere ich – eventuell. Wenn es hart auf hart kommt, schlägt mein Herz für den Westler. Der Osten ist mir fremd.

Muss ich mich freuen? Für die im Osten? Für uns im Westen? Die Geschichten, die einem zu Ohren gekommen sind, klingen haarsträubend und fast unwirklich. Das Eingesperrtsein, die an den Grenzen getöteten Flüchtenden, erschossen von den eigenen Leuten. Alles konform, indoktriniert, total überwacht und korrupt. Momentan fällt es mir schwer, sind mir der Gedanke und das Gefühl fremd, Freude oder Glückseligkeit zu empfinden, wenn es um die west- und ostdeutsche Geschichte geht. Soll ich heute jubelnd auf die Straßen rennen, unschuldige Leute umarmen und mit geschwollener Brust die deutsche Nationalhymne anstimmen? Welche dürfte denn gesungen werden? Die vom Westen oder die vom Osten?

Ist es die deutsche Demut, sich selbst nicht wirklich feiern zu dürfen? Die Angst, zu stolz, zu arrogant zu wirken und immer daran erinnert werden zu müssen, dass wir den Zweiten Weltkrieg entfacht und diese Todeslawine über ganze Europa gebracht haben? Ist mir das schon seit den ersten Wiegenjahren eingetrichtert worden? Aufgewachsen zwischen alemannischen, steirischen Sitten und kulturellen Einflüssen?

Mam hat versucht, diese Wurzeln abzulegen, sich ihres Dialektes zu entledigen. Nicht mehr das „Baket zur Bost“ zu bringen. Das P und das B korrekt und differenziert auszusprechen. Lieber Hochdeutsch als österreichischer Schmarrn. Ob die politische Geschichte, der braune Mief und die arischen Grundsätze ihres Heimatlandes ihren Teil beigetragen haben, habe ich mit ihr noch nicht klären können.

Das Telefon klingelt wieder. Das Nudelwasser ist fast vollkommen verdampft. Ziehe den Topf von der Kochplatte, die kurz rot aufglüht und erlischt, als ich den Schaltknopf auf null drehe.

– *Oui, âllo?*

– Hier ist nochmals Paps.

– Welche Mauer ist jetzt gefallen?

– Nur die Berliner, das reicht wohl für die nächste Zeit.

– Ach, entschuldige – bin gerade mit dem Kopf ganz woanders gewesen.

– Hör mal, hast du vor, in absehbarer Zeit nach Hause zu kommen?

– Eigentlich nicht. Beziehungsweise wenn, dann würde ich nach dem Vortanzen in Berlin zu Hause vorbeifahren. Ein paar Tage mit dir und Carla verbringen. Von Mam aus wollte ich anschließend über Heidelberg wieder zurück nach Paris. Habe Proben und Vorstellungen für ein neues Projekt laufen.

– Gut, dann weiß ich Bescheid. Du meldest dich nochmal, bevor du nach Berlin fährst? Fühlst du dich gut vorbereitet?

– Du weißt ja, dass ich nicht so der Klassiker bin. Ich bin gespannt, was Schaufuss für ein Repertoire erarbeiten möchte. Die Prinzenrolle liegt mir nicht so. Die esse ich lieber.

– Alles nimmt seinen Anfang …

– … und die Wurst hat zwei. Ich weiß, Paps, ich weiß. Mal schauen, was passiert. Und wenn es nur eine Übung war – für die nächste Tür, die dann aufgeht.

– Ich drück dir die Daumen.

– Danke dir. Schönen Abend noch.

– Dir auch.

Beim Blick auf die Uhr erschrecke ich. Um 21:00 Uhr soll ich im *Le Paradis Latin* sein. Bert hat mich zur Generalprobe des neuen Programms eingeladen. Er hatte mich wiederholt gebeten, für ihn einzuspringen. Das erste Mal war es wie ein Nachhausekommen. Alle begrüßten mich und feierten, dass ich wieder da war. Vier Vorstellungen, und die Stippvisite war vorbei. Das nächste Mal war es für eine ganze Woche. Bert verspürte das innere Verlangen, unbedingt seine Familie zu sehen. Er fuhr nach Belgien und beweinte dort zwei Tage nach seiner Ankunft den Tod des Großvaters. Ich kenne das.

Das Leben kommt und geht. Wie eine Welle, die alles überschwemmt, mit sich reißt, um nach dem Rückzug Fragmente freizulegen, die wir wie Tand auflesen, in die Hände nehmen, betrachten, wegschmeißen oder in die Hosentaschen stecken. Aufgeladen mit unseren Erinnerungen, Sehnsüchten und Wünschen. Zu Hause nochmals in Augenschein genommen, verlieren sie meist an der Faszination des Moments des Findens, landen in einer Schublade oder Mülltonne. Manch ein Teilchen findet den Weg in ein Regal, als Briefbeschwerer auf dem Schreibtisch, oder liegt neben dem Bett auf einem Kästchen.

Zwischen den Gezeiten wandeln wir. Momentan fühlt sich alles nach einer gewaltigen Welle an, der ich entlangsurfe. Hinter mir die meterhohe Wasserwand, die jeden Moment über mir zusammenzuschlagen droht. Doch im Moment bin ich wendiger, geschickter und finde meinen Weg. Unabhängig davon, was da draußen passieren mag. Die Geschichte schreitet voran, die einzelnen Jahreszahlen und Ereignisse markieren die Gesellschaft, ein Land oder eine Kultur. Prägen sie. Man kann sich darin verorten. Anhaltspunkte finden und sich selbst dabei aus den Augen verlieren.

Wandele ich zwischen den Zeiten der Geschichte oder bin ich autark? Wie eine Fliege in einem Zugabteil. Fliegt die Fliege ihren eigenen Kurs, in ihrem eigenen Kosmos, unbehelligt vom Stand der Dinge, egal ob der Zug steht oder fährt oder abgehängt wird?

Ich ziehe mir eine schwarze Jeans an, kombiniere sie mit einem schwarz-weiß gestreiften Pullover, der mir etwas Seemännisches, Verwegenes verleiht, schlüpfe in meine weißen Adidas-Sportschuhe und eile zur Métrostation um die Ecke.

Nach der Generalprobe ist es weit nach Mitternacht, als Bert und ich das Theater verlassen. Bert legt seine Hand auf meine Schulter, neigt den Kopf und schlägt vor:

„Wie wäre es, komm, wir gehen noch etwas Dampf ablassen." Er schaut mich an, als ob ich wüsste, was er damit meint.

„Was meinst du mit Dampf ablassen?", entgegne ich und gehe weiter.

Er spürt mein Zögern. „In den Club gehen. Abtanzen und so. Ist nicht weit von hier."

Ich presse meine Lippen aufeinander, kaue auf meinen Lippen herum und bleibe stehen. Die Nacht ist frisch. Der Regen hat sich komplett zurückgezogen. Aus den Gullys dampft es, taucht die Straßen in mystische nebulöse Szenarien, wo Schatten wie Gespenster vorbeihuschen, Autoscheinwerfer konkave Strahlen aussenden, den einen oder anderen Passanten streifen, sich an den Bordsteinkanten entlangtasten. Am Himmel darüber blinkt es und der Mond leistet Gesellschaft. Die Müdigkeit ist wie weggeblasen. Dennoch erwidere ich: „Ich muss morgen ins Training."

Bert blickt mich von der Seite an.„Morgen? Samstag? Trainierst du immer so verbissen? Du musst lockerer werden. Mach mal den Kopf frei. Lass dich fallen. Du bist zu kontrolliert."

Komischerweise erhöht sich mein Herzschlag, ich spüre das Klopfen bis zum Hals. Bert will in einen Club. Dieses Abtanzen liegt mir, ja, sehr sogar, aber nicht in Gesellschaft mir bekannter Gesichter. In letzter Zeit war ich unregelmäßig unterwegs. Weniger als die Monate zuvor. In den Clubs, in die ich gehe, geht es nur ums Tanzen, um Anonymität. Was meint Bert mit … *und so*? Geht es da mehr um Abhängen, Annäherung, Abchecken, Abschleppen oder gar Abstürzen?

„Wohin soll es gehen?", frage ich und versuche, entspannt zu wirken.

„Ins *Trocadero*. Da geht es wirklich ab. Das brauche ich jetzt."

Mein Mund wird trocken. Irgendetwas hält mich zurück. Das *Trocadero* sagt mir etwas, ich war dort aber noch nie. Ein paar Tänzer aus der Show haben darüber gesprochen.

Bert schaut mich herausfordernd an und setzt ein paar Tanzschritte auf das Kopfsteinpflaster.

„Wir bleiben nur eine Stunde, danach gehen wir zu mir. Wohne ja nicht weit weg um die Ecke. Du kannst bei mir übernachten und morgen früh ab ins Training. Okay?"

Ich überlege, wiege ab, schaue ihm in die Augen.

„Eine Stunde?"

„Eine Stunde!"

Er lächelt mich an, und wir ziehen los.

Vor dem Eingang des *Trocaderos* stehen mehrere Männer. Sie rauchen, lachen, zwei grabschen sich gegenseitig an den Hintern. Als wir an ihnen vorbeilaufen, wirft uns einer der Jungs einen Handkuss zu. Spätestens jetzt ist mir klar, wo Bert mich hinschleppen wird. Wir haben weder über seinen Beziehungsstatus gesprochen, noch über seine sexuellen Vorlieben. Nicht über meine.

Zwei Treppenabsätze weiter unten in einem Kellergeschoss dröhnt einem durch die geschlossene Metalltür das Wummern der Bässe entgegen. Das *Bum-Bum-Bummm-Dam* fühlt sich falsch an. Das Herz stolpert über den letzten Akzent. Die Betonung hat etwas Tiefes, fast schon Verletzendes, als ob sie einen hinunterzieht.

In der schweren Metalltür befindet sich eine Art Bullauge. Als die Tür geöffnet wird, dringt dichter Qualm heraus. Eine Mischung aus künstlichem Nebel und einem süßlichen, penetranten Aroma, das ich nicht einzuordnen vermag. Das Licht pulsiert, wechselt die Farben in rasendem Tempo. Blitze durchzucken das wabernde Halbdunkel vor uns. Dann sind wir mittendrin.

Bert ergreift meine Hand und zerrt mich durch das schemenhafte Gedränge auf der Tanzfläche. Wir zwängen uns zwischen hüpfenden, sich schlängelnden und mit allen Extremitäten in den Raum ausschweifenden Körpern. Jede Berührung ist wie ein Elektroschock, lässt mich zurückweichen und gleichzeitig wünschen, ich würde loslassen. Es zulassen.

An der Bar ist die Sicht besser. Ein paar Deckenventilatoren vertreiben die Dunst- und Nebelwolken ins Innere des Clubs. Bert bestellt mir eine Cola. Für ihn gibt es einen Cuba Libre. Kaum nippe ich an meinem Glas, tippt er mir auf die Schulter und brüllt mir, gegen die hämmernden Rhythmen und gellenden Synthesizertöne, ins Ohr, dass er kurz mal wegmüsse. Er sei gleich wieder da.

Erst, als er weg ist, registriere ich endgültig, dass hier ausnahmslos Männer im Club sind. Neben mir liegen sich zwei Kerle mit Schnurrbärten in den Armen. Knutschen, fassen sich gegenseitig in den Schritt, tasten sich an allen möglichen intimen Stellen ab, und es scheint, als ob es ihnen geradezu Spaß macht, dabei beobachtet zu werden. Ich bin zwiegespalten, schaue ihnen eine Weile zu, spüre Druck von innen gegen den Reißverschluss meiner Hose, rücke von ihnen ab und ergattere ein paar Meter weiter einen leeren Barhocker und halte mich an meinem Colaglas fest.

Über der Bar ist in der ganzen Länge ein Spiegel angebracht, der, nach vorne gekippt, eine Sicht hinter die Bar und bis an beide Enden der Theke sowie in den vernebelten Raum dahinter zulässt. Ein älterer Mann, mit Halbglatze, einem spärlichen Pferdeschwanz und Kinnbart stiert mich an. Fängt meinen Blick über den Spiegel ein und lächelt mir zu. Ich schüttele dezent den Kopf und wende mich ab, widme meine Aufmerksamkeit dem Geschehen auf der anderen Seite. Da spüre ich jemanden hinter mir. Ein nach süßlich schwerem Parfüm riechender Koloss schiebt sich an mir vorbei. Legt einen tätowierten, stark behaarten Unterarm mit einer Pranke von Hand und mehrfach beringten Fingern auf die Theke, bestellt ein Bier, dreht sich zu mir um und spricht mich in gebrochenem Französisch an: *„Nouveau, ici ? C'est fois la première … que viens … ici? L'endroit est cool, ehh? … uh non?"*

Die Kombination von locker hundert Kilo Muskelmasse, schimmernder Glatze, einer Matte schwarzbrauner, krauser Brusthaare, die aus dem halb offenen Hemd herausquellen, und diesem überbordenden Duftmix aus Moschus, Lavendel und Zitrusfrüchten, in dem der Typ gebadet haben muss, überfordert meine Sinne. Er muss einem Schwulenmagazin für Bären entsprungen sein. Entspricht dermaßen einem Klischee, man kommt nicht umhin, ihn anzustarren. Ich schlucke schwer, zucke mit den Schultern und radebreche mit einem undefinierbaren Kauderwelsch, das zwischen Deutsch, Französisch und Englisch anzusiedeln ist: *„I do not understand … nichts. Ne parlez pas French. Entschuldige.“*

Sein Bier wird vor ihm abgestellt. Er prostet mir zu. Nimmt einen tiefen Schluck, legt mir den freien Arm um meine Schulter und stellt das halbleere Glas zurück auf den Tresen. Seine Pranke liegt schwer auf mir, einer Besitznahme gleich. Meine Wirbelsäule versteift sich. Ich weiß nicht mehr, wann ich zuletzt geatmet habe. Meine beiden Hände umklammern immer noch das Colaglas. Die Eiswürfel sind längst geschmolzen. Der nächste Schluck kühlt nicht. Unter meinen Achselhöhlen ist alles nass geschwitzt.

Meinte Bert das mit *sich fallen lassen*? Mich in die Arme eines Bären begeben. Seine Brusthaare kraulen, mich an ihn schmiegen, die Männlichkeit spüren. Nicht stark sein zu müssen. Nicht alles unter Kontrolle zu haben. Mich anlehnen an diesen Baumstamm. An dieses Mammut von einem Mann. Ich bin versucht, es passieren zu lassen.

Sein kratziger Schnäuzer reibt an meiner Wange und mein Kopf kippt nach hinten. Ich entblöße meinen Hals, zeige meine verletzliche Stelle. Sofort kleben seine Lippen am Seitenstrang und saugen an mir, als ob er ein Zeichen verewigen möchte. Mich markieren. Sein Eigentum.

Ich entziehe mich seinem Suckeln und suche über den Spiegel hinweg nach einem Ausweg. Nicht hier. Irgendwo anders. Intimer. Aber nicht hier. Beobachten, wie er sich verhält, wenn wir allein wären. Ohne Publikum. Was steckt hinter der Maske? Oder ist er dann so, wie er hier agiert? Ein Macho, besitzergreifendes Mannsbild, das womöglich beim Sex nur grunzt, seine Ladung hinterlässt, seine animalische Marke an einen Busch, Baum oder Laternenpfahl setzt?

Das hier ist nicht meins. Raus hier. Ich greife seine Arme, versuche seine kräftigen Unterarme zu fassen, von mir zu schieben. Es geschieht gar nichts. Ich drücke fester zu und bevor der Tätowierte auf meine erneute Abwehr reagieren kann, löst er sich freiwillig. Die schwere Hand öffnet sich von allein und Bert tritt neben mich, drängt den Riesen ruppig weg und gibt ihm klar zu verstehen, dass er mich in Ruhe lassen soll.

Zehn Minuten später sind wir draußen. Die nächtliche Stadtluft ist deutlich abgekühlt, der Nebel verflogen. Es fröstelt mich. Bert sagt nichts. Wir gehen schweigend nebeneinander her. Dann kann ich mich nicht mehr zurückhalten.

„Entschuldige, wollte dir nicht den Abend verderben."

„Hey, Julian, der Typ war einfach eine Nummer zu viel."

Ich zucke mit den Schultern. „Hab mich ja nicht gerade toll gewehrt. Im Gegenteil." Ein Schmunzeln gleitet über mein Gesicht. „Aber das Mammut hatte etwas."

„Um das geht es nicht. Ich hätte dich nicht hierherbringen sollen. War irgendwie egoistisch von mir."

Wir bleiben stehen. „Ich hätte ja klar Nein sagen können."

Bert antwortet erst einmal nicht. Wir gehen weiter, er im Gleichschritt neben mir her, schaut mich ab und an von der Seite an, bleibt abrupt stehen, schaut mir direkt in die Augen.

„Stehst du auf Männer?"

„Hmmm, gute Frage", antworte ich und spüre eine gewisse Freiheit, hier und jetzt darüber reden zu können. „Ich weiß es nicht. Möchte mich nicht festlegen."

„Man muss sich auch nicht festlegen."

„Du?"

„Ich?" Bert legt seine beiden Hände über das Gesicht, reibt sich darüber, als ob er sich erst einmal besinnen muss, was er sagen will oder darf oder gar soll. „Es wechselt sich ab. Gerade bin ich mehr auf Männer fixiert."

Ich bohre weiter: „Woran machst du das fest?"

„Es ist die Art, wie ich Männer oder Frauen sehe. Ihre Physis wahrnehme. Ich sehe die Brust eines Mannes, die Brustmuskeln und den Übergang zum Bartansatz, zum Adamsapfel, die etwas breitere Position der Beine beim Stehen und die Art, wie er sich mit der Hand durch die Haare fährt."

Ich versuche mir vorzustellen, wie er mich betrachtet. Was sieht er in mir? Einen pausbäckigen, Babyspeckbubi, der noch ein paar weitere Jahre reifen darf und bleibe dran: „Und was macht dich bei Frauen an?"

„Die Kurven, die Verletzlichkeit ihres Halses. Die breiteren Hüften. Die hohen Wangenknochen. Die Brüste."

„Ist doch alles äußerlich fest gemacht, nicht?", denn mich irritiert diese Oberflächlichkeit. „Geht es dir dann da mehr um Sex?"

„Wahrscheinlich ja." Berts Augen driften plötzlich ab, weit weg.

„Oder Liebe?"

Seine Antwort kommt erst gehaucht, dann nochmal und bestimmter. Von einem Ort, den er nicht preisgeben möchte, den ich einen Augenblick sehen, spüren kann. „Liebe, ... ja, Liebe!"

„Ja, Liebe? Es geht doch auch um Gefühle? Nicht?" Wann habe ich mit einem Mann über Liebe gesprochen, rast es durch meinem Kopf. „Könntest du mit einem Mann eine Beziehung führen?"

Berts Antwort klingt fest: „Weiß ich nicht, habe ich noch nicht probiert."

„Ich könnte es mir vorstellen, genauso wie mit einer Frau."

Das Gespräch wirkt nun entspannter, Bert ist wieder mehr bei mir. „Hattest du schon eine Freundin? Ich meine eine Beziehung oder so?

„Ja, zwei."

Ein anerkennendes Neigen des Kopfes und Lächeln vermitteln mir die Sicherheit, offenbleiben zu können. Nun bohrt Bert weiter: „Und wie lange lief es mit ihnen?"

„Fast zwei Jahre mit der ersten und das andere Mal eher eine On-Off-Beziehung."

„Und mit einem Mann?"

„Ob das eine Beziehung war, kann ich nicht sagen. Eher ein Versuch, ein Ausprobieren." Björn geht mir durch den Kopf, aber war das schon eine Beziehung? „Alles unter dem Mantel der Verschwiegenheit."

„Da hast du mir etwas voraus. Habe es bisher noch nicht länger als ein paar Wochen durchgehalten. Hat nie wirklich Flash gemacht. Bis auf ..." Bert schaut zu Boden, wischt sich mit einer Hand über die Augen und blickt dann in den Nachthimmel.

„Bis auf?"

Keine Antwort. Ein Schulterzucken. Ich lasse das so stehen. Versuche, mich an Anna und Corinna zu erinnern. Wie es losging und endete. Es scheint lang her zu sein. Vor drei Jahren kam ich mit Anna zusammen. Meine erste Beziehung fand ihren Anfang. Mit Anna hatte ich den ersten Sex. Und Björn. Das passte nicht, war eher eine Notgelegenheitsgeschichte. Wir kannten ja niemanden um uns herum, der mit Männern etwas anfangen wollte. Wie zwei Typen, gefangen auf einer Insel.

Eine Frage baut sich in mir auf. Erst nebulös, dann werden die Umrisse klarer, bis ich sie greifen kann.

„Hast du Angst vor AIDS?"

„AIDS ...", ein leichtes Zittern begleitet seine sonst so sonore Stimme, „können wir das Thema wechseln?"

„Klar. Entschuldige. Es kursieren so viele Gerüchte um dieses Thema. Dachte, du wüsstest mehr darüber."

„Wissen vielleicht, aber im Moment einfach kein Thema. Okay?"

Ich nicke ihm zu. „Okay."

Bis zu seiner Wohnung hören wir nur unseren Atem und das Klackern unserer harten Absätze auf dem Kopfsteinpflaster. Am liebsten würde ich zu mir nach Hause. Es ist nach ein Uhr morgens. Keine Métro, kein Bus fährt. Ein Taxi kostet zu viel. Es bleibt mir nichts anderes übrig, als wie besprochen mitzugehen.

Seine Wohnung liegt im zweiten Stock. Ich springe sofort unter die Dusche, seife mich ein, spüle mit einer Gründlichkeit und Intensität alles ab, schrubbe meinen Hals, meine Haut mit einem Lappen, bis alles rot ist und brennt. Putze mir die Zähne mit einer Gästezahnbürste aus einer Kosmetiktasche der Air France und kämme mir das feuchte Haar glatt nach hinten.

Zurück im Wohnzimmer stelle ich fest, dass hier kein Sofa steht. Lediglich ein alter Ledersessel, der meinem ähnelt, als hätten wir sie auf dem gleichen Trödelmarkt erstanden. Er lädt zum Fläzen ein, nicht zum Schlafen. Ein dezentes Schnarchgeräusch tönt aus dem Schlafzimmer nebenan. Bert liegt im Bett. Neben ihm eine zweite, aufgeschlagene Decke und ein zweites Kissen. Ich lege mich daneben.

Sein Atmen wandelt den mir zugewandten nackten Rücken zu einer sich immerwährend in Bewegung befindenden Landschaft.

Von sanften Erhebungen hin zu zarten Vertiefungen, wie ein schaukelndes Wellenbad. Ich beobachte die Rippenbögen und Schulterblätter, wie sie sich aufblähen und wieder entspannen. Die Bewegung seiner fein herausgearbeiteten Muskelstränge, bis hinab zum Ansatz der Pospalte, wo sich ein dezenter Haarflaum über dem Steißbein abzeichnet. Weiter abwärts bedeckt ein Laken die Beine.

Er strahlt Wärme aus, wie ein Ofen. Unter der Mischung aus getrocknetem Schweiß, einem Rest von Sandelholz und dem süßlichen Aroma des Disconebels, der sich in seinen Haaren eingenistet hat, schwingt eine andere Note mit. Beißend, schwefelartig, eher säuerlich. Je mehr ich mich darauf konzentriere, desto prägnanter dringt sie in meine Nase, weckt Erinnerungen an das erste Mal mit einem Mann. Der Sinnesrausch und alles, was mit einem Kerl anders ist als mit einer Frau. Die Griffigkeit der Haut, die drahtigen Körperhaare, der kräftigere Bau der Muskeln und Knochen. Der glorreiche Abschluss. Oder besser Abschuss. Es sind zweierlei Welten, so nah beieinander und planetenweit voneinander entfernt.

Wohin war Bert im Club vorhin verschwunden? War er auf der Toilette oder in einem der hinteren Gänge, wo er sich mit irgendeinem Typen vergnügt hat? Keine Ahnung. Geht es mich was an? Meine Gedanken laufen Karussell. Von Schlaf keine Spur. Im Hintergrund tickt eine Uhr. Liege auf dem Rücken, lausche den gleichmäßigen Atemzügen neben mir. Fühle mich angezogen und abgestoßen zugleich.

Da dreht sich Bert zu mir um. Er ist ganz nackt. Schläft. Die Decke liegt am Fußende zusammengeknüllt. Ich kann nicht umhin, betrachte ihn wie eine Skulptur von Rodin im Museum, die man nicht berühren darf. Spüre die innere Unruhe aufsteigen, erst im Bauch, dann zwischen den Beinen. Sehe sein Glied auf Halbmast stehen. Bewundere den harten Muskeltonus seines Torsos, der Beine und Arme. Man sieht die Venen, die Sehnen, bereit wie ein Raubtier jeden Moment aufzuspringen. Vergleiche seinen Körper mit meinem und verliere. Bin nicht enttäuscht. Möchte ihn erforschen. Ihn loslassen sehen. Rücke näher an ihn heran. Schlinge meine Arme um ihn. Unsere Schamgegenden schmiegen sich aneinander, die Schwänze reiben sich. Erforsche mit meinen Lippen seine Brustwarzen, spüre die Erregung, die seinen Körper erzittern lässt. Seine Lider flattern, ein tiefer Seufzer entfährt seiner Brust und er erwidert meine Berührungen, folgt den Bewegungen der Hände, der Finger, übernimmt die Führung, ertastet Stellen, spielt auf mir, wie auf einer Klaviatur, was ich so noch nie empfunden habe.

Und ich falle.

Ein Autohupen auf der Straße reißt mich aus der dämmrigen Lethargie. Die gleichmäßigen, langgezogenen Atemzüge neben mir weisen auf einen tiefen Schlaf hin. Es fühlt sich wohlig an, hier zu liegen. Einen Arm unter seinem Kopf. Sein linkes Bein über meinem rechten verknotet. So unterschiedlich sind wir gar nicht gebaut. Muss die alten Bilder aus dem Kopf verbannen. Mich selbst mehr feiern.

Die Gedanken schweifen ab, zirkeln um verflossene Liebschaften. Frauen wie Männer. Nie mehr als Affären. Nichts von Dauer. Jedes Mal ein neuer Anlauf, bis wir uns aus nichtigen Gründen wieder aus den Augen verloren haben. Es ist ein Ausprobieren. Nichts wird festgelegt. Die Zeit spielt keine Rolle. Es geht um die Intensität. Wie wiederholbar ist das ganze Spiel? Was bleibt hängen? Bleibt zurück? Die Zeit ist ihrer Schwerkraft enthoben, der Raum eine unbestimmbare Größe, und ich lande. Sanft.

Ich stehe auf, suche meine Klamotten zusammen, verschwinde im Bad, gehe aufs Klo und bin kurz darauf an der Wohnungstür. Überlege, eine Notiz zu hinterlassen, entscheide mich dagegen und schließe hinter mir die Tür mit einem „Klack“.

Zwei Stockwerke tiefer trete ich durch die Haustür in die Morgendämmerung hinaus. An der übernächsten Ecke auf dem Weg zur Schule öffnet ein Kiosk seine Läden. Ein Stapel mit Tageszeitungen liegt vor der Tür. Auf dem Titelblatt der *Le Figaro* über einem Bild mit einer auf einer bunt bemalten Betonmauer tanzenden und jubelnden Menschenmenge prangt die Schlagzeile:

Berlin: Le mur est tombé – la révolution pacifique a gagné. (Die Mauer ist gefallen – die friedliche Revolution hat gewonnen.)

KAPITEL 8

UNTERWEGS / SAMSTAG, 18. NOVEMBER 1989

Er sitzt, den Rücken an das harte Polster gelehnt, und blickt nach draußen. Dunkle Tannenlandschaften bedecken die Hänge, dazwischen schimmern vereinzelt karge Bäume mit rotorangem Restlaub. Granitfarbene kantige Felsvorsprünge lugen hervor, wirken, als ob sie jeden Moment abstürzen, engen die Sicht auf die nächste Kurve ein. Fast möchte er sich ducken, wenn er unter ihnen hindurch fährt.

Blaue Fetzen vom Himmel spitzeln durch den Wirrwarr aus Stämmen, Ästen und Steinen, schon verschwindet er in einem weiteren Tunnel. Das Rattern auf den Schienen wird deutlich lauter, dröhnt in seinen Ohren. Die Deckenlampen flackern kurz auf, werfen einen warmen Schein in den spärlich besetzten Waggon, lassen die rubinroten kunstlederbezogenen abgewetzten Sitze edler erscheinen als im rauen Tageslicht.

In den Ablagegittern über den Köpfen der Reisenden liegt wenig größeres Gepäck. Die Belüftungsschlitze unterhalb der Fenster entladen trockene, metallisch riechende Heizungsluft.

Wie sehr hat Heiner diese Art zu Reisen vermisst! Mitten durch seinen Schwarzwald. Diese Strecke von Titisee-Neustadt bis Freiburg und zurück ist er hundertfach gefahren. Kennt jede Kurve, jedes Gefälle und jeden Tunnel. Das Abtauchen zwischen den Schluchten, entlang den Serpentinen, auf der einen Seite fällt es steil abwärts, auf der anderen schrammt man an meterhohen Felswänden vorbei. Nicht umsonst heißt dieser Streckenabschnitt *Höllentalbahn*.

An Hinterzarten sind sie vorbei. Zehn Minuten Aufenthalt reichten aus, um sich den Bahnhof zu Gemüte führen zu können. Sein ehemaliges Zimmer lag oben links im ersten Stock. Der Raum mit dem gardinenlose Fenster wird von einer grellen Neonröhre erhellt. Von dort aus hatte man einen guten Blick auf die Gleise, die Bahnsteige und das gesamte Gelände dahinter. Er vermutet, es ist jetzt ein Büro.

Vor fast vierzig Jahre sind sie von hier weggezogen. Damals kannte er den Fahrplan auswendig. Welcher Zug wann, wie, wohin fuhr. Vater hatte die gesamte Station im Griff. Pünktlichkeit war eine Tugend, die sogar in den Kriegsjahren stoisch eingehalten wurde. Als die ersten Bomber über den Schwarzwald dröhnten, war es ihnen unmöglich, die Höllentalbahn zu treffen. Riesige Ballons wurden über Brücken, Tälern und neuralgischen Abschnitten steigen gelassen. So fanden die feindlichen Flieger keine konkreten Anhaltspunkte. Die Angriffe zielten ins Leere.

Das Geheul der Motoren, die Kampfflugzeuge, die nur wenige Augenblicke später tief über ihnen hinwegzogen, ließen alle in den Luftschutzbunker im Keller des Bahnhofs eilen.

Einmal erwischte es Heiner auf dem Heimweg von der Schule. Mitten auf dem Feld. Er schmiss sich in die nächste Kuhle und harrte der Dinge. Es dauerte eine Ewigkeit, und da der Strom an Motorengeräuschen nicht enden wollte, drehte er den Kopf, legte sich rücklings in die Erde und starrte einer ganzen Armada von Fliegern entgegen, die über ihn hinwegrauschten. Wie ein riesiger Schwarm Heuschrecken.

Einfallen würde er. Mit der Tür in die Wohnung fallen. Er hatte Julian nichts von seinen Reiseplänen erzählt. Das Versprechen, dass Carla nichts davon ihrem Bruder verraten würde, erforderte seine ganzen Überredungskünste.

Was sie nicht wusste: dass er mit Julian gemeinsam nach Berlin wollte. Von dem Kästchen aus Opas Bücherregal und seinen Recherchen zu den Inhalten wollte er ihr vorerst nichts erzählen. Er brauchte erst Gewissheit, bevor er seine Familie darüber aufklären würde. Wenn es denn etwas zum Aufklären gab. Die Puzzleteile ergaben noch kein Bild, es fehlte definitiv einiges, um zu einem Ganzen zu werden.

Das einfallende Licht im Waggon ändert sich schlagartig. Wechselt von der dunkelgrauen silbernen Schwermut in eine freundliche grüne Zuversicht. Die Landschaft öffnet sich, lässt Wiesenflächen und Äcker sanfte Wellen schlagen. Der spätherbstliche Himmel erstrahlt in einem stählernen Blau. Eine Kälte schwingt mit, die den nahenden Winter erahnen lässt. Sie haben den Bahnhof Himmelreich passiert. In fünfzehn Minuten werden sie in Freiburg ankommen, dort wird Heiner einen kurzen Stopp einlegen, den Zug nach Offenburg nehmen und über

Straßburg, Nancy, Reims bis ans Ziel nach Paris *Gare de l'Est* reisen.

Das in Brotpapier gewickelte, mit reichlich Butter bestrichene sowie mit Kochschinken, Käsescheiben und Essiggurkenstückchen belegte Brot schmeckt ihm vorzüglich, und er fragt sich, warum er sich solche Pausenbrote nicht des Öfteren in die Arbeit mitgenommen hat. Das Essen in der Kantine im Amt war annehmbar. Die Köche ließen sich etwas einfallen. Wie zu Hause schmeckte es aber nicht. In der Kantine aß er mittags meist nur die Hälfte, ließ den Rest wieder zurückgehen. Was mit Sicherheit weggeschmissen wurde. Ein Luxusproblem. Das passte ihm gar nicht. Er, der so sparsam lebte, der Extravagantes nie auskostete, bodenständig geblieben ist und lieber etwas in den Sparstrumpf steckte, für später.

Seit Hannah weg war und die Kinder nicht mehr zur Schule gingen, blieb er tagsüber durchgehend in seinem Büro. Früher war er zwischendurch mittags nach Hause gefahren, holte Julian und Carla vom Gymnasium ab, um für sie zu kochen und für sie zu sorgen. Niemand sollte ihm später nachsagen, dass seine Kinder durch die Trennung gelitten hätten, im Haushalt einen Haufen Arbeit übernehmen mussten, dass ihre schulischen Leistungen runterrasseln würden.

All das ist nicht geschehen. Im Gegenteil.

Der Zug fährt mit kreischenden Bremsen pünktlich in den Freiburger Hauptbahnhof ein. Anschluss um 12:05 Uhr Richtung Offenburg. Um elf hat er sich mit Hannah verabredet, in einem kleinen Café um die Ecke. Für einen Kaffee. Ob sie kommt, kann er nicht einschätzen. Meist steht sie vor seiner Tür, wenn es um Papiere oder um neue Regelungen für das Kindergeld geht. Eine Karte zum Geburtstag und zu Weihnachten gehören zum jährlichen Standard. Selten ein Brief vom Rechtsanwalt, und wenn doch, sind die Nachwirkungen der Inhalte umso verheerender.

Er will nicht kämpfen, nicht gegen sie. Warum er ihr nachtrauert, ihr wie ein treudoofer Hund hinterherhechelt, obwohl sie ihn so oft getreten, verscheucht, mit Leckerli geködert, gefügig gemacht und dann wieder ausgesetzt hat, ist ihm ein Rätsel. Das Ehegelübde eher Fluch als Segen. Treu bis in den Tod.

Er hat etwas Zeit, holt das Kästchen aus der Reisetasche, öffnet es und zieht den Brief heraus. Der Landrat persönlich hat ihm den handschriftlich in Sütterlin verfassten Brief in die deutsche Schreibschrift transkribiert. Nicht alles hat sich ihm bisher erschlossen. Es ist wie beim Puzzeln, wenn Teile fehlen und Löcher hinterlassen, so dass sich das Motiv einem nicht erschließen will.

Seine Schwester hat ihn auf die Idee gebracht, in Waldbrunn anzurufen. Dort im Odenwald, wo Vater aufgewachsen war und dessen Cousine Heide lebte, die womöglich in der Lage war, ihm mehr dazu zu erzählen. Gleich am nächsten Tag rief Heiner in Waldbrunn an und bekam seine Tante an den Hörer. Sie hatten sich zuletzt bei Vaters Beerdigung gesehen. Heide war eine kleine, runde Frau mit roten Pausbäckchen, mit einem hoch sitzenden, straff fixierten Dutt und einem Lächeln, das einen ansteckte und alle Sorgen vergessen ließ.

Vater war jedes Mal wie verwandelt, wenn Heide zu Besuch kam oder er in Waldbrunn den jährlichen einwöchigen Familienurlaub verbrachte. Beide verschwanden dann stundenlang, wandelten umher, schwelgten in Erinnerungen und gaben abends in großer Runde Anekdoten zum Besten, die trotz alljährlicher Wiederholung nichts an Intensität einbüßten.

Nach einer Stunde stellte sich heraus, dass es einen jüngeren Bruder von Egon gegeben hat. Sein Name war Eddy, also eigentlich Eduard, er hatte den Kontakt zur Familie Anfang der dreißiger Jahre abgebrochen. Es gab ein paar wenige Postkarten und zuletzt einen Brief an ihre Eltern, in dem er sich von allen lossagte, um sie nicht ins Verderben zu stürzen. Sie hatten alle keine Ahnung, was ihn dazu bewegt hatte, und was das genau bedeutete.

Im Ersten Weltkrieg, in den Eduard freiwillig als Soldat gezogen war, schien ihm etwas Dramatisches und vermutlich Ungeheuerliches widerfahren zu sein, was ihn dermaßen mitgenommen haben musste, dass er in den Jahren nach der Rückkehr in eine Lethargie gefallen war. Sie hatten es damals als Depression bezeichnet, und würden es heute, wie Heide es in einem Artikel nachgelesen hat, eher als eine posttraumatische Belastungsstörung diagnostizieren. Einen Arzt hatte Eduard damals nie gesehen. Er tauchte kurz auf und länger wieder ab. Wie ein Wal, der sich mehr unter Wasser aufhält und nur zum Luftholen nach oben kommt. Tagelang war er nicht zu sehen, um dann ohne Ankündigung am Mittagstisch auf seinem angestammten Stuhl zu sitzen. Wortkarg war er geworden, buchstäblich verstummt, so hatte sie ihn aus dieser Zeit in Erinnerung.

Früher war er ein junger Bursche gewesen, der alle Mädchenblicke auf sich gezogen hatte. Konnte Witze erzählen wie kein anderer und flirtete auf Teufel komm raus. Erst Jahre nach dem Krieg erlangten seine graphitblauen Augen wieder eine Strahlkraft, die einen in ihren Bann zog und die Zeit der Teilnahmslosigkeit vergessen ließ.

Ob Eduard geheiratet oder wo er sich zuletzt aufgehalten hatte, konnte Heide nicht sagen. Berlin habe ihn fasziniert. Dort wollte er auf jeden Fall einmal hin.

Auf die Frage, warum keiner von ihnen seiner Schwester und ihm jemals von seinem Großonkel erzählt hatte, erwiderte sie nach einer längeren Pause mit belegter Stimme, dass sie alle den verdammten Krieg und die ganze Nazizeit verdrängt hatten. Wie eine Brandrodung. Man hütete zwar die Geschichten und Ereignisse aus alten Zeiten, die man behalten, an die man sich erinnern wollte, sorgfältig ausgewählt, schützte sich jedoch hinter einem sicheren Wall. Denn das Vergessen und Verdrängen wirkte wie ein Allheilmittel, bevor es einem das Leben versauerte und einen wie ein Bleifuß unweigerlich in die Tiefe zog. Doch ahnte sie schon seit längerem, dass die Wurzeln beim Roden nicht zerstört werden. Sie bleiben erhalten. Und eines Tages fängt das Gewächs wieder an zu wuchern, bricht sich mit seinen jungen Trieben den Weg durch die Erde ans Tageslicht.

Sie alle hatten Eduard vergessen, die Erinnerungen an ihn verdrängt, ihre eigenen Häute gerettet und nur das ins neue Leben nach dem Dritten Reich und Zweiten Weltkrieg mitgenommen, was existentiell und notwendig war.

Zu viele waren nicht mehr zurückgekehrt, verschollen, tot. Oder eben abgetaucht. Ein Trauma, dem man mit riesigem Abstand entkommen wollte.

Heiner spürte, dass er bei Heide Türen aufstieß, die sie lange Zeit fest verschlossen gehalten hatte. Jetzt stand sie vor diesen Türen und wusste nicht, was sie dahinter erwartete: Stille? Eine Wüste? Oder eine riesige Welle, die sie überwältigen, mitreißen und verschlingen würde?

Auf der einen Seite bedauerte er seinen Anruf, wollte nicht alte Wunden aufreißen. Auf der anderen war in ihm eine unbändige

Neugierde erwacht, auf weitere Informationen, auf Anekdoten. Wer war Onkel Eduard? Was war mit ihm geschehen? Lebte er noch? Gab es weitere weitere Geheimnisse, nicht erzählte Geschichte in seiner Familie?

So in Gedanken versunken, hat Heiner die Zeit nicht mehr im Blick. Ein Schatten verdeckt die seit Minuten durch die Glasscheibe des Cafés hereinbrechende Sonne, und er hebt seinen Kopf. Es ist nicht Hannah, sondern der Kellner, der freundlich anfragt, ob er einen weiteren Kaffee möchte. Seine Armbanduhr zeigt 11:52 an, er muss zum Gleis 3, wo der IC Richtung Mannheim abfahren wird. Er zahlt, packt den Brief zurück in das Kästchen, verstaut alles in seiner Tasche, steht auf, wankt für einen Moment, schweift mit seinen Augen einmal durch das Café, um sicherzugehen, dass sie sich nicht verpasst haben. Wirft sich mit der rechten Hand die Umhängetasche über die linke Schulter, legt den Mantel darüber, greift nach der Reisetasche und geht hinaus in die klare, kalte Novemberluft, die ihn wachrüttelt. Und fragt sich nur: Warum?

Hannah hinter sich zu lassen, fällt ihm schwer. Sie ist das, was er sich wünschte. Eine attraktive, sportliche, selbstbewusste Frau, die die Dinge selbst in ihre Hand nehmen konnte. Er hat nie einer anderen hinterhergesehen. Warum hat er es vermasselt?

Seine Krankheit allein war es nicht gewesen. Eher seine stoische Ignoranz gegenüber ihren Bemühungen, ihm zu helfen. Zweimal hat er ihrem Rat nachgegeben, zweimal kam er versehrter zurück als zuvor. Dann blockte er alles ab. Sicherheit und ein gewisser Wohlstand sind anscheinend nicht genug, wenn es um langfristige Beziehungen geht.

Sie haben gemeinsam zwei wunderbare Menschen in die Welt gesetzt, die ihren Weg gehen. Fast hätte sie ihm den Stolz auf diese Leistung genommen. Zum Glück sind die Kinder bei ihm geblieben, in dem Haus, in dem sie aufgewachsen sind, in dessen Umgebung sie sich wohlfühlten. Wenn sie mit ihr gegangen wären? Er wüsste nicht, wo er jetzt wäre. Ob er es überlebt hätte.

Am Gleis steht ein Münzfernsprecher und für einen Moment hält er in seiner Jackentasche zwei Zehnpfennigmünzen zwischen den Fingern parat. Er hat Hannahs Telefonnummer im Kopf abgespeichert. Entscheidet sich dagegen, steigt in den gerade eingefahrenen Zug und setzt sich auf den reservierten Platz am Fenster mit Blick in Fahrtrichtung.

Nach vorne schauen, die Nase in den Wind stecken, hatte Mutter immer gesagt, wenn er sich wieder einmal hinter seinen Büchern versteckt hielt. Die Vergangenheit mag immer mitschwingen, manchmal mehr, manchmal weniger. Man sollte ihr nicht den Hof machen. Das, was vor uns liegt, mag mehr Wunder in sich bergen, als man erahnt.

Die Landschaft zieht an ihm im Schnelldurchlauf vorbei. Seine Augen nehmen alles nur schemenhaft wahr. Die selbst im späten Herbst typisch badischen wärmenden Sonnenstrahlen sind einem kurzatmigen Novembergrau gewichen. Die kahlen Baumgerippe und abgeernteten Felder, der stahlfarbene, mit einem Schleier belegte Himmel sind keine Bilder, die aufrichten, die ihn nach vorne, in die Zukunft spähen lassen.

In Offenburg steigt er aus, hat zehn Minuten später seinen Anschluss in Richtung Frankreich und sitzt in einem Großraumwagen auf einem Fensterplatz mit Tisch, mit Blick gegen die Fahrtrichtung. Die Silhouette des Schwarzwalds entrückt nur langsam und verschwimmt allmählich mit den Wolken zu einer grauen wabernden Kulisse.

Ihm fällt auf, dass er heute nicht ein einziges Mal eine Wuttirade losgelassen hat. Nicht einmal lautlos vor sich hingemurmelt. Auch, als klar gewesen ist, dass Hannah ihn versetzt hat. Keine gebrüllten ausschweifenden Schimpfwortlindwürmer. Ganze Litaneien an Wurfgeschossen, die sich in seinem Leben angehäuft haben, die durch seinen Kopf schleudern, die ihr Ziel nie wirklich treffen. Das ausgesprochene „Scheiße“ ist das harmloseste von allen. Es geschieht immer dann, wenn er zu Hause ist, sich allein und unbeobachtet wähnt. Der ganze Ärger macht sich breit und seine Ungeduld, seine physische Unfähigkeit und geschrumpfte Selbstachtung brechen sich Bahn. Wie Explosionen entladen sich die angestauten Unzulänglichkeiten. Es übermannt ihn, er kann sich dessen nicht erwehren. Alles muss raus. Der Sprung im heruntergefallenen Teller, die Scherben des zerdepperten Glases, die Dellen in den Töpfen, die ganzen Schnittverletzungen durch abgleitende Messer an den Händen. Oder die saumäßige Handschrift mit rechts. Die Schmerzen seines gesamten Bewegungsapparates. Seines gebrochenen Herzens.

Der Alkohol trägt mit Sicherheit eine Mitschuld. Heiner hat alles unter Kontrolle. Denkt er. Trinkt am Abend zwei bis drei Bier. Am Wochenende manchmal vier. Ab und an ein Schnäpschen oder einen Likör. Tagsüber hält er sich in Schach. Wasser und Kaffee. Abends nach der Arbeit oder spätestens nach den Trainings in der Turnhalle mit seiner Turntruppe genehmigt er sich das erste Bier. Das erste in der Vereinsgaststätte. Das zweite und weitere zu Hause vor dem Fernseher.

Alkohol reinigt und lockert, löst den Dreck, der sich über alles legt und desinfiziert das Freigelegte. Betäubt es für kurze Zeit. Die Wirkung lässt schneller nach als erhofft, und so wird nachgeschenkt, bis sich eine Nebelschwade wie eine mehrlagige Bahn Mullbinden über die Scheißgedanken und erbärmlichen Gefühle legt.

Nachts, wenn er allein in das eheliche Bett steigen muss, die Seite neben ihm leer, nur mit einem Spannbetttuch bezogen, wenn ihm das Verlassensein die Kehle zuschnürt, bricht es aus ihm heraus.

Das Zimmer seines Sohnes liegt direkt über ihm. Das seiner Tochter quer durch das Haus auf der anderen Seite der Wohnung. Zurückhalten, Haltung bewahren, funktioniert nicht mehr, das hemmungslose Fluchen nimmt seinen Lauf. Die Wörter zuerst laut und rau, durch alle Wände hörbar, flachen ab, wiegen ihn in den farblosen und tauben Schlaf. Als hätte er sich so aller negativen Gedanken entledigt und seinem Kopf Ruhe und Harmonie vorgegaukelt. Spätestens um drei Uhr morgens liegt er dann wieder wach. Da hilft das Fluchen nicht mehr.

Sein Vater Egon war ein Vorbild im aufrechten Gang. Seine Haltung nach außen immer tadellos. Immer rasiert, die Haare gekämmt. Der würzige, frische Duft von *Old Spice* umwehte ihn. Wenn er sich morgens im Bad nach der Rasur das Aftershave aufgetragen hatte, roch man stundenlang, dass er hier gewesen war. Selbst als die Nazis ihn nach Hinterzarten, an ein Örtchen mitten in der Provinz, strafversetzt hatten, wahrte er seine Umgangsformen, zeigte nie seine Enttäuschung über diese Degradierung, war sich bewusst, dass dies ihm und seiner Familie im Endeffekt das Leben gerettet hatte. Er, der sich nie der NSDAP angeschlossen hatte, der das Parteibuch der Sozialdemokraten sorgfältig versteckt hielt, hatte das Glück, durch sein Fachwissen und seine breit gefächerte Berufserfahrung unentbehrlich zu werden. Da er mit seinem schweren Asthma nicht eingezogen wurde und der Bahnverkehr während des Krieges in Betrieb bleiben musste, behielt jeder obligatorisch seinen Posten, der das Wissen und die Geschicklichkeit besaß, die Deutsche Reichsbahn am Laufen zu halten.

Im kleinen Hinterzarten, versteckt in den dunklen Wäldern, ließ es sich unbemerkt den Alltag meistern, sich von allem fernzuhalten, was die Existenz bedrohen könnte. Nach außen das Gesicht wahren, sich anpassen.

Nur einmal hat Heiner seinen Vater fluchen gehört. Über irgendeinen Schumann, der ihm regelmäßig eine reinwürgen würde, von der Zentrale in Karlsruhe aus keine Ahnung habe, was hier abgehe. Das sei reine Schikane. Er lasse sich aber nicht kleinkriegen. Von diesem verdammten Arschloch, diesem Hornochsen und eingebildeten Möchtegernführer. Er werde es ihm schon zeigen, diesem Arschkriecher und Schleimer. Und wenn er nach Karlsruhe fahren und ihm in seinem Büro den Hintern aufreißen müsse. Mutter konnte ihn nicht beruhigen, hieß ihn, leiser zu sein, schloss dabei eiligst die beiden Küchenfenster und zog die Vorhänge zu. Dann stapfte Vater aus der Küche, knallte die Tür und verließ das Bahnhofsgebäude für einen seiner nächtlichen Spaziergänge.

Am nächsten Morgen war alles wie immer. Der obligatorische Morgenkuss zwischen den Eltern. Das Zurechtrücken der Haarschleifen seiner beiden Schwestern. Das fast schon kameradschaftliche Schulterklopfen, bevor es in die Schule ging, Vaters Kuss auf Heiners Haupt. Und zum Abschied der mütterliche Segen „Gott sei mit euch."

Eine Servicefrau kommt mit einem Rollwagen vorbei und Heiner genehmigt sich einen Kaffee. Dazu eine Zigarette. Aber er hat sich im Griff. So sagt man doch, wenn einer alles unter Kontrolle hält.

Damals, als Hannah ihm in einem Streit entgegenwarf, dass er mit der verdammten Raucherei aufhören solle, dann würde alles anders aussehen und sie würde es sich überlegen und ihn nicht verlassen, nahm er es für bare Münze. Am nächsten Tag verbannte er alle Zigaretten aus seinem Umfeld. Entsorgte sie in der Mülltonne. Selbst seine eiserne Reserve, ein versiegeltes Päckchen Roth-Händle im Wäscheschrank in der hintersten Ecke musste daran glauben.

Heiner war eisern mit sich und zeigte keinerlei Schwächen. Keine Gewichtszunahme, kein Heißhunger auf Süßes oder Fettiges, keine Zitteranfälle, Hustenattacken. Für Wochen zog er es durch. In unbeobachteten Momenten brach es aus ihm heraus, entluden sich seine Lungenflügel, spuckten den schwarzen Dreck aus, der sich Jahrzehnte lang angesammelt hatte. Kaum war er zurück unter Menschen, mit seiner Familie oder in der Sporthalle, stülpte er sich das Gute-Laune-Gesicht über. Trotzdem war Hannah ein gutes Jahr später weg.

Das Rauchen war Vergangenheit. Er hat es unter Kontrolle. Wie mit dem Alkohol. Alles nach außen unter Kontrolle. Wie damals sein Vater.

Am Bahnhof von Nancy angekommen, hat der Zug knapp fünfzehn Minuten Aufenthalt. Heiner steht auf, hängt seine Umhängetasche mit allen wichtigen Dokumenten und den umgetauschten französischen Francs darin über die Schulter, tritt auf den belebten Bahnsteig hinaus, um Frischluft zu schnappen und sich einen weiteren Kaffee zu ergattern.

Als er zurückkehrt, sitzt eine Dame auf seinem Sitz. Er spricht sie in gebrochenem Französisch an und erklärt ihr, dass dies sein Platz gewesen sei, da erwidert sie in fließendem, fast akzentfreiem Deutsch, ob es ihm etwas ausmachen würde gegenüber Platz zu nehmen, da sie nicht in Fahrtrichtung sitzen könne. Es würde ihr speiübel dabei. Heiner lächelt, nickt ihr zu und nimmt Platz. Kurz darauf fährt der Zug los.

Die Dame trägt ein zweiteiliges Kostüm aus blau und rosa meliertem Tweed. So *à la Coco Chanel.* Sie wirkt adrett, gepflegt, mit ihrem kugelförmigen, dunkelbraunen Haarschnitt erinnert sie ihn an die Sängerin Mireille Mathieu. Der Spatz von Avignon, geht ihm durch den Kopf und er muss lächeln, kann sich ein Grinsen gerade noch verkneifen. Ihre Augen sind grüngrau, ihr Lächeln freundlich, es wirkt nicht aufgesetzt. Kaum Make-up. Ein Hauch von Veilchen schwebt zu ihm herüber. Mittlerweile hat sie ihr Strickzeug aus einem runden Weidekorb mit Deckel geholt und lässt geflissentlich die Nadeln klappern. Dabei betrachtet sie die vorbeiziehende Landschaft, zieht gelegentlich am Faden des Wollknäuels, der sich im Korb befindet und kontrolliert das eine oder andere Mal, was sie bisher erschaffen hat.

Heiners Augen werden müde, das feine Geklirre der aufeinander schlagenden Nadeln und das Rattern der Räder auf den Gleisen lassen ihn in einen Halbschlaf fallen. Das Gemurmel der anderen Passagiere, Wortfetzen, Gelächter und die staubige, warme Heizungsluft lullen ihn ein.

Das Schulterklopfen des Kontrolleurs und die Frage nach seiner Fahrkarte schrecken ihn auf, lassen ihn mehrfach trocken schlucken. Hat er etwa geschnarcht?

Er kramt seine Karte aus der Tasche, reicht sie dem Schaffner, der sie kurz kontrolliert, abzwickt, die Endstation in Paris bestätigt und ihm das Ticket mit einem Kopfnicken zurückgibt.

Gegenüber ist das gestrickte Teil enorm angewachsen und lässt nur eine Interpretation zu: Socken.

„Sind die für Sie, Madame?“, fragt er und hebt dabei erwartungsvoll die Augenbrauen.

„Oh nein“, schüttelt sie den Kopf, „die sind für meinen Enkel.“

„Schön. Wie alt ist Ihr Enkel, wenn ich fragen darf?“

Sie zieht am Faden, fädelt die Wolle über die Nadeln hinweg, ohne dabei hinzusehen und blickt ihn mit freundlichen Augen an.

„Er ist dreizehn Jahre alt.“

„Spannendes und schwieriges Alter. Die Pubertät klopft an.“

„Sagen Sie nichts. Er hat seine ersten Pickel bekommen und die Stimme beginnt zu brechen.“ Sie neigt den Kopf ein bisschen zur Seite und runzelt die Stirn. „So sagt man doch auf Deutsch?“

„Ja, korrekt, das ist der Stimmbruch. Bei meinem Sohn begann der mit vierzehn. Von der zwitschernden Nachtigall plötzlich zum röhrenden Reibeisen.“

Beide lachen kurz auf.

„Oh, das Wort Reibeisen habe ich schon lange nicht mehr gehört“, entfährt es ihr. Sie lässt dabei eine Masche fallen, welche sie so schnell wieder auffängt und weiter strickt, als ob nichts passiert sei.

„Sie sprechen hervorragend Deutsch“, stellt Heiner erstaunt fest. „Wie kommt das?“

Sie hält inne, betrachtet Heiner mit einer Zurückhaltung, die er nicht deuten kann, dann ändert sich der Ausdruck, ihre Schultern fallen, das Aufrechte bleibt und die Neugierde blitzt in ihrem Gesicht auf.

„Meine Eltern sind ursprünglich aus Berlin. Die Kindheit habe ich dort verbracht, dann sind wir nach Hamburg gezogen. Meine Familie wollte in die Vereinigten Staaten von Amerika. Was aus verschiedenen Gründen nicht funktioniert hat. Schließlich sind wir in Paris gelandet. Nur weg aus Deutschland."

„Das war bestimmt während der dreißiger Jahre, nicht?"

„Ja, vollkommen richtig." Ihre Haltung strafft sich, sie fährt sich mit der Zungenspitze erst über die obere, dann die untere Lippe, presst sie den Mund fest aufeinander. Heiner kann beinahe ihr Schlucken hören. Schließlich fährt sie fort.

„Meine Mutter war Halbjüdin und mein Vater hatte nichts mit den Nazis am Hut, so sind wir 1937 nach Paris gezogen. Ich war damals gerade zwölf Jahre alt, so alt wie mein Neffe jetzt, und hatte bereits vier verschiedene Schulen besucht. Kaum Freundinnen und den Großteil meiner Verwandtschaft in Berlin."

„Ich bin im Schwarzwald groß geworden. Im Süden. Mitten in der Provinz. Mitten im Wald." Es hört sich fast wie eine Entschuldigung an. Heiner kann nicht umhin und hakt nach.

„Haben Sie und Ihre Familie damals denn alles gut überstanden?"

„Wir hatten Glück", antwortet sie ohne zu Zögern, „und blieben trotz der deutschen Besatzung verschont."

„Das freut mich zu hören", was ehrlich klingen soll, für ihn aber weniger empathisch wirkt als gewollt.

Für einen Moment ist das Gespräch unterbrochen. Was ist er heute geschwätzig! Erzählt einer wildfremden Frau seine Geschichten und fragt nach ihrer. Aufdringlich, kommt ihm in den Sinn. Vielleicht ist es der Abstand, den er gerade gewinnt. Kilometerweit von zu Hause weg. Das löst die Geister, die Sinne … und öffnet das Herz, hätte seine Mutter ergänzt.

Die Dame bietet ihm einen Apfel an, den er dankend ablehnt.

„Sie reisen nach Paris, habe ich den Schaffner sagen gehört?", führt sie die Konversation unverhofft weiter.

„Äh,ja, meinen Sohn besuchen."

„Was macht Ihr Sohn in Paris? Arbeit, Studium, Liebe?"

„Wenn ich es genau sagen soll – alle drei Dinge. Er hat ein Stipendium bekommen für eine renommierte Akademie für Ballett.

Zudem studierte er noch an zwei anderen Schulen Zeitgenössischen Tanz."

„Das gibt es ja nicht." Die Dame legt die Stricksachen beiseite, faltet die Hände, legt sie auf den Tisch vor sich und schenkt ihm nun ihre ganze Aufmerksamkeit. „Mein Neffe ist am *Conservatoire National Supérieur* und studiert ebenfalls Klassischen Tanz. Vielleicht kennen sie sich ja. Wie alt ist Ihr Sohn denn?"

„Er ist einundzwanzig."

„Mon Dieu!", ihre Überraschung ist unübersehbar. „Ist das nicht etwas alt für einen angehenden Balletttänzer?

„Das dachten wir anfangs auch. Julian hat erst mit achtzehn mit Ballett begonnen. Nun, er war von Kindesbeinen an Kunstturner, hat von klein auf Instrumenten zu spielen gelernt, war sogar in einem Orchester. Hat dann mit fünfzehn mit dem Gesellschaftstanz begonnen. Sehr erfolgreich sogar, und ist dann mit Siebzehn auf den Zeitgenössischen Tanz gestoßen. Er hat zuerst sein Abitur gemacht, sich aber parallel weiterentwickelt. Kurse, Workshops und unzählige Stunden in Sporthallen und Studios verbracht. Da könnte ich Ihnen stundenlang Geschichten erzählen."

„Und wo genau studiert er jetzt in Paris?"

Heiner erzählt ihr von Solange Golovine, von der Pariser Opernschule, vom Stipendium, und dass niemand in der Familie künstlerische Veranlagungen vorzuweisen hätte. Umso überraschter seien alle über Julians Werdegang. Und er spürt, wie er ins Schwärmen über seinen Sohn gerät. Einen Zug, den er an sich nicht wirklich kennt. Zumindest nicht gegenüber einer ihm unbekannten Person, die ihn sogleich aus dem Gefühl des Stolzes mit einer Frage hinauskatapultiert und in der Wirklichkeit ankommen lässt.

„Ist das mit Ihrem Arm beim Sport passiert?", und sogleich senkt sich ihr Blick zu ihren gefalteten Händen. „Entschuldigen Sie die eventuell respektlose Frage."

„Hm, wenn die Ärzte das so genau wüssten. Eine Mischung aus Unfall und womöglich genetischer Veranlagung."

„Mögen Sie darüber reden?"

Heiner gefällt ihre Vorsicht und Rücksichtnahme. Spürt den Drang von sich mehr zu erzählen, entscheidet sich dagegen. Noch nicht. Nicht hier. Warum auch?

„Nicht unbedingt. Es ist nichts Phantastisches oder Aufbauendes."

„Entschuldigen Sie, ich wollte Sie nicht bedrängen. Es fiel mir nur auf."

„Ich war Sportler, Kunstturner, Skifahrer ...", er gerät ins Stocken, die Worte kamen aus ihrem herausgepurzelt, ohne darüber nachgedacht zu haben.

„... und jetzt übernimmt Ihr Sohn und knüpft dort an, wo Sie nicht mehr tätig sein können", ergänzt sie und lächelt ihn an.

„Nun ja, ganz so untätig bin ich nicht. Ich bin neben meinem Beruf Kunstturntrainer. Das hält mich fit und in Kontakt mit der Jugend."

„Oh ja, den Kontakt zur Jugend braucht es. Mein Neffe hält mich wirklich auf Trab."

Heiner fühlt sich in ihrer Anwesenheit wohl. Oder besser gesagt sicher. Aber wer kann schon nach einer Stunde gemeinsamer Zugfahrt etwas über eine fremde Person mit Sicherheit äußern. Kann sie einschätzen?

„Fahren Sie auch bis Paris?", ändert er abrupt die Richtung des Gesprächs.

„Ja, ein paar Stunden haben wir noch." Sie nimmt das Strickzeug wieder auf und fädelt weiter die Maschen ineinander.

„Übrigens, mein Name ist Heiner."

„Et moi, je m'appelle Louise. Angenehm."

Heiner ist überrascht über seine Redseligkeit, seine Offenheit. So frei und ungebändigt hat er sich lange nicht mehr unterhalten. Zudem mit jemandem Wildfremden. Ihm ist seine eigene Situation meist peinlich. Dieses krüppelhafte, diese elende Kraftlosigkeit in seinem linken Arm. Diese, mit schräg gehaltenem Kopf und schwerem Nicken begleiteten Mitleidsbekundungen, am häufigsten von den Menschen in seiner näheren Umgebung. Es sind nicht die Worte. Es sind die Blicke und das Getuschel hinter seinem Rücken. Der Arme, verlassen von seiner Frau, in einer solchen Situation! Das kann man doch nicht. Darf man nicht. Moral, Moral, Anstand. Oh ja, brüllt es heraus, lyncht alle, die nicht konform gehen, die nicht den Regeln folgen, die ihr eigenes Leben leben wollen. Nennt sie Egoistenschweine und asoziales Gesocks.

Es ist nicht so, dass er Hannahs Entscheidung ihn, die Familie zu verlassen, nicht nachvollziehen könnte. Er spürt, wie er sie sogar verteidigt. Stimmen für sie sammelt und sich dabei selbst ins Abseits bugsiert.

Er ist ein Trottel.

Das Gespräch mit Louise plätschert dahin, teils angeregt, teils banal. Von Empfehlungen, was und wo er sich etwas in Paris unbedingt anschauen soll, welches Restaurant er unbedingt besuchen muss und welche französsichen Weine er probieren sollte.

Das Thema Mauerfall streifen sie nur kurz. Sobald die Situation in Berlin angesteuert wird, erhält Louises Gesicht einen fahlen Ausdruck. Ihr Blick senkt sich, bohrt Löcher in den wachsenden Socken. Sie stammelt ein paar wenige Worte von Familie, Verwandtschaft und vermaledeiten Religionen.

Es muss einiges passiert sein, als sie damals Berlin verlassen hat. Der Rest der Familie, vermutlich zum Teil jüdischer Abstammung, hat bestimmt schwere Schicksale durchleiden müssen.

Kurz vor dem Ende der Zugfahrt, sie nähern sich bereits den Vororten von Paris, schreibt ihm Louise ihre Kontaktdaten auf ein Stück Papier ihres Notizbuches. Für den Fall der Fälle. Er sei jederzeit willkommen. Und seinen Sohn soll er bitte mitbringen. Sie möchte ihn unbedingt kennenlernen und Armand, ihrem Neffen, vorstellen.

Heiner nimmt den Zettel dankend an, steckt ihn in die Umhängetasche und ist erleichtert, dass die Fahrt in den nächsten Minuten ein Ende findet. Sein Sitzfleisch ist plattgedrückt, er muss sich bewegen.

Nachdem er sich von Louise verabschiedet hat, sucht er nach einem Stadtplan, um sich zu orientieren. Er ist nur einmal hier in Paris gewesen, als Julian mit seinen Sachen, genau zwei Autoladungen voll, in die Wohnung eingezogen ist. Heiner ist drei Tage geblieben, hat Julian bei gewissen Ämtergängen geholfen, so gut es ging, und ist dann wieder mit seinem Auto nach Hause zurückgefahren. Julian hat ihn damals durch die Stadt gelotst. Ohne Karte.

Soll er ihn anrufen? So als kleine Vorwarnung? Nein, er wird seinen Weg dorthin allein finden. Notfalls mit dem Taxi.

Seine Armbanduhr ist stehen geblieben. Er hat vergessen sie aufzuziehen. Eine Uhr über dem Eingang des riesigen Gebäudes des Ostbahnhofs kann er nicht entdecken, er hält einen Passanten an und fragt: „*Quelle heure est-il?*" Und erhält als Antwort: „*Trop tard pour toi.*" Zu spät für dich? Was soll das denn? Ist das die typische

Haltung und Aversion gegenüber den Deutschen? Oder ist das schlichtweg einfach Paris?

Julian hat einige Geschichten davon zu berichten gehabt, und nicht alle waren angenehm. Beim nächsten Versuch ist er erfolgreich. Es ist kurz nach sechs Uhr abends. Er hält ein Taxi an, steigt ein und gibt die Adresse durch: *5, Impasse du Labrador, 15eme Arrondissement.*

Auf dem Sitz neben ihm liegt eine aktuelle, ausgelesene Tageszeitung. Er glättet sie, faltet sie zusammen und liest auf dem unteren Teil des Titelblatts:

„La réunification allemande – une illusion?" (Die deutsche Wiedevreinigung – eine Illusion?)

CHRONOLOGIE III

1921 | 18./19. Juni

Beim Odenwalder Turngaufest in Bensheim-Heppenheim tritt Egon erneut erfolgreich im Turnen an und begegnet zum wiederholten Male Frieda.

Am zweiten Abend lädt er sie zu einem Bier ein und gesteht ihr seine Zuneigung. Frieda erwidert sein Werben und erlaubt ihm einen ersten Kuss.

1922 | 23. Dezember

Die Feier zu Eduards Volljährigkeit gerät zu einem Fiasko, da er, bevor ihm die ganze Familie gratulieren kann, die Entscheidung bekannt gibt, nach Berlin zu ziehen.

Er leiht sich bei Egon etwas Geld und verschwindet am Ersten Weihnachtsfeiertag.

1923 | 20. Oktober

Nachdem Egon offiziell die erste Diplomprüfung bestanden hat, fährt er mit dem Zug nach Elzach im Schwarzwald und hält dort bei den Eltern von Frieda Säbersbach um ihre Hand an.

Die Verlobung wird am nächsten Tag gebührend gefeiert.

1924 | 01. Februar

Die Deutsche Reichsbahn offeriert Egon einen Praktikumsplatz in Mannheim und in Karlsruhe, wo er abwechselnd tätig ist.

Egon fühlt sich wunderbar.

1925 | 08. April

Frieda erkrankt schwer und liegt mit einer Lungenentzündung im Krankenhaus, wo sie mit dem Pulmotor mehrfach künstlich beatmet wird.

Egon verbringt zahllose Tage bei ihr am Krankenbett, hält ihre Hand.

1926 | 29. Juni

Egon schließt erfolgreich sein Studium ab und erhält eine Anstellung bei der Deutschen Reichsbahn. Seine Uniform und der Eintritt in die gehobene Beamtenlaufbahn veranlassen ihn, sich seine eigene Wohnung in Karlsruhe zu suchen, wo er für das erste Jahr stationiert ist.

Frieda besucht ihn tagsüber und manchmal verpasst sie absichtlich den letzten Zug, damit sie nicht nach Hause muss.

1927 | 31. Dezember

Überraschende Rückkehr des Vaters Emil Humbacher aus den USA nach Waldbrunn.

Seine Söhne sind nicht da.

1928 | 26. Mai

Kirchliche und standesamtliche Hochzeit von Egon und Frieda in Waldbrunn. Sein Bruder Eduard, in Begleitung eines Freundes namens Fritz Haberlein, kommt zwar spät, aber er erscheint auf der Feier seines Bruders und bleibt für drei Tage, bevor er wieder in den Osten Deutschlands zurückkehrt.

Sein Hochzeitsgeschenk ist eine antike Janusmünze.

1929 | 27. Oktober

Zwei Tage nach dem Zusammenbruch der New Yorker Börse, dem Schwarzen Freitag, wirft sich Egons und Eduards leiblicher Vater Emil in der Nähe des Mannheimer Bahnhofs vor einen einfahrenden Zug. Er stirbt vor Ort. Ein Unfall wird ausgeschlossen.

Egon und Eduard sind nun Vollwaise.

KAPITEL 9

F-PARIS / SAMSTAG, 18. NOVEMBER 1989

Ich bin müde. Spüre keinen Puls. Weder *Bum*, noch *Bum-Bum*. Es gibt Tage, an denen ich dieses Erwachsensein am liebsten hinschmeißen und vorzugsweise eine Runde schaukeln gehen möchte. Würde mich zuerst hin und her pendeln lassen und keine Gedanken an das Davor oder Danach verschwenden. Mit jedem Schwung ginge es dann höher hinaus, ohne darüber nachzudenken, was einen nach dem Höhepunkt erwartet, wie hoch oder weit es einen tragen oder wie tief man fallen möge. Die Schwerkraft würde sowieso irgendwann die Oberhand übernehmen.

Der Drang, tanzen zu wollen, ist ungebrochen. Jeden Tag aufs Neue betrete ich die Tanzstudios mit ihrem unverwechselbaren Duft nach Holz, Schweiß und Kolophonium. Jeden Tag verändert sich mein Körper. Seine Haltung gespannt und kerzengerade, die Energiezufuhr auf unendlich gestellt, die Sinne sind geschärft. Jeder Ton der Musik bewegt mich, gleitet unter die Haut, lässt mich zu einem wortlosen Poeten werden, bei dem Bewegung, jede Geste, jeder Blick etwas zu erzählen hat.

Andere studieren den Tanz seit Ewigkeiten. Und obwohl ich erst seit gut zwei Jahren diese Form des Tanzes zu erobern versuche, fühlt es sich wie eine Art Heimat an. Zu wissen, dass ich vieles nicht weiß, und nicht zu wissen, dass man schon vieles in sich trägt, dass es Zeit, gewisse Menschen und den richtigen Ort benötigt, um in Erscheinung zu treten, wahrhaftig zu werden, hält mich aufrecht, lässt mich nach vorne schauen. Auch wenn sich das untrügliche Gefühl des Auf-der-Stelle-Tretens einzuschleichen droht. Da hilft auch kein nächtliches Ausschweifen mehr, kein Herumhüpfen, dem Schlagzeug mit dem Kopf nachnicken und mit den Hüften wackeln. Der Sog ist ausgeblieben. Als ob die Droge Tanz in Wahrheit ein Placebo ist.

Heute ist so ein Tag. Ein Rückwärtstag.

Ich fläze im alten Ledersessel. Zwei Schluck Tee habe ich getrunken, mir dabei fast die Zunge verbrannt. Seitdem steht die

Tasse unberührt neben mir auf der alten, blau gestrichenen Apfelkiste, die als Beistelltischchen dient.

Mittlerweile ist der dunkelgrüne Sud in dem hellblauen, extragroßen Porzellanbecher erkaltet, darin hängen vollgesogen zwei Beutel Pfefferminztee. Im Hintergrund läuft auf dem Plattenspieler der Hi-Fi-Anlage zum zweiten Mal die A-Seite von Réne Aubrys LP *Underworld* und untermalt mit ihren melancholischen, eindringlichen Gitarrenklängen die gedrückte Stimmung.

Draußen ist es früh dunkel geworden. In gut vier Wochen wird der Tag am kürzesten sein und beginnen, sich wieder breitzumachen, die Dunkelheit zurückzudrängen. Ich brauche Sonne. Im Moment kann ich nur vermuten, was für ein Wetter vor der Tür herrscht. Seit zwei Stunden brüte ich vor mich hin. Aktuell sind feuchtkalte Luft und bleischwere Wolken an der Tagesordnung. Aspirinwetter, würde Mam sagen. Von Großstadtflair ist in Paris nichts zu spüren. Alles versinkt im Grau. Zudem weniger Touristen, weniger Trubel. Die Pariser selbst sind des Feierns überdrüssig geworden. Die revolutionäre Champagnerlaune versprüht keine Perlen mehr, hinterlässt eher einen schalen Nachgeschmack. Der Alltag hat das Zepter übernommen. Streiks an allen Ecken und Enden. Alle klagen darüber, wie sie den Alltag bewältigen sollen. Alles bereitet ihnen Kopfzerbrechen. Gebt allen Parisern Aspirin, und zwar täglich.

Im Kühlschrank wartet die zweite Portion einer Fertignudelpackung – Farfalle mit Käse-Kräuter-Sauce. Das Hungergefühl lässt zu wünschen übrig. Ich habe die letzten Tage zu wenig und unregelmäßig gegessen, die Energiezufuhr liegt im unteren Grenzbereich. Meine nächtlichen Eskapaden und tänzerischen Ausschweifungen in den Nachtclubs tragen nicht zur Verbesserung der Situation bei.

Ich sollte es besser wissen. Zwei Jahre Sportleistungskurs und einige Theoriestunden zum Thema Ernährung und Trainingslehre als Basis für solch einen Beruf müssten ausreichen, um gelernt zu haben, dass man den Leistungsstandard nicht kontinuierlich und pausenlos auf hohem Niveau halten kann.

Biorhythmen analysieren. Impulse zum richtigen Zeitpunkt setzen. Krafttraining, Schnellkraft, Ausdauer. Und wichtig: Ruhepausen. Alles Quatsch. Keinen interessiert das im Tanzbusiness. Jedes Training auf Vollgas, jede Premiere Olympische Spiele, jede

Vorstellung eine weitere Meisterschaft, jedes Publikum zählt. Keine Schwäche, keine Ausreden. Direkt nach der Vorstellung, am nächsten Morgen ab in die neueste Produktion. Bist du nicht parat, steht jemand in der Reihe hinter dir und übernimmt.

Erbarmungslose Ersetzbarkeit. Zumindest läuft das so in den großen Tanzensembles. Als Tanzeleve spürst du das zehnfach. Geschichten darüber gibt es zuhauf. Besser jetzt als später. Das härtet ab. Sagen sie. Wird sich das je ändern?

Meine Füße stecken in dicken Wollsocken, die Finger schmerzen vom ständigen Kneten der Zehen, der Sprunggelenke, dem Bearbeiten aller zweiundfünfzig Fußknochen.

Sobald ich die Lendenwirbelsäule mobilisiere, das Steißbein unter mich ziehe, durchzuckt es mich, stromstoßartig, und ich beginne zu hecheln. Versuche, mich zu entspannen. Es ist ein Moment, wo sich der Körper wie ein stundenlang gekauter Kaugummi dagegen wehrt, in die Länge gezogen zu werden, Blasen zu bilden, um sie kunstvoll platzen zu lassen. Je länger man ihn kaut, umso mehr verliert er an Geschmack, an Intensität. Was bleibt, ist ein zähes Stück unbezwingbarer und unverdaulicher Klumpen.

Die ganze Woche verlief nicht nach Plan. Morgens, wenn ich mich im Bett aufgerichtet, jeden Knochen gezählt, jeden ächzenden Muskel abgetastet habe, habe ich die Gelenkschmiere knirschen gehört, als ob alles über Nacht eingetrocknet wäre. Eine Minute länger auf den Matratzen und ich komme nicht mehr hoch, bleibe liegen und der Tag ist gelaufen.

Mir sitzt das bevorstehende Vortanzen in Berlin im Nacken. Alles ist auf diesen Termin ausgerichtet. Wenn Solange Golovine von Peter Schaufuss' Visionen mit dem Ensemble der Deutschen Oper erzählt, dann klingt das wie das Nonplusultra.

Sie hat ihn in London besucht, von wo aus er seine Vorbereitungen vorantreibt und alles voll im Gange ist. Es sei der perfekte Start meiner Tänzerlaufbahn. Eine Punktlandung, ohne zu straucheln, zu stolpern, ohne einen zusätzlichen Ausfallschritt.

Die ganze Woche lang habe ich auf diesen einen Augenblick gewartet, der mich aufrichtet, der mich in die Tanzstudios der Welt zieht und nichts anderes zulässt, als das Bild meiner selbst auf einer riesigen Bühne mit zahllosen Scheinwerfern zu bewundern. Mit gleißenden Lichtern, die den Raum um mich herum in Magie tauchen. Das Publikum verschwindet hinter einem Lichtermeer, lässt sich nur erahnen. Dort beginne ich mich zu bewegen, meiner Seele freien Lauf zu lassen, eine Melodie im Ohr, die mich führt. Zuerst der Dialog mit mir, meinem Körper, meinem Instrument. Dann entwickelt sich das Band zu den Zuschauern, beginnt in Schwingung zu geraten. Der erste Atemzug wie eine Ouvertüre. Ich tanze und schlagartig wenden sich alle Lichter auf einmal gegen mich und blenden meine Augen.

Ich taumele, falle, stürze.

Mein Magen knurrt. Allein der Gedanke an die Fertignudelpackung, an den käsigen Geruch beim Zubereiten der Sauce aus dem Beutel, lassen mich fast würgen. Ein Müsliriegel muss reichen. Der liegt im Küchenschrank über dem Herd. Hierfür müsste ich aufstehen. Zudem ruft das Bett und ich versinke in den Tiefen des Sessels, lausche dem Novemberblues. Ein paar Minuten, hier sitzen bleiben. *Verweile doch, hier ist's so schön.* Klingt nach Goethe. Warte: *Verweile doch, du bist so schön.* Und es ist Goethe. Ach, wäre mein Deutschlehrer stolz auf mich gewesen, hätte ich bei der Abiklausur so zitieren können.

Und schon ist der Gedanke wieder weg. Das Verlangen nach dem Müsliriegel auch.

Im Tanz zählt der Moment, dieser flüchtige Augenblick der Bewegung, der Geste, des Ein- und Ausatmens. Beobachte ich einen Tänzer, vermittelt sich direkt etwas oder eben nicht, nimmt es mich mit auf eine Entdeckungsreise in mehrdimensionale Räume oder bleibt flach wie eine ägyptische Hieroglyphe, ohne Tiefe, Emotion oder greifbare Physis. Nicht, dass Hieroglyphen nicht faszinierend sein können. Sie erzählen ihre Geschichten, wahren Geheimnisse und offenbaren sich nicht jedem. Doch ich kann sie mir jederzeit hervorholen, betrachten, analysieren und versuchen, hinter ihre Mystik und Jahrtausenden alte Codierungen zu schauen.

Das funktioniert im Tanz nicht. Zumindest nicht live im Probensaal oder auf der Bühne. Vor Publikum. Dort gilt das, was in einem Atemzug erzeugt wurde und genauso schnell unwiederbringlich vergangen ist. Nichts ist wiederholbar. Alles geht verloren. Wie ein Wimpernschlag. Diesen Moment einzufangen, zu beherrschen, ist Teil der Tanzkunst. Und dieser Augenblick will momentan nicht zu mir. Lässt mich im Stich, wie ein Hund, der mehr Gefallen am Hinterherjagen von Hasen im Feld findet und meine Pfiffe ignoriert.

Heute hat das Training an der Ballettschule der Pariser Oper stattgefunden. Alle zwei Wochen darf ich dort mittrainieren. Unter Fünfzehn- bis Siebzehnjährigen.

Es ist nicht mein Tag gewesen. Meine Mitte nicht da, wo sie sein sollte. Nicht in der Vertikalen, nicht in der Horizontalen. Die Pirouetten sind ungenau, ich lande mit Mühe und Not in den vorgegebenen Positionen. Schon an der Ballettstange verliere ich die Balance, halte mich an der Barre fest, als überfiele mich ein leichter Schwindel. Das Erobern des Raums fällt mir schwer. Meine Augen, Hände und Füße finden keinen Kontakt nach außen, zielen ins Leere. So, als ob Spidermans Fäden an keiner Wand, Dachrinne oder Turmspitze haften blieben, und er sich in keiner Weise abenteuerlustig von einem Punkt zum anderen entlanghangeln könnte.

Newtons Theorie über die Schwerkraft, der senkrechte Fall zum Boden, findet bei mir in unvorhersehbaren Schlangenlinien statt. All das, was ich täglich stundenlang trainiere, die Technik, die ich mir kontinuierlich wiederholend einverleibe, damit es zum Automatismus, zur Selbstverständlichkeit wird, um im nächsten Schritt die Nuancierungen und den persönlichen Ausdruck darin zu finden, um all das Innere nach außen zu projizieren – all das ist wie weggeblasen. Selbst die Korrekturen und Anregungen von Serge Golovine, dem jüngsten Bruder von Solange, der die Ballettschule der Pariser Oper leitet und dem neuen Ballettmeister Alexandr Malinowsky, einem ehemaligen Solisten des Mariinsky-Theaters in Leningrad, der vor zwei Jahren, während einer Tour in Frankreich im Westen geblieben ist, helfen nicht.

Nachdem ich in der Repertoireklasse keine der beiden Solovariationen auf den Punkt bringen kann, frage ich mich, was ich hier mache. Perfektion ist das eine. Die Kunst, eine Aussage zu gestalten, den Zuschauer einzuladen und ihn auf eine Reise mitzunehmen, ihn zu berühren, gelingt mir heute nicht.

Die fünfte Position wird zum Nadelöhr, ich lande auf meinen Zehen, eiere dabei wie ein aus dem Lot geratener Kreisel um meine Achse. Jeder Schritt ist näher an einer klobigen, polka-artigen Hacke-Spitze-Folklore, als an einem flüssigen, leicht getrippelten *Pas de Bourrée*. Golovines Ratschlag, mich besser zu konzentrieren, hat so viel Nachhaltigkeit wie der Versuch eines Elefanten, sein Gleichgewicht auf einem Drahtseil zu finden. Und Malinowskys lautstarkes Klatschen im Takt, dieses *Patsch.Patsch.Patsch.Patsch,* hat eher etwas Galeerenhaftes, treibt mich nicht an, lässt mich erstarren, als dass es mich anspornt. Meine Geschmeidigkeit, mein inneres *Bum-Bum-Bumm* ist einer Steifheit, einer Rhythmuslosigkeit gewichen.

Ich blicke um mich. Da stehen durchweg knabenhafte Jünglinge herum, lehnen an den Ballettstangen, tuscheln, haben die Nase so weit oben, dass es, wenn es regnet, in ihre Nasenlöcher pissen würde. Daneben wirke ich fehl am Platz. Während die meisten ihre Pickel zählen und sich die Brusthaare einzeln auszupfen können, komme ich mir wie ein breitbeiniger, Brustpelz tragender Cowboy vor, der wenig Elfenhaftes an sich hat.

Mittlerweile bin ich so in meinem Sessel versunken, bin mit ihm eins geworden, dass ich mir nicht vorstellen kann, diesen Ort jemals wieder zu verlassen.

Seit Tagen umschwirren mich die falschen Bilder. Lassen mich zweifeln. Was will ich, wohin trägt mich dieser so perfektionistische Tanz hin? Bin ich vom Regen in die Traufe geraten? Von dem Punktrichter gesteuerten Turnen zum vollendeten Spitzentanz?

Paps würde jetzt sagen, dass ich neben der Spur stehe und mir empfehlen, für zehn Minuten raus zu gehen, Frischluft zu schnappen und mein Gehirn durchzupusten, um mich aus diesem Dilemma zu katapultieren. Beim erneuten Betreten der Sporthalle musst du ein neues Bild im Kopf haben, das du in die Übung am Turngerät einbaust. Anstatt dich negativ am „verfickten Salto“ aufzuhängen, kann das Bild eines rotierenden Balls in der Luft, einer fliegenden Untertasse oder einer davonschwebenden Pusteblume Blockaden lösen, Energien freisetzen. Das Imaginäre offeriert dir neue Perspektiven.

Genutzt hat es heute nichts.

Das Telefon hat die ganze Woche über nicht geklingelt. Zumindest nicht frühmorgens, bevor ich die Wohnung im Dunkeln verlassen habe, und nicht spätabends, wenn ich meinen todmüden Körper in den vierten Stock und über die Schwelle bugsierte. Habe mit niemandem telefoniert. Keiner wollte etwas von mir. Selbst das letzte Telefonat mit Mam ist schon eine Weile her. Am Mittwoch und gestern aß ich mit ein paar Kollegen der Akademie in einem Restaurant an den *Champs-Elysées* eine Kleinigkeit zu Mittag: Avocadosalat mit Baguette. Das Günstigste, was es dort gab und nahrhaft aussah.

Die ganze Woche habe ich keine Wäsche im Salon um die Ecke gewaschen, obwohl dieser täglich vierundzwanzig Stunden geöffnet hat. Einen Teil habe ich per Hand und Seife ausgewaschen, alles ausgewrungen und zum Trocknen über die Stuhllehnen oder auf Bügel gehängt. Eingekauft habe ich spontan. Nur das Notwendigste. Die Küche ist kalt geblieben.

Ich schaue mich um, es sieht aufgeräumt aus. Etwas staubig. Das ist in Windeseile weggewischt. Zum Glück.

Der einzige Weg durch die Wohnung bestand in den letzten Tagen darin, am Kühlschrank einen Zwischenstopp einzulegen, eine kühle Limo oder eine Flasche Volvic in mich hineinzugießen und mit einem Joghurt und ein paar trockenen Keksen bewaffnet ins Schlafzimmer zu taumeln. Kurz geduscht, Zähne geputzt und ab ins Bett.

Da fällt mir ein, dass heute der letzte Einzahltag für meine Rechnungen der Stromwerke und für das Telefon bei der *France Télécom* ist. Ich war im Rückstand und habe um eine Verlängerung gebeten. Am Montag muss das Geld gleich früh morgens als Erstes auf dem Postamt eingezahlt werden.

Siedend heiß durchläuft es mich. In meinem Portemonnaie herrscht Ebbe und auf dem Postbankkonto stehen lauter Nullen. Das ausstehende Honorar, welches ich von Bert für seine kurzfristige Showvertretung vor ein paar Wochen erhalten soll, ist meine Rettung.

Bert. Den habe ich total vergessen. Dabei ist unsere Nacht erst neun Tage her. Jene Stunden des Abtauchens klingen nach. Zwischen all diesem Gefühls- und Sinneschaos ums Tanzen sind diese Bilder zeitweise aufgetaucht, haben mich für Sekundenbruchteile abgelenkt. Ich spüre, wie der eine oder andere Wassertropfen dieser Erinnerung von meiner Haut perlt und genauso schnell wieder verdampft und verschwindet. War seitdem mehrfach im *The Broad* am Abtanzen, bin aber nach einer Stunde wieder gegangen. Es ist bei diesen Versuchen geblieben. Spät wurde es dann trotzdem.

Mit einem schweren Ächzer stemme ich mich aus dem Sessel und schlurfe zum Ablagebrett neben der Wohnungstür, auf dem der Telefonapparat steht und das Schlüsselbund sowie der Geldbeutel liegen. Ich prüfe den Inhalt und stelle fest, dass sich siebzehn Francs und fünfundzwanzig Centimes, eine deutsche Mark und ein kupferner Glückspfennig darin befinden. Das reicht für den Bäcker. In den Küchenschränken findet sich allerlei Haltbares, sie sind nie gänzlich leergeräumt. Noch mal Glück gehabt.

Ich wähle Berts Nummer, lasse das Telefon länger klingeln und erwische ihn, bevor er zur Vorstellung ins *Le Paradis Latin* muss. Er habe geduscht, hätte sich die ganzen Brust- und Achselhaare rasiert. Sei dringend nötig gewesen.

Insgeheim finde ich es schade, denn seine Behaarung gefällt mir, gibt ihm eine kerlige Note und strömt etwas Archaisches aus. Ich stelle mir vor, wie er mit nassen Haaren und einem Badetuch um die Hüften gewickelt neben seinem Telefonapparat steht, während er mit mir spricht, sich das Tuch langsam löst, herunterfällt und ihn in seiner ganzen Nacktheit präsentiert.

Bevor er auflegt, weil ich tonlos in einem Tagtraum verhaftet bleibe und nicht weiterspreche, räuspert er sich und ich erzähle ihm von meiner finanziellen Situation und ob er eventuell das Honorar parat hätte, denn ich müsste dringend Rechnungen zahlen.

Er könne mir einen großen Teil bereits heute Abend geben, den Rest entweder Anfang der Woche oder auf mein Konto einzahlen, wenn ich ihm einen Einzahlungsschein mitbringen würde. Ich könne ihn ja heute nach der Vorstellung abholen oder direkt im *Trocadero* treffen.

Der Gedanke, ihn heute Abend zu sehen, mit ihm zu reden, sich in seiner Nähe aufzuhalten, seinen markanten Duft einzuatmen, entfacht ein Flattern in der Magengegend. Ich muss dort hin. Werde mit dem Auto fahren, in der Hoffnung, genügend Benzin im Tank zu haben und dass die Batterie funktioniert und der alte Audi 50 startet, denn mein Gefährt steht seit drei Wochen unangetastet zwei Straßen weiter.

Ein paar Stunden habe ich noch, später duschen, dann los, Frischluft schnappen und hier raus. Auf jeden Fall besser, als hier zu sitzen und Trübsal zu blasen. Die Spur wiederfinden. Andere Bilder in den Kopf bekommen.

Ich gehe auf die Toilette, entleere meine Blase und schmeiße mich auf meine Bettinsel. Was ist Bert die ganzen Tage über wohl durch den Kopf gegangen? War es für ihn mehr als nur ein One-

Night-Stand? Oder passiert das bei ihm öfter? Empfindet er etwas für mich? Empfinde ich etwas für ihn? Mehr als nur Körper, Muckis, Schwanz und Haare?

Das Telefon klingelt. Hoffentlich nicht Bert, der mir absagt. Das wäre schade. Und ich habe keine Lust, wieder tagelang ohne Strom oder ohne Draht zur Außenwelt auskommen zu müssen. Wäre nicht das erste Mal. Sie haben mir schon zweimal den Strom und das Telefon abgestellt. Einmal musste ich mich entscheiden. Also: Telefon weg! Zwar immer nur maximal eine Woche, dann hatte ich das Geld wieder zusammen. Aber es fühlte sich komisch an.

Eigenverantwortung zu tragen, selbst und ständig. Diese Erwachsenenscheiße eben. Sich selber versorgen, sich um alles kümmern. Wie soll man da Künstler sein? Seiner Kreativität in allen Lebenslagen Freiräume offerieren? Bei Regen und Sturm, bei Kälte und Hitze, Ebbe und Flut, bei leerem Magen, Konto, Kühlschrank und ohne die Liebe?

Ein lauter Lacher entsteigt meiner Kehle. Dieses Schwadronieren in pathetischen Gefilden passt gar nicht zu mir. Erinnert mich an alte Dramatiker und Schullektüre im Deutschunterricht. Bisher habe ich alles gemeistert. Und Schluss!

Es klingelt noch immer und ich nehme den Hörer ab.

– *Oui, allô?*

– Hallo Julian, hier ist Paps.

– Hallo Paps, was für eine Überraschung. Schön, dass du anrufst.

– Alles gut bei dir?

– Ja, so lala. Das Vortanzen in Berlin versetzt mich so ein bisschen in Panik. Die ganze Woche war etwas wackelig. Wollte alles nicht ganz so, wie ich es gerne gehabt hätte.

– Du weißt ja: Abstand gewinnen, raus aus dem Chaos …

– … und neue Bilder in den Kopf. Habe ich versucht. Ist mir bisher nicht wirklich gelungen.

Im Hintergrund höre ich Autohupen und das Geplärre eines französischen Radiosenders. Im gleichen Augenblick hallt ein trötiges Hupen zu mir in den vierten Stock.

– Paps, wo bist du?

– Ich stehe in einer Telefonzelle.

– Alles okay bei dir? Geht das Telefon zu Hause nicht?

– Doch, alles gut. Ich stehe ungefähr zweihundert Meter Luftlinie entfernt von dir.

– Du scherzt.

– Wollte nur schauen, ob du zu Hause bist.

– Ja, das bin ich. Du scheinbar nicht.

– Gut, dann kann ich dich ja besuchen kommen.

– Wie meinst du das?

– In ein paar Minuten bin ich bei dir. *Impasse du Labrador.* Nicht?

– Aha? Wie …

– … Hausnummer 5. Im 4. Stock.

– Du machst echt Witze.

Ein weiteres Hupen ertönt, bei ihm durch den Hörer wie gleichzeitig bei mir in der Gasse. Jemand scheint heftig an die Telefonzelle zu klopfen und ich höre meinen Vater auf Französisch dumpf rufen: „Un moment, s'il vous plaît!"

– Du bist echt hier in Paris? Paps, was soll das? Ist alles in Ordnung? Ist etwas passiert?

– Ich laufe jetzt los.

– Okay … unten ist die Haustür angelehnt. Komm einfach hoch. Soll ich dir helfen, etwas hochzutragen?

– Alles gut …

Das *Tu-tu-tuuut* beendet abrupt das Gespräch. Das Einzige, was mir durch den Kopf geht: Staub wischen, alles verräumen, sind zum Glück nur die paar Klamotten über den Stühlen beim Trocknen, kurz Stoßlüften und alles andere in den Wäschekorb verfrachten. Alles in drei bis vier Minuten.

Vor dem Badezimmerspiegel fahre ich mir durch die Haare, drücke ein Stück Zahnpaste aus der Tube und scheuere meine Zähne im Schnellputzlauf. Spucke die weiße schäumende Schlacke aus, spüle mit Leitungswasser hinterher und sprühe ein bisschen Deodorant unter die Achseln.

Neben all der Hektik, die ich in den letzten Minuten durchlaufe und in der ich wie fremdgesteuert pragmatische Dinge verrichte, bricht sich eine Unruhe Bahn, die mich kurzatmig werden lässt. Ein flaues Gefühl entfacht sich im Magen, breitet sich aus wie ein Flächenbrand. Ich habe nichts zu verstecken und dennoch löst dieses plötzliche Eindringen in meinen Raum, in mein abgeschottetes Leben hier in Paris Panik aus: Jetzt, wo der Kopf, der Körper, mein ganzes Wesen auf dieses eine Ereignis in Berlin ausgerichtet sind und ich nicht schwimme, sondern gurgelnd mich krampfhaft über Wasser zu halten versuche! Was möchte Paps hier, warum so unangekündigt, aus dem Nichts heraus?

Es klopft an der Wohnungstür und ich schlüpfe hastig in ein frisches T-Shirt.

Meinen Vater so unverhofft hier in der Pariser Wohnung zu begrüßen, ihn kurz im Arm zu halten, sein Aftershave zu riechen, irritiert und lässt keinen klaren Gedanken zu. Er strahlt, sein Körper in einer senkrechten Ausrichtung.

Kaum ist die Tasche abgestellt, wirkt er erschöpft und seine linke Schulter hängt wieder tiefer als die rechte, die Wirbelsäule beschreibt ein leichtes S, die Tränensäcke unter den Augen zeugen von Schlafmangel und der Schatten auf seinen Wangen, dass er unterwegs keine Möglichkeit zum Rasieren gefunden hat.

Ausdauer und Willenskraft kann ich ihm als Stärken attestieren: Spontaneität und Entscheidungsfreude würde ich meinem Vater nicht zuordnen. Warum also steht er hier in der Tür?

Nachdem er es sich am Küchentisch auf einem Stuhl gemütlich gemacht hat und das zweite Glas Mineralwasser vor ihm steht, kann ich mich nicht zurückhalten und fühle ihm auf den Zahn. „Nun, raus damit, was ist passiert? Was habe ich verbrochen, dass du den ganzen weiten Weg – sogar mit dem Zug – auf dich nimmst, um hierher zu kommen?“

Seine Augen treffen auf meine. „Wenn der Sohn nicht zum Vater kommt, dann kommt der Vater eben zum Sohn.“

„Aha!“, entfährt es mir. „Du weißt, ich bin weg und komme, so oft es geht, wieder zurück. Nach Suntheim. Nach Hause. Halte dich regelmäßig auf dem Laufenden. Aber was ist so dringend und bedeutend, dass du mir nicht alles am Telefon oder beim nächsten Heimatbesuch mitteilen kannst, sondern hier in meiner Wohnung stehst? Ist jemand gestorben? Oder ist was mit Carla?“

Paps schaut zwischen dem Mineralwasserglas und mir hin und her. Er wirkt unentschlossen, streicht mit der Zungenspitze über die Lippen, als ob die Worte so besser flutschen würden.

„Julian, ich wollte dich sehen. Hier in Paris. Wollte miterleben, was du tust, wie du hier tanzt, wie du lebst. Wer weiß, wie lange du hier in Paris bleiben wirst.“

Das überrascht mich jetzt. Etwas in mir gerät in Schwingung. „Entschuldige, Paps, es ist nicht so, dass ich mich nicht freue. Im Gegenteil. Es ist nur, und das musst du zugeben, ungewöhnlich von dir. Das passt nicht zu dir. Es ist seltsam, dich hier so in Empfang zu nehmen. Ohne es vorher zu wissen. Du planst doch sonst alles so penibel im Voraus. Warum die Überraschung?"

„Hmm." Paps schaut sich um, nicht prüfend, eher mit einer freudigen Neugierde. „Du fährst ja in drei Tagen nach Berlin, nicht?"

„Ja, am Dienstag möchte ich losfahren. Am Donnerstag werde ich vor Ort mittrainieren können und am Samstag ist es dann so weit."

„Das ist doch hervorragend. Dann bin ich dabei."

Unsere Augen begegnen sich wieder und ich kann nicht vermeiden, dass sich auf meiner Stirn Falten bilden, die Augenbrauen näher zusammenrücken. „Wie, du bist dabei?"

„Kann ich mitfahren?", und da ist dieses verschmitzte Lächeln, das ich schon lange nicht mehr an ihm gesehen habe, als ob ihm der Schalk im Nacken sitzt.

„Das ist ein Scherz?", kommentiere ich und hake nach: „Nach Berlin?"

„Ja, nach Berlin."

„Möchtest du auch vortanzen?"

Mein Vater strahlt und beginnt zu lachen. „Hahaha. Nein, ich dachte, du könntest etwas Unterstützung gebrauchen."

„Das kommt unerwartet. Das ist toll." Ihm jetzt um den Hals zu fallen, fühlt sich dennoch etwas prätentiös an. „Klar kann ich das gebrauchen. Wenn du wüsstest, wie es mir die letzten Tage ergangen ist. Aber irgendwie kommt das eben unverhofft."

„Nun, ich kann auch mal überraschend sein, nicht?"

„Das kann man wohl sagen. Wann kamst du auf diese Idee? Hab ich zuletzt so verzweifelt geklungen?"

„Nein, nicht wirklich." Er nimmt einen kräftigen Schluck aus dem Wasserglas. „Zu Hause fällt mir gerade die Decke auf den Kopf. Carla ist so gut wie nie daheim. Und ich habe endlich oben die Wohnung von Opa und Oma auf den Kopf gestellt und begonnen, Dinge auszusortieren. Da ging mir so einiges durch den Kopf."

„Und was hat dich so beschäftigt?"

Solche Gespräche haben wir erst in den letzten zwei Jahren begonnen zu führen. Sie haben Seltenheitswert und ich spüre, dass es ihn Überwindung kostet. Er richtet sich auf und spricht leise.

„Dass ich eurer Mutter lange genug hinterhergetrauert habe, mich auf mich konzentrieren sollte und endlich wieder etwas erleben möchte. Wann bin ich zum Beispiel denn das letzte Mal verreist?"

„Hmm, das gefällt mir. Du solltest echt raus aus deinem Schneckenhaus. Darf ich dir was sagen?"

Mit meiner Mutter habe ich schon in jungen Jahren vielerlei Gespräche geführt. Auf unsere Art herumphilosophiert, Fragen gestellt und oft keine Antwort erhalten. Es war ein lebendiger Austausch.

Jetzt mit Paps so reden zu können, ist neu. Auch eine Herausforderung und ich freue mich, dass er mit interessiertem Blick zu mir rüber schaut und mich auffordert loszulegen.

„Ich weiß, du bist eine andere Generation, und für dich sah es so aus, als ob du alles richtig gemacht hast. Und dann stürzt plötzlich alles zusammen. Wie ein Kartenhaus. Ich bewundere es, wie du es geschafft hast, Carla und mich in den letzten Jahren so zu unterstützen, für uns da zu sein und … und dich gleichzeitig so um Oma und Opa zu kümmern. Trotz deiner Schwierigkeiten mit dem Arm, deinem ganzen Körper, der finanziellen Belastung durch die Trennung von Mam und dem Spießrutenlauf, wann immer du in der Öffentlichkeit auftreten musst. Das finde ich stark. Bewundernswert."

Die niedergeschlagenen Augen, der leicht gesenkte Kopf, die hängenden Schultern und das krampfartig umklammerte Glas in Vaters rechter Hand zeigen mir, dass ich die wunden Punkte angesprochen habe.

Als ich näher auf ihn zugehe, hebt er seinen Kopf und schaut mir tief in die Augen. Seine Berührtheit, die feuchten, leicht geröteten Augen, ob aufgrund meiner Worte oder der Erschöpfung nach der langen Reise, lassen mich meine Arme ausbreiten, ihn umarmen und ich ziehe ihn zu mir hoch, drücke seinen Kopf gegen meine Brust.

Die Rollen sind vertauscht. Eine Situation, die mir vor zwei Jahren befremdlich vorgekommen wäre. Zu lange war er derjenige gewesen, der die Brötchen nach Hause brachte, sich emotional wenig auf mich und meine Schwester einließ, die Erziehung in die Hände seiner Frau legte. Zwischen uns existierte ein Abstand, mit der Tiefe und Breite der Wutachschlucht vergleichbar, wo das Wasser tosend und beständig herabstürzt und jeglichen Austausch übertönt oder gar unmöglich macht.

Nachdem ich mich von ihm gelöst und auf dem anderen Stuhl am Tisch Platz genommen habe, richtet er sich wieder auf. Da glimmt etwas in seinen Augen, die Haltung verändert sich, der Kopf sitzt erhoben auf seinem Hals und die Schultern sind wieder gestrafft. Eine Entschlossenheit bricht sich Bahn, die ich so an ihm noch nie wahrgenommen habe. Dennoch stößt er einen tiefen Seufzer aus, der so klingt, als ob Paps alle Kraft der letzten Wochen und Monate gesammelt und auf einen Atemzug verdichtet hat.

Beinahe seufze ich mit und setze fort: „Und jetzt dachtest du, du musst einfach los, alles liegen und stehen lassen, deinen Sohn in Paris besuchen und ihn noch dazu nach Berlin begleiten?"

„So ist es."

„Warum hast du mir das vorher nicht gesagt?"

„Ich kenne dich mittlerweile gut genug, Sohnemann, um zu wissen, dass wenn du in einem Tunnel bist, dein Fokus auf scharf steht, auf etwas gerichtet ist ...", er hält inne und ergreift mit der rechten Hand meine linke Hand, die auf dem Tisch ruht, „... und du kaum Raum und Zeit für andere Dinge zulässt."

„Und bevor du einen Korb von mir bekommst, hast du mich überrascht." Ich spüre die Wärme seiner Hand auf meiner und kann mich kaum daran erinnern, wann ich ihn zuletzt so empfunden habe. Nah, einfühlsam, körperlich nah: „Das ist dir gelungen."

„Das freut mich."

„Weiß Carla Bescheid?"

„Ja."

Da taucht eine Erinnerung auf. Der Tag meines Vortanzens an der privaten Akademie. Mit Paps.

Nach meiner gründlichen Recherche in der heimatlichen Stadtbibliothek hatte ich feststellen müssen, dass ich für den Tänzerberuf zu spät dran war. Die britische Primaballerina Margot Fonteyn riet dort in ihrem Ratgeber für Ballett, dass Mädchen spätestens mit acht bis zehn und Jungs mit zwölf bis vierzehn Jahren mit dem klassischen Tanz begonnen haben sollten, ansonsten sei Hopfen und Malz verloren. Zu diesem Zeitpunkt war ich achtzehn, stand kurz vor dem Abitur und hatte keine Ahnung, auf was ich mich da einließ. Tanzpädagogik musste reichen, dachte ich. Bis ich die Ballettstudios betrat.

Die dreieinhalbstündige Autofahrt mit Paps nach Erlangen zum Vortanzen an einer privat und professionell geführten Ballett-Ausbildungsschule, war an einem sonderbaren und zum Ende hin äußerst erfolgreichen Tag. Paps blieb draußen im Auto sitzen, wobei ich ihm durchgegeben hatte, dass es Stunden dauern könnte. Nach einem halbstündigen physischen Check startete umgehend eine Ballettstunde, dann nahm ich an einer modernen Tanzlektion teil und zum Schluss ging es in eine Jazzdance-Stunde, die mich in gewissen Bewegungsmotiven an einen intensiven und für mich bahnbrechenden Workshop vom vorangegangenen Herbst erinnerte, nach dem ich von mehreren Workshopleitern angesprochen wurde, dass sie mich in einem tänzerischen Beruf sähen, ich ein Tanzstudium anstreben solle. Sie sprachen einige Empfehlungen aus. Es war mein zweites Vortanzen. Und nun stand ich hier, durfte mich den ganzen Tag beweisen.

Es lief wie am Schnürchen. Das Blut rauschte durch die Adern, der Rhythmus vibrierte durch die Haut bis in die Knochen. Meine Seele sang befreit, und es schwang etwas mit, das ich nicht greifen konnte, das mich wie eine Aura den ganzen Tag begleitete. Der Schulleiter verkündet mir am Ende des Tages, dass sie mich liebend gerne aufnehmen würden und sich fragten, ob ich nicht nur die Tanzpädagogikausbildung, sondern zusätzlich den Weg zum Bühnentänzer einschlagen möchte. Mein Kommentar: Kostet das mehr? Und ist das realistisch? Die Antwort: Nein, sie würden die Schwerpunkte etwas anders legen. Die Gebühr bliebe gleich hoch. Und ja, sie sähen in mir ein großes Talent und definitiv Potenzial für eine Tänzerkarriere. Das reichte aus, um diesen Vorschlag mit Handschlag zu besiegeln. Sie haben Wort gehalten.

Zurück im Auto habe ich Paps sofort alles haarklein erzählt. Sein breites Lächeln, das sich über das gesamte Gesicht hin bis in seine Augen ausbreitete, seine schwere Hand auf meiner Schulter und die kurze, aber feste Umarmung, ließen mich entspannt in den Sitz zurücksinken. Die Erregung des ganzen Tages wandelte sich auf der Heimfahrt in eine träge Erschöpfung und zugleich Erleichterung. Die bevorstehenden Abiturprüfungen durften kommen. Mein Weg stand fest. Und mein Vater stand hinter mir.

„Paps, du musst Hunger haben, möchtest du etwas essen?"

Er reagiert sofort: „Was hast du denn da?"

„Ganz ehrlich, ich war die ganze Woche über nicht einkaufen. Habe nur noch ein paar Reste im Kühlschrank und Fertigsachen im Schrank."

„Sollen wir was essen gehen? Gibt es eine Gaststätte in der Nähe? Ein Bistro?"

„Bestimmt. Gehe hier um die Ecke zwar nie etwas essen. Werden aber schon was finden."

Und Paps ergänzt: *„Une soirée à Paris …"*

„… und bevor ich es vergesse: Ich muss später am Abend noch los. Hab ein Treffen mit Bert."

Weiß er von ihm, habe ich je von ihm berichtet?

„Er ist ein Tänzer, für den ich in einer Produktion ein paar Male eingesprungen bin. Habe dir bestimmt von ihm erzählt. Er wollte mir heute meine Gage auszahlen."

„Wann musst du dort sein?", fragt mich Paps zurück und die Frage klingt harmlos. Ohne Unterton.

„Es wird wohl Mitternacht werden, da die Aufführung erst gegen elf Uhr zu Ende sein wird. Er wollte anschließend in einen Club, da wollte ich ihn treffen. Ich fahr mit dem Auto hin. Du kannst dich dann schon mal hinlegen. Komme später zurück."

„Kein Problem. Tu, was du machen musst."

„Oder weißt du was? Paris bei Nacht, und speziell nach Mitternacht, ist eine Autofahrt wert. Ich bleibe ja nicht lange drin. Hole nur mein Geld und wir fahren wieder nach Hause." Als ob ich etwas retten oder klarstellen müsste. Was reitet mich da? Und höre mich sagen: *„C'est bon pour toi?"*

Seine Antwort kommt prompt: *„C'est d'accord pour moi!"*

„Dann lass uns etwas essen gehen. *On y va!*"

Mit Vater in einem Pariser Bistro an einem Tisch zu sitzen, sich entspannt zu unterhalten, kein Fernseher oder Radio, die einen wie zu Hause in Suntheim kontinuierlich bedudeln, lässt mich meine Müdigkeit vergessen, erlaubt mir die Schwermut wie einen lästigen, triefenden Regenmantel abzustreifen.

Um uns herum führen Menschen angeregte Gespräche, sind komplett auf ihr Gegenüber fokussiert. Dieses Abendessen hat etwas Kameradschaftliches, schafft trotz des vollen Lokals eine Intimität, die Seltenheitswert besitzt – eine Situation, an die ich mich in unserer Familie in den letzten Jahren kaum erinnern kann.

Seit dem Weggang von Mam haben wir praktisch nie mehr gemeinsam gefeiert oder in großer Runde ausführlich miteinander gesprochen, uns ausgetauscht. Selbst am letzten gemeinsamen Weihnachtsfest vor zwei Jahren verlief alles wie ein Spaziergang über einen zugefrorenen See, dem man nicht zutraut, dass das Eis halten wird. Man tippelte vor sich hin, hielt Ausschau nach vermeintlichen Rissen und wartete gespannt auf die ersten Knackgeräusche in der dünnen Eisschicht, auf der man sich bewegte. Bis zu dem Punkt, wo *Mam* oder *Hannah* erwähnt wurde. Sogleich zerbarst alles zu Eisschollen. Oma bekam einen ihrer stärkeren Zitteranfälle, Opa eine Hustenattacke, sodass Paps beide nach oben in die Wohnung begleitete. Meine Schwester flüchtete in ihr Zimmer und widmete sich umgehend ihrem neuen Discman und der aktuellen CD von Bon Jovi. Und da ich, mittlerweile auf dem Sofa allein zurückgelassen, die Flucht nach draußen in die winterliche Kälte vorzog, bespaßte am Schluss der Fernseher im Wohnzimmer den blinkenden mit zig glänzenden silbernen Christbaumkugeln und Lametta behangenen Christbaum mit Weihnachtsgesängen.

Bei anderen Gelegenheiten, wenn ich zu Besuch war, umschifften wir gekonnt alle Unwägbarkeiten, blieben immer auf Sicht, am Ufer entlang. Jeder konnte jederzeit wieder an Land gehen. Clara hatte kaum die Gabel auf den leeren Teller gelegt, da verdünnisierte sie sich in ihr Zimmer, entfloh mit ihren Freundinnen in den Nebeldunst von Discos oder verzog sich zu ihrem aktuellen Freund.

Paps huldigte der Küche und putzte, spülte und räumte alles auf, so gut es mit einem Arm eben ging. Hilfe wollte er nicht annehmen.

An den Beerdigungen von Opa und Oma gab es außer Anekdotenbewältigungen und Beileidsbekundungen wenig Erbauliches oder Tiefschürfendes über die Familie oder einzelne Mitglieder zu erfahren. Ich empfand mich meist als Beobachter, stillen Kommentator und trug selbst wenig zu den Tischgesprächen bei. Die

Smalltalks mit meinen Cousins und Cousinen waren kaum der Rede wert, fanden auf oberflächlichen Ebenen statt, behandelten Themen wie aktuelle Hits im Radio, die letzten *Wetten dass?*-Sendungen im Fernsehen oder die Vorbereitungen für den Turnerball an der alemannischen Fasnet. Das Thema Tanz – und später Paris – überforderten sie. Vermutlich fand ich nicht die richtigen Worte, ihnen beides verständlich machen zu können. Die Aufforderung, spontan etwas vorzutanzen, der Aufruf: „Zeig mal was!", ließ mich so schnell wie möglich die Beine in die Hände nehmen und ich entfloh ihrer Aufmerksamkeit, als ob die Inquisition hinter mir her wäre. Warum sollte ich mich auf ein paar Quadratmetern zum Clown machen? Was wollten sie sehen? Dass ich in den Spagat gleiten, ein paar Pirouetten drehen, beim Springen die Zimmerdecke berühren und dabei eine Verrenkung fabrizieren kann?

So schnell, wie ich zum Tanzen gekommen war, konnten sich meine eigenen Erwartungen und Erfahrungen nicht anpassen, fehlten mir oft die Worte, die es auf den Punkt hätten bringen können. Was erwartete mich? Wohin würde mich dieser Berufswunsch führen? Ich hatte zu Anfang keinerlei Vorbilder oder Vorstellungen, was möglich war. Es war ein innerer Drang, eine Sehnsucht und das untrügliche Gefühl, dass ich hier meinen Weg finden würde.

Wenn also nun die Frage aufkam, warum ich unbedingt den Tanz zum Beruf machen wollte, war ich mir nicht sicher, was für Bilder in ihren Köpfen auftauchten, die sie selber nicht in Worte fassen konnten oder wollten. Sind Balletttänzer nicht alle schwul? Ist das ein Beruf? Wo willst du denn tanzen? Willst nicht etwas Vernünftiges lernen?

Ihre – oder gar meine – eigene Unwissenheit, das Schubladendenken oder die Unsicherheit bezüglich der Zukunft haben für beide Seiten zu keinem fairen Austausch geführt. So habe ich mich dem Stück für Stück entzogen, bin seltener auf Feiern und Festen aufgetaucht. Der Tanz, das Training, das Ausland, die Distanz waren mein Alibi.

Einzig, wenn ich allein mit Mam oder Paps war, fanden zeitweise Gespräche statt, die aufwühlten, Inneres nach außen kehrten, trotz des Generationsunterschiedes und der Eltern-Kind-Beziehung auf Augenhöhe geführt wurden. Vor allem mit Mam etablierten sich diese Dialoge schon in jungen Jahren, wurden zu einem Teil unseres abendlichen Rituals des täglichen Austauschs, brachten mir ihre jeweilige Situation, ihre Gefühle und Entscheidungen näher. Erlaubten mir von Anfang an ein gewisses Verständnis für ihre Lebenslage und Geschichte aufzubringen. Erst recht, als sie den Entschluss gefasst hatte, Paps zu verlassen, obwohl sie wusste, dass meine Schwester und ich nicht mit ihr gehen würden.

Mit Paps dauerte dies länger, doch spätestens nach Mams Weggang begann sich unsere Beziehung zu verändern, wurde weicher, zugänglicher, durchlässiger.

„Magst du ein Dessert?“, frage ich ihn, nachdem wir uns die Bäuche wie zwei aus dem Winterschlaf erwachte Bären vollgeschlagen haben. „Wenn du schon einmal in Paris bist, musst du entweder eine *Crème Caramel* oder ein *Iles flottantes* probieren.“

„Das Coq au Vin war sehr gut. Das Rezept müsste ich zu Hause mal ausprobieren“, resümiert Paps und ich traue ihm zu, dass er diesen Gaumenschmaus sogar toppen wird.

„War nicht einfach zu essen. Mit den ganzen Knöchelchen und Sehnen. Aber das Fleisch hat sich ja wunderbar vom Knochen gelöst, als ob es nie daran gehangen hätte.“ Zugegeben, ein paar Mal sah ich das Essen schon von Paps' Teller auf den Tisch oder den Boden wegflutschen.

„Zum Glück, denn mit Messer und Gabel ist es, naja, so eine Sache bei mir.“

„Und? Noch was Süßes?“, schlage ich vor, „ich genehmige mir eine *Crème Caramel.*“

„Dann bleibt mir nichts anderes übrig als die *Iles* … wie?“

„*Flot-tan-tes* …“, zersilbe ich das Wort, um es für ihn zugänglicher zu machen und ernte seinerseits einen bewundernden Blick. Dass ich mittlerweile ohne großen Akzent spreche und französische Konversation führe, scheint ihm zu gefallen: „… genau, die *Iles flottantes* zu bestellen.“

Noch während wir die Reste aus unseren Dessertschalen kratzen, wechselt Paps das Thema und fragt unvermittelt:

„Wie geht es Corinna? Hast du noch Kontakt zu ihr?“

Für einen Moment bin ich irritiert, muss mich sammeln. „Corinna – mhhh, wir haben uns ein paar Mal geschrieben.“ Ich schabe an einer Stelle im Schälchen herum, versuche das letzte Fitzelchen Karamellsauce zu erhaschen. „Sie macht dieses Jahr ihren Abschluss in Pädagogik. Zum Tanzen auf der Bühne reicht es nicht. Sagt sie zumindest."

„Ihr seid ein hübsches Paar gewesen."

Okay, jetzt geht es ans Eingemachte. Das passiert schnell.

„Paps, bitte, du klingst wie Mam."

„Und Anna davor hatte auch etwas", fügt er an und baut den Druck weiter auf. „Soll dich übrigens von ihr grüßen. Habe sie beim Einkaufen getroffen."

Ich versuche, mir nichts anmerken zu lassen, lutsche an meinem Dessertlöffelchen herum und antworte lapidar: „Ist sie wieder zurück in Suntheim? Ich dachte, sie wollte im Allgäu, in der Nähe vom Bodensee eine weitere Ausbildung im medizinischen Bereich machen."

Paps bleibt am Ball. „Macht sie auch, ist aber regelmäßig zu Hause bei ihrer Großmutter. Und sie trainiert immer wieder in der alten Tanzgruppe mit, wo du angefangen hast."

„Okay. Jetzt lassen wir das Thema, bitte!" Das wird mir zu privat, zu intim, das verstößt gegen Vater-Sohn-Beziehungs-Talks. Zumindest habe ich das Gefühl, so etwas gehört nicht hier hin. Wann spricht man dort über Liebschaften? „Anna, Corinna, Céline. Alles Frauen, mit denen ich erste Schritte ausprobiert habe. Verflossene. Ich lebe Beziehungen im Hier und jetzt, da wo ich bin …"

„… Céline? Der Name ist bisher nicht gefallen."

Ein Fisch an der Angel kommt mir in den Sinn. Ich baumele am Haken, zappele vor mich hin und hoffe, dass er mich abnimmt und wieder zurückwirft. Zurück ins Wasser, wo ich zwischen Steinen, Schlamm und dem Schatten der Uferbäume abtauchen kann.

„Oh je, lange Geschichte. Kompliziert."

„Wir haben ja Zeit. Vor uns liegen mehrere Tage und eine lange Reise."

„Okay, dann werde ich mich dem Kreuzverhör und deinem juristischen Spürsinn stellen müssen. Hab ich da überhaupt eine Chance?" Ich versuche zu Lächeln und zucke mit den Schultern.

„Übrigens, was machen François und Guglielmo?"

Wo kommt das jetzt her? Meine Gedankensprünge im Gehirn sind hoffentlich nicht in meinem Gesicht abzulesen.

„Ähmm … François sollte am Montag im Training dabei sein. Guglielmo ist wieder zurück in Mailand. Er war ja nur für ein paar Monate als Gaststudent bei uns.“

„Du wirst schon das Richtige finden.“

„Wie meinst du das jetzt? Ich bin nicht wirklich auf der Suche.“

Warum lässt Paps nicht locker. Ahnt er etwas? Oder meint er, er müsse hier vor Ort nun den fürsorglichen Vater spielen und sich all meiner Probleme, eventuellem Liebeskummer oder Motivationsdefiziten annehmen?

Das Tanzen steht im Vordergrund und all das, was ich in den letzten Jahren gesehen und erlebt habe. Ich habe Ziele oder zumindest eine Ahnung, wo es mich hintragen soll. Momentan fühlt sich alles eher nach einer großen Suche an.

Ich halte täglich Ausschau nach meiner Mitte, meiner Motivation, meiner Vision, warum ich tanze und es als eine solche Notwendigkeit betrachte.

Und wer weiß, was wir alle wirklich suchen, was wir finden oder gar finden wollen. Was Liebe anbelangt, oder gar Beziehungen, mache ich mir momentan keinerlei Gedanken. Es kommt, wie es kommt.

Paps kontert: „Oder man findet es vielleicht nie.“

„Das war richtig philosophisch“, entgegne ich.

„Nun, ein blindes Huhn findet auch mal ein Korn.“

Das kann ich so nicht stehen lassen: „Wenn du so blind wärst, würdest du nicht eine ganze Mannschaft an Turnern führen und dabei für jeden Dritten von ihnen ein Vaterersatz sein. Du weißt das. Du stehst ihnen zur Seite, bist intuitiv, auch einfühlsam. Und das nicht nur bei einem verkorksten Saltoabgang oder Standproblem.“

„Siehst du das so?“ Vaters Augen verengen sich und seine Denkerstirn kommt zum Vorschein. „Was mein Leben anbelangt, komme ich mir vor wie bei einem Kindergeburtstag, wenn du mit verbundenen Augen Topfschlagen spielen sollst und nie triffst. Im Gegenteil. Als ob du dich vom Topf immer weiter entfernst und die Orientierung verlierst. Selbst die Warm- und Kalt-Rufe deiner engsten Freunde wabern an dir vorbei, bleiben ungehört.“

„So schlimm? Hast du das Gefühl, dass dir nichts mehr gelingt? Du an allem vorbeitriffst? Oder gar die Orientierung verloren hast?“. Seine Aussage trifft mich, lässt eine Hilflosigkeit erahnen, die mich trocken schlucken lässt.

„Schau mich an. Mein Körper baut schneller ab, als ein Schneemann in der Sonne schmilzt. Lässt mich nicht wie Mitte fünfzig erscheinen. Eher wie deinen ergrauten Großvater. Ich sitze in einem riesigen Haus und versuche, alles am Laufen zu halten. Und du siehst, was passiert: Mauern fallen. Hasen sterben. Meine Brandblasensammlung an den Händen wird nicht weniger. Mein Rücken nicht gerader. Meine Familie ist deutlich geschrumpft."

Für einen Moment nehme ich um mich herum die zahllosen Gesprächsfetzen, die durch den Raum umherschwirren, wahr, blende alles wieder aus und betrachte meinen Vater. „Es tut mir leid zu hören, dass du es so siehst, Paps", ich versuche, meine Stimme fest klingen zu lassen, „dagegen kann man etwas tun. DU kannst dagegen etwas tun. Und ich kenne deine Disziplin und Ausdauer. Konzentrier dich mehr auf dich, auf das, was DU machen möchtest. Was deinen Bedürfnissen entspricht. Was wäre so etwas? So ein Bedürfnis?"

Kurz ist er von der Kursänderung irritiert, fährt sich mit der rechten Hand über seinen Schädel, als ob er ein anderes Ich aufziehen möchte.

„Nun, ich habe jemanden kennengelernt", beginnt er stockend zu erzählen. „Im Zug … Sie heisst Louise. Und sie ist aus Paris."

„*Oh, là, là,* das klingt gut."

„Wir haben uns wunderbar unterhalten", fährt er fort, „Sie hat mich eingeladen, sie zu besuchen."

„Na also, wenn einer eine Reise tut …", gebe ich zurück und kann mir ein Grinsen nicht verkneifen. Paps und verliebt.

„*Et voilà*, hier bin ich. In Paris. Bei meinem Sohn und reise mit ihm gemeinsam nach Berlin."

Es ist kurz vor Mitternacht und wir sitzen im Auto. Ich fahre aus der Seitenstraße heraus und spüre nach wenigen Kreuzungen, wie mein Vater neben mir seinen Kopf kaum aufrecht halten kann. Der Tag ist für uns beide aufregend und lang gewesen. Das Abendessen wird mir im Gedächtnis bleiben. So intim, so offen hat seit Monaten kein Gespräch stattgefunden. Unsere Grenzen sind durchlässiger geworden. Mit Sicherheit halten wir beide einiges zurück. Geheimnisse sind dafür da, entdeckt zu werden oder für immer rätselhaft zu bleiben. Bei diesem Gedanken erhellt sich mein Gesicht und ein kurzes Lachen entfährt meiner Kehle. Allein dass wir über das Thema Beziehungen und Liebe geplaudert haben, ohne Berührungsängste, ohne diese Vater-Sohn-Ebene wie eine geladene Gewitterwolke über uns schweben zu haben, war eine Bereicherung, die ich nicht missen möchte. Und wir nähern uns einander immer mehr an. Vorerst wie zwei Wale, die sich in den Tiefen des Meeres umkreisen, sich einander nähern, ihre Oberflächen aneinander vorbeischrammen und sich so nur tangential berühren können. So Kontakt aufnehmen, sich ausloten. Sanft und ruhig.

Viele Ampeln sind aus oder nur auf blinkendes Orange geschaltet. Ich komme schnell voran. Paris bei Nacht mit dem Auto zu durchfahren, hat ein gespenstisches und zugleich extrem romantisches Flair. Von der Seine aufsteigende Nebelfelder verwandeln die blinkenden Ampellichter, die kühlweiß leuchtenden Straßenlaternen und bunt strahlenden Reklameschilder in schemenhafte Lichtsignale, die einem den Weg ins Nirgendwo weisen. Die Silhouette der Stadt ist in Watte gepackt. Lässt sich erahnen, eher impressionistisch, wie ein erwachtes Gemälde von Claude Monet.

Vereinzelt hasten Menschen mit hochgestellten Kragen, die Mäntel eng um sich gewickelt, in schnellen Schritten vorüber, klacken Absätze auf dem harten, feuchten Kopfsteinpflaster, hallen in den schmalen Gassen nach, huschen Schatten an den Häuserwänden vorbei wie in einem alten Schwarzweißfilm. Einem Hitchcock-Krimi.

Paps schläft, schnarcht leise vor sich hin. Ich fädele den Audi nur wenige Meter vom Club entfernt in einer freien Parklücke ein, bleibe sitzen und beobachte meinen schlafenden Vater, dessen Brust sich in gleichmäßigen, langsamen Atemzügen hebt und senkt. Nehme seine linke Hand, streiche über die glatte Haut des Handrückens. Seine Finger haben etwas Gummiartiges, lassen sich kaum beugen, als ob sie in glänzendem Latex stecken würden. Die Nagelhaut geht fast übergangslos in die Fingernägel über, die wie mit einer Wachsschicht belegt sind, keinen Glanz haben. Ein Nagel ist eingerissen, ein anderer wirkt wie ausgefranst.

Ob und was er in der Hand spürt, kann ich nicht sagen. Ich berühre sie wie ein kostbares, antikes Stück Porzellan, das man nicht fallen lassen darf. Sehe die Narben und kleinen Schrunden auf der ganzen Hand verteilt. Eine rotgefärbte frische Kruste erhebt sich auf der Innenseite des Handballens. Die Handflächen mit Lebenslinie, Kopflinie und Herzlinie. Die kleinen ziselierten Kreise und labyrinthischen Kurven auf den Fingerkuppen, unverwechselbar und charakteristisch für jeden Menschen, hier jedoch teils unterbrochen durch knorpelige Erhebungen und furchige Vertiefungen, ausgelöschte Linien, wie Leerstellen. Verzwirbelte und verklebte Hautstellen durchziehen das Linienwirrwarr.

Diese Hand erzählt Geschichten. Weit mehr, als ich mir vorzustellen vermag. Und ich weiß, diese ganzen Episoden und Ereignisse aus verschiedenen Zeiten werden sich Bahn brechen, an die Oberfläche kommen und sichtbar werden. Eines Tages. So wie meine.

Ich lege seine Hand zurück in seinen Schoß, da entfährt meinem Vater ein Seufzer. Er öffnet für einen Moment die Augen, blickt mich fest an und sagt nur: „Danke, Julian!“

KAPITEL 10

F-PARIS / MONTAG, 20. NOVEMBER 1989

Er möchte allein sein. Ein spätherbstlicher Sonnenstrahl bricht sich im Goldgelb des Chardonnays, der in einem bauchigen Kristallglas auf einem marmornen Bistrotisch steht. Die Klarheit und die reine Note des edlen Tropfens entsprechen in keiner Weise dem momentanen Zustand von Heiners Gedankenwelt. Im Gegenteil. Dort herrscht ein heilloses Durcheinander. Genauso wie das scheinbare Chaos der unzähligen umherhuschenden und im Kreis fahrenden Autos am *Arc de Triomphe*, die er von seinem Sitzplatz aus beobachtet. Er muss Abstand finden.

Mit seinem Sohn hat er verabredet, dass sie sich später hier im Restaurant an den *Champs-Élysées* treffen werden, wenn dieser mit dem zweiten Training fertig ist. Heiner ist Julians Anweisungen gefolgt und an der *Avenue George V* entlang zur Prachtstraße geschlendert. Hat dort direkt an der Straßenecke das empfohlene Restaurant entdeckt und auf der Terrasse den letzten der vier Tische ergattert, die trotz des recht kühlen, aber sonnigen und wolkenlosen Novemberwetters draußen gedeckt worden sind.

Kaum hat er Platz genommen und seine Bestellung aufgegeben, ein Glas Weißwein und einen *Salade Niçoise*, frischt eine Brise auf, die ihn seinen Mantel enger um sich schlingen lässt. Der kühle Wind hilft ihm, das Gedankenknäuel zu lüften, die einzelnen Geschehnisse, Gespräche und Erkenntnisse der letzten zwei Tage zu sortieren.

Der Ober erscheint am Tisch, stellt eine prall gefüllte Salatschüssel vor ihm ab und präsentiert ihm ein kleines Fläschchen mit einem Kippverschluss. Er führt es ihm vor wie bei einer Weinflasche, deren Etikett man zuerst studiert, bevor der Inhalt dekantiert und zur Verkostung probehalber eingeschenkt wird. In dem Fläschchen befinden sich die Zutaten für ein Salatdressing. Alles liegt in Schichten klar getrennt voneinander. Das gelbgrüne Olivenöl schwimmt oben auf, der bernsteinfarbene Essig unten. Dazwischen schweben wie eingeklemmt das eine oder andere Gewürz und weitere Zutaten. Sortiert und strukturiert. Jedes Detail nachvollziehbar und definiert.

Nach mehrfachem kräftigem Schütteln verbindet sich alles zu einer sämigen senffarbenen Soße. Heiner gibt mit einem Kopfnicken dem Ober das Zeichen zum Vollzug, woraufhin dieser in einem eleganten Schwung die Vinaigrette über den Inhalt der randvollen Salatschüssel verteilt und ihm einen guten Appetit wünscht.

Kurz darauf wird zusätzlich ein Korb mit warmem, aufgeschnittenem Baguette vor ihn auf den Tisch gestellt.

Das perfekte Essen für Einhänder. Alles vorgeschnitten, zerlegt, mundgerecht vorgefertigt. Jede Gabel ein Genuss. Jeder Bissen ein Stück weiter weg von zu Hause. Es ist nicht nur Nahrungsaufnahme, zur Sättigung degradiertes Kauen und Schlucken. Es ist vielmehr die Vollendung der Lust auf Genuss. Das Stangenweißbrot schmeckt köstlich, die Kruste knackt bei jedem Bissen und das fluffige Innere zergeht auf der Zunge wie Zuckerwatte. Die milde Säure des Dressings, die Mehligkeit der Kartoffelstückchen, die Kühle der Tomatenviertel, das Bissfeste der Bohnen, der Geschmack des Meeres durch die Sardellenfilets, das charakteristisch Salzige der Kapern und die urige Würze der schwarzen Oliven treten am Gaumen ein Feuerwerk los. Jede aufgespießte Ladung ein Schritt hin zu einem Genusstrip, zu einem besonderen Erlebnis. Und Heiner schwört sich, nichts zu bereuen. Jeden Moment auszukosten.

Julian befindet sich in dieser Art von Strudel, mittendrin in diesem Sog, der einen mitzieht und nicht mehr loslässt. Ob er immer die Kontrolle behält, kann Heiner nicht sagen. Orientierungslos scheint sein Sohn auf jeden Fall nicht zu sein.

Der Besuch heute Morgen in der Ballettklasse klingt in Heiner nach. In den früheren Turntrainings fehlte Julian öfter der letzte Biss, wohingegen er bei den sportlichen Höhepunkten immer abgeliefert hat. Bei Wettkämpfen hat er Julian gerne zugeschaut. Dort gelang es seinem Sohn, bis in die letzte Zelle präsent zu sein.

Während seine Turnschützlinge im Training ihre Übungen absolvieren, hält Heiner vor lauter Spannung meist die Luft an. Beobachtet die komplexen Abläufe der akrobatischen Sequenzen mit Argusaugen. Sucht nach technischen Fehlern, Patzern und Unebenheiten.

Heute Morgen hat er mitgeatmet. Jeder Drehung, jedem Sprung und einbeinigem Balanceakt nachgespürt. Seinen Sohn in seiner Ganzheit wahrgenommen. Es geht ihm dabei nicht um die Perfektion. Im Ballettsaal ist Julian angekommen. Ihn sich so bewegen zu sehen, jede einzelne Faser eingebunden in schnörkellose, leichtfüßige und gleichzeitig so erdverbundene Abläufe, ruft in ihm Gefühle hervor, die er vorerst nicht konkret umschreiben, nicht in Worte fassen kann.

Jeden Tag begibt sich sein Sohn auf diese anstrengende Suche nach der Leichtigkeit. Nach dem Ausdruck, dem Dialog zwischen dem Körper, der Musik und dem Raum. Es scheint ihm nicht um Punkte, Medaillen oder Erfolge zu gehen. Stundenlanges Sich-Plagen, ohne sich zu beschweren, zu jammern oder über seine Blessuren zu schwadronieren.

Es berührt Heiner, lässt ihn kurz die Luft anhalten, um den Atem langsam und bewusst durch den Mund wieder zu entlassen. Fast möchte er pfeifen und ein Schmunzeln umgibt seine Lippen.

War er selber auch so? So schmerzfrei, bedingungslos und unaufgeregt unterwegs? Früher, in seinen Zwanzigern? In einer Phase, wo es keine Anzeichen von Schwäche, von Tumoren, genetischen Ungereimtheiten und dem Verlust der Kontrolle über seinen Körper gab? Wo alles möglich war?

Der nächste Biss, ein weiterer Schluck Wein, ein Moment des Schwelgens. Ein aufgeregtes, lautes Hupkonzert durchbricht seine Welt. Seine Gedanken ziehen sich zurück wie die Fühler einer Schnecke. Ein Windstoß bläht die Serviette vor ihm auf, weht sie davon. Heiner schwenkt mit seiner rechten Hand quer über den Tisch, will nach der Serviette greifen, hält dabei die Gabel fest, diese streift das Weinglas und wirft es um. Trotz eines inneren spürbaren Reflexes passiert nicht das, was passieren sollte. Seine linke Hand bleibt auf der Tischkante liegen, so wie er sie dort abgelegt hat. Der Arm hängt an der Schulter, der Ellbogen abgewinkelt, wie ein nasser Lumpen, unfähig zu handeln, Dinge aufzufangen, abzuwehren. Sie zu retten.

Seine Augen verfolgen das stürzende Glas, beobachten, wie die Flüssigkeit in einem Schwall herauskatapultiert wird, sich über die weiße Tischdecke ergießt. Zeitgleich das Zerbrechen des Kelches, sobald er auf die Platte aufschlägt. Trotz der dämmenden Tischdecke. Wie eine Detonation stieben die zig Splitter in alle Richtungen auseinander. Nur der dünne Stiel und flache Fuß bleiben am Stück. Liegen inmitten des Chaos.

„Scheißescheißescheiße. SCHEISSE!"

Es ist wieder passiert. Er konnte es nicht unterdrücken. Diese reflexartige Ausstülpung seines Inneren. Das verbale Ausspucken seiner Unfähigkeit, einfach zu reagieren, das zu tun, was jeder andere machen würde: das Glas auffangen, es wieder hinstellen. Fertig.

Hatte er all diese Worte vor sich hingestammelt? Oder kam es brüllend aus ihm herausgesprudelt? Für alle hörbar?

Er blickt um sich. Keine verwundert dreinblickenden Augenpaare, die auf ihn gerichtet sind. Der Ober erscheint, räumt den Tisch kurzerhand ab, reinigt die Tischplatte, legt eine neue, frisch gestärkte Tischdecke auf, sammelt mit einem Kehrbesen am Boden liegende Scherben auf und richtet alles wieder so her, als ob nichts passiert wäre.

Während der ganzen Aufräumaktion sitzt Heiner aufrecht da, atmet flach und hält seine linke Hand mit der Rechten umfasst. Die Finger streicheln die taube Haut und schlaffen Muskeln, als ob sich die rechte Hand Sorgen macht und der linken Trost spendet.

Der Blick des Obers, als er sich bei ihm auf Französisch bedankt und nochmals um Entschuldigung bittet, wirkt verständnisvoll, das Lächeln ehrlich. Das Kühle und Abweisende gegen den tollpatschigen Deutschen, das Heiner erwartet hat, ist ausgeblieben. Alles zurück auf Anfang. Das neue Weinglas, die halbgeleerte Salatschüssel und das frische Baguette im Korb stehen vor ihm. Und es erscheint Heiner, als sei die Zeit um Minuten zurückgedreht worden. Das Spiel kann von neuem beginnen. Als sei nichts passiert.

Nachdem der Ober gegangen ist, hebt und senkt sich sein Brustkorb mit einem Mal mit einer Heftigkeit, als hätte er Ewigkeiten die Luft angehalten. Noch bevor er sich beruhigt und eine neue Gabel mit Salat aufladen kann, legen sich zwei Hände auf seine Schulter. Julian begrüßt ihn mit einer festen Umarmung und setzt sich ihm gegenüber an den Tisch. Sein Studienkollege François tritt vor ihn, begrüßt Heiner mit Handschlag.

Sie tauschen ein paar Worte über den aktuellen Stand des Wetters aus, über das gerade beendete Training, über die anstehende

Autofahrt nach Berlin mit Zwischenstopp in Charleroi hinter der belgischen Grenze. François wird sie bis dorthin begleiten, seiner Familie einen Besuch abstatten.

Bis François einfällt, dass er noch packen gehen muss. Sie vereinbaren, dass Julian seine Sachen später am Abend mit dem Auto abholen wird, da sie direkt nach dem ersten Training am nächsten Tag von der Schule aus losfahren wollen.

François ist gegangen. Nun sitzen Heiner und sein Sohn eine Weile still am Tisch, beobachten den Verkehr, wie sich Autos kunstvoll einfädeln, riskante Manöver fahren, um dem Rund zu entkommen. Schauen zu, wie der Wind den Bäumen die letzten Blätter entreißt oder amüsieren sich über eine Hundebesitzerin, die vergeblich versucht, ihren Vierbeiner davon abzuhalten, seinen Haufen mitten auf das Trottoir zu setzen. Dabei erinnern sich beide an Carlos, Julians Schildkröte, die bei den Urlaubsfahrten nach Österreich in die Heimat von Hannah, auf der Hutablage im Auto in einer mit Heu gefüllten Kiste saß. Wenn sie kackte, stank es schlimmer als ein Furz, so dass Heiner umgehend an den Straßenrand fahren musste und Carlos in eine Wiese gesetzt wurde. Man tauschte das Heu aus und alle Fenster im Auto wurden nach unten gekurbelt, um den Mief aus dem Fahrzeug zu bekommen.

Und ihnen kommt Kiki in den Sinn, den Albino-Wellensittich, der den Spitznamen „Kiki-Kaka-See“ erhielt, da er bei jedem Freiflug gezielt eine ordentliche Ladung meist auf dem Esstisch oder auf jemandes Schulter platzierte. Kiki, ein eher unpassendes Überraschungsgeschenk von einer Mitschülerin und ihrer übereifrigen Mutter zu Julians zehntem Geburtstag, wurde nach einem halben Jahr zu Oma und Opa ins obere Stockwerk umquartiert. Nachdem Carla ihn mit so viel Sprechperlen gemästet hatte, ohne dass er jemals ein Wort oder auch nur eine Silbe hervorgebracht hatte, und Julians Versuche, Kiki irgendeinen Trick auf der Stange beizubringen, kläglich gescheitert waren, musste Hannah sich um den Vogel kümmern. Sie entschied, ihn wegzugeben. Die Entscheidung traf auf keine große Gegenwehr und nach wenigen Wochen, fühlte es sich so an, als sei der Vogel schon immer bei den Großeltern gewesen.

Der weiße Vogel lebt munter weiter, hat Opa und Oma überlebt und fliegt seine Ehrenrunden bei Stefanie, Heiners Nichte, die von klein auf Wellensittiche und Kanarienvögel betreut hat.

Ein biblisches Alter für solch einen Vogel, geht es Heiner durch den Kopf. Wie alt wird er selbst werden? Mit dieser vermaledeiten Krankheit im Nacken? Keiner dieser Weißkittel hat bisher irgendetwas Konkretes herausgefunden. Da wuchert etwas in seinem Inneren und man kann es nicht sehen, nicht spüren, nicht riechen. Wie ein Bandwurm schleicht sich etwas in seiner Wirbelsäule herum, dehnt sich aus, drückt auf alles, was ihm im Weg steht. Es kann nicht an den Bandscheiben vorbei, durch die Knochen nach außen dringen, also blockiert es Nervenbahnen, lähmt seinen gesamten linken Arm. Das eine oder andere Mal hat er das Gefühl zu ersticken, dass die Lungenflügel und das Zwerchfell lahmgelegt sind. Dann fällt ohne Vorwarnung alles in sich zusammen. Für eine ungewisse Zeit löst sich der Druck, bevor es sich, wie ein Nimmersatt, den Weg weiter durch seine Wirbelsäule bahnt.

Wohin soll das führen, wenn nicht zum frühzeitigen, elendigen Tod?

„Paps, alles okay mit dir?", unterbricht Julian seinen Gedankenfluss. „Du bist etwas blass um die Nase."

„Ja, alles gut", entgegnet Heiner und es schüttelt ihn. „Es fühlt sich so ungewohnt an, hier zu sitzen, weg von zu Hause."

„Ich finde es klasse, dass du hier bist. Zugegeben ungewohnt, aber du bist hier, sitzt an den *Champs-Élysées* und genießt dein Essen, ein Glas Wein, *une baguette* in einem Bistro und schaust dem Verkehrschaos am *Arc* zu …"

„… und mein Sohn ist dabei", ergänzt Heiner.

Ihre Blicke begegnen sich. Julian wirkt entspannt.

„Muss gleich wieder los! Hab mein modernes Training und anschließend nochmals einen Durchlauf meines Solos für Berlin. Möchtest du mit?"

„Ehrlich gesagt, ich würde hier gerne etwas sitzen bleiben und …", Heiner hält kurz die Luft an, hebt die Augenbrauen an und fährt weiter: „Mir kam die Idee, meine Zugbekanntschaft zu treffen."

„Das hört sich nach einer guten Idee an. Soll ich dich später bei Louise abholen? Das ist doch ihr Name? Bin um fünf fertig. Welche Adresse?"

Heiner kündigt sich telefonisch an und eine halbe Stunde später, nach einer kurzen Taxifahrt, steht er vor der Tür. Die Wohnung von Louise Gollmann liegt unweit vom *Champ de Mars* in der *Rue de Grenelle* im zweiten Stock eines vornehmen Jugendstilgebäudes.

Mit einer herzlichen Begrüßung bittet Louise ihn herein, nimmt ihm den Trenchcoat ab und begleitet Heiner in den Salon. Sie ist äußerst elegant gekleidet: eine cremefarbene, weit geschnittene Hose mit Bügelfalten à la Marlene Dietrich, dazu eine kobaltblaue Seidenbluse mit einer Schleife, die lose eine schmale längliche Öffnung über dem Brustbein verdeckt. Dezentes Makeup, die Haare sitzen, und eine lange Perlenkette rundet die geschmackvolle Erscheinung ab.

Er nimmt in einem tiefen, mit dunkelgrünem Samt bezogenen Sofa Platz, umgeben von einem Blumenmeer. Es duftet nach Lavendel und Patschuli. Überall stehen in Vasen drapierte frische Bouquets. Blüten und Blätter sind auf zahlreiche Kissen gestickt, auf Gemälde gebannt und auf Tapeten gedruckt. Nur die schweren Gardinen sind in einem petrolfarbenen Ton gehalten und setzen senkrechte Akzente gegen das kunterbunte Farbspiel. Zum Glück hat er keinen Blumenladen ausfindig machen können, sondern um die Ecke eine Chocolaterie entdeckt und dort kurzerhand ein Mitbringsel erstanden.

Louise hat eine Kanne Kaffee aufgebrüht und die mitgebrachten Petit Fours und Pralinen auf einer Glasschale angerichtet. Als sie im Sessel gegenüber Platz nimmt, versinkt sie ebenfalls darin, und Heiner hat keine Ahnung, wie sie beide jemals wieder aus diesen samtenen Tiefen herauskommen sollen.

„Mein Sohn holt mich nach siebzehn Uhr ab“, beginnt Heiner das Gespräch. „Passt das für Sie?“

„Ich möchte ihn auf jeden Fall kennenlernen“, antwortet Louise. „Julian, nicht? Haben Sie ihn heute tanzen gesehen?“

„Heute Vormittag war ich bei einem Klassischen Training dabei.“

„Und? Wie hat er sich geschlagen?“

„Nun, ich kenne Julian, wie er jahrelang im Kunstturnen unterwegs war …“ Heiners Augen schweifen durch den Raum, versuchen eine Blüte an der Wand zu fixieren, an etwas festzuhalten, damit ihm nicht alles wegrutscht wie auf einem glitschigen Parkett. Seine Sinne spielen Mikado, liegen durcheinandergewirbelt da und warten jeden Moment darauf, entwirrt zu werden. Vorsichtig. Mit Geduld und viel Gefühl. In Louises Gegenwart wirkt alles so unsortiert, unverhofft. Überwältigend?

„Er war gut", fährt er fort, „aber das reichte ihm selber nicht. Er hat nach etwas gesucht, wo er sich entfalten kann, wo er ganz bei sich sein darf. Und als er das Tanzen für sich entdeckt hat, war das genau, was er sich vorstellen konnte." Heiners Stimme wird fester. Seine Sinne beginnen sich wieder zu sortieren. „Das habe ich heute in der Klasse gespürt. Seine Augen sind hellwach. Alles ist im Fluss. Eine Art Sog, wenn man ihm zuschaut."

Das Telefon klingelt, durchbricht die sich langsam entspannende Atmosphäre. Während Louise sich kurz entschuldigt und den Salon Richtung Diele verlässt, tauchen Bilder der Tanzaufführung des gestrigen Sonntagabends vor Heiners innerem Auge auf, die ihn anfangs irritiert und im Verlauf der Nacht zutiefst berührt haben. Sie klingen in ihm immer noch nach, lösen mehr Fragen als Antworten aus und lassen ihn nicht los.

Die Vorstellung fand ungewohnterweise in einem alten Wohngebäude statt. Zuerst erklomm man über das Treppenhaus mit knarzenden und ächzenden Holztreppen den dritten Stock, trat dann durch eine doppelflügelige, mit geschnitzten Ornamenten bestückte schwere Wohnungstür in eine lange Diele und wurde dann in einen wohnzimmerartigen Raum mit zahlreichen gemischten Sesseln, Sofas und Stühlen geführt, wo ungefähr zwanzig Zuschauer Platz fanden. Alle Möbel wirkten klapprig, aber im Laufe des Abends kam niemand zu Schaden.

Durch einen runden, breit angelegten, bis zur hohen Decke reichenden Durchlass blickte man in ein zweites geräumiges Zimmer, das einem großen quadratischen Salon glich und komplett leer geräumt war. Einzelne Scheinwerfer leuchteten die Wände in verschiedene Richtungen aus, ließen später die Schatten der Tänzer kreuz und quer durch den Bühnenraum jagen. Helle Stellen an den tapezierten Wänden mit teils klar umrissenen Formen ließen einzelne Möbel, Gemälde oder eine Wanduhr erahnen, die dort längere Zeit gestanden oder gehangen haben mussten, jetzt fehlten und ein trostloses Szenario boten.

Ein greller Schrei eröffnete das Geschehen und eine Frau, die nur ein seidenes Nachthemd mit Spaghettiträgern trug, pflügte und wirbelte mit offenen, gewellten langen Haaren wie ein Derwisch durch das Zimmer. Heiner saß aufrecht in seinem Ohrensessel, seine rechte Hand zur Faust geballt, er vergaß fast zu atmen.

Der Tanz war mit zahlreichen Stürzen auf den harten Dielenboden gespickt. Mehrfaches Fallen und Rutschen mit dem Rücken gegen die Wände wiederholte sich zunehmend, bis die Frau wie ein bebendes Häufchen am Boden liegenblieb. Das Heben und Senken des Oberkörpers bezeugte den kräftezehrenden Akt und die pure Erschöpfung, die sie erfahren hatte. Untermalt von hektischer Trommelmusik, löste das ganze Szenario bei Heiner ein beklemmendes Gefühl aus, traf ihn das Leid der Frau am eigenen Leib. Tat ihm weh, überlagerte seine eigenen physischen Schmerzen. Wurde unerträglich. Unter den Zuschauern herrschten vollkommene Reglosigkeit und gebannte Spannung.

Da erschien Julian. Er war fast nackt, tanzte barfüßig und trug nur ein hautfarbenes enges Höschen. Eine atemlose Ruhe kehrte ein. Mit großen weichen Bewegungen der Arme, die wie Flügel aus seinem Rücken zu wachsen schienen, tanzte er durch den Raum, erfüllte ihn mit Zuversicht, Wärme und dem Wissen, dass alles gut sein würde.

Kaum hatte er die bebende, am Boden kauernde Frau erreicht, sie in seine Arme geschlossen, mit ihr wiegend zusammen Bewegungen ausgeführt, sie sachte aufgerichtet, ihre Füße berührten dabei kaum das Parkett, schaukelte sich das Duett in einen schwebenden, spiralförmigen Tanz, der einen ganz schwindelig werden ließ.

Mitten im Höhepunkt, als das Paar zu einer Einheit zu verschmelzen schien, veränderte sich der Raum. Eine Projektion mit fließenden roten Schlieren verwandelte die Szene. Wie Blutbahnen rannen zähe Farbspuren erst auf den Körpern, dann an den Wänden herunter. Einzelne rot gefärbte Scheinwerfer tauchten die Szene in eine einzige Bluthöhle. Teils verschwammen die beiden Körper mit den Wänden, wie Chamäleons, die sich ihrer Umgebung farblich vollkommen anpassten. Dann lösten sie sich aus der Kulisse, wurden plastisch und in ihrer Körperlichkeit sichtbar, kamen so nahe an die erste Reihe des Publikums heran, dass man die Hand ausstrecken und sie hätte berühren können.

Auf einmal gerieten die Bewegungen des Engels ins Stocken, wurden abgehackter, stagnierte der Fluss. Die Frau verlor immer wieder den Halt, wurde im letzten Moment aufgefangen, um beim nächsten Mal hilflos gegen ihren Retter zu stürzen. Das engelhafte Wesen wurde zusehends schwerfälliger, unkontrollierter. Etwas Unsichtbares zog es zu Boden, als ob die Schwerkraft ihm keine Chance ließ, die Leichtigkeit zurückzugewinnen, mit der er der Frau zu Beginn so friedvoll und erlösend begegnet war.

Was Heiner am meisten beeindruckte, war der Moment, als er erkannte, dass nicht der Raum oder irgendeine äußere Macht das Wesen beeinflusste oder manipulierte, sondern dieses engelsgleiche Wesen aus dem Inneren heraus zu einem animalischen, archaischen Geschöpf mutierte, das mittlerweile begierig die weibliche Gestalt beäugte, sich an ihren Rundungen, nackten Schultern und der rechten freigelegten Brust labte. Irgendwann hatte er vergessen, dass sein Sohn tanzte. Eine Ekstase, wie ein Fieber, breitete sich in ihm aus, die er schon viele Jahre nicht mehr gespürt hatte.

Der Schluss kam überraschend, genauso abrupt wie der initiierende Schrei zum Auftakt des Tanzstückes. Er ließ einen im Raum zurück, ohne dass man die vergangene Zeit benennen konnte, der Schwebezustand des Betrachtens aufgelöst worden wäre.

Es dauerte eine Weile, bis alle zu klatschen begannen.

Heiners einziger Kommentar am Ende des Applauses lautete: Eindrücklich – wirklich eindrücklich! Was sollte er, konnte er auch sagen. Es war unaussprechlich.

Als Louise den Salon wieder betritt, grübelt Heiner über den Titel des Tanzstückes und murmelt ihn schließlich vor sich hin: „*Entre le Ciel et la Terre*". Das war es!

„Zwischen Himmel und Erde?"

Louise stand im Türrahmen des Salons.

„Oh, entschuldigen Sie!" Heiner hatte ihre Rückkehr nicht bemerkt. „Ja, das war der Titel der gestrigen Tanzaufführung. Julian hatte einen Auftritt. In einer Wohnung. Etwas ungewohnt und äußerst intensiv. Ganz anders als das Training heute Morgen. Julian, … nein, das stimmt nicht ganz, das Werk hat mich mit seiner Intensität und Direktheit sehr berührt."

„Das klingt aufregend. Wer war für die Choreografie verantwortlich?"

Heiner musste kurz nachdenken: „Sie heißt Kim Kan und unterrichtet im *Centre de Danse du Marais*. Julian hat sie dort bei einem Workshop kennengelernt."

„Ich werde am Sonntag meinen Neffen im Training bei einem Tag der offenen Tür im *Conservatoire* besuchen gehen."

„Bis dahin werde ich wohl wissen, ob Julian es in Berlin geschafft hat", erwiderte Heiner mehr zu sich selbst gewandt und fuhr überrascht herum, als Louise ihn fragte:

„Mögen Sie Mozart?"

Hier zu sitzen, im Hintergrund erklingt klassische Musik, sich zwanglos mit einer äußerst charmanten Frau zu unterhalten, Kaffee zu trinken und Süßes zu naschen, denn nichts anderes tun sie hier, entspannt ihn. Lässt die wirren Gedanken in seinem Kopf schrumpfen, so etwas wie ein Resümee ziehen.

Sein Sohn ist flügge geworden, hat sein eigenes Leben in die Hände genommen und ist losgegangen. In jeglicher Hinsicht. Er setzt sich seine eigenen Regeln und folgt dem Drang nach Selbsterfahrung wie ein Hund, der zahlreichen Spuren und Duftnoten hinterhergeht. Ganz wertfrei, einfach der Nase nach, ohne Erfolgsgarantie. Pure Neugierde.

Als Heiner Samstagnacht allein im Auto vor dem Tanzclub erwacht ist, ist er ebenfalls seinem Instinkt – besser einem unbestimmbaren Drang oder einem eher ungewohnten Antrieb – gefolgt. Er hat sich auf die Suche nach seinem Sohn begeben, der mittlerweile eine gefühlte Ewigkeit weg war. Da Julian die Autoschlüssel mitgenommen hatte, hatte er kurz gezögert, das Auto unverschlossen zurückzulassen. Dann ist er ausgestiegen, an zwei rauchenden, vor dem Club stehenden Männern in schwarzen Lederoutfits vorbeigegangen und hat – nach kurzem Zögern – durch eine anthrazitfarben gestrichene, mit einem Bullauge versehene Metalltür die von Julian erwähnte Disco betreten. Nur Männer, keine Frauen.

Die lauernden Blicke, die er auf sich gezogen hat, haben ihn verunsichert, sind ihm wie glühende Katzenaugen in der Nacht gefolgt, bis er in den Nebelschwaden auf der Tanzfläche verschwunden ist. Gesichter sind aufgetaucht und haben sich wieder aufgelöst. Deren Ausdruck hat er zuerst nicht deuten können.

Er ist noch nie in einem solchen Club gewesen und schon gar nicht unter lauter Männern. Das Wummern der Bässe hatte ihn durchdrungen. Er bahnte sich einen Weg durch den wabernden Dunst und die tanzende Männermasse, gelangte an eine Bar. Dort entdeckte er am anderen Ende seinen Sohn, wie er sich an der

Theke anlehnte. Neben ihm ein junger Mann, unmerklich älter als Julian, rotblondes gelocktes Haar, hohe Wangenknochen, mit einem durchtrainierten Oberkörper. Die ausgeprägten und fein ziselierten Muskeln hatten sich durch ein Netz-Shirt abgezeichnet.

Er wollte auf sie zugehen, da nahmen sie sich in die Arme, gaben sich einen langen Kuss. Mitten auf den Mund. Die Lippen lösten sich wieder. Sie sprachen miteinander, die Lippen an das Ohr des anderen geneigt. Dazwischen richteten sie ihre Augen tief aufeinander. Er sah Tränen – auf ihren Wangen, oder war es Schweiß? Es war so unerträglich heiß dort drin.

Sie küssten sich nochmals. Kein dreifaches *Bisou* zum Abschied. Eine Initimität hatte darin gesteckt. Eine Vertrautheit. Das hat sogar er erkennen können.

Er hatte innegehalten, war ein paar Schritte rückwärts gegangen, sich wie ein Schnüffler vorgekommen, wusste nicht, wo er hinblicken sollte, stolperte, wurde von kräftigen Armen aufgefangen, wieder auf die Beine gestellt, eine Spur zu lange festgehalten, bis er sich ruckartig lösen konnte. Sein *Merci* war in den lauten Bässen der mittlerweile tosenden Musik untergegangen.

Danach hat er den Ausgang gesucht, dabei mehrere Männer angerempelt und war durch die offenstehende metallene Tür hinaus gehastet. Die frische, feuchte Nachtluft hatte sich wie eine kühle Bandage um seinen Kopf gelegt und ihn sofort beruhigt.

Das Bild der beiden sich küssenden Männer – sein Sohn, der andere – hatte ihn nicht losgelassen. Das Auto war zum Glück noch an Ort und Stelle, wie er es verlassen hatte. Er hatte sich ins Auto zurückgesetzt, sich angeschnallt, den Kopf in den Nacken gelegt und versucht seine Atmung unter Kontrolle zu bekommen.

Ist es das gewesen, was er die ganze Zeit vermutet hat? Sein Sohn steht auf Männer? Oder auf beides? Oder was ist da gerade passiert?

Bevor er seine Gedanken weiterlaufen lassen konnte, ist Julian zurückgekommen, hat sich neben ihn auf den Fahrersitz gesetzt. Ist sich dabei mehrfach mit dem Hemdsärmel über das Gesicht gefahren und hat sich über den Gestank beschwert, der sich in die ganzen Klamotten eingenistet hat, wie das alte Pommesfett der Würstchenbuden bei den Turnfesten, von dem ihm regelmäßig speiübel geworden ist. Dann hat sich Julian für das lange Wegbleiben entschuldigt. Er verdanke Bert ein außerordentlich gutes Honorar fürs Einspringen und er sei froh, jemanden wie ihn kennengelernt zu haben.

Julian versuchte, locker zu klingen, die Traurigkeit jedoch, die in seiner Stimme mitschwang, konnte er nicht kaschieren.

„Heiner, Sie sind so still?“, unterbricht Louise seine Gedanken. „Ist es die Musik oder sind Sie müde?“

„Entschuldigen Sie, Louise, die Eindrücke der letzten zwei Tage ...“, erwidert er, während seine Augen etwas suchen, an dem sie sich festhalten, seinen Gedankenwust zum Stillstand bringen können.

„Kann ich etwas für Sie tun?“

Louises Stimme birgt eine Behutsamkeit in sich, die in ihm ein lang verschollenes Gefühl auslöst, als ob sich ein uraltes Reptil unter der Erde regt, einen Instinkt in ihm auslöst. Am liebsten würde er sie in den Arm nehmen. Oder gar von ihr gehalten werden.

„Danke vielmals“, hört er sich sagen, „hier sitzen und mit Ihnen plaudern, Musik hören. Das passt. Und ...“

„Und?“

Heiner benötigt ein paar Sekunden, lässt dieses *Und?* nachklingen und spürt, wie etwas in Schwingung versetzt wird: „Ich muss gestehen, dass ich mich sehr wohl fühle. In Ihrer Gesellschaft fühlt man sich gut aufgehoben, so wie in Ihrem Sofa. Man möchte nie mehr aufstehen.“

Was ist nur in ihn gefahren? Sein erster Flirtversuch seit Jahrzehnten. Zumindest kommt ihm dies so vor. Wie ein pubertierender Jüngling hat es hoffentlich nicht geklungen. Louise zu erschrecken oder ungewollt eine Distanz zu erzeugen, liegt ihm fern. Im Gegenteil, es hat sich seit langer Zeit niemand mehr so um ihn gekümmert, ihn so gesehen und aufgenommen, ohne ihn auf seine körperliche Einschränkung zu reduzieren. Sie begegnen sich auf Augenhöhe, auch wenn dies nur ein Gefühl ist und es genügend Themen und Lebenserfahrungen geben wird, die sie womöglich auseinanderdriften lassen.

„Ich habe mich sehr über Ihren Anruf heute Nachmittag gefreut“, entgegnet Louise.

„Schön, dass Sie Zeit haben und ich Ihnen nicht ungelegen gekommen bin.“

„Seit mein Mann vor fast zehn Jahren gestorben ist, ist jeder Besuch eine willkommene Abwechslung. Sie haben erzählt, dass Sie mit ihrem Sohn nach Berlin fahren? Dort wird gerade gefeiert, nicht?"

„Ja. Es ist surreal. Nach all den Jahren. Die Grenzen sind geöffnet: Perestroika und Glasnost. Dass sie sich so auswirken würden, hätte ich nie geglaubt", dabei blickt Heiner in Louises Richtung, registriert ihre Haltung, den Gesichtsausdruck, die Eleganz und gleichzeitig eine Lässigkeit. „Hatten Sie jemals Sehnsucht nach Berlin? Oder ist das alles mit dem ganzen Naziwahnsinn verschüttgegangen?"

„Ver – schütt – gegangen?"

„Nun, sind ihre Erinnerungen an die Kindheit und Jugend in Berlin noch da?", erläutert er. „Haben Sie Berlin jemals wieder besucht?"

Louises Züge werden kantiger, ein Ernst breitet sich in ihrem Gesicht aus, die Schultern werden fest. Fast kann Heiner ihr Herz schlagen hören.

„Nein, ich war nie wieder dort", antwortet sie und schluckt fest. „Es war keine schöne Zeit. Zumindest nicht, an was ich mich erinnern kann. Die Bilder, die viele Jahre in meinem Kopf umhergegeistert sind, sind brutal. Verknüpft mit Erniedrigung, Leid und Tod."

„Ist da gar nichts, was Sie positiv stimmen könnte? Eine Schulfreundin, ein Ausflug, ein Gebäude? Irgendein Ereignis?"

„Bestimmt gab es das. Aber wie gesagt, das Brutale hat alles verdrängt. Mir sind keine Fotos, keine Bücher oder gar die Poesiealben aus der Schulzeit geblieben. Alles ist immer schnell gegangen. Man reist besser mit leichtem Gepäck."

In Louises Stimme schwingt kein Vorwurf mit und dennoch erfasst Heiner eine Woge der Scham, eine Art schlechtes Gewissen. Obwohl er für all das damalige Geschehen nicht direkt oder unmittelbar verantwortlich ist, schon gar nicht gegenüber Louise und ihrer Familie, spürt er die Last, die auf ihn als „deutsch" Gekennzeichneten drückt, seinen Blick zum Boden senken und die Atmung abflachen lässt. Als ob er dadurch unsichtbar werden würde und sich keine Schuld an ihn heften könnte.

Wann wird das je vorübergehen? Welche Generation wird zwar das Nicht-Vergessen üben, aber nicht mehr so unter dieser Bürde zu leiden haben? Diese Brandmarkung eines ganzen Landes, eines Volkes. Zu Recht? Oder eher eine Frage der Perspektive? Vererbbar von Generation zu Generation?

Julian scheint hier einen großen Schritt nach vorne zu gehen. Er wirkt unbedarft, wenig vorbelastet. Ohne Vorurteile. Lässt die Dinge, nein, besser, die Menschen ohne Ressentiments auf sich zukommen.

Kann man so etwas im fortgeschrittenem Alter noch lernen? Einfach sein. Im Hier und Jetzt? Die Vergangenheit abstreifen wie eine Schlange, die sich häutet. Schön wär's.

Mittlerweile erklingt Chopin aus den Boxen. Heiners Blick hebt sich, er lauscht den im Hintergrund tönenden Walzerklängen. Er beobachtet, wie Louise ihre Tasse Kaffee mit beiden Händen umschlossen hält, als ob sie sich die Hände daran wärmen möchte. Ihr Blick ist in eine nicht greifbare Ferne entglitten, ihre Augen starren an die Wand, scheinen dabei in die barocke Blütenpracht der Tapeten einzutauchen, als wollten sie das Schreckliche vergessen machen und das Neue willkommen heißen.

Da überkommt es ihn, er muss sie fragen: „Hätten Sie nicht Lust, nach Berlin mitzukommen?", und fügt schnell hinzu: „Haben Sie noch Verwandte in Berlin?"

„Ein Onkel väterlicherseits lebt dort." Louises Antwort kommt ohne Verzögerung und dezidiert. „Er hat nie geheiratet, hatte keine Verbindlichkeiten, nicht damals, nicht heute, und hat sich immer nach dem Wind gerichtet. Sagt man das nicht so?"

„Sein Fähnchen nach dem Wind richten, doch. Ein Opportunist."

„Genau, ein Op-por-tu-nist, wie er im Buche steht." Ihr Kopfschütteln kombiniert mit den hochgezogenen Mundwinkeln, einem Lächeln, das nicht ihre Augen erreicht, lässt Heiner ahnen, dass dies eine Geschichte ist, die Gewicht hat, tiefe Wunden in den Annalen der Familie hinterlassen hat. Sie erzählt weiter: „Deshalb hat sich mein Vater damals von seinem Bruder distanziert. Hat ihm nicht über den Weg getraut. Meine Mutter war Halbjüdin und mein Onkel hätte alles verraten, und die Familie hintergangen, wäre es um sein eigenes Leben gegangen."

Heiner schießt das Bild seines Onkels Eduard durch den Kopf. Er hat sich ebenfalls von der Familie distanziert, nicht um sich selbst nicht, sondern um sie nicht zu gefährden. Er wollte sie vor etwas bewahren, sie schützen. Was waren seine Gründe? Was musste ihn so heftig bewegt haben, einen solch drastischen Schritt zu gehen? Allein.

Wie war das, ein solitäres Leben zu führen, ohne Anhängsel, ohne Erklärungsnöte, ohne Verantwortung für ein anderes oder gar mehrere Leben? Wo war er, wohin hatte es Eduard verschlagen?

Louises Vater hatte die belastende Familie im Gepäck.

„Haben Sie jemals Kontakt mit ihrem Onkel aufgenommen?", hakt Heiner nach, in der Hoffnung nicht zu tief zu graben.

„Er war einmal hier in Paris zu Besuch. Ganz ist der Kontakt nie abgebrochen. Mein Vater ist in den Siebzigern nach Berlin gereist und hat nach Spuren unserer Familie gesucht. Unser Haus stand im Osten der Stadt. Papa konnte nur einen kurzen Tagesausflug über die Zonengrenze dorthin machen. Ende des Krieges ist das Haus leider zerstört worden. Sein Bruder lebte dort nicht mehr. Also ging er zum Stadtarchiv im Westen Berlins und hat sich auf die Suche gemacht …"

„… und ihn gefunden?", fügt Heiner an.

„In West-Berlin. Mitglied im Senat. Politiker." Das Wort Politiker spricht Louise mit einer Verachtung aus, als ob sie es am liebsten ausgespuckt hätte. „Er empfing meinen Vater, als ob nie etwas passiert, keine Zeit vergangen wäre. Tat so, als ob er genauso gesucht hätte, wie sein Bruder nach ihm. Viel *Ich*, wenig *Wir* oder gar *Du*. Vater blieb nur eine weitere Nacht – in einem Hotel – und war danach nie mehr in Berlin. Sein Bruder kam Jahre später zur Beerdigung. Ich habe mit ihm nur ein paar Worte gewechselt. Meine Mutter konnte ihm ihre Hand nicht reichen."

„Das kann ich irgendwie nachvollziehen. Wie diese politischen und gesellschaftlichen Ereignisse selbst bei den engsten Familienbanden ihre Gräben ziehen. Der Bruder meines Vaters hat sich Anfang der dreißiger Jahre von der Familie gelöst und ist nach Berlin gegangen. Ohne Vorwarnung oder mit einer Vorwurfshaltung. Dann gab es keine Lebenszeichen mehr. Seine letzte Nachricht, ein Brief und ein paar einzelne Relikte wurden jahrzehntelang in einem kleinen Kästchen bei meinen Eltern in einem Bücherregal aufbewahrt. Es fiel mir beim Entrümpeln in die Hände und nun lässt mich der Gedanke nicht los, dass es etwas in meiner Familie gibt, das wie ein Geheimnis daherkommt. Vielleicht ist es gar nichts Dramatisches oder Besonderes."

„Ceux qui ferment les yeux sur le passé deviennent aveugles au présent."

Für einen Moment ist Heiner irritiert. Louise schaut nicht zu ihm, betrachtet ihre Hände, die in ihrem Schoss ruhen. Es klingt eher so, als ob sie ihre Gedanken nur laut ausgesprochen hat.

„Das Zitat kenne ich. Wer die Augen vor der Vergangenheit verschlossen hält, wird …", ihm fällt das Wort nicht ein, dann blitzt es auf: „… erblindet, nein, … wird blind für die Gegenwart."

„Es stammt von Richard von Weizsäcker, Ihrem Bundespräsidenten."

„Warum überrascht mich das nicht? Eine Französin mit deutschen Wurzeln zitiert einen deutschen Politiker. Louise, ich kenne Sie kaum, und doch spüre ich eine Tiefe und unerwartete Ehrlichkeit oder besser Aufrichtigkeit, die mich berührt. Ich nehme ihre Geschichte dahinter wahr, ohne Details zu kennen. Sie lassen mich dadurch Räume betreten, die nicht für jeden gedacht sind. Meine Geschichte dagegen, meine Erinnerungen lassen sich nicht so ohne weiteres aufdecken. Aber irgendetwas passiert hier gerade. Es fühlt sich alles etwas durchlässiger an. Ich kann aber noch nicht sagen, was das für mich bedeutet. Was diese Zeichen und Lichtblicke sollen."

„Zeit, sie zu hinterfragen."

„Wohl wahr."

Es klingelt. Automatisch blickt Heiner auf seine Armbanduhr, die ein paar Minuten vor vier Uhr anzeigt.

Einen kurzen Moment später steht ein schlanker, groß gewachsener Junge mit zerzausten dunkelblonden, lockigen Haaren im Salon. Er reicht ihm eine feine langgliedrige Hand zur Begrüßung und flüstert seinen Namen mit leicht gesenktem Kopf: *„Je m'appele Armand."*

Heiner stellt sich ebenfalls vor und fragt ihn auf Französisch, ohne zu zögern, wie es denn im Tanztraining gelaufen sei, woraufhin Armand seinen Kopf hebt, ihn leicht schief legt und ihm mit einem Lächeln eine knappe, aber freundliche Antwort gibt: *„Tout s'est bien passé."*

„Das freut mich", entgegnet Heiner und es entwickelt sich ein Gespräch, bei dem er sein Wissen einfließen lässt, sein Interesse am Tanz, insbesondere über das klassische Ballett zur Geltung bringt. Sie fachsimpeln und Armand öffnet sich immer mehr, wird zu einer richtigen Plaudertasche.

Beide sind in ein so angeregtes Gespräch vertieft, dass sie nicht bemerken, wie Louise den Salon betritt, sich zu ihnen setzt, direkt auf die Armlehne von Heiners Sessel, dabei mit einem Bein seinen rechten Unterarm streift, was ihm einen den Rücken hinablaufenden Schauer beschert, und den beiden aufmerksam zuhört, wobei Heiner nur noch die Hälfte von Armands Ausführungen mitbekommt.

Als die Klingel ein zweites Mal läutet, erhebt sich Louise von der Armlehne. Heiner blickt erneut auf die Uhr und stellt verdutzt fest, dass sie sich über eine Stunde lang unterhalten haben, hört im Hintergrund, wie sich Julian Louise vorstellt.

Wieso gelingt es ihm, mit jungen Menschen solche Gespräche zu führen, während er sich bei Menschen seines Alters meist zurücknimmt, sich eher als Zuhörer und Mitlauschenden betrachtet? Obwohl dies bei Louise nicht der Fall gewesen ist. Die meisten schätzen ihn als eine zurückhaltende und äußerst bedachte Person ein, die im richtigen Moment wohlüberlegte Worte ins Gespräch einbringt. Wesentlich, unumstößlich, amtlich. Wie in seinem Beruf: Alles strukturiert, aseptisch, ohne die Möglichkeit zur Improvisation. Diese trockene Haltung hat sich im Laufe der Zeit in sein Leben geschlichen. Ihn unterwandert. Seine Denkweise und Handlungsweise untergraben. Keine Alternativen. Da halfen keine bunten Krawatten, keine gepunkteten oder gestreiften Socken, die ihm Hannah morgens zum Anziehen herausgelegt hat. Zum Glück hat sie ihm nie gemusterte Unterhosen gekauft.

Er ist nie ein Anhänger von Äußerlichkeiten gewesen. Ein weiterer Grund, warum es mit Hannah immer wieder zu Streitereien kam. Wobei Streitereien ein zu großes Wort dafür ist. Er hatte sich stets schnell zurückgezogen, auf taub geschaltet und alles an sich abprallen lassen. Es ging dabei nicht um den Drang nach Harmonie, um das Bedürfnis nach Ausgeglichenheit. Er konnte es nicht ertragen, dass er Dinge falsch machte, nicht machte wie gedacht. Gewisse Erwartungen nicht erfüllte. Und Hannah hatte Ansprüche, die ihn gelegentlich überforderten, meist überraschten und letztendlich überrannten.

Nun sitzt er hier in Paris, bei einer fremden Frau, unterhält sich mit ihr über alte, längst vergangene Zeiten. Sie ist ihm, wie erhofft, viel näher gerückt, sie führen ein tiefschürfendes Gespräch mit ihrem Neffen über Klassischen und Zeitgenössischen Tanz.

Und warten gemeinsam auf seinen Sohn, der sein junges Leben auskostet und sich in einer Phase von Freiheit bewegt, an die er sich in seinem eigenen Leben so gut wie nicht mehr zurückerinnern vermag.

Nachdem sich Julian zu ihnen gesellt hat, bittet Louise sie zum Abendessen zu bleiben. In kürzester Zeit breiten sich köstliche Duftnoten und von Kräutern umrahmte Röstaromen von der Küche in der ganzen Wohnung aus, so dass sie nicht mehr ablehnen können. Der Geruch nach frisch gebratenen Rinderfilets, *Pommes Allumettes* an einer Senfsauce triezt ihre Geschmacksknospen dermaßen, somit ist klar, dass sie sich diesen Gaumenschmaus nicht entgehen lassen.

Das abschließende luftige Dessert, eine Creme mit Meringue und frischen Früchten, lässt allen Mündern Ahhs und Ohhs entfahren und verleitet Julian dazu, von Heiners Kochkünsten zu schwärmen. Dies entfacht zwischen Heiner und Louise ein Gespräch über deutsche und französische Kochweisen, über kategorische Unterschiede, wie, dass der Franzose Rindfleisch bevorzugt, während der Deutsche eher Schweinefleisch in die Pfanne haut. Über die Kunst und Vielfalt der Soßen und die Vorliebe zur Kartoffel auf den deutschen Tellern sowie der Hang der Franzosen zum Wein, wie Burgunder, Bordeaux, Cabernet Sauvignon oder Chablis, wogegen man auf den deutschen Tischen das kühle Bier und die allgegenwärtige braune Soße zu Spätzle und Klößen findet.

Beim Brot sind sie sich einig, dass die Deutschen hier eine enorme Vielfalt anbieten, die man nirgendwo anders auf der Welt findet. Über ein frisches Baguette lässt Louise dennoch nichts kommen.

Kurz darauf beobachtet Heiner, wie sich Julian mit Armand im Wohnzimmer über ihre aktuellen Tanzstudien austauschen. Die ausladenden weichen Armbewegungen, die leicht manierierten Handstellungen wirken fremd auf ihn. Die Gesten muten übertrieben an, blumig, feminin. Es fällt ihm schwer, einzuschätzen, was Teil einer Inszenierung ist, ein Habitus des Balletttänzers, oder was echt zur Person gehört. Was Julian ausmacht.

Dann löst sich Julian aus der Ecke hinter dem Sofa, stellt sich in die Mitte des Raumes, der Couchtisch ist mittlerweile auf die Seite gerutscht, und nimmt eine geradlinige Position ein. Eine *Ara-*

besque. Diese geometrische, in den Raum gesetzte Form wirkt kraftvoll, strahlt Präsenz und Klarheit aus, bis über die Zehen- und Fußspitzen hinaus. Julians Hals streckt sich, der Blick, leicht angehoben, gleitet in eine Ferne, die man nur erahnen kann. In einer fließenden Bewegung senkt sich sein hinter dem Rücken erhobenes Bein eng zum Standbein hin ab, schleift mit der Fußsohle zärtlich über den Boden, wobei der eine Fuß den anderen streift und über die Berührungspunkte der Fersen passiert. Julian nimmt Maß, bereitet eine Pirouette vor, sticht mit dem Ballen nach vorne in das Parkett, erhebt sich auf das voll durchgestreckte linke Bein, das freie winkelt sich zu einem Dreieck ab, so dass die Zehenspitzen die Innenseite des Standbeines touchieren, während das Knie spitz seitlich absteht. Der Körper dreht sich um seine eigene Achse, die Arme in einer über dem Kopf erhöhten Position, wie ein Rahmen, der das Gesicht präsentiert. Die zweite Drehung folgt sogleich, dann hält der Schwung kurz inne. Das ganze abgezirkelte einbeinige auf Zehenspitzen balancierende Konstrukt kippt wie ein ausrotierender Kreisel um. Julians Augen finden keinen Fixpunkt, er verliert die Balance, die Arme rudern, bekommen nichts zu fassen, das ihn halten könnte. Er stürzt mit einem lauten Ächzen zu Boden, wobei der Kopf an der Kante einer hölzernen Kommode vorbeischrammt.

Kaum gelandet, hält sich Julian mit schmerzverzerrtem Gesicht den linken Knöchel und massiert die Außenseite. Ihm entgeht, dass sich über der rechten Schläfe Blut seinen Weg über die Wange bahnt.

Armand eilt umgehend ins Bad, holt einen in kaltes Wasser getränkten Waschlappen und presst ihn an Julians Fuß und rennt nochmals weg, um einen zweiten für die Wunde am Kopf zu holen.

Heiner entringt sich ein kurzer deutscher Fluch, dessen erste zwei Worte noch zu hören sind. Den Rest schluckt er runter wie trockene, sperrige Reiskörner, bis er zu husten beginnt, es ihn würgt, er kaum Luft bekommt.

Louise springt auf, klopft ihm dezent mit der flachen Hand auf den Rücken, bis sich der Hustenkrampf löst, und ist in ein paar Schritten bei Julian.

„Ça va? Ça fait mal?!“

„Ich glaube, es ist nur überdehnt“, gibt Julian zurück. „Muss es gut kühlen.“

„*D'accord.* Aber die Wunde am Kopf ist nicht gerade klein. Bist du sicher, wir sollen nicht ins Krankenhaus?"

„Oh, blute ich?", sagt er und betastet seine Schläfe, wobei sich seine Gesichtsfarbe ins Weißliche verblasst.

„Alles ist … gut. Meine Fuß- … Fußgelenke sind einfach", Julian schluckt mehrfach, „… zu beweglich und ich knicke immer wieder mal um … das wird … Paps, bist du okay?"

Kaum hat Julian die Frage ausgesprochen, verdreht er die Augen und kippt weg, fällt zur Seite und bleibt am Boden reglos liegen.

Heiner kann sich nicht mehr erinnern, wie er sich so schnell aus dem tiefen Sofa herauskatapultieren konnte, um dann umgehend bei seinem Sohn an der Seite zu knien. Er dreht ihn, so gut es geht, mit dem rechten Arm in eine stabile Seitenlage, hält Julians Kopf und spürt unter seiner Hand die Halsschlagader pulsieren.

Eine Stunde später sitzen alle vier im Wartezimmer einer Praxis der Orthopädie. Julian ist nach ein paar Minuten wieder zu sich gekommen. Eine Fahrt in die Notaufnahme wurde von Louise vehement verworfen. Es sei reine Zeitverschwendung und dort herrsche eine unmenschliche Umgangsform. Einer ihrer engsten Freunde wohne unweit und sei der beste Arzt, den sie kenne. Heiner überlässt ihr das Ruder und mit Louises edlem Gefährt, einem auberginefarbenen Citroën DS 20 Pallas – der „Göttin" – sind sie in wenigen Minuten am *Espace Médical Vauban* an der *Avenue de Ségur.*

Nach der Untersuchung ziert Julians Kopf ein weißer Stirnverband. Sein Fuß ist fest bandagiert und, wie vermutet, überdehnt, aber aller Voraussicht nach ist nichts gerissen.

Dem Orthopäden ist die leicht geschwollene Achillessehne am rechten Fersenbein aufgefallen. Eine Überreizung. Julian muss sich schonen. Das könnte zu einem Riss führen.

Ein paar Schmerztabletten stecken in Julians Hosentasche und von Armand gestützt, steigen sie die Treppen zur Straße hinunter. Louise hat sich bei Heiner untergehakt.

„Mach dir bitte keinen Kopf. Julian ist stark."

„Ich weiß", erwidert Heiner. „Es ist … es ist …"

„… es erinnert dich an ein eigenes Erlebnis, nicht wahr?"

Die Verblüffung über diesen Zufallstreffer, nichts anderes kann dies sein, hat er doch in den letzten Stunden nichts Konkretes über seine Krankheit erzählt, überrumpelt ihn: „Das liegt schon lang zurück und seine Schatten haben mich dennoch schneller eingeholt als gedacht."

„Du hast Angst davor, dass es deinem Sohn genauso gehen könnte?"

„Ja, ein einfacher, kleiner Unfall. Wie bei mir damals. Nur jemand, der dir plötzlich auf die Schulter kracht. Nichts Dramatisches, nur ein Sturz und ich, als Hilfestellung, liege unter ihm begraben. Und zwei Jahre später beginnt die Odyssee: Taubheitsgefühle, Schmerzen, die wandern. Erst in der Schulter, dann im Brustkorbbereich, plötzlich am Hals, ein paar Migräneanfälle. Wie aus dem Nichts. Und dann: eine vage Diagnose."

„Und keine Hilfe für dich in Sicht?"

Klingt er so hoffnungslos? Das will er nicht, kann es aber auch nicht vermeiden und erzählt: „Alle Tests, Versuche könnten auf dies und jenes hinweisen. Trotz Operationen gibt es keine weiteren Erkenntnisse. Zuletzt ein Tumor in der Wirbelsäule, der wächst und zerfällt. Zyklisch. Nicht vorhersehbar. Jeder Eingriff das Risiko eins zu eins, querschnittgelähmt zu sein. Bisher hatte ich Glück … nur der linke Arm ist zu neunzig Prozent taub. Zu nichts nutze."

Louise drückt seine rechte Hand, zieht sich etwas näher an ihn heran, wie zur Bestätigung, dass sie ihn stützen wird und sagt: „Zum Glück werden wir nicht allein über unseren linken Arm wahrgenommen."

Das *Du* war ihnen im Eifer des Gefechts noch in der Diele über die Lippen gerutscht, während sie Julian versorgten. Sie hatten es beide gleichzeitig bemerkt und innegehalten, sich kurz angeschaut, genickt und sich wieder Julian zugewendet. Diese Stufe der Vertrautheit lässt Heiner aufhorchen. Sein Herz wummert.

Vor dem Haus angekommen, verabschieden sich Heiner und Julian von Louise und Armand und gehen zu Julians Auto, das um die Ecke geparkt ist. Heiners Blick wirkt glasig, sein Handschlag schwammig, die linke Schulter hängt schlaff, der Gang ein Schlurfen und Platschen, als sei ihm die Kraft ausgegangen. Neben ihm geht Julian in kleinen Schritten einher. Jeder Tritt ein Wagnis, die Belastung des geschwollenen Fußes schmerzt, und dennoch rollt er durch die gesamte Sohle ab, um dem Knöchel nicht die Chance zu lassen nachzugeben, sich der Schwäche zu ergeben. Sie sind in Julians Audi gestiegen. Heiner am Steuer. Seitdem haben sie kaum ein Wort gewechselt.

Sein Sohn gibt ihm die genauen Anweisungen, steuert ihn und das Auto den Montmartre hinauf zu François' Adresse. Dieser hatte bereits zuvor das Gepäck die zahllosen Stufen von seiner Dachmansarde herab zum Eingang geschleppt, so dass es schnell im Auto verladen ist.

Die Nacht ist klar und das Lichterspiel der blinkenden Ampeln, grellen Leuchtreklamen und mit Scheinwerfern bestrahlten Sehenswürdigkeiten lenkt Heiner von seinen Gedanken ab, lässt ihn in die Straßenzüge eintauchen. Wie in ein Labyrinth, wo sich alles verliert, jeder Winkel, jede Weggabelung, jede Sackgasse, die Sorgen und Bedenken verschluckt. Julian möchte sie beide ablenken, die Spannung der letzten Stunden abwerfen, ihm die Stadt von oben, vom Montmarte aus zeigen. Diesen einmaligen Blick, den man immer im Herzen tragen wird. Trotz der Schmerzen.

Sie sitzen auf den Treppen vor der *Sacré Cœur*, der weithin sichtbaren weißen Basilika. Unweit steht ein Liebespaar fest umschlungen. Ein paar Stufen weiter unten eine kleine Gruppe, die mit Gläsern anstößt und etwas feiert. Es dringt kaum Lärm nach oben. Beide frösteln. Die Spannung fällt von ihnen ab. Zugeben kann es keiner von beiden. Sie hüllen sich umso mehr in ihre Mäntel.

„Entschuldige, dass ich mich so wortkarg gezeigt habe", beginnt Heiner das Gespräch. „Dein Unfall vorhin hat mich daran erinnert, wie schnell so etwas vorbei sein kann. Bei mir war es ein falscher Griff, eine verkorkste Hilfestellung, und Bernd krachte auf meine Schulter, stürzte auf mich, direkt von den Ringen herunter. Meine Schulter war drei Monate lang lädiert. Als ich dachte, es sei wieder gut, ging es erst richtig los: Gefühllosigkeit in den Fingern. Taubheit im Arm. Kopfschmerzen. Dann begann sich meine linke Hand zu krümmen. Ich konnte sie nicht mehr strecken. Egal, was ich ausprobiert habe, nichts half. Alles passierte schleichend."

„Ich hatte bisher nie den Mut, dich darauf anzusprechen. Hab mir meine Sachen selber zusammengereimt. Wieso machst du ein solches Geheimnis darum? Mam hat einmal erzählt, dass die Ärzte wohl Pfusch fabriziert haben."

„Du weißt, dass es bei mir keine klare Diagnose gibt. Niemand konnte bisher die Ursache genau definieren. Und niemand weiß, wie es weiter geht. Wie schnell oder wie langsam …“, und schon schwang wieder dieses Selbstmitleid in seiner Stimme mit. Er hasste sich dafür.

„Paps, du machst mir Angst.“ Julian holte tief Luft und atmete mit einem Schnauben aus. „Nicht wegen mir. Wegen dir. Wegen dieser düsteren Aussichten. Kann man denn da wirklich nichts machen? Gibt es keine anderen Spezialisten, die in den letzten zehn Jahren Neues erforscht haben?“

„Keine Ahnung. Ich habe schon so viele Ärzte gesehen, Tests über mich ergehen lassen und Dinge ausprobiert. Und du siehst ja, was die letzte Operation mit mir gemacht hat. Der Arm ist hinüber.“

„Das ist fast zehn Jahre her“,widerspricht ihm Julian, ohne den Unterton des Unverständnisses mitschwingen zu lassen.

Mittlerweile sitzen sie allein auf den Stufen vor der hell leuchtenden, von Scheinwerfern angestrahlten Basilika. Ein feiner Nieselregen überzieht das Gelände, der Anblick der Stadt zerfließt wie die Farben und konturlosen Übergänge bei einem Aquarell.

Als Heiner die Schwere des Arms seines Sohnes auf den Schultern spürt, darunter zu versinken droht, richtet er sich auf, nimmt Julians Kopf in die rechte Hand und gibt ihm über der Stirn und dem weißen Verband einen Kuss auf das dunkelblonde Haupthaar – eine Geste, an die er sich noch aus der Zeit des Babyalters erinnern kann. Im ersten Lebensjahr zeigte er seinem Sohn seine Zuneigung, stellte es aber bald schon ein. Zu sentimental. Und unmännlich.

Und war dies hier nicht auch „unväterlich“?

Sollte er seinen Sohn nicht stützen? Ihm Mut machen und Zuversicht mit auf den Weg geben, anstatt ihm sein Leid zu klagen und ihn zu verunsichern?

Zwei junge Männer kommen mit schnellen Schritten die Treppen nach oben gesprintet, rennen an ihnen vorbei. Ein paar Stufen weiter bleiben sie stehen, drehen sich um und rufen ihnen zu: „*Salut vieux mec! Éloignez-vous des jeunes légumes et laissez le SIDA là-dedans … FAGOT*!“ Und spucken ihnen knapp am Rücken und den verdutzten Gesichtern vorbei.

Heiner blickt fragend seinen Sohn an. Julians Augen funkeln und sind auf die davonlaufenden Typen fixiert. Er scheint etwas erwidern zu wollen. Seine rechte Hand reckt sich in die Luft und zeigt ihnen den Stinkefinger, wobei erst ein gemurmeltes „F*uck off*" seinen Lippen entwischt und schliesslich nochmals ein „*FUCK OFF!*" in einem gebrüllten Schrei aus ihm herausbricht. Diese verbale Art Dampf abzulassen, als ob er den zwei Männern ohne zu Zögern hinterherrennen, sie zur Strecke bringen möchte, überrascht Heiner. Das ist so untypisch. Aber was weiß er schon. Dabei entgleiten für einen Augenblick Julians Gesichtszüge. Und trotz dieser Verzerrung – oder gerade deswegen – spürt Heiner eine Verletzlichkeit, die ihn zu tiefst berührt.

Julian wendet sich zurück an ihn, die Körperhaltung entspannt sich deutlich und er erwidert kopfschüttelnd:

„*Fagot* bedeutet *Schwuchtel*."

„Und was bedeutet *Sida*?"

„AIDS!"

KAPITEL 11

UNTERWEGS NACH D-WEST-BERLIN / DIENSTAG, 21. NOVEMBER 1989

Ich halte die Luft an. Es ist eng. Eine süßlich herbe und eigenartig scharfe Mischung von Zitrone, Moschus, Rosenblüten und Minze, gepaart mit einem unangenehmen Hauch von Buttersäure herrschen im Inneren des Wagens vor. Der Wunderbaum „Tannenglück" baumelt ausgetrocknet am Innenspiegel, fügt dieser Ballung an Gerüchen keine weitere Note hinzu. Zum Glück.

Das Radio dringt kaum durch den Geräuschpegel des bei knapp hundertzwanzig Stundenkilometern auf Hochtouren arbeitenden Motors und François' ausufernden Erzählungen von seiner letzten Reise per Anhalter von Paris zu seiner Familie nach Charleroi und zurück. Falls jetzt ein Fenster heruntergekurbelt werden würde, könnte man nicht mehr hören, wenn Einzelteile des Autos scheppernd davonflögen, um dann nicht mehr auffindbar in einem Straßengraben der französischen Autobahn A2 in Richtung belgischer Grenze auf Nimmerwiedersehen zu verschwinden.

Vor ein paar Tagen hatte ich gedacht, ich würde allein nach Berlin fahren. Mittlerweile sind wir zu viert.

Beim Beladen des Kofferraums mit zahlreichen Taschen, Tüten und einem ledernen Reisekoffer gibt mir mein Audi ein klares Zeichen: Das Schloss am Heck lässt sich nicht verriegeln. Erst nach mehrfachem Nachdrücken, Zuschlagen, Draufsitzen und Sichern mithilfe eines grüngelben Spanngummis, der zwischen Stoßstange und einer Öse im Kofferraumdeckel verzurrt wird, bleibt dieser endlich zu.

Nachdem alle an Bord sind, sitzt das Heck schwer auf der Hinterachse auf, als hätten wir zentnerweise Beton hineingegossen. Die Reifen schrammen um Millimeter nicht am Radkasten vorbei. Bodenwellen und Schlaglöcher sind also definitiv zu vermeiden.

Im Fond sitzt, in ein zweiteiliges fliederfarbenes Kostüm *à la Chanel* gekleidet, die Wirbelsäule durchgestreckt, Louise, die sich trotz der unbequemen Enge und harten Polsterung der Rückbank keine Blöße gibt und mir freundlich gesinnt im Rückspiegel zulächelt. Daneben fläzt sich François in einem kunterbunten Outfit, eher einem Clochard gleich, das er in der hintersten Ecke seines Schrankes herausgekramt haben muss, da alles andere im mitgebrachten Seesack zum Waschen vor sich hingammelt – ansonsten lässt sich dieser eigenartige muffige und säuerliche Geruch, der von ganz hinten angekrochen kommt, nicht erklären.

Neben mir sitzt Paps. Geradeaus blickend. Ohne Kommentar. Die Bartstoppeln stehen ihm. Verleihen ihm etwas Verwegenes, betonen sein spitzes Kinn und die hohen Wangen, lenken vom schütteren Haupthaar, der Tonsur am Hinterkopf und den hohen Geheimratsecken ab. Weniger Mönch in Demut als ein Mann besten Alters auf Abenteuerreise. Heiner trägt eine dunkelgraue Bundfaltenhose und ein graublaues Poloshirt mit neuen, modischen Wildlederschuhen, aktuell angesagten Mokassins, die ich bei ihm nie zuvor gesehen habe.

Die ganze Aufregung beim Einsammeln aller Mitreisenden, die Konzentration beim Autofahren, die Sorge um mein Audimobil, sowie das seltsame stumme Verhalten meines Vaters lenken ab vom Pulsieren in meinem linken Knöchel, lassen mich vergessen, dass ich diese Reise nach Berlin unter Umständen umsonst auf mich nehme.

Zwar helfen die Schmerzmittel, doch obwohl ich nur die halbe Dosis davon genommen habe, spüre ich dennoch einen Fremdstoff in mir. Etwas, das durch meine Adern fließt, Nervenzellen lahmlegt, Informationen kaschiert und dem Gehirn vorgaukelt, alles sei in Ordnung. Wie in Watte gepackt. Stille, wo es schreien müsste.

Mittlerweile hat sich auf der Rückbank ein Gespräch über das Revolutions-Ballett *„1789… et nous“* von Maurice Béjart mit seinem Ensemble aus Lausanne entsponnen: Uneinigkeit, ob es als oberflächliches Spektakel oder tiefgründiges Kunstwerk zu bezeichnen sei. Der Lärmpegel bei hundertzwanzig Sachen auf der Autobahn lässt mich nur Gesprächsfetzen verstehen. Ich bitte sie, das Gespräch etwas mehr nach vorne zu verlagern, damit wir nicht brüllen müssen. Sie schieben ihre Köpfe abwechselnd zwischen die beiden Kopfstützen des Fahrer- und Beifahrersitzes, wiederholen ihre Resümees und ich pflichte bei, dass das Publikum auf jeden Fall abgeholt worden sei und das Ensemble auf hohem Niveau getanzt habe. Hier und da sei es wohl etwa zu euphorisch gewesen, an der Grenze des Pathos. Aber nie peinlich oder schwülstig, was meiner Meinung nach in einigen von Béjarts Werken durchaus vorkommen konnte, andererseits aber auch eine Handschrift seiner Arbeit darstellen würde.

Seit wir in Paris vor über einer Stunde losgefahren sind, starrt Vater kommentarlos zum Seitenfenster hinaus. Meine Hand legt sich auf seinen linken Oberschenkel, drückt den Quadrizeps, er reagiert und ich erhasche einen kurzen Blick. Ein beidäugiges Zwinkern, ein angedeutetes Lächeln, das seine Augen nicht erreicht, und schon ist sein Kopf wieder abgewandt, ist er mit seinen Gedanken in die vorbeiziehende, abgeerntete und meist öde Landschaft versunken.

Wir haben uns in der vorangegangenen Nacht lange unterhalten, insbesondere Heiners Krankheit in jeder bisher überstandenen Etappe durchleuchtet. Sie in allen Details, Tiefen und Schmerzen betrachtet, wie ein Röntgenbild, das die inneren Strukturen im Wesentlichen aufdeckt, und sind zu keinem zufriedenstellenden Ergebnis gekommen. Keine neuen Perspektiven, die um die Ecke kommen, nur offene Fragen da und dort. Sobald ich etwas Positives eingebracht habe, hat er abgewunken, seine Erfahrungen mit den Ärzten und die Ergebnisse nach den verschiedenen Operationen und therapeutischen Versuchen als unzulänglich und deprimierend bezeichnet.

Als ich ihm sage, dass er extrem die Haltung wahrt und sich nie – zumindest nach außen – gehen lässt, wie tapfer und ohne Gemurre er damit umgehe, immer am Ball bleibe, ein Stehaufmännchen par excellence, erwidert er, dass Carla und ich ihm Halt gäben. Zu sehen, wie ich für etwas einstehe und meinen Weg gehe – geradeaus und in vollem Galopp –, das imponiere ihm. Das motiviere ihn dranzubleiben. Schließlich wolle er ja für uns da sein.

Innerhalb weniger Tage von meinem Vater mit Komplimenten, Lob und kritikfreier Anerkennung überschüttet zu werden, deckt sich nicht mit meinen Kindheitserinnerungen. Seine zurückhaltende, kühle Art, mir mitzuteilen, dass ich etwas gut gemacht habe, meine Leistungen akzeptabel seien und ich so weitermachen solle, hatten das Herz früher nie erreicht. Umarmungen hatten Seltenheitswert.

Mit ein Grund, warum ich Heiners Position in der Familienhierarchie lange Zeit dem Brötchenverdiener, dem ernsten und meist stillen Beobachter und zuletzt dem turnväterlichen Trainer zugeordnet und ihn nicht in der Rolle des liebenden und fürsorglichen Vaters wahrgenommen habe. War ich krank oder ging es mir mal nicht gut, hieß es Zähne zusammenbeißen und ab in die Schule und umso mehr ab ins Training.

An einem Wochenende, an dem Paps mit zwei seiner damals erfolgreichen Turner an den deutschen Meisterschaften weilte, stürzte ich mit dem Fahrrad und zog mir eine Scheinfraktur an der Elle bis zum Handgelenk zu, trug eine Schiene und war stolz darauf, etwas zu besitzen, dass man von außen sehen, bezeichnen, bedauern, bekritzeln und damit zeigen konnte: Ja, es tut weh!

Paps Kommentar nach seiner Rückkehr: Das macht stärker. Und auch mit der Schiene kannst du einiges trainieren. Kannst gleich damit anfangen, deine Handgelenke zu kräftigen. Von wegen Pause und Mitleid. Nach zwei Wochen stand ich wieder voll im Training.

Sicher haben sich in den vergangenen fünf Jahren, seit Mam ihn verlassen hat, unsere Kontaktpunkte und Überschneidungen im Alltag gehäuft und man konnte sich, zumindest solange ich den Schulabschluss vorbereitete und zu Hause lebte, nicht so leicht aus dem Weg gehen. Paps hat sein Bestes gegeben, Mam zu ersetzen und meine Schwester und mich so wenig wie möglich mit Alltagsdingen zu belasten. Er kochte, spülte ab, kaufte ein und sorgte dafür, dass es keine zeitlichen Einschränkungen gab, die uns von der Schule oder unseren Hobbys abgehalten hätten. Das Putzen und Wäschemachen hatten wir schon zu Mams Zeiten untereinander aufgeteilt, als sie wieder zu arbeiten anfing.

Es war – wider Erwarten – weniger das Konfliktpotential, das sich erhöhte, sondern ein zu Anfang eher zögerlicher, ungewohnter und später äußerst fruchtbarer Austausch von Erfahrungen, Anekdoten und Sichtweisen, der uns die Welt des anderen näher gebracht hat. Gespräche, die oft bis spät in die Nacht gingen. Auf Augenhöhe, die ich lange nicht für möglich gehalten hätte. Seit ich dermaßen in meinem Tanzstudium aufgegangen bin und nur noch selten zu Hause auftauche, ist dieser Dialog etwas eingeschlummert.

Eine Hand tippt von hinten auf meine linke Schulter.

„Julian, hast du bemerkt, dass, wenn wir etwas bergauf fahren, uns immer wieder dieser kleine hellblaue Wagen überholt?“ Louise spricht nahe an meinem rechten Ohr und der dezente französische Akzent löst ein Kribbeln auf meinem Rücken aus. „Dann winken uns alle Insassen wie verrückt zu.“

„Oh, nein Louise, das habe ich nicht bemerkt“, und versuche, den Wagen in einem der Spiegel zu verorten.

„Ja, und wenn du den Berg wieder abwärts fährst, überholst du schon zum dritten Mal den Wagen und sie winken wieder wie verrückt.“

Da sehe ich ihn auf der linken Spur herankommen. François schaut zum Seitenfenster hinaus, erwidert das frenetische Winken und wedelt mit beiden Händen dabei so heftig zurück, dass ich das Gefühl habe, mein Auto schwingt und wackelt in seinem Rhythmus mit.

„Das ist ein Trabi“, kommentiert Paps.

„*C'est quoi?*“, brüllt François nach vorne.

„Ein Trabant“, wirft Paps nun etwas lauter nach hinten. „Das Hauptvehikel der DDR. Fast alle fahren dort einen Trabi.“

Während Paps ein paar weitere Details zum ostdeutschen Autowunder nach hinten in den Fond zum besten gibt, beäugt Louise das altbacken wirkende Fahrzeug durch die Heckscheibe. Danach blickt Heiner wieder stur geradeaus und rückt sich in seinem Sitz zurecht. Eine Steifheit ummantelt ihn, wie ein Kokon, und ich frage mich, was für einen seltsamen Schmetterling er darin ausbrütet.

Beim nächsten Anstieg überholt uns der Trabi wieder. Obwohl ich das Gaspedal komplett durchgetreten halte, schleicht der Audi dahin. Ich möchte mich nicht geschlagen geben und setze einen Gang zurück, der Motor heult auf, der Geräuschpegel im Innenraum schwillt merklich an und wir nähern uns dem blauen Pappheck Zentimeter um Zentimeter. François feuert meinen Audi an, nennt ihn *„Audeeee, mon amour, vite, vite!“*, was Louise mit einem herzlichen Lachen kommentiert. Paps hält sich mit der rechten Hand am Haltegriff über der Beifahrertür fest. Als ob wir in einem Ferrari sitzen würden. Das Wort „Angstgriff“ wirkt in diesem Moment passend und mir gleitet ein Lächeln über das Gesicht. Dabei wirkt das Ganze von außen betrachtet wohl eher wie ein Schneckenrennen.

Als wir wieder gleichauf nebeneinander her fahren, zählen wir die Insassen: vier Personen. Aller Ansicht nach eine Familie auf Reisen. Durch die heruntergekurbelten Fenster dringt Gejubel und Geklatsche, der Geräuschpegel kommt in beiden Autos einer Party gleich. Man kreischt auf Deutsch und Französisch, feuert sich gegenseitig an, versteht kein Wort und amüsiert sich. Selbst Paps' verkrampfter Griff hat sich gelöst und Louise wirkt mit ihren vom Fahrtwind zerzausten Haaren weniger bourgeois.

Fast ist der Hügel erklommen und *Audeeee* mit der Schnauze um eine Kotflügellänge voraus, knallt es nebenan und ich erhasche im Rückspiegel eine weiße Rauchwolke. Umgehend fahre ich mein Auto auf den Standstreifen. Mit letztem Schwung wird der Trabant ebenfalls auf die Seite gelenkt und ich setze zurück.

Ein schlaksiger Mann in Jeans, schlichtem hellblauem Hemd, mit strähnigen dunkelblonden Haaren und einem bauschigen Schnauzer steigt aus und öffnet die Motorhaube.

„Alles okay?", frage ich.

„Hat wohl den Wasserkühler erwischt."

„Reparierbar?"

„Ich denke schon." Der Mann steht mit gelassener Haltung neben mir, als ob ihm das täglich widerfahren würde. „Kenn ich. Nicht das erste Mal."

„Wo müsst ihr eigentlich hin?", hake ich nach.

„Zurück nach Leipzig."

„Also, frisch aus der DDR?"

„Jawohl. Ist aber noch ein ganzes Stück nach Hause für uns. War vielleicht doch eine Schnapsidee", sagt er und kickt mit dem Fuß gegen den Vorderreifen.

„Ihr habt die Mauer geschafft, dann ist das wohl ein Klacks."

„Wenn der Wessi das sagt …" Sein Blick liegt zwischen Reserviertheit und Angriffslust.

„Das kriegen wir hin", bestätige ich und fahre unbeirrt fort. „Laut Karte kommt in einem guten Kilometer eine Raststätte mit Tankstelle. Der Wessi schleppt den Ossi ab."

„Nicht, dass dein Motor auch den Geist aufgibt."

„Deutsche Wertarbeit: Audi."

Den schelmischen Blick des Ostdeutschen hätte ich gern festgehalten. Leider habe ich keinen Fotoapparat zur Hand. Er deutet auf seinen dampfenden Wagen und sagt in tiefstem sächsischem Dialekt: Made in Sachsen. Und lacht lauthals los.

Zähe zwanzig Minuten später stehen wir an einer Raststätte und warten auf einen Abschleppwagen. Die Stimmung ist ausgelassen und das Malheur mit dem kaputten Wasserkühler ist zur Nebensache geraten. Paps hat alle zum Essen eingeladen, was die vierköpfige Familie mit einem ungläubigen: „Nö, lass mal gut sein!", kommentiert und sich kurz darauf dann doch die Bäuche auf Paps Kosten mit allerlei Sandwiches, Tartes und belegten Baguettes vollschlägt. Dabei reden die Leipziger mit vollen Mündern, so dass Louise irgendwann nur noch die Hälfte versteht und François keine Übersetzung über deren spontanen Ausflug nach Paris liefern kann.

Sie erzählen, wie sie die erste Nacht unter einer Brücke in Schlafsäcken verbrachten, die Stufen des Eiffelturms per Fuß erklommen, die *Tuileries* durchstreiften, am *Louvre* vorbei und am Schluss *Notre-Dame* von innen bestaunt haben. Die zweite Nacht fuhren sie mit dem Trabi durch die fast ausgestorbenen Straßen und schlenderten an den leer gefegten *Champs-Élysées* entlang. Gestern Abend hatten sie ihren Proviant aufgebraucht und der Treibstoff war alle. Mit der letzten Tankfüllung heute Morgen ist ihnen dann das Geld ausgegangen und sie haben gehofft, dass sie es auf jeden Fall über die westdeutsche Grenze schafften und ihnen dann dort geholfen würde.

Dann berichten die Eltern, Rico und Sandy, von ihren Teilnahmen an den Montagsdemonstrationen, den Friedensgebeten und Versammlungen in der Nikolaikirche. Sie erzählen von den Gängelungen der Stasi, weil sich Sandys Bruder mitsamt der Familie ein Jahr zuvor auf die westliche Seite geschlagen hat. Von Ricos Mutter, die, nachdem ihr Mann gestorben ist, einen Ausreiseantrag gestellt hat, zurück ins Saarland wollte, woher sie ursprünglich stammte, wie der Antrag abgelehnt wurde, sie danach schwer erkrankte und vor drei Monaten leidvoll starb.

Wie sie sich überlegt hatten, es über die ungarische oder tschechoslowakische Grenze zu versuchen. Einfach nur raus. Irgendwie auch Schiss hatten, es mit den Kindern zu wagen und vor den fatalen Auswirkungen auf die anderen Familienmitglieder.

Aber auch, dass es Menschen in ihrem Umfeld gäbe, die alles in Ordnung fanden, alles guthießen, wie es bei ihnen so lief; jedes Wort auf die Waagschale gelegt werden konnte, dass man niemanden trauen konnte und das Leben sich wie in einem Gefängnis anfühlte.

Und jetzt, plötzlich, ist alles offen. Keine Kontrolle, keine Gängelung – Freiheit. Nachdem es auch nach ein paar Tagen keinerlei

Änderungen gegeben hatte, die Grenzen offenblieben, andere Bekannte bereits einen Abstecher in den Westen gewagt hatten, wollten sie auf und davon. Wenn wir im Westen sind, dann geht es nach Paris. Sie hatten es ihren Kindern versprochen.

Ricos Mutter hatte ihnen öfter von Paris vorgeschwärmt, wo sie als junges Mädchen einmal gewesen war, und das ist haften geblieben. Jetzt würden sie nach Leipzig zurückkehren und erst einmal abwarten, was da kommen möge.

Paps und Louise hören ihren Erzählungen gebannt zu, während François von Louise und mir abwechselnd das Gröbste nachträglich auf Französisch übersetzt bekommt. Die Leipziger essen fertig und der Kaffee kommt genau dann, als der Abschleppwagen in die Auffahrt der Tankstelle einbiegt.

Mir jagen verschiedenste Gedanken durch den Kopf. Ich stehe auf und gehe nach draußen, lehne mich an mein Auto und beobachte die Verladeaktion. Es ist kurz nach Mittag und wir haben nicht einmal die Hälfte der geplanten Strecke bis Charleroi geschafft, um dort François abzuladen, und dann bis Aachen für eine Übernachtung weiterzukommen. Das wird knapp. Der linke Fuß meldet sich, pocht und ich verlagere das Gewicht, von wo umgehend ein Ziehen von der Ferse in die Wade brennt. Nicht auch noch das.

Was mache ich hier? Das Vortanzen wird momentan zum Nebenschauplatz, wo es vor ein paar Tagen der Hollywoodfilm schlechthin werden sollte. Hab mir das so schön vorgestellt. Eine dieser am Rande des Kitsches vorbeischrammenden Inszenierungen: ein riesiges altehrwürdiges Opernhaus. Balletttänzer in engen Trikots. Zoom auf Füße, Beine und Arme, Köpfe mit verschwitzten Haaren. *Arabesques*, *Pirouettes* und *Tours en l'air*. Eine riesige Bühne. Alle Scheinwerfer auf die Mitte gerichtet, dramatischer Trommelwirbel. Erstaunte Gesichter in der Jury. Begeistertes Klatschen des Direktors in Slow Motion. Jubelnder Lauf über die Freitreppe vor der Oper …

Meine Probleme scheinen ein Fliegenschiss gegenüber dem zu sein, was diese Familie in nur wenigen Zügen über ihr Leben in der DDR berichtet hat. Es fällt mir schwer, nachzuvollziehen, dass ich in einem Land groß geworden bin, das trotz gleicher Sprache, gleichem historischen Hintergrund und geografischer Lage in zwei solch verschiedenen Systemen existiert. Der östliche Teil Deutschlands mit seiner Regierung, oder sollte ich eher von Diktatur sprechen, die ihre Bürger bevormundet, ihnen Schauermärchen über den Westen erzählt und sie einsperrt, abriegelt und reguliert, um sie vor uns zu schützen? Dieses andere Deutschland ist räumlich so nah und emotional doch so weit weg von mir. Meine Familie hat keinen Bezug zum Osten. Alles ist eher im Südwesten verknüpft, in Österreich oder der Schweiz.

Ich kann mir ein solch eingegrenztes Leben nicht vorstellen, habe keinerlei Bezug zu solchen Maßnahmen und Schranken oder was es heißt, unter solchen Umständen zu leben. Alles, was mich aktuell einzuengen scheint, mich beschneidet oder bedrückt, ist nichts gegen diese Ungerechtigkeiten.

Die Erinnerungen an die Schulzeit und das Abarbeiten der geschichtlichen Themen dieses Jahrhunderts liegen nicht allzu lange zurück, dennoch erscheint mir alles schemenhaft, wie hohle Skizzen, lässt keinerlei Emotionen oder konkrete Beurteilungen zu. Es ist mir nie in den Sinn gekommen, die Zweiteilung Deutschlands nicht nur als gestrichelte Linie auf einem Atlas oder als zwei gegensätzliche Systeme mit völlig unterschiedlichen politischen und demokratischen Grundlagen zu differenzieren, marktwirtschaftlich und sozialistisch-kommunistisch; sie als „wahre Demokratie" oder „unverrückbare Diktatur" zu bezeichnen; den gemeinsamen emotionalen und kulturellen Hintergrund wahrzunehmen; die eine oder andere Variante gutzuheißen oder zu verurteilen, sie als falsch oder richtig zu definieren. So weit hat uns das gymnasiale Denken nicht gebracht. Es ist so, wie es ist. *Basta!* Wir können nichts dagegen tun. Als ob all dies ein Teil eines großen Ganzen sei, das ich – oder eher wir alle – nicht durchblicken. Den Kopf vollgestopft mit zahllosen Informationen und wertfreiem Material, neutral verpackt. Nur ja keine Meinungsmache! Wem würde schon einfallen, hinter die Kulissen zu schauen. Das werdet ihr früh genug herausfinden, hieß es. Was so viel bedeutete wie: *Fuck off!*

In nur einer halben Stunde bricht sich ein Bild Bahn, das alles in mir auf den Kopf stellt, meine Welt in zwei Teile spaltet – mein Hiersein bunt, vielfältig und offen, vergleichsweise paradiesisch, alles im Überfluss; und hinter der Grenze das Dortsein, eine graue, abgeerntete, weite Ebene erscheint, bestückt mit Minen,

Trostlosigkeit und schwindender Zuversicht, deren Horizont in ein nebliges Etwas abtaucht.

Der Trabi hängt am Abschleppwagen. Wir verabschieden uns von den Kaschnitz', Kontaktadressen werden auf Notizzetteln ausgetauscht, Paps steckt ihnen zwei Hundertmarkscheine zu und Louise lädt sie ein, beim nächsten Besuch in Paris bei ihr zu wohnen.

Wir sitzen in gleicher Aufstellung wieder im Audi, kurz darauf passieren wir die belgische Grenze, fahren eine dreiviertel Stunde später von der Autobahn ab und bringen François nach Hause, wo wir herzlichst von seiner Familie willkommen und zu einer Kaffeepause eingeladen werden.

Da wir im Zeitplan schon reichlich hinterherhinken, geht es bald weiter, denn ich möchte die deutsche Grenze und Aachen vor der einbrechenden Dunkelheit erreichen. Ein Hotel muss gefunden werden.

Der Duft im Auto ist nun blumiger und versprüht eine frische Leichtigkeit, die uns hoffentlich einige Zeit weiter begleiten wird. Während der Fahrt schalte ich das Radio ein, kann einen deutschen UKW-Sender finden und wir lauschen einer Pop-Sendung, die die neuesten Lieder der Charts vorstellt. Nach *Lambada*, der aktuellen Nummer eins, wird zum Abschluss David Hasselhoff präsentiert, den ich aus der Fernsehserie *Knight Rider* kenne. Das Lied *Looking for Freedom* wird angespielt und der Moderator feiert diesen Song als die neue Hymne für Deutschland.

In diesem Moment bin ich kurz davor, den Sender zu wechseln oder das Radio auszuschalten; ein dauergewellter, dauerstrahlender, amerikanischer Fernsehstar stimmt zur deutschen Hymne an. Das entspricht nicht meiner Vorstellung von Deutschland. Eine Abhängigkeit von der oberflächlichen amerikanischen Kultur wird sichtbar, die ich schon während eines Austauschprogramms in der elften Klasse nicht verstanden habe oder, besser gesagt, nicht nachvollziehen konnte. Du kannst nicht jedermanns Freund sein und im nächsten Moment zum ärgsten Feind werden. Nur weil dir etwas nicht passt. Es ist symptomatisch, dass sich der Ami überall einmischt und alles bestimmen will. Und Westeuropa scheint einfach mitzuspielen. Vergisst, dass es so viele Wurzeln, Traditionen und nicht nur ein, sondern hunderte von einzelnen Geschichten besitzt.

Ein Jahrtausend altes Erbe. Und nicht so ein Gesäusel wie dieser Hit, der zum Glück mittendrin abgebrochen wird.

Kurze Werbung ertönt und die Nachrichten übernehmen Punkt siebzehn Uhr die Regie. Schwerpunkt: die DDR, ihre aktuelle finanzielle Notlage, die Ausreise- und Devisenproblematik, die in verschiedenen Bereichen durch die zahlreichen Ausreisen verursachten Notstände zum Beispiel beim medizinischem Personal, dem Fehlen von Fachkräften im Allgemeinen und was man von Seiten der BRD an Hilfe erwartet, und dass hart verhandelt wird.

Paps schüttelt den Kopf und stellt klar fest, dass nur eine Wiedervereinigung Sinn mache, denn wenn die Bevölkerung in so großer Zahl nicht mit dem System einverstanden sei, wie sich auf Grund all der Berichte und Zahlen über Demonstranten und Flüchtige hochrechnen und vermuten lässt, würden nicht viele übrigbleiben, um diesen Staat aufrechtzuerhalten. Nicht politisch und schon gar nicht wirtschaftlich. Die Fluktuation in den Westen wird unaufhaltsam und das Ende der DDR unabwendbar sein.

Louise hat zwar Verständnis für diesen Ansatz, merkt aber an, dass es einige Länder geben wird, die mit dieser Wiedervereinigung und dem Wiedererstarken des deutschen Volkes ihre liebe Not hätten. Hatten die Deutschen ihre Geschichte wirklich grundlegend aufgearbeitet, ihre ethische Einstellung geändert und das für viele Menschen immer noch äußerst präsente Naziregime in ihren Köpfen überwunden? Viele Narben und noch immer offene Wunden. Viele Versprechen und so vieles Ungelöstes. Und da seien die ganzen Umwälzungen in Osteuropa, Perestroika und Glasnost. Es wäre schon mal gut, wenn dieser Kalte Krieg aufhören würde.

Paps nickt bedächtig, wägt ab, lässt ihre Worte auf sich wirken und meint dann, die Zeit werde es zeigen. Vieles habe sich geändert. Deutschland sei ein zweigeteiltes Land. Diese Trennlinie laufe durch uns, als hätte ein Schwerthieb Haut, Muskeln und Knochen getroffen, aber die Nervenbahnen und die Blutzirkulation hätten nie aufgehört, sich immer wieder zu verknüpfen und neue Verbindungen zu finden. Ein Volk, das nie zweigeteilt sein wollte und so endlich wieder Ruhe finden könnte. Vielleicht sei dies der Anfang einer neuen Epoche.

„Wer weiß, wohin das führen mag, ich bin mir nicht so sicher, ob ins Chaos oder zum Frieden", fügt Louise hinzu. Mein einziger Kommentar „Aber das kostet bestimmt Unsummen" löst bei beiden ein Schulterzucken aus, lässt sie für ein paar Sekunden verstummen und beendet die Debatte.

In Aachen angekommen, beginnen wir mit der Suche nach einem Hotel. Ich schlage vor, ins Zentrum zur Touristen-Info zu fahren. Gesagt, getan, ein paar Minuten später haben wir drei Adressen, alle in der Nähe.

Gleich das erste Hotel um die Ecke des Aachener Doms sagt uns zu und hat ein Doppelzimmer und ein Einzelzimmer frei. Wir buchen mit Frühstück. Louise besteht darauf, die Rechnung zu übernehmen, was bei Paps einen kurzen Protest auslöst, den sie mit einem souveränen Lächeln übergeht, das Portemonnaie öffnet, mit ihren bereits in Paris umgetauschten D-Mark bar zahlt und die Schlüssel entgegennimmt.

Als wir auf die zweite Etage gelangen, zögere ich, bin mir nicht sicher, ob die gewählte Konstellation in Ordnung ist, stupse Paps von der Seite an und versuche ihm zu verstehen zu geben, ob er nicht lieber mit Louise das Doppelzimmer teilen möchte, was er heftig kopfschüttelnd verneint. Ein paar Meter weiter öffnet Louise bereits das Einzelzimmer, betritt den kleinen Korridor dahinter, lugt nochmals hervor und fragt: „Um halb acht an der Rezeption? Zum Abendessen."

Auf der gegenüberliegenden Seite des Ganges, nur zwei Türen weiter, finden wir unsere Zimmernummer.

Fernsehen ist für mich eine Ausnahme. Da ich in Paris keinen Apparat besitze und zu Hause in Suntheim an den Wochenenden ständig unterwegs bin und kaum je einen Blick darauf werfe, nutze ich jede Gelegenheit, wenn ich schon einmal in einem Hotelzimmer bin, die Kiste anzustellen.

Läuft sie nur im Hintergrund, meine ich dennoch mich wieder der Zivilisation etwas angenähert zu haben. Der permanente Informationsfluss erhält zumindest die Chance, einen Teil in mein Unterbewusstsein einzuschleichen und abzuspeichern.

Als Paps mir mitteilte, dass die Mauer gefallen ist, habe ich da tatsächlich zuerst an unsere Gartenmauer gedacht? Die Berliner

Mauer kam mir nicht einmal von Ferne in den Sinn. Keine Zeitung, kein Radio, kein Fernsehen und du bist geliefert. Weg von den Geschehnissen. Weg von der Welt. Nur ich und die Luftblase Tanz.

Und jetzt auf allen Kanälen die DDR und wie sich in anderen östlichen Ländern die Wandlung vollzieht. Zahlreiche Revolutionen innerhalb weniger Tage. Fast hat man das Gefühl, minütlich mit Schlagzeilen überwältigt zu werden.

Alles so nah und wiederum so weit weg. Nicht greifbar. Mir schwirrt der Kopf, und ich merke, wie ich meinen eigenen gesetzten Zielen und Anforderungen, weshalb ich nach Berlin fahre, nicht mehr gerecht werde. Sie als zweitrangig zu betrachten beginne. Wie meine Sorgen und Wünsche neben all diesen geschichtlichen Ereignissen banal erscheinen. Dass die Auswirkungen auf jeden Einzelnen von uns womöglich um vieles größer und bedeutender sein werden als eine erfolgreiche oder desaströse Audition an einer Oper.

„Paps, ist es okay, wenn du allein mit Louise essen gehst? Ich fühle mich sehr müde. Möchte mich etwas besser auf die kommenden Tage in Berlin konzentrieren können."

„Kann ich gut verstehen. Trotzdem wäre es schön, wenn du mit dabei wärst."

Ich spüre, dass er es wirklich bedauert, und höre mich lapidar sagen: „Hab auch gerade keinen großen Hunger und muss mich etwas um meinen lädierten Fuß kümmern. Der stand heute die ganze Zeit auf den Pedalen."

„Bist du sicher? Soll ich dir etwas mitbringen?"

„Alles gut", wiege ich ab, „ich werde schon etwas auftreiben, wenn mich der Hunger überfällt. Die Erdnüsse und Chips in der Minibar tun es dann auch. Genieß den Abend."

„Da bin ich mir nicht so sicher."

Ich spüre sein Zögern, eine Unsicherheit schwingt mit. Unterschwellig, aber ich nehme sie wahr. „Warum das? Louise ist äußerst sympathisch und nicht ohne Grund mitgekommen. Nur um eine Freifahrt nach Berlin geht es hier doch nicht. Sie mag dich."

„Aha. Denkst du?" Er blickt mich von der Seite an und wartet auf meine Antwort.

„Paps! Das denke ich nicht, das spüre ich. Du hast sie eingeladen und sie hat Ja gesagt."

„Und jetzt?"

„Entschuldige, aber du klingst wie ein Teenie vor seinem ersten Date." Fast muss ich grinsen. „Muss ich dir sagen, wie man mit einer Frau flirtet oder gar, wie es weitergehen könnte?"

„Gott bewahre, nein, nur das nicht."

„Also, stell dich nicht so an. Lass es passieren. Das wird schon."

Als die Tür ins Schloss fällt, mache ich drei Kreuzzeichen, obwohl ich mit dem christlichen Glauben schon seit Jahren nichts mehr am Hut habe. Da schlummert still und heimlich in der hintersten Ecke meines Unterbewusstseins der Ministrant in mir, der ich einmal war. Paps ist endlich unterwegs, und wer weiß, was daraus wird.

Zeit für mich, für meinen Körper, für meinen Fuß – besser meine Füße – und mein Ziel. Ich schiebe den Sessel und den Beistelltisch an die Wand, schaffe Platz und lege mich auf den Teppichboden. Spüre die Schwere meiner Glieder und wie mich die Müdigkeit überfällt. Wehre mich dagegen und beginne mit meinem Programm.

Schon während der ersten Aufwärmübungen spüre ich den Widerstand in mir. Die Gelenke sind Schraubzwingen gleich, die sich nur mühsam öffnen lassen, die Muskeln träge und wenig reaktionsschnell, die Sehnen und Bänder so fest wie Sicherheitsgurte, und versuch mal, einen solchen Gurt zu dehnen.

Ich konzentriere mich auf den kaputten Fuß, setze mich in den Schneidersitz und lehne mich mit dem Rücken am Bett an, massiere den Knöchel, den Mittelfuß, die Zehen in alle Richtungen, lote die schmerzhaften Positionen aus, betaste die geschwollene Achillessehne und stehe auf. Belaste erst den einen, dann den anderen Fuß vorsichtig mit meinem ganzen Körper, indem ich mein Gewicht langsam in alle Richtungen verlagere. Anschließend beuge ich das Knie, bleibe dabei mit flacher Sohle am Boden, um das Bein dann komplett zu strecken und die Ferse vom Boden abzuheben, balanciere auf den Ballen und Zehen. Wechsele zwischen beiden Positionen hin und her, auf und nieder. Langsam erhöhe ich das Tempo und muss vor Schmerzen und unguten Ahnungen im Hinterkopf an der Stelle abbrechen, wo sich erst ein sinnvoller Trainingseffekt erzielen liesse.

„SCHEISSE!"

Es klopft an der Tür, ich krieche unter der Bettdecke hervor, ziehe meine Shorts an, da ich am liebsten nackt schlafe, und gehe zur Tür. Habe total verdrängt, dass ich nicht allein bleiben werde.

Paps strahlt. Seine Haltung, so aufrecht wie schon lange nicht mehr. Sein Gang, als er ins Zimmer tritt, wie Gary Cooper kurz vor High Noon. Er legt sein Sakko ab, sein dezent geblümtes Hemd ist lässig aufgeknöpft, zieht die Schuhe aus und lässt sich in den Sessel fallen. Sagt nichts, grinst vor sich hin, es sieht so aus, als müsse ich ihm alles aus der Nase kitzeln.

„Und? Was habt ihr gegessen?“, frage ich direkt.

„Hmm … waren italienisch Essen: Pasta, Vino rosso und Tiramisu.“ Seine Stimme klingt samten, als ob er dem Wein, dem Kaffeelikör oder der Tomatensauce nachspüren, sie nochmals auf seiner Zunge schmecken möchte.

„Und einen Amaro zum Schluss?“

„Ja!“, ist das einzige, was ich als Antwort bekomme.

„Habt ihr euch gut unterhalten?“

„Ja, sehr.“

„Oh je, ich sehe schon, da ist was am Laufen.” Ich verkrieche mich wieder unter die Bettdecke.

„Da ist gar nichts am Laufen.“ Paps Stimme tönt nun selbstbewusst und klar. „Wir haben einfach einen schönen Abend erlebt.“

„Und gab es einen Gute-Nacht-Kuss?“, nuschele ich unter der Decke hervor.

„Bist du jetzt die Inquisition?“ Trotz einer gewissen Schärfe im Tonfall, spüre ich auch den Schalk, die Spitze, die er hinzufügt. „Ja, es gab ein *Bisou* auf die Wange.“

Ich schieße unter der Decke empor und rufe laut in die Hände klatschend: „Jaaaaa. Bravo! Aller Anfang ist schwer. Ich sag doch, das wird.“

„Lass uns schlafen gehen, haben morgen noch eine Strecke vor uns.“

Das kann ich so nicht stehen lassen. „Ganz ehrlich, Paps. Du musst mutiger sein, du hast doch nichts zu verlieren. Das ist doch genau das, was Mam an dir vermisst hat: mehr zu wagen als das Vorhersehbare. Dass ihr Minigolfball nach dem Abschlag nicht im Netz von Bahn 13 landen und dich genau aufs Auge treffen würde, war ja auch nicht vorhersehbar. Euer erstes Kennenlernen war eher schmerzhaft als ein Liebes-Tralala. Nicht?“

Paps reagiert nicht. Wirft mir nicht einmal einen irritierten oder echauffierten Blick rüber und setzt sich in den Sessel, um seine Schuhe und Socken auszuziehen.

„Es ist doch wunderbar, dass sich neue Türen öffnen", bleibe ich dran. „Ob angelehnt oder sperrangelweit offen. Lug doch in den Raum dahinter hinein, betritt ihn und schau, was passiert. Wenn es nicht passt, ist man schnell wieder draußen, kann die Tür hinter sich zuknallen und sie sogar abschliessen und Schlüssel weg, wenn einem nicht danach ist."

„Jetzt mal langsam. Wir waren essen. Und es war sehr entspannt und unterhaltsam."

„Ach Paps, passt doch. Jetzt musst du nur durch die Tür. Oder soll ich dich reinschubsen?"

Paps ist auf dem Weg zum Bad, hat die Hand auf der Klinke und erwidert: „Handhabst du das so? Jede Tür ausprobieren? Alles austesten, was sich anbietet? Zum Beispiel Männer in einer Disco zu küssen – ist das auch eine dieser Möglichkeiten?"

Mein Herz bleibt für Sekunden stehen, ich halte mitten im Atmen inne, kann die Zehntelsekunden zählen, meine Augen versuchen an irgendeinem Gegenstand Halt zu finden. Was hat er da gerade angesprochen? War das der Grund seiner Zurückgezogenheit während der Autofahrt?

Klar, ich habe nie im Detail über meine Beziehungen, meine Interessen oder Präferenzen gesprochen. Warum auch? Nichts ist in Stein gemeißelt. Zumindest nicht im Moment. Ich habe eher Tatsachen geschaffen, indem ich kommentarlos Mädels wie Jungs nach Haus gebracht habe, ohne genau durchscheinen zu lassen, ob Freund, Freundin, Lover oder was auch immer.

„Wann hast du mich einen Mann küssen gesehen?" Ich muss aufpassen, dass meine Stimme nicht bricht.

„Ich war dort. In dem Club. Samstagnacht. Bin im Auto aufgewacht, hatte das Gefühl, dass du zu lange weg warst und wollte sichergehen, dass alles gut ist. Also bin ich reingegangen, habe dich dort gefunden und an der Bar stehen gesehen." Er zögert. „Mit Bert, vermute ich." Und verschwindet im Bad.

Das haut mich jetzt um. Lässt mich verstummen, wieder zum Sohn werden. Der Kumpel, der ich für ein paar Tage zu sein schien, entwischt durch die Hintertür. Wie ein Junge, der bei einem Streich ertappt wurde, nicht weiß, wie er sich stellen soll. Ob und überhaupt. Überlege mir, wie ich da wieder rauskomme. Es ist ausweglos.

Nachdem Paps sich im Bad die Zähne geputzt hat, und in seinem Pyjama das Schlafzimmer betritt und sich wieder im Sessel niederlässt, fühle ich mich zwar nicht wirklich bereit, eher ansatzweise gewappnet, und erzähle ihm erst einmal von Bert.

Vom Verlust und Tod seines Partners vor knapp einem Jahr. Auf Grund von Aids. Dass es eine Affäre und dennoch seine große Liebe war, verschweige ich. Von Berts Angst, dass er ebenfalls infiziert sei, was sich zum Glück nicht bewahrheitet hat. Von seiner Angst, sich auf etwas Neues einzulassen, immer mit dem Gefühl, dass alles zu schnell und zu unverhofft vorbei sein könnte. Dass wir uns gut verstehen. Sogar sehr mögen, aber dass ich nicht in einer Beziehung mit ihm bin.

Und ja, ich bin auf der Suche, am Ausprobieren. Kann ihm, Paps, nicht versprechen, dass es mal Enkelkinder geben wird. Vielleicht aber doch. Wer weiß? Alles ist offen, alles ist möglich.

Er hört mir zu, bleibt im Sessel sitzen, die Hände im Schoß, kein Anzeichen von Abwehr oder Unverständnis.

Ich gehe einen Schritt weiter.

„Du erinnerst dich bestimmt an unsere Fünferclique? An Susann, Elmar, Heidi und Heiko. Susann hatte einmal während des Landschulheimaufenthalts in der achten Klasse die Behauptung aufgestellt, dass wir alle bisexuell geboren seien, diese Veranlagung alles ermöglichen würde und es nur eine Sache des Umfeldes, der eigenen Wahrnehmung und Entwicklungen sei, es auszuleben und in Bahnen zu lenken. Sie hatte das von ihrem Vater bei einem Gespräch unter Erwachsenen mitbekommen. Ihr Vater ist Gynäkologe, der musste so etwas ja wissen, und für uns klang das befreiend, wild und wiederum so fremd und einschüchternd. Gleichzeitig hat es eine Tür bei mir aufgemacht. Nenne es Ahnung, Verdacht oder Neugierde. Von da an habe ich mir geschworen, dass ich die Chancen nutzen werde, sobald sie sich mir bieten. Ich möchte nichts unversucht lassen. Wir haben in der Clique öfters darüber gesprochen, teils kontrovers, teils enthusiastisch übereinstimmend. Nie etwas in der Praxis ausprobiert. So mutig waren wir dann doch nicht. Keine Ahnung, wie jeder Einzelne von uns mittlerweile damit umgeht, es auslebt. Beim nächsten Abitreffen werde ich sie mal fragen. Nachdem ich von zu Hause ausgezogen bin, war das für mich die Möglichkeit, alles auszuprobieren. Und wer läuft mir als Erstes über den Weg? Eine Frau. Corinna. Nur zwei Wochen nach dem Start an der Tanzakademie in Erlangen. Du kennst die Geschichte."

Paps lässt das Gehörte sacken, nimmt sich Zeit, mir zu antworten. „Nun ja, ich durfte sie zweimal bei uns zu Hause begrüßen und kennenlernen. Sie hat zu dir gepasst. Fand ich zumindest. Wie es zu Ende ging, hast du mir einmal abends zwischen Gute-Nacht-Sagen und Zu-Bett-Gehen in zwei knappen Sätzen formuliert: Sie engt dich ein. Du brauchst mehr Raum fürs Tanzen. Schluss."

„Paps, das ist über eineinhalb Jahre her und seitdem ist einiges passiert." Ich atme bewusst ein und aus, versuche, die Ruhe zu finden. Nicht haspeln. „Bei dem Modell Beziehung mit Frau oder Mann hat sich bei mir noch nichts klar herauskristallisiert oder eine Entscheidung ergeben. Beides fasziniert mich. Und ich probiere mich aus." Nun gehe ich einen Schritt weiter. „Bei uns zu Hause habe ich zwei Erwachsene erlebt, die unterschiedlicher nicht sein könnten. Weißt du, wie es ist, wenn deine beiden Elternteile so extrem verschiedene Sichtweisen auf das Leben haben? Das hat nicht nur mit eurem Altersunterschied von zwölf Jahren zu tun."

Etwas scheint zu kippen. Die Spannung im Raum erhöht sich. Nicht aggressiv oder Richtung Disput, es gleicht mehr einem Tanz von Kranichen, den flügelerhobenen Liebesbekundungen, währenddessen sie dennoch auf Distanz stolzieren, hüpfen und fliegen, trotz ihrer lebenslangen Verbundenheit keinen Körperkontakt eingehen. Wachsam sein ist hier die Devise. Das schätze ich an meinem Vater. Er unterschätzt seine Gegenüber nie. Zollt ihnen Respekt, offeriert Ruhe und Gelassenheit und gibt ihnen Zeit sich einzubringen.

Ich frage mich immer wieder, warum das mit Mam nicht funktioniert hat. Und gleichzeitig glaube ich, den Grund doch zu kennen, fahre fort.

„Schau, da ist die eine Frau, die immer auf Entdeckung aus ist. Nie stillsitzen kann. Sich gegen jegliche Routine wehrt, sich modisch kleidet, Trends mitmachen möchte. Der der alltägliche Haushalt zum Hals raushängt. Die dauernd Fürsorge walten lassen soll, sich kümmert, aber gleichzeitig einen Schutzraum für sich selbst sucht, eine Schulter zum Anlehnen, die einen Mann oder eine Vaterfigur neben sich möchte, der sie unterstützt, ihr Sicherheit bietet. Das habe ich mit Mam zigfach durchgekaut. Ihre Kindheit, ihr Verhältnis zu Opa und warum sie dich mit einundzwanzig Jahren ausgewählt hat.

Und dann bist da du, der Mann, der alles richtig machen will, genau diese Sicherheit bietet, finanziell, gesellschaftlich, ein Dach über dem Kopf offeriert – ein ansehnliches dazu – und es nicht schafft mit seiner Frau mal ins Kino, ins Theater oder auf eine Reise zu zweit zu gehen. Dazu hast du dir mit ihr kaum Zeit genommen. Da helfen deine Kochkünste, deine sportlichen Erfolge aus jungen Jahren und dein Ansehen im Beruf, in der Suntheimer Gesellschaft und im Turnverband nicht. Davon hatte sie nicht viel. Sie wollte keine Mitläuferin sein, wollte etwas Eigenes schaffen. Und als du dich nach den Fehlschlägen mit deiner Krankheit und dem Problem mit dem linken Arm so hast hängen lassen, obwohl sie ja zu helfen versucht hat, wo es nur ging, da war die ausgewählte Schulter zum Anlehnen einsturzgefährdet. Zuerst bröckelte sie, dann brach sie weg, und langsam wurde ein ganzer Erdrutsch daraus."

Während es aus mir herausbricht, sich alles wie das herausströmende Wasser eines Dammbruchs über ihn ergießt, wandele ich durch den Raum, schreite mit jedem Satz das Zimmer ab, halte kaum Kontakt zu meinem Vater, der wieder im Sessel sitzt, mich anblickt und weiß, dass er diesem Monolog nicht ungeschoren entkommen wird. Keine Tür, durch die er sich winden, die er hinter sich schließen kann. Kein abgeschiedener Arbeitsraum im Kellergeschoss, den er als Schutzbunker nutzen, sich verbarrikadieren könnte. Also mache ich weiter.

„Dass du so spontan in Paris bei mir aufgetaucht bist, finde ich grandios, das zeigt, dass in dir so viel mehr steckt, als du in all den Jahren offenbaren konntest. Warum nicht schon früher? Kann ich nicht sagen, das musst du dir selber beantworten. Aber du hast diesen Schritt gewagt und mich damit überrascht. Nun geh bitte weiter! Auf was oder wen wartest du noch? Hannah geht mittlerweile ihren eigenen Weg. Und ehrlich, Paps, sie nutzt deine Gutmütigkeit aus. Nach all den Jahren seid ihr nicht einmal offiziell geschieden. Du zahlst ihr trotz Abfindung monatlich Geld, unterstützt sie hier, greifst ihr da und dort unter die Arme. Was hast du davon? Denn wenn es darauf ankommt, hat sie keine Zeit für dich. Lässt dich sitzen, wie letztes Jahr an Weihnachten oder zu Carlas Abiturfeier im Sommer. Kein Wunder, dass Carla nicht gut auf Mam zu sprechen ist. Aber sie lebt nun mal ihr eigenes Leben. Und das stimmt so für sie. Ich konnte mich jedes zweite Wochenende, wenn ich sie besucht habe, davon überzeugen.

Meinst du, ich habe dein Fluchen, deine Hasstiraden gegen sie, nachts bevor du ins Bett gegangen bist, nicht mitbekommen? Mein Zimmer liegt über deinem. Selbst Carla hat all das mitbekommen, obwohl sie auf der anderen Seite der Wohnung ihr Zimmer hat. Wir haben die leeren Alkoholflaschen gesehen. Wir hatten Angst um dich. Und gleichzeitig schienst du tagsüber so unumstößlich, bis wir aus deiner Sichtweite waren. Gefestigt wie ein Fels in der Brandung. Du hast keinen Zweifel gelassen, dass du diese Situation nicht händeln könntest. Im Gegenteil. Selbst Oma hast du mitbetreut, trotz deines Postens in der Arbeit, zahlreichen Turntrainings, Wettkämpfen und all den anderen Aktivitäten im Verband. Du hast nie um Hilfe gebeten. Und gleichzeitig hat es in dir geschrien und gewütet. Das war unfair, nicht gerecht und darüber habe ich mit Mam schon oft debattiert. Ich empfand das ganze Szenario als äußerst anstrengend und teils scheinheilig und fand mich oft zwischen den Stühlen wieder, zwischen Mam, Carla und dir."

Die Veränderung im Raum ist greifbar, die Ehrlichkeit des Moments so scharf wie eine Klinge, die selbst die Stille durchtrennen könnte. Paps' Brust hebt und senkt sich in langsamen Zügen. Gleichmäßig. Ohne Aufregung. Seine Augen sind leicht geschlossen, die Hände liegen ineinander geknäult im Schoß. Er schläft nicht, das würde er sich nicht erlauben. Dafür ist er zu diszipliniert. Es ist ihm ein Bedürfnis es auszuhalten. Zuzuhören. Denn wann, wenn nicht jetzt, könnten wir ein solches Gespräch führen. Als hätte er mit allem, was er die letzten Tage tat, provozieren wollen, es darauf angelegt, endlich mit allem konfrontiert zu werden. Sich stellen zu müssen.

Er sagt nichts, also setze ich noch eins oben drauf: „Ich habe es dir nie erzählt, weil ich dich nicht verletzen wollte. Aber ich glaube, es ist an der Zeit, dass du dein Bild von Hannah revidierst. Vor vier Jahren, ein Jahr nach der Trennung, als sie nach Heidelberg gezogen ist, war Mam Ende August mit mir zusammen im Urlaub. Nachdem wir Opi und Omi in Österreich besucht haben, sind wir über Venedig und Mailand an den Comersee gefahren. Dort waren wir mehrfach abends aus. Sind in Discos gegangen, haben getanzt und anfangs gemeinsam Spaß gehabt. Mam hatte so etwas Jugendliches an sich. Und ich empfand mich enorm erwachsen neben ihr. Bis sie auf diesen Typen traf. Eine dunkle Lockenmähne wie Angelo Branduardi, rote Lederschuhe mit rotem Ledergürtel, blaue Jeans mit weit geöffnetem schwarzem Hemd, roten Knöpfen, gekräuselter Brustbehaarung und einem Schnauzer mit Kinnbart. Totales Kontrastprogramm zu dir. Er stand an der Bar und begaffte sie Kaugummi kauend von oben bis unten, während sie sich in ihrem roten knielangen Kleid auf der Tanzfläche zu Simply Reds *Money's too tight to mention* bewegte. Sie bemerkte es sofort und sie fand es toll. Fünf Minuten später stand sie bei ihm, einen von ihm spendierten Drink in der Hand, und als er ihr erzählte, dass er Parfüm herstelle und eine eigene kleine Firma besitze, da existierte ich gar nicht mehr, war nur noch ein Anhängsel. Wir wechselten ein paar Mal an dem Abend die Lokalitäten, ich wie das fünfte Rad am Wagen im Schlepptau hinterher. Und irgendwann landeten wir dann zu Hause in der Ferienwohnung. Ich wurde kurzerhand aus dem Schlafzimmer ins Wohnzimmer aufs Sofa hinausquartiert, wie ein Hund, den man mal kurz vor die Tür kickt. Dass die beiden da drinnen nicht nur kuschelten, war mir klar. Am nächsten Morgen hatte ich alle meine Sachen, die sich nicht im Schlafzimmer befanden, zusammengepackt und war im Begriff, den nächsten Zug nach Hause, nach Suntheim zu nehmen. Der Typ war dann schneller weg, als ich *Ciao!* sagen konnte, und das Bett neu und frisch bezogen. Wie auch immer. Ich habe mit Mam oft über diese Situation gesprochen und wie blöd ich mir dabei vorgekommen bin. Wie schlimm das für mich war. Sie ist meine Mutter. Und da gibt es einen Vater. Auch wenn ihr bereits getrennt gelebt habt. Das ging nicht in meinen Kopf. Das war Verrat auf höchster Ebene. Immerhin hatte ich sie bis dahin nie mit einem anderen, einem fremden Mann so intim erlebt. Und daraufhin hat sie mir hoch und heilig versprochen, dass sie während eurer Ehe nie mit einem anderen zusammen war, aber das sei nun mal ihr neues Leben und sie möchte es auskosten und Dinge tun, die sie bislang eben nicht tun konnte und entbehrt hat.

Ist doch nachvollziehbar, oder? Aber du weißt auch, was das für dich heißt?"

Paps starrt mittlerweile den Fernseher an. Der ist zwar nicht an, aber ich kann mir vorstellen, wie sein eigener Film in ihm abläuft. Ich setze mich neben ihn auf die Armlehne, lege einen Arm um seine Schultern.

„Und jetzt sitzen wir hier, und nur ein paar Türen weiter schläft eine Frau, die auf dich steht. Und du scheinbar auf sie. Du hast so vieles entbehrt. Für so lange Zeit. Du bist auf einer Abenteuertour. *Et voilà*, hier sind wir. Mach was daraus!"

Er reagiert nicht und ich gleite von der Armlehne runter, gehe vor ihm in die Hocke, blicke nach oben in sein Gesicht, als ob ich von ihm die Absolution für diese Beichte erhalten möchte, und schaue zu, wie sich in Zeitlupe eine Träne aus einem seiner Augen löst, den Weg über die Wange bahnt, in den Bartstoppeln verfängt und wie weitere Tränen folgen.

„Ich bin so ein Idiot." Die Worte kommen krächzend aus seinem Hals herausgepurzelt, als ob sie sich nicht über die Lippen zu rutschen trauen. „Ein solch verdammter Idiot."

„Lass das, Paps, lass das. Du bist kein Idiot, noch irgendein, ein … ein …"

„Ein Versager!"

Dieses Wort kommt wie ein Hammer auf mich zugerast. Trifft mich. „Nein, das erst recht nicht. Hör auf, dich kleiner zu machen, als du bist. Darüber haben wir schon mehrfach gesprochen. Du bist kein …", jetzt kommt dieses Unwort nicht über meine Lippen.

Da ist sie wieder, die Augenhöhe, dieses Miteinander, egal, ob sich hier Vater und Sohn gegenübersitzen. Ich ergreife seine rechte Hand, helfe ihm aus dem Sessel heraus, in dem er so eingesunken scheint, als wollten die Untiefen des Polsters ihn verschlingen, führe ihn zum Bett, in das er sich fallen lässt und rasch selber zudeckt. Ein paar Minuten später lösche ich das Licht und ein feines, regelmäßiges Schnarchen, das entspannteste Anzeichen, das ich von meinem Vater kenne, streift durch das Zimmer, lässt mich ebenfalls in die Welt der Träume gleiten.

Ein Zucken in den Beinen weckt mich auf und ich greife instinktiv an meinen pochenden Fuß, stehe auf und möchte ins Bad. Da bemerke ich, dass das Bett neben mir leer ist, die Decke aufgeschlagen daliegt. Ein Blick zur Badezimmertür verrät mir, dass er wohl kaum dort im Dunkeln sein kann. Gehe ins Bad hinein und schalte das Licht an. Niemand da. Sein Morgenmantel nicht am Haken. Ich vermute etwas und ein Grinsen breitet sich auf meinem Gesicht aus.

Es ist früh morgens. Da ich nicht wieder einschlafen kann, schalte ich den Fernsehapparat ein und zappe durch die morgendlichen Programme, bleibe bei RTL hängen. Das Konterfei einer rundlich wirkenden Frau taucht in den Frühnachrichten auf. Es geht um ihr Engagement für die Deutsche Aids-Hilfe.

Eine Show kommt mir in den Sinn, die ich zuletzt bei Paps zu Hause gesehen habe. *Alles nichts oder?!* heißt die Sendung. Alles wirkt total überdreht, fast affig. Dort tituliert diese extravagant gekleidete rundliche Frau ihren Partner andauernd als *alter Man*n und gemeinsam führen sie als ungleiches Paar durch das Programm, spielen absurde Spiele. Gegen Ende der Sendung beschmeißen sie sich gegenseitig mit Torten, bis die Moderatorin Schluss macht und einen mit ihrem mantraartigen Gesäusel in den Schlaf zurückbugsiert: *Tschaka–Tschaka–Tschaka* …

CHRONOLOGIE IV

1930 | 09. März

Während einer Zusammenkunft verschiedener Abteilungsleiter, Bahnvorsteher und führender Verantwortlichen des badischen Bereichs der Deutschen Reichsbahn in Karlsruhe begegnet Egon dem Sozialdemokraten Fritz Cahn-Garnier und lässt sich für die Leitlinien der SPD begeistern.

Drei Monate später hält er stolz das Parteibüchlein in der Hand.

1931 | 18. Januar

Frieda eröffnet Egon, dass sie schwanger ist und im Herbst ihr erstes gemeinsames Kind zur Welt bringen wird. Sie soll Rosa heißen.

Zur Feier des Tages öffnen sie eine der Weinflaschen, die sie zu ihrer Hochzeit geschenkt bekommen haben, um festzustellen, dass sich der edle Tropfen in Essig verwandelt hat.

1932 | 02. Juli

Nach einem verwirrenden Brief seines Bruders Eduard, der mit einem Berliner Poststempel versehen ist, reist Egon in die Hauptstadt und verbringt dort drei Tage. An der auf dem Briefumschlag angegebenen Adresse ist Eduard nicht zu finden. Er findet eine Spur in zwei Nachtlokalen, wo ihm aber niemand weiterhelfen kann.

Egon hat eher das Gefühl, dass sie nicht helfen möchten, und hinterlässt dennoch an mehreren Orten Nachrichten für Eduard.

1933 | 03. März

Egon und Frieda geraten das erste Mal heftig aneinander. Er erfährt von ihr, dass sie bei der Reichstagswahl die NSDAP gewählt hat, was er weder verstehen, geschweige denn akzeptieren kann. Die mit dem zweiten Kind hochschwangere Frieda erleidet daraufhin einen Schwächeanfall, der frühzeitige Wehen auslöst.

Das zweite Kind wird ein Junge und kommt sechs Wochen später, am 06. April, gesund auf die Welt: Heiner.

1934 | 01. September

Auf Grund von internen Recherchen der NSDAP durch das Geheime Staatspolizeiamt, wird Egon aus dem aktiven Dienst im

Bahnhof Karlsruhe in das dortige Archiv der Deutschen Reichsbahn strafversetzt.

Sein rotes Parteibüchlein lässt Egon hinter einer Wandtafel der hölzernen Verkleidung im Wohnzimmer verschwinden.

1935 | 26. Mai

Zum siebten Hochzeitstag lädt Egon seine Gattin Frieda zu einem Abendessen in einem gehobenen Restaurant in der Karlsruher Innenstadt ein, wo sie Zeugen einer judenfeindlichen Aktion werden, wobei eine ganze Tafel mit zwei Familien samt Kindern von mehreren SA-Männern aus dem Lokal unter Verhöhnungen und Beschimpfungen vertrieben werden.

Frieda verhindert in letzter Minute ein Eingreifen Egons.

1936 | 01. Februar

Ein Brief ohne Briefmarke und Stempel liegt auf dem Küchentisch. Eduard muss bei Egon und Frieda in Karlsruhe gewesen sein. Egon ist höchst erregt und gleichzeitig verärgert, wirft den Brief ungeöffnet in den Holzofen.

Am gleichen Abend bringt Frieda sein drittes Kind zur Welt: Sophie

1937 | 01. April

Nach einem heftigen Streit mit seinem Vorgesetzten wird Egon in den Schwarzwald nach Hinterzarten versetzt. Da der dortige Bahnhofsvorsteher in zwei Monaten in Pension gehen wird, kann er dort nach kurzer Zeit dessen Posten übernehmen.

Egon überkommen gemischte Gefühle, sieht es aber schließlich als ein gutes Zeichen.

1938 | 21. November

Zwei Mitarbeiter des Bahnhofs Hinterzarten erscheinen drei Tage lang nicht zur Arbeit, verschwinden spurlos.

Egon sucht ihre Familien auf und muss feststellen, dass die Wohnungen teils leergeräumt, teils verwüstet und mit Hakenkreuzen und Hassparolen gegen Juden übersät sind.

1939 | 31. August

Am Abend vor Beginn des 2. Weltkrieges nimmt Egon seinen sechsjährigen Sohn zur Seite und lässt ihn auf die Bibel schwören, sich nie und nimmer als Soldat ins Kriegsgeschehen hineinziehen zu lassen. Der Krieg wird dauern und ehe man sich versieht, wird aus dem „Heinerle“ der Heiner – und so ein potenzieller Soldat und Kanonenfutter für die Nazis.

Heiner leistet seinen ersten Schwur.

KAPITEL 12

UNTERWEGS NACH D-WEST-BERLIN / MITTWOCH, 22. NOVEMBER 1989

Er liegt wach. Der fahle Lichtstrahl einer Straßenlaterne dringt durch den Spalt der halb geöffneten Vorhänge in das Hotelzimmer. Der Schlaf heute Nacht gleicht eher einem Kommen und Gehen.

Und dann war da dieses Zucken. Ein schlichtes Zucken ließ ihn immer wieder aufmerken. Innehalten. Es war nicht das scheppernde und rüttelnde Leeren der Mülltonnen, das morgens um fünf Uhr von der Straße nach oben ins Hotelzimmer drang. Nicht die lautstarken und dennoch unverständlichen Gesprächsfetzen eines sich streitenden Paares auf dem Hotelkorridor um kurz vor sechs Uhr. Nicht das sich ohne Unterlass wiederholende Gurren der Tauben auf dem Fenstersims. Auch nicht das fortlaufende helle Ticken des Reiseweckers auf dem Nachttisch.

Es war ein Zucken. Ein Zittern. Eine Regung. Eine in unregelmäßigen Abständen mehrfach wiederkehrende Empfindung seines linken Armes, der jetzt neben ihm auf dem Laken liegt, wie ein schlaffer Sack, als ob nichts passiert wäre, und ihn seither warten, auf ein weiteres Zeichen hoffen lässt.

Auf der anderen Seite berührt die rechte Hand die warme, mit kleinen Muttermalen gesprenkelte Haut eines Frauenrückens. So, als hielte dieser Kontakt die Energie aufrecht, die all das verursacht hat. Wie eine Stromlinie, die er nicht zu unterbrechen wagt. Louises zartes Atmen, ein kaum spürbares Heben und Senken des Brustkorbes, wahrt die Spannung und beruhigt ihn zugleich. Seit er sich hier in ihrem Zimmer aufhält, hat er kein Auge zugemacht, den Schlaf ausgeschlossen, ihn wie ein trotziges Kind in eine Abstellkammer verbannt. Er hat das Wachsein begrüßt, ihrem Atem und den nächtlichen Geräuschkulissen hinterhergelauscht, sie willkommen geheißen und zum ersten Mal seit Jahren die Schlaflosigkeit als etwas Belebendes und Sinnliches empfunden.

Alles ist ungleich aller Erwartungen verlaufen, wie er es sich vor ein paar Stunden im anderen Bett ausgemalt hat. Die Äußerungen von Julian hatten ihm zugesetzt, ihn aufgeweckt und ihm gleichzeitig Angst gemacht. Der Zustand, alt, abgewetzt und verbraucht zu sein, breitete sich in ihm aus, wie ein Flächenbrand, erfasste die Eingeweide, bestätigte, was er mit seinem phlegmatischen Verhalten und Nichthandeln der letzten Jahre übertüncht hatte.

Je länger er über all das nachdachte, desto mehr wich diese Schwerfälligkeit einer sich auflösenden Hochnebelschicht, schaffte Sicht und Platz für federleichte, bunte Gedanken, die sich flügelschlagend erst in seinem Brustbein, dann in seinem ganzen Körper ausbreiteten. Schmetterlinge im Bauch, wie man so sagt.

Er fasste den Plan, alles auf eine Karte zu setzen und Louise seine Gefühle zu gestehen. Als er dann vor ihr im Türrahmen stand, geschah erst einmal gar nichts. Totale Ladehemmung. Er hatte es geschafft, an die Tür zu klopfen, wollte mit ihr reden. Nichts weiter, zumindest war dies der erste Teil seines Plans. Der existierte nur in seinem Kopf. Seinen Körper, seine Sinne hatte er wie ausgeblendet, sie ignoriert. Wie schon seit Jahren.

Dann stand sie vor ihm. Es dauerte. Zwei Augenaufschläge. Bewegten sich ihre Augenlider überhaupt? Oder waren es seine gewesen?

Und es passierte das, was er sich erhofft hatte. Die Sehnsucht bahnte sich ihren Weg. Wie ein Bergbach, der sich über und zwischen den Steinen, unter dem Geröll seine Freiräume sucht, sich Bahn bricht und mit jedem weiteren Rinnsal, das zu ihm stößt, zu einem reißenden Strom wird, der alles mit sich zieht, was ihm in den Weg gerät, sich in die Tiefe ergießt.

In ihrem Gesicht war keinerlei Überraschung zu erkennen. Im Gegenteil, sie strahlte und ihre Augen luden zum Eintreten ins Zimmer ein, ohne dass sie etwas sagen musste. Sie trug einen roséfarbenen, an den Rändern des Saums und den Ärmeln mit Blumen bestickten Seidenkimono, der ihr bis zu den Knien ging. Darunter ein elfenbeinfarbenes im Dekolleté dezent ausgeschnittenes Nachthemd aus Satin. Der Duft von Lavendel und etwas Zart-Würzigem wie Thymian umgab sie, beruhigte ihn, nahm ihm die Spannung, so dass ihm ein leichter Seufzer entfuhr.

Mit einer Geste lud sie ihn ein, auf dem kleinen Sofa gegenüber vom Bett Platz zu nehmen, nahm ein zweites Glas aus der Minibar und schenkte ihm Wasser ein. Sie saßen dort einige Zeit, nippten an ihren Gläsern, ohne ein Wort zu sprechen.

Als die Turmuhr des Doms ein Uhr morgens schlug, waren die Wassergläser geleert, saßen sich beide noch immer gegenüber und starrten einander an. Heiner wollte aufstehen. Mit ein paar wenigen Schritten setzte sich Louise auf das Sofa neben ihn und hielt ihn an der linken Hand fest.

Da geschah es zum ersten Mal. Wie ein Stromschlag durchlief es seinen Arm. Es vibrierte unter der Haut entlang bis unter das Schulterblatt und zu den Rippenbögen. Nicht einer der Tests all der Ärzte der vergangenen Jahre hatte eine solche Regung, eine spürbare und unmittelbare Wirkung erzielt. Er entspannte sich und Louise ließ seinen linken Arm los. Er setzte sich wieder zu ihr.

Sie begann zu erzählen. Vom zu frühen Tod ihres Mannes, der durch einen Autounfall mitten aus dem Leben gerissen wurde. Wie sie gelitten hatte. Es war eine glückliche Ehe gewesen. Wie sie seine Firma notfallmäßig übernahm – sie, die sie sich in den Jahren davor nur um Familie, Kinder und Haushalt gekümmert hatte, gesellschaftlich und sozial engagiert war, aber von Geschäftlichem keine Ahnung hatte. Zumindest glaubte sie das. Es gelang ihr, dank der Ratschläge ihres Vaters, die Firma auf Kurs zu halten. Als ihr ältester Sohn einige Jahre später sein Studium abgeschlossen hatte, übernahm er dann Stück für Stück die Leitung. Zum Glück ebenfalls erfolgreich und ohne große Mühen.

Nur wenige Tage nach der Übergabe der Firma an ihren Sohn – sie hatte geplant, für ein paar Wochen zu verreisen –, saß sie allein in ihrer Wohnung, begab sich ins Badezimmer und nahm ein Vollbad, was sie seit Ewigkeiten nicht mehr getan hatte. Dabei wurde ihr bewusst, dass sie sich keine Zeit der Trauer, der Bewältigung all ihrer Gefühle genommen und den Verlust überhaupt nicht verarbeitet und verdaut hatte. Alles hing wie ein Kloß in ihr.

Während sie gedankenverloren vor dem Badezimmerspiegel stand und sich betrachtete, ertastete sie eine Wölbung unter der linken Brust. Etwas Festes. Etwas, das vorher nicht dagewesen war. Gleich am nächsten Tag besuchte sie ihren Gynäkologen und erhielt kurze Zeit darauf den Befund: Brustkrebs.

Statt auf Reisen zu gehen, wurde sie in eine Klinik überwiesen, und unterzog sich verschiedenen, unangenehmen, meist schmerzvollen, zum Glück jedoch erfolgreichen Therapien, zumindest was das Streuen der Krebszellen anbelangte. Dennoch wurde ihr am

Ende die linke Brust entfernt. Sicherheitshalber, wie die Ärzte sagten.

Seitdem war sie ohne Befund. Mit nur einer Brust. Und von da an aus Paris nicht mehr herausgekommen, außer zu den ein bis zwei Familienbesuchen im Jahr in Nancy.

Als Heiner sie fragte, warum dies so sei, und sie nicht die Freiheit nutze und die Welt erobern wolle, neigte sie nur leicht den Kopf, blickte ihn an und fragte zurück: „Und was hat dich die ganzen Jahre davon abgehalten?"

Nun erzählte Heiner von seinen Reisen. Wie es ihn vor vielen Jahren, während des Studiums, wegzog. Raus in die Welt, soweit dies mit den beschränkten Mitteln möglich war. Die Zeit nach dem Krieg erlaubte keine großen Sprünge. Getrampt sei er oder eben mit dem Zug viel unterwegs gewesen.

Mit vierundzwanzig Jahren, wenige Monate nach seinem Studienabschluss und vor dem ersten Job am Landgericht in Freiburg im Breisgau, durfte er einen weißen VW-Käfer sein Eigen nennen. Mit drei seiner besten Turnkameraden fuhr er damit in den folgenden Sommern quer durch Deutschland, nach Amsterdam, manchmal sogar bis in den hohen Norden, nach Stockholm, oder auch in den Süden Frankreichs. Sie zelteten unterwegs, wo es passte, oder schliefen in günstigen Pensionen. Im Winter ging es in die Berge, auf Hütten zum Skifahren, Langlaufen und Rodeln.

Sein Drang, rauszukommen, hatte etwas Abenteuerliches, fast Forschendes. Bis immer weniger seiner Kameraden auf die Touren mitkamen. Sie heirateten, setzten Kinder in die Welt und entwickelten häusliche Gepflogenheiten, die spontane Ausflüge nicht mehr zuließen.

Und schließlich lagen ihm seine Eltern in den Ohren, warum er ihnen so selten eine junge Frau nach Hause bringen würde, es sei doch endlich an der Zeit, an die Familienplanung zu gehen. Bis dahin hatte er nur wenige kurze Beziehungen gehabt. Seine Mutter versuchte sogar, ihn zu verkuppeln. Dabei hatte er das Gefühl, Erwartungen erfüllen zu müssen, für die er nicht bereit war. Sich einzuschränken, wobei er nicht einmal selbst definieren konnte, was und wohin er wollte: Karriere, Haus, großes Auto, gesellschaftliche Verpflichtungen, Kultur von der Stange und Kinderwunsch?

Diese Vorstellung von Leben und Familie engten ihn ein. Zumindest empfand er es so, wenn er seine Altersgenossen beobachtete oder den jungen Frauen zuhörte, wenn sie ihm von ihren Träumen erzählten.

Sich nicht festlegen, keine Fremdbestimmung erdulden. Das hielt ihn davon ab, etwas Festes einzugehen.

Seine beiden Schwestern waren unter der Haube, und um ihn herum wimmelte es von Nichten und Neffen. Reichte das nicht? Beruflich machte er in diesen Jahren einige Veränderungen durch. Wechselte fast jährlich von einem Gericht oder Regierungspräsidium zum anderen, sammelte Erfahrungen, von juristischen und verwaltungstechnischen Posten aus brachte er sogar eine Karriere in der Politik ins Rollen, die er schließlich selbst wieder kippte. Nicht sein Weg. Alles zu öffentlich. Zur Schau gestellte Volksnähe, von Opportunisten unterwandert. Ohne Perspektiven aufzuzeigen, sondern nur Stimmungen zu folgen, die Stimmen einbrachten. Ihm fehlte dazu das Schauspieltalent.

Und auf einmal, fast von heute auf morgen, verlor sich dieser Drang, alles ausprobieren, andauernd unterwegs sein zu müssen. Die Ruhelosigkeit löste sich wie ein Vogelschwarm auf, der seinen Zielort gefunden hat, wo sich alle niederlassen konnten. Vorbei das Flattern und Schwirren.

Mit Anfang dreißig hatte er sich ausgetobt und in ruhigere Gefilde manövriert. Wie eine Heimkehr. Er fand um die Ecke von Suntheim im Landratsamt seine berufliche Bestimmung und zog zurück in das Haus seiner Eltern, wo es genug Platz gab, da es als Drei-Familienhaus konzipiert worden war.

Mit einem Schlag trat Hannah in sein Leben. Buchstäblich – sie traf ihn ungewollt mit einem Minigolfball aufs Auge. Während sie sich um die deutliche Schwellung im Gesicht kümmerte – zu der Zeit war sie Krankenschwester in einer der privaten Kurkliniken in der Umgebung –, wurde aus einem Flirt rasch eine Einladung zum Abendessen. Und ein paar Wochen später waren sie ein Paar.

Mittlerweile hatte sich Louises Knie gegen seines gedrückt. Ihre rechte Hand weilte auf seinem Oberschenkel, lag dort mit sanftem Druck, so als ob sie ihm durch diese Berührung ihre Gegenwart verdeutlichen wollte, ihn damit aufforderte, weiter zu erzählen, sich ihr anzuvertrauen. Beide waren sich ihrer Offenheit und Intimität bewusst. So fanden Worte den richtigen Platz, wurden Bilder und Erinnerungen hervorgerufen, die eine eindringliche und dennoch gescheiterte Beziehung heraufbeschworen. Louises bestätigendes Nicken, ein aufgebrachtes Kopfschütteln hier, ein atemloses Staunen da, zum Schluss ein schützender Arm um Heiners Schultern.

Irgendwann lagen sie nebeneinander auf dem Sofa. Gesicht zu Gesicht. Sie erzählte von ihren Ängsten, sich nicht mehr als Frau zu fühlen, von der Sorge, die andere Brust auch zu verlieren, sprach über ihre Verwunderung, dass der Verlust eines Körperteils, dessen Funktion schon lange ausgedient hatte, eine solche Krise auslöste. Dass sie sich seitdem nicht mehr an dieser Stelle berührt hatte. Sie ignorierte. Bis Heiner vorsichtig seine rechte Hand über das Revers des halbgeöffneten Kimonos gleiten und sie ihn gewähren ließ. Seine Finger tasteten über ihr Dekolleté, strichen über ihre helle Haut, die mit feinsten wie hingesprühten Sommersprossen übersät war, erspürten einen schlanken Wulst nahe am Brustbein, folgten der beginnenden Narbe, die sich quer über den Brustkorb erstreckte und nicht zu enden schien.

An einer Stelle, wo ein kleiner Knubbel zu spüren war, zögerte er. Seine Finger ruhten, als würde er einen Stromschlag erhalten, wenn er sich weiter vorwagte. Ihre linke Hand gesellte sich dazu, schob die Finger behutsam weiter, bis sie unter ihre Achseln und an den Rippenbögen entlang hinunterglitten und seine Handfläche die zarte Haut wahrnahm, woraufhin Louise sich von ihm wegdrehte, seinen Arm dabei eng um ihren Körper umschlungen hielt und ihren Rücken gegen seine Brust drückte. Dabei vergrub sich seine Nase in ihren Haaren, saugte ihren Duft auf, bis er ihren entspannten Atem, das sanfte Heben und Senken ihrer Brust registrierte. Kurz darauf war auch er eingeschlafen.

Als er die Augen wieder öffnete, blendete ihn ein feiner Lichtstrahl, der unter der Badezimmertür hervordrang. Das Rauschen eines aufgedrehten Wasserhahns war zu hören. Dann trat Louise aus dem Bad, löschte das Licht, tapste auf Zehenspitzen zum Bett, schlug zuerst die Daunendecke, dann das Laken auf und schlüpfte hinein. Das geflüsterte „Kommst du?“, bedurfte keiner zweiten Einladung.

Die Küsse, Berühren, Ineinander-Verhaken und Umschlungen-Sein fand kein Ende. Die wiederkehrenden zarten, unregelmäßig und unvorhersehbar zuckenden Regungen in seinem linken Arm, immer dann, wenn Louises Hand am Ellbogen, am Handgelenk, an seinen Fingern entlang fuhr, seine lahme Hand umfasste, ihn streichelte, faszinierten ihn. Das Zucken durchdrang ihn bis in sein Innerstes. Und ihre Körper vereinigten sich, als ob es nie anders gewesen wäre, schon immer so gewesen sein musste.

Ein Liebesreigen, den Heiner so nicht kannte. Nicht, dass es mit Hannah nicht auch intime Momente gegeben hatte. Augenblicke des sich Vereinens und Lösens. Ganz am Anfang. Aber selbst da war er sich nicht mehr sicher. Sich so darin zu verlieren, daran konnte er sich nicht erinnern. Es dauerte nie lange genug, um darin abzutauchen. Darin zu verweilen.

Hier wollte er verweilen.

Das Läuten der Glocken im Dom bricht durch seine Gedanken. Es schlägt sieben Uhr. Draußen ist es immer noch dunkel. Heiner gleitet aus dem Bett, zieht sich den Bademantel über, der am Boden liegt, schlüpft in seine Pantoffeln und wirft einen Blick zurück auf den schlafenden, in sanften Rundungen daliegenden, mit einem Laken bedeckten warmen Körper, den er begehrt. Ein Gefühl, das er in den Untiefen der Zeit, der Enttäuschung verloren, in der fehlenden Zuversicht verschollen geglaubt hatte.

Die Tür schließt mit einem leisen Klack und er begibt sich zurück in das andere Hotelzimmer, wo ihn sein Sohn mit Sicherheit Löcher in den Bauch fragen wird. Heiner ist Julian dankbar, er gesteht sich ein, dass er zu lange in einer Blase der Trauer, Distanz verbracht hat, ohne Liebe. Und er ist selber schuld. Hat sich im Versagen gesuhlt. Eine dicke Kruste hat ihn wie ein Panzer ummantelt, aus dem er nicht hinauszutreten wagte und niemandem einzudringen erlaubte. Die ersten Risse hat er sich selbst zugefügt.

Im Zimmer ist Julian nicht mehr anzutreffen, eine kleine Notiz auf dem Kopfkissen wünscht ihm einen *Guten Morgen* und dass er seinen Sohn im Frühstückssaal finden wird.

Nach einer heißen Dusche und mit frischen Klamotten ausgestattet, den Dreitagebart hat er nur etwas zurechtgestutzt, begibt er sich auf den Weg zum Saal und wird dort von einer ausgelassen winkenden Louise und seinem breit lächelnden Sohn an einem Tisch nahe dem Buffet empfangen.

„Und? Gut geschlafen?“, grinst ihn sein Sohn an.

„Tief und fest.“

„Wirklich? Da habe ich anderes gehört", erwidert Julian mit einem Augenzwinkern.

„Muss mir das nun unangenehm werden?"

„Nein", entgegnet ihm Julian und beißt in den letzten Happen eines mit Butter bestrichenen und mit haufenweise Marmelade beladenen Brötchens hinein und fügt kauend hinzu: „Aber euer nächtliches Gespräch hat scheinbar vieles zutage gefördert."

Heiner kann sich kaum ein Lächeln verkneifen, sein sichtbar werdendes Kinngrübchen lässt keinen Zweifel zu. Er nickt kurz in Louises Richtung. Ein Kuss auf ihre ihm zugewandte Wange folgt und fast hätte er mit einem kurzen Pfiff oder theatralischen Seufzer seines Sohnes gerechnet, der sich aber in diesem Moment, dezent auf seinen Teller blickend, ein neues Brötchen mit Butter und Honig bestreicht.

Eine Stunde später haben sie ausgecheckt und sitzen wieder im Auto, verlassen Aachen Richtung Köln und von dort weiter nach Dortmund über die A2 zur innerdeutschen Grenze bei Helmstedt.

Louises Hände liegen auf Heiners Schultern, massieren an den Schlüsselbeinen entlang bis zum Nacken. Dann greift seine rechte Hand nach ihrer rechten, hält sie fest und Heiner gibt ihr einen zarten Kuss auf den Handrücken, er drückt sich dabei in den Sitz, mit dem Kopf gegen die Nackenstütze und verharrt so mit geschlossenen Augen und dem Wunsch, dass die Reise ewig dauern möge.

Louises Kopf dreht sich zu Julian und sie fragt ihn nach seinen Beweggründen, warum er tanzt, was ihn antreibt. Und Heiner hört zu, folgt den Bildern, die sein Sohn ausgestaltet, lässt seine Worte nachklingen, taucht ein in diese andere Welt, in das Spiel der Sinne auf so vielen Ebenen. Begegnet der Faszination nonverbaler Kommunikation, dem Erlebnis, sich nur auf Knochen, Haut und Muskeln zu fokussieren. Wie sich die Artikulation verändert, wenn man aus dem Zentrum heraus oder von außen nach innen agiert. Die Augen in den Raum schweifen lassen, um dann in sich hinein zu sinken und um alles auszublenden, was einen umgibt. Dass man kein Sklave der Noten sei. Dass er seine eigene Musik mit dem Körper kreiert. Nicht immer hörbar, aber spürbar.

Und da ist wieder das Zucken in Heiners linkem Arm, dieses Gefühl von Lebendigkeit. Momentan sind es nur die Nerven, die ihn etwas wahrnehmen lassen. Die Haut ist immer noch taub, die Knochen einfach Knochen und die Muskeln folgen kaum seinen Befehlen. Woher nimmt er die Zuversicht, dass es wird? Anders wird?

Sein Sohn beschließt seine Ausführungen mit den Sätzen: „Mein Körper ist das einzige Instrument, das ich selber beherrschen und komplett beeinflussen kann. Selbst Muskeln, Haut und Knochen lassen sich modulieren. In Form, Kraft, Dynamik und Wahrnehmung. Es liegt an dir selber."

Heiner weiß es, hat es selbst in den Trainings mit seinen Schützlingen genügend erfahren. Es ist ein Prozess, der Willenskraft, Ausdauer und Mut benötigt. Alles, was er in den letzten Jahren bei sich selbst über Bord geworfen hat. Ein toller Kapitän ist er, der seine Turner vorantreibt und selber stagniert. Nein, sogar Rückschritte macht.

Wut kommt in ihm auf, eine Welle der Entrüstung über sich selber. Sein Atem geht schneller, das Herz schlägt bis zum Hals, sein Magen krampft und der Druck der beiden Hände auf seinen Schultern wird stärker.

„Heiner, ist alles in Ordnung?"

„Ja, es geht wieder vorüber. Mir war nur so, so …"

„… so müde, überfordert und erschöpft, wie nach einem langen Wandertag mit tausend Eindrücken. Die Natur im Sinn, die Eindrücke des Tages im Gepäck, die Füße schmerzen und der Kopf möchte sich nur noch schlafen legen?", führt Louise fort und trifft genau den Zustand, den er nicht in eigene Worte fassen kann. Und doch ist da noch etwas anderes, das in ihm schwelt: „Es ist eher, dass ich wütend bin. Mich über mich selber ärgere. Dass ich mich so habe gehen lassen."

„Nichts ist in Stein gemeißelt. Alles ist veränderbar."

„Ein weiser Spruch, den ich gerne befolgen möchte. Ich bin dabei."

„Willkommen im Club!", lächelt Louise ihm zu.

„Kann ich mir die Gebühren leisten?"

„Alles kostenlos!", versichert sie ihm. „Wir tragen uns von den Erkenntnissen und Errungenschaften. Von den kleinen Erfolgen und den unausweichlichen Rückschlägen. Speisen uns von der Energie und dem Wissen, dass nach dem Schatten wieder die Sonne kommt. Alles dreht sich."

„Klingt nach Methode. Nach Mitmachenwollen."

„Bienvenue chez nous."

Als Julian daraufhin den Eröffnungssong des *Cabaret*-Klassikers *Willkommen, Bienvenue – Welcome* zum Besten gibt, hält keiner der drei zurück und sie singen lauthals, bis ihr Lachen keine Noten mehr zulässt, alles in ein großes Gewieher gleitet und selbst Stunden später von Mal zu Mal eine gesummte Version zu hören ist.

Die Fahrt dauert. Mit der Zeit schweigen sie vor sich hin. Jeder in seinem Universum. Selbst das Radio ist ausgestellt.

Heiner stellt fest, dass dies eine Premiere für ihn ist: das eigene Land von der Seite, auf halber Höhe zu durchqueren, mittendurch vom Westen in den Osten. Die Nord-Süd-Achse hat er schon mehrfach bereist, von den Bergen ins platte Land und zurück. Entweder hoch hinaus, den Wolken nahe, oder zu den Weiten der Meere. Da das Felsige, Raue, nichts für Menschen mit Höhenangst, und dort das Nasse, die Wellen, die unendlichen Untiefen. Ein Wechselbad der Gefühle.

Hier gleitet eine hügelige, wenig herausfordernde Landschaft an ihm vorbei. Es fehlt das Markante, der Ausprägung von Ecken und Kanten. Diese Gegend wirkt dröge, ohne Reiz. Einem monochromen Korridor gleich. So fahren sie dahin.

Am frühen Nachmittag erreichen sie Helmstedt. Der Strom von Trabis mit winkenden Insassen scheint nicht abzureißen. Weit haben sie ihre Köpfe aus den herunter gekurbelten Fenstern gereckt, rufen und begrüßen ihre neue gewonnene Freiheit mit Hallos und Jubel. Selbst auf der Seite der Einreise stehen sie in der Schlange, begegnen einer Mischung aus Trabis und Wartburgs, die sich auf den Weg zurück in *ihren* Osten befinden oder Menschen in westlichen Automobilmarken, die ihn endlich bereisen wollen. Wobei Heiner davon ausgeht, dass die meisten nach Berlin weiterfahren werden.

An der Grenzstelle angekommen, werden ihre Pässe kurz überprüft, die Weiterfahrt nach Westberlin wird mit einem ausdruckslosen Kopfnicken des Zollbeamten bestätigt und schon geht nach wenigen Metern das Geruckel auf der berüchtigten Waschbrettautobahn los. Mit höchstens hundert Stundenkilometer zu fahren, kommt Heiner wie eine Strafe vor. Als ob man allen die vermeintliche Schönheit der ostdeutschen Landschaft vom Lappwald über die flache Börde hinweg als Spektakel vorführen möchte: *Nehmt euch diese Zeit, habt keine Eile*. Wenn da nur nicht in kurzen Abständen Ritzen und Wellen auf dem uralten Asphalt wären, die jeden Stoßdämpfer an seine Grenzen bringen.

„Also Paps und Louise, das ist doch wirklich kurios“, beginnt Julian. „Da sitzen wir zu dritt hier ein einem Wagen und fahren gemeinsam nach Berlin. Mitten rein in irgendwelche revolutionären Zeitgeschehnisse. Dabei wolltest du, Paps, mich doch nur in Paris besuchen und nach Berlin begleiten. Was für dich schon abenteuerlich genug sein sollte. Wir oder besser du hast mit Louise eine wunderbare Begleitung an Bord, was für dich vor wenigen Tagen noch undenkbar gewesen wäre. Da kann doch nichts mehr schief gehen, oder?“

„Merci, mon cher“, bringt sich Louise ein. „Es ist auch für mich etwas Besonderes, wenn ich daran denke, dass ich nach all dieser Zeit, und das ist immerhin über fünfzig Jahre her, wieder nach Berlin komme. Wo ich geboren wurde. Wo mein Leben begonnen hat. Vor wenigen Tagen hätte ich auch nicht gedacht, mit einem solch charmanten Herren – nein, besser gleich zweien – in einem Wagen zu sitzen und mich nochmals an diesen Ort meiner frühesten Kindheit zu wagen.“

Heiners rechte Hand beginnt leicht zu schwitzen. Er zögert mit einer Antwort. Seine Augen sind auf die Landschaft gerichtet, doch er erkennt nichts als eine vorbeihuschende braungraue Linie, teils mit einzelnen Baumgerippen durchwirkt, die sich am entfernten Horizont vergeblich gegen den blaugräulichen Himmel abzugrenzen versucht.

Alles scheint ineinander zu verschwimmen. Er muss aufpassen, nicht in dieser Trostlosigkeit zu versinken. Achtsam sein, den Faden nicht zu verlieren, der ihm von Louise gereicht worden ist. Er könnte ein Sicherungsseil werden, der aber momentan noch zart und bestimmt nicht reißfest ist.

Er ist mit seinem Sohn auf einer Reise, die ohne Schnickschnack kurzfristig von ihm geplant wurde und jetzt zu etwas mutiert, das er nicht mehr vorhersehen, planen oder gar bestimmen kann. Alles folgt anderen, ihm unbekannten Gesetzen, und obwohl dies für ihn recht neu ist und er seine Komfortzone schon seit Tagen verlassen musste, kommt dieses Neuland, dieses

Betreten eines neuen Abschnitts, einem gewagten Unternehmen gleich.

Die Suche nach seinem verschollenen Onkel, nach einem Teil seiner Familiengeschichte, hat erst begonnen. So manches ist mittlerweile geschehen und er hat nicht alle Karten auf den Tisch gelegt.

„Ich weiß, es kommt etwas verspätet, aber Julian, du bist nicht der einzige Grund, warum ich nach Berlin wollte. Da gibt es noch etwas anderes."

„Habe ich etwas verpasst?", gibt Julian zurück und wendet den Kopf kurz zur Seite, um seinen Vater zu betrachten.

„Als ich vor ein paar Wochen bei meinen Eltern oben in der Wohnung begonnen habe, etwas auszumisten, ist mir ein Kästchen in die Hände gefallen, das ich zwar kannte, mich aber nie gefragt habe, was sich darin befindet. Es stand dort seit Jahren im Bücherregal. Es lagen verschiedene kleine Gegenstände darin. Darunter ein alter Ausweis mit einer mir im ersten Moment auf dem Foto abgelichteter, unbekannter Person. Der Familienname Humbacher, der Vorname war verwischt. Je länger ich das Bild betrachtet habe, desto mehr fand ich Ähnlichkeiten zu Opa Egon und auch zu mir selber. Ich habe dann Tante Sofie angerufen, die aber auch nicht wusste, wer das wohl sein mochte. Schließlich hatte ich Großtante Heide Maria aus Waldbrunn am Apparat. Du erinnerst dich doch noch an die Verwandtschaft aus dem Odenwald, nicht?"

„Ja klar, da waren wir ja öfters mit Opa zu Besuch und sie waren auch einige Male bei uns. Wir haben dann immer eimerweise Kirschen oder Eingemachtes mitgenommen."

„Genau. Sie hat mir erzählt, dass Opa Egon einen jüngeren Bruder hatte: Eduard. Er ist im Jahr 1932 nach Berlin gezogen, aber dann wie von der Bildfläche verschwunden. Opa Egon ist ihm zwar nachgereist und hat versucht, ihn zu finden, aber er war wie vom Erdboden verschluckt. Einige Zeit später, im Jahr 1936, kam ein Päckchen an, in dem die kleine Kiste mit all den Sachen war."

Julian wirkt, als ob er in seiner Erinnerung nach dem Kästchen im Bücherregal seiner Großeltern sucht, sich aber nicht entsinnen kann. „Und nun möchtest du ihn suchen gehen? Nach all den Jahren? Der muss schon über achtzig sein? Ob er überhaupt noch lebt?", fragt ihn Julian.

„Er müsste laut Ausweis achtundachtzig Jahre alt sein."
„Und du sagst, er hat sich dann nie mehr gemeldet? Und Opa hat niemals mehr etwas von ihm gehört oder gelesen?"
„Ja, das ist für mich auch ein Rätsel." Heiner kann Julians Verwunderung verstehen, brennen in ihm seit der Entdeckung des Kästchens und dessen Inhalt zig Fragen in ihm. „Opa hat so vieles aus seinem Leben erzählt, aber der Name Eduard oder die Tatsache, dass er einen Bruder gehabt hat, ist ihm nie über die Lippen gekommen."
„Was versprichst du dir denn von deiner Suche?"
„Nun, es ist ein Onkel da, von dem ich nichts wusste. Ein Teil dieser Familie ist verschollen und ich spüre, dass ich vieles nicht weiß, nie hinterfragt habe, und sich plötzlich Dinge auftun, über die ich gerne Bescheid wüsste.
Hannah hat im Lauf unserer Beziehung zahlreiche Episoden über ihre Familie in Österreich erzählt, hat mir immer das Gefühl vermittelt, dass sie jede Geschichte, jedes Bild in ihrem Inneren aufbewahrt hat. Auch wenn vieles nicht so einfach war und unschön gewesen ist, hat sie es mit sich herumgetragen. Wohl, um ihre Herkunft nicht zu verlieren, auch wenn sie nie wieder dorthin zurückwollte. Du weißt, dass sie mit ihrem Vater keine solch rosige Beziehung hatte. Bei mir gab es so etwas nicht. Alles verlief in geordneten Bahnen. Ich habe einfach akzeptiert, was gewesen ist. Musste mich von nichts trennen. Habe es nie hinterfragt. Aber nun brechen sich Dinge Bahn, denen ich Raum geben möchte."
„Das ist gut … verständlich", lenkt Julian ein, „und von mir hast du ja auch einiges Neues erfahren …"
Louise macht sich mit einem Räuspern bemerkbar, tippt beiden Männern von hinten auf die Schulter: „Entschuldigt, wenn ich mich einmische. Das klingt alles sehr familiär und äußerst intim. Ihr seid euch sicher, dass ihr mich dabeihaben wollt?"
Heiner blickt seinen Sohn an und beide nicken Louise gleichzeitig zu, wobei sich ein Lächeln über sein Gesicht ausbreitet, sich das Grübchen am Kinn vertieft und ihn dadurch fast spitzbubenhaft wirken lässt. Louise als Begleiterin dabei zu haben, wird nicht nur Stütze sein, sondern die Person, mit der er sich über all das hier austauschen kann. Er greift mit seiner Hand hinter sich, berührt die ihre, die auf der Rückenlehne aufliegt, streichelt ihre zar-

ten Finger, den Handrücken, dreht sich wieder zurück nach vorne und summt die altbekannte Melodie aus *Cabaret* vor sich hin.

Kurz nach Magdeburg halten sie an der Transitstrecke bei Theeßen und genehmigen sich einen Kaffee bei der Mitropa. Am Tisch zieht Heiner einen Brief aus der Jackentasche, der in einer Plastikhülle verwahrt ist. Vorsichtig entnimmer er dem Umschlag ein an den Rändern vergilbtes Blatt Papier. Er faltet es auseinander und ein mit einem in alter Schreibschrift verfasster Text breitet sich vor ihnen aus.

„Ist das Sütterlin?“, wendet sich Julian an Heiner.„Kannst du das lesen? Paps, hattest du das nicht mal in der Schule? Zumindest hast du mir das mal erzählt, als ich aus dem Deutschunterricht etwas Ähnliches mitgebracht habe.“

„Nicht wirklich, das waren nur ein paar Jahre in der Grundschule. Ich habe es dann vergessen. Ein Kollege, der sich mit dieser Schreibweise auskennt, hat es für mich übersetzt.“

Mit dem Zeigefinger fährt Louise eine Zeile auf dem Blatt Papier nach: „Ich kenne diese Schrift ebenfalls, aus meiner Berliner Schulzeit, aber ich habe sie schon lange nicht mehr zu Gesicht bekommen. Das weckt Erinnerungen.“

Heiner zieht aus dem Umschlag ein weißes Blatt Papier mit einem weiteren Text darauf und legt es vor sich ab. Es ist sorgfältig mit einer Schreibmaschine getippt. Er nimmt einen Schluck des Kaffees, der ihm einen etwas grimmigen Ausdruck verleiht, da er zu bitter ist, und beginnt vorzulesen:

Berlin, 27. September 1938

Mein lieber Bruder

Es ist viel passiert. Zu viel, um alles hier in Worte zu fassen. Wenn ich anfangen würde, dir von meiner Odyssee zu berichten, würde dieses Blatt Papier bei weitem nicht ausreichen.

Ich habe dir nach meiner Rückkehr aus dem Krieg nie genau erzählt, was mir dort widerfahren ist, und es fällt mir auch jetzt schwer, mich dir gegenüber zu öffnen. Vielleicht aus Angst, dass du mich verurteilen könntest, aus Scham, nicht in das Weltbild zu passen, in dem wir groß geworden sind, und weil ich das Gefühl habe, dich und die ganze Familie in etwas hineinzuziehen, das euch möglicherweise schaden könnte.

In Berlin habe ich Zuflucht gefunden. Bei drei Menschen, die mir sehr viel bedeuten. Mit denen ich alles teilen kann: meine Gedanken, meine Erinnerungen, meine Gefühle und besonders meine Ängste.

In Berlin bin ich einer von vielen, gehe unter in der Masse an Menschen. Und doch bin ich bei mir angelangt. Zumindest war das so. Bis vor kurzem. Bis diese Scheißnazis alles hier über den Haufen geworfen haben.

Es ist kompliziert geworden, aber ich schaffe das. Wir schaffen das. Und um dir und Frieda, um Tante Ottilie, Onkel Karl und Heide Maria keinen Schaden zuzufügen, muss ich mich von euch lossagen. Ich werde eine neue Identität annehmen, aus eurem Leben verschwinden und euch bitten, mir nicht nachzugehen. Um euretwillen.

Vielleicht ändern sich die Dinge. Im Moment ist die Zuversicht ein Häufchen Elend. Aber wie es so schön heißt: „Die Hoffnung stirbt zuletzt."

Wenn du das Kästchen erhalten hast, werde ich unter anderem Namen irgendwo in Berlin sein. Mein neues Dasein leben. So gut es geht.

Ich wünsche dir und allen anderen ein wunderbares und hoffentlich langes, glückliches Leben.

Und falls es bessere Zeiten geben sollte, werde ich dich es wissen lassen. Du weißt schon wie. So wie wir es immer gemacht haben. Im alten Baumversteck. Eine Nachricht. Nur für dich.

Dann werden wir uns eines Tages wieder in die Arme fallen können.

Bleibt euch treu und liebt euch.
Dein Bruder E. H.

Die darauffolgende Stille beim Nachdenken über diese Worte, wie man das Unausgesprochene vielleicht doch zu fassen kriegen könnte und nichts in der Hand zu haben scheint, wird nur von Julians gleichmäßigem Umrühren in der Kaffeetasse und dem schweren Ausatmen von Louise unterbrochen.

Heiner faltet beide Blätter zusammen und steckt sie wieder zurück in den Umschlag, in die Plastikhülle und schließlich in seine Jackentasche.

Dann erzählt er, was er mittlerweile herausgefunden hat. Dass er seine Großtante Heide nach diesem Baum gefragt hat, ob sie ihn kennen würde, was sie bejahte. Daraufhin hat sie den Baum abgesucht und eine uralte Schnittstelle entdeckt, die sich wie eine Geschwulst aus der Rinde herausgebildet hat. Dort war einmal durch einen Sturm ein großer Ast abgebrochen und die Brüder hatten den Stummel aus dem Stamm herausgesägt. Dabei musste eine Art Hohlraum entstanden sein, den sie benutzt hatten, um sich gegenseitig Nachrichten und anderes zu verstecken. Sie hatte das als kleines Mädchen immer heimlich beobachtet, ihren zwei Ziehbrüdern aber nie verraten, dass sie von diesem Geheimnis wusste.

Der Baum war mittlerweile riesig geworden und man konnte nicht einfach so in den ehemaligen Schlitz hineinlangen. Am nächsten Tag hatte Heide Maria ihren Neffen gebeten, ihr zu helfen, die Schnittstelle zu untersuchen, ob dahinter womöglich etwas stecken könnte. Er schnitt mit einem gezackten Sägemesser immer weiter in die Rinde, bis eine Öffnung zu sehen war und er seine Hand hineingleiten lassen konnte. Und tatsächlich, verbarg sich dahinter ein in Leinentuch eingeschlagenes Büchlein, das er zum Vorschein brachte.

„Hat dir Heide es sogleich geschickt?“ Julians Staunen und Neugier bricht sich Bahn. „Hast du es bekommen? Und was steht darin?“

„Das Büchlein wurde am 24. Mai 1949 von Eduard dort hinterlegt. Er musste es nachts getan haben, damit ihn niemand sehen konnte. Der letzte Eintrag ist mit diesem Datum versehen.“

„Und wo lebte er da? Noch in Berlin? Dann gibt es tatsächlich einen Großonkel?“

„Er muss aus Berlin angereist sein, wo er den ganzen Krieg über auch war. Eduard kehrte auch dorthin zurück. Seinen Namen hatte er geändert, in André Keller. Er wohnte irgendwo im Stadtteil Charlottenburg. Die Adresse habe ich bereits überprüfen lassen. Dort war aber fast alles nach 1945 ausgebombt, und er muss sich wohl woanders eine Bleibe gesucht haben.“

„Aber da steht doch bestimmt noch mehr drin?“, lässt Julian nicht locker.

„Die Natur hat da ihre eigenen Gesetze. Die ganzen Jahre in diesem Baum, da hat die Feuchtigkeit dem Papier und der Tinte zugesetzt. Vieles ist nur in Bruchstücken zu lesen und ergibt selten einen Sinn. Einen Restaurator konnte ich so schnell nicht finden."

Louise sieht Heiner an. Er erwidert ihren herausfordernden Blick und spürt ihr sichtliches Vergnügen, hier mitten in eine Abenteuerreise geschlittert zu sein: „Und da kamst du auf die Idee, nach Berlin zu gehen. Dort kann man bestimmt besser suchen. Museen und Archive hat es auch. Und ich bin gerne als weiblicher Doktor Watson mit dabei. Nicht wahr, Herr Holmes?"

Louise greift nach Heiners linker Hand, umfasst sie mit beiden Händen und küsst seinen Handrücken. Und auch wenn ihm diese Intimität und Körpernähe noch neu vorkommt und er sich mit Hannah selten so zärtlich in der Öffentlichkeit gezeigt hat, verspürt er nichts Unangenehmes mehr dabei. Nicht wie früher. Nicht vor seinem Sohn. Es ist so, wie es ist. Und er genießt es. Und während sie seine lahme Hand fest umschlossen hält, durchströmt ihn wieder dieses Ziehen, ein mehrfaches Zucken. Nicht heftig. Eher fein, wie ein verästeltes Aufsteigen von Ameisen, die sich von der Handwurzel aus über den Unterarm am Ellbogen entlang ihren Weg nach oben bis hinter die Schulterblätter bahnen.

Sie sind nur noch eine gute Stunde von ihrem Ziel entfernt, und Heiner kann es kaum erwarten, endlich dort anzukommen. Alle drei haben hier einiges zu erfahren. Die Vergangenheit, das Jetzt und die Zukunft. Jeder hat seine Geschichten vor sich. Kaum fahren sie zurück auf die Autobahn, werden sie von einer Reklame an einer Brücke über der Fahrbahn überrascht, die allen ein Schmunzeln ins Gesicht zaubert: *PLASTE und ELASTE aus Schkopau.*

Noch nie gehört, noch nie gesehen. Ob man das essen kann?

KAPITEL 13

ANKUNFT IN D-WEST-BERLIN / MITTWOCH, 22. NOVEMBER 1989

Ich stehe da, nackt. Der Körper lügt nicht. Und das Spiegelbild? Diese vermaledeite Reflexion. Trug, Lug oder Wahrheit? Gefalle ich mir? Macht der Spiegel hier einen nicht etwas klein, gedrückt und breit?

Das Badetuch am Boden, zu Füßen liegend wie drapiert, die Zehen lugen darunter hervor, sind nach außen gerichtet. Watschelentengleich. Der typische Gang eines Balletttänzers. Die Hüften können gar nicht anders als auswärts zu rotieren. Jede einzelne Körperfaser ist darauf getrimmt das *en dehors* zu entfalten. Wie Spiralen umwickeln sie die Knochen. Die Muskelgruppen von den Waden aufwärts bis zum Becken ziseliert, selbst beim Loslassen der Spannung bleibt alles in Form. Die Länge, das Schlanke und Leichte stehen im Vordergrund. Alles wirkt wie aus einem Guss.

Rodin kommt mir in den Sinn, dessen Skulpturen, mitten in der Bewegung gefangen, dennoch weiter atmen, lebendig scheinen. Wie beim Tanzen. Keine Statik. Flirrende Luft zwischen den Gliedern.

Im Kunstturnen ist Breite, Funktionalität und Mut angesagt. Auf den Punkt: quadratisch, praktisch, gut. Vom germanisch, arisch angehauchten *frisch, fromm, fröhlich, frei* über die beflissene – teils verbissene – Disziplin und Präzision hat es mich zum französisch-perligen *un, deux, trois – et pas de bourrée* und weiter zum sich wiederholenden Fallen und Aufrichten, zur täglichen Dramatik des Ausdrucks über den Körper, die Geste, die Atmung, über die Ausstülpung des Inneren nach Außen geführt.

Die Kälte lässt mich schlottern. Die Haut zieht sich zusammen. Alles schrumpft. Selbst die Hoden verkommen zu einem faltigen Klumpen. Ich schließe das Fenster und beginne auf der Stelle vor dem Spiegel zu joggen. Schwinge dabei meine Arme mit gebeugten Ellbogen energisch mit, hebe die Knie immer höher an, so lange, bis sich eine Wärme ausbreitet, die etappenweise vom

Brustkorb über die Schultern in die Hände, von den Oberschenkeln wie krabbelnde Ameisen in meine Füße strömt.

Der Schweiß beginnt mir am Rücken hinunter in die Ritze zwischen den Pobacken zu laufen. Vorne auf der Brust glitzert es zwischen den Brusthaaren. Mein Gesicht glänzt, eine nasse Haarsträhne hängt mir quer über die Stirn. Ich schüttele mich wie ein nasser Hund. Der Spiegel ist übersät mit kleinen Tropfen. Durch den feuchten Schimmer auf meiner Haut, der wie ein öliger Film wirkt, muten die Muskeln plastischer, voluminöser an, so wie man es von den Bodybuildern kennt, die sich in Posen werfen und dabei alles zur Schau stellen, was sie zu bieten haben.

Die Veränderung der letzten Jahre ist nicht von der Hand zu weisen. Die Glieder wirken sehniger, der Babyspeck ist zum Glück kaum mehr sichtbar, Brust und Schultern sind zwar immer noch breit, aber modellierter, feiner, so wie der Bauch. Austrainiert.

Wenn da der Scheißfuß nicht wäre. Unterschwellig brechen sich nun Zweifel Bahn. Ob meiner eigenen Eitelkeit, dem Unvermögen, den Tatsachen in die Augen zu schauen oder schlicht nicht zu genügen: zu kräftig, zu dick, zu schwerer Knochenbau, zu deutsch, zu spät dran, zu kurz dabei, noch nicht parat. Und verletzt.

Diese Wertungskriterien umschwirren mich, wie ein Mückenschwarm, dem ich mich nicht erwehren kann. Trotz aller Förderung, trotz Stipendium, trotz des Zuspruchs von so vielen Seiten. Trotz meiner Hingabe und zutiefst empfundenen Demut gegenüber der Tanzkunst in all ihren Farben, Formen und Facetten. Das Gefühl, nicht zu genügen, ist genau jetzt, zwei Tage vor dem wichtigen Vortanzen, wie eine giftige Spritze, gefüllt mit Minderwertigkeitsgefühlen, fehlendem Selbstvertrauen und Unmengen von falschen Bildern im Kopf, die sich in mir ausbreiten, meine Gedanken untergraben, sabotieren.

Ich kenne das. Von früher. Hast du „Faust“ schon gelesen? Das Gedicht von Hölderlin hat mir meine Mutter beim Zubettgehen vorgetragen. Den Bach habe ich letzte Woche gelernt. Auf der Violine. Die Zahl Pi ist echt unendlich, wie das Weltall. War zuerst das Huhn da oder das Ei?

Auf dem naturwissenschaftlichen Gymnasium war ich einer der wenigen ohne einen nach außen getragenen akademischen Familienhintergrund. Doktoren, Professoren und Lehrer bildeten die Mehrzahl der Eltern meiner Mitschüler. Mein Vater hatte zwar studiert, dies aber nie in unser Familienleben miteingebracht oder damit kokettiert. Immer hatte ich das Gefühl, einen Schritt hinterherzuhinken, zumindest, was das rein Schulische anbelangte. Bei aller Belesenheit, ich habe Bücher verschlungen, und trotz bester Noten überkam mich stets ein Bedauern, nicht früher und tiefer in bestimmte Materien eingetaucht, nicht genügend vorbereitet worden zu sein.

In Mathematik oder Physik fiel mir alles leicht, bis hin zum Abitur: Hausaufgaben in Nullkommanichts erledigt, Nachhilfestunden für Mitschüler gegeben, unter den Ersten, die im Unterricht die Lösung herausgefunden hatten. Gegen Ende fehlten mir schlicht das Interesse und die Zeit, mich dem Stoff so zu widmen, als dass ich hier hätte brillieren können. Mir reichte ein guter Abschluss. Meine Lehrer kommentierten kopfschüttelnd die eine oder andere mittelprächtige Arbeit, verstanden nicht, was da passiert war.

Erst bei der Abiturfeier, als ich ein längeres Tanzsolo darbot, das sie sehr berührt haben musste, und sie mitbekamen, dass ich Tanz studieren würde, begriffen sie, warum mein Interesse und Einsatz geschwunden waren und warum sie mein Potenzial nicht weiter herausfordern konnten.

Nicht zu genügen, ist weniger die Frage. Was sind hier meine Erwartungen an mich? Was würde mich enttäuschen? Was ist das Ziel?

Das konstante Treten der Kupplung in den letzten drei Stunden vor der Ankunft im Hotel war nicht hilfreich, glich einer Tortur. Zum mühsamen Vorankommen durch den zähen West-Berliner Abendverkehr gesellte sich die Herausforderung, dass da drei Piloten im Auto saßen, die jeder auf seine Weise zum Ziel steuern wollten: Paps, den Stadtplan vor sich hin und her wendend, als ob seine Kompassnadel andauernd ihre Meinung ändern würde; Louise, die versuchte, sich gewisse Straßennamen aus der Erinnerung ins Gedächtnis zu rufen, was sich so ungenau und zufällig gestaltete wie das heitere Berufe-Raten bei Robert Lembke; und ich selber, der rein auf Intuition und Instinkt baute und sich von einem städtischen Wahrzeichen zum nächsten hangelte.

Nach einer aufreibenden Odyssee kreuz und quer durch West-Berlin kamen wir im Hotel um die Ecke vom Ku'damm an. Endlich die Erlösung. Paps und Louise entschlossen sich, gemeinsam ein Zimmer zu beziehen, und ich verzog mich umgehend auf mein eigenes, zog mich aus und verschwand unter der Dusche, ließ das heiße Wasser über meinen Körper strömen, bis ich mich aufzulösen drohte. Entstieg der dampfenden Duschkabine, wickelte mich in ein weißes Frotteetuch und trat aus dem Badezimmer in die Kälte des Zimmers, dessen Fensterflügel zum Lüften sperrangelweit offenstanden und die abendliche, feuchtkühle Novemberluft hereingelassen hatten. Das Frösteln verscheuchte die Müdigkeit, klärte meinen Blick, reaktivierte mein Gehirn.

Vor diesem Spiegel will ich die Wahrheit wissen. Bevor ich mich in den nächsten Tagen diesem Vortanzen aussetzen werde. Um was geht es hier? Warum Berlin? Warum Ballett? Tanze ich wegen des Jobs, des Geldes, des Renommees? Ist es tatsächlich ein Erfolg, an einem Opernhaus in irgendeiner Reihe zu tanzen? Was werde ich überhaupt tanzen?

Oder tanze ich, weil ich mich über den Tanz definiere, ohne ihn nicht existieren kann? Der Tanz als Schlüssel zu mir, meinem Wesen, zu meinem Inneren wie Äußeren? Oder erst einmal einen Platz finden, starten und dann sehen, wo es mich hinträgt?

Die Nacktheit hat etwas Befreiendes, deckt aber auch unbarmherzig Dinge auf. Mich irritiert eine kaum wahrnehmbare Asymmetrie. Meine beiden Rippenbögen fallen unregelmäßig ab, stehen nicht auf gleicher Höhe, obwohl ich aufrecht und dem Gefühl nach ausgeglichen stehe. Auf der rechten Seite hat sich eine feine Falte gebildet. Die rechte Schulter hängt um Nuancen tiefer als die linke. Meine linke Hüfte und der Beckenknochen drängen leicht nach vorne. Das Gewicht ist um ein Weniges mehr auf den rechten Fuß verlagert. Der linke Fuß schmerzt, nicht stark, eher gleicht es einem feinen Ziehen, das sich in alle Richtungen verteilt, um dann auszuklingen, wie die nach außen immer stärker abflachenden Kreise, nachdem man einen Stein ins Wasser geworfen hat. Das Ausweichen auf den rechten Fuß ist unvermeidlich. Das linke Gelenk unkontrollierbar, weniger wie ein Elastikband unter Spannung, eher wie ein mehrfach geknautschtes Gummibärchen, das aus der Form geraten ist, seine Ursprungsform nicht mehr findet.

Die Vorstellung, am nächsten Morgen ein volles Training zu absolvieren, gar die Solos zu praktizieren, bereitet mir ein flaues Gefühl im Magen. Als ob ich in eine Nebelbank hinein fahre, nur auf Sicht, ohne die Möglichkeit vorherzusehen, wohin es geht, was da vor mir liegt oder auf mich zugerast kommt. Blindflug.

Ich wende mich vom Spiegel ab und blicke zum offenen Fenster auf die nächtliche lärmende Straße hinaus, atme tief ein und aus und warte auf so etwas wie ein Zeichen.

Die letzten vier Tage waren aufregend, unvorhersehbar gewesen; mein eigener Rhythmus jedoch war durchbrochen. Sie entbehrten jeglicher Regelmäßigkeit, die ich bräuchte, um Fuß zu fassen, meinen Körper wieder unter Kontrolle zu bekommen. Die nächsten Tage parat zu sein und abzuliefern, scheint mir so unwahrscheinlich wie eine Wunderheilung.

Nun stehe ich hier. Vom großen Spiegel an der Badezimmertür abgewandt, kann nicht anders und drehe mich wieder um, betrachte und wundere mich.

Es klopft, ich ziehe mir rasch ein Shirt und eine Jogginghose an, öffne die Tür. Mein Vater und Louise stehen vor mir. Adrett angezogen. Sie in einem grau melierten Damenanzug, eine flauschige, anthrazitfarbene Stola um die Schultern geschlungen, mit flachen schwarzen Lackschuhen. Er im blauen Sakko mit hellgrauer Hose und einem dunkelgrauen Trenchcoat über dem Arm.

Sie machen sich auf den Weg zum Ku'damm, auf die Suche nach einem Restaurant, und fragen, ob ich mitkommen möchte. Ich verneine. Brauche Zeit. Allein. Beide verstehen es und versprechen, mir etwas zu Essen mitzubringen.

Bevor Paps sich wegdreht, steckt er mir eine kleine Schachtel zu und gibt mir den Tipp, am besten gleich heute Abend eine Tablette einzunehmen. Er benötige die Dinger momentan nicht. Ich sie wohl eher.

Dabei hasse ich Pillen. Kann nichts mit diesem Zeug anfangen. Es hat weder mit Masochismus zu tun, noch mit heldenhaftem Aushalten von Schmerzen. Diese Verweigerung hat eher etwas Grundsätzliches. Das direkte Nachspüren, wo der Ursprung des Übels liegt. Das Erkennen, Handeln und weitere Beobachten, wie es sich verändert, der Schmerz sich verlagert, abflacht, sich verflüchtigt und eventuell wiederkommt. Eine Quelle und Erfahrung, die mich weiterbringt, mich für das nächste Mal wappnet und die Kontrolle über meinen Körper behalten lässt.

Erst vor ein paar Monaten habe ich die Autobiografie *Dancing on My Grave* von Gelsey Kirkland gelesen. Es war faszinierend, in die Ballettwelt New Yorks einzutauchen, aber zugleich auch eine Warnung. Eine Freundin, selbst ehemalige Tänzerin, hat mir das

Buch geschenkt. Es schildert die Maschinerie der amerikanischen Ballettszene. Wie unter Druck zu Drogen, Tabletten, Alkohol und anderen Stoffen gegriffen wird, um bestehen zu können, zu überleben, komme, was da wolle. Bis sie auf deinem Grab tanzen werden, wenn alles zu spät ist und für dich alles zu früh endet.

Ein Räuspern und kurzes *„Also, wir gehen dann"* lässt mich wieder aufblicken. Mein Vater bietet Louise seinen Arm an, sie hakt sich ein und beide schreiten im Gleichklang den Korridor entlang. Sie könnten ein Paar sein. Ich würde es Paps gönnen. Selbst wenn es nur eine Romanze, eine spontane Liebelei sein sollte.

Ich bin froh, dass Paps da ist. Seine eher nüchternen Betrachtungen, seine pragmatischen Ratschläge sind hilfreicher als die oft küchenpsychologischen Erklärungsversuche und Pseudodiagnosen meiner Mutter, die, so gut sie auch gemeint sind, in mir meist eher einen Widerwillen auslösen, als dass sie mich weiterbringen. Ich muss die Dinge selbst erfahren, sie durchlebt haben, muss durchdrungen sein, damit ich es verarbeiten kann, es in etwas verwandeln, was mich körperlich bewegt. Leben und tanzen lässt.

Nachdem Mitternacht naht und das Klopfen an der Tür ausgeblieben ist, ich meinen Hunger mit Salzletten, Chips und einer ganzen Tafel Milka-Schokolade aus der Minibar gestillt und mit reichlich Wasser hinuntergespült habe, lasse ich mich auf das Bett fallen.

Zuvor habe ich trainiert. So gut es in einem Hotelzimmer eben geht. Eine einfache Ballettstange an einer Stuhllehne. Gesprungen bin ich auch. Der Teppich mit dem dichten Flor hat das Landen gedämpft, dem Knöchel ein sanfteres Aufkommen ermöglicht, als würde man auf einem moosbedeckten Waldboden hüpfen. Keine komplizierten Abfolgen, nur ein von beiden Füßen gesprungenes Emporschnellen und wieder sanftes Auffangen des gesamten Körpergewichtes. Alles war kontrolliert, so gefestigt, dass ich das Atmen vergessen habe. Und noch einmal und noch einmal und …

Dennoch glich es einem Erzwingen-Wollen. Schraubstockartig. In die Mangel nehmen, den Schmerz ausblenden, keinen Zentimeter von der Norm abrücken. Null Akzeptanz, dass da etwas nicht in Ordnung ist. Mein ganzer Körper ein einziger unbarmherziger Muskelstrang. Mir schnürte es die Luft ab. Die Nasenflügel bebten. Der Puls dicht unterm Kinn.

Am Ende fiel ich erschöpft zu Boden. Meine Muskeln ließen nicht los. Hielten mich zusammen, pressten sich an die Knochen, Sehnen und Bänder, wie eine Ladung Mullbinden, die so fest um mich gewickelt wurden, dass alles am Platz blieb, wo es hingehörte, um zu funktionieren.

Es dauerte eine halbe Stunde, bis die Spannung von mir abfiel, sich die Schockstarre löste. Zumindest zum Teil. Bis sich meine Gelenke wieder bewegen ließen, aus der Mumie ein lebendiger Körper wurde, dessen Lungen sich mit Sauerstoff vollpumpten und ich mein Herz schlagen spürte. Das Pulsieren in meinem lädierten Fuß sich wieder bemerkbar machte.

Währenddessen knallten draußen vereinzelt Feuerwerkskörper, hupten Autos, waren Menschen zu hören, die lauthals singend, teils grölend durch die Straßen wankten.

Die Feierlaune dieser Stadt hält an. Nicht so gesittet wie in Paris. Eher spontan, ausgelassen, mit einer nackten Ehrlichkeit, die ich – im Vergleich zu den snobistischen Parisern – den Berlinern abnehme, als weitaus glaubwürdiger empfinde im Gegensatz zum aufgesetzten Trikolore-Bestaunen.

Nach meinem improvisierten Festmahl und einer von Paps' Schmerztabletten beschließe ich auszugehen. Raus auf die Straße. Hier tanzt man aktuell eher auf dem Asphalt als in einem Club. Mein Körper hat seine Abreibung bekommen, mein Kopf noch nicht. Der muss gelüftet werden.

Der Mond und die Sterne haben sich hinter Wolken verkrümelt. Kaltfeuchte Novemberluft, durchdrungen von nebligen Schießpulverschwaden und dem Geruch nach Rauch aus Kohleöfen hängt über mir, drückt aufs Gemüt, entlockt mir zuerst keine Wellen der Begeisterung. Aber ich muss mich beschäftigen. Ausharren. Auf dem Hotelzimmer die Zeit totzuschlagen und Däumchen zu drehen, ist nie meins gewesen. Lieber bleibe ich in Bewegung, halte mein System auf Trab.

Nach den ersten Schritten meldet sich der Fuß wieder, kein Wunder nach dem Martyrium von zuvor. Die Tablette wird hoffentlich bald wirken.

Ein hupender Trabi fährt an mir vorbei. Die strahlenden Gesichter hinter den heruntergekurbelten Scheiben lösen ein Lächeln in mir aus. Ich winke hinterher und blicke die Berliner Promenierstraße, dem Ku'damm entlang, ohne die Eleganz und den Prunk der Pariser Boulevards zu entdecken.

Der schnelle Wiederaufbau nach dem Krieg hat keine Extravaganzen zugelassen, das alte Flair nur zum Teil wiederhergestellt. Dennoch ist der Großstadtcharme aufrecht erhalten geblieben. Die Straßen mehrspurig und die Gehsteige weiterhin breit und lang. Bäume und Alleen zeugen von der alten Pracht. Bei Nacht wirken alle Städte imposanter, teils geheimnisvoller. Die Schatten verwischen die Risse, Verletzungen und Leerstellen.

Ich nähere mich der Kaiser-Wilhelm-Gedächtniskirche und es werden immer mehr Menschen. Sie sitzen auf Bänken, stehen um Straßenlampen gruppiert, unterhalten sich lautstark, während sie in verschiedene Richtungen strömen, einander zuprosten, sich gegenseitig auf die Schultern klopfen oder ohne ersichtlichen Grund in die Arme des anderen werfen, festhalten, umarmen und dabei lachen, weinen, schluchzen, lallen, innehalten. Fast möchte man die Luft anhalten, das Bild einfrieren, diese Fröhlichkeit, Gelassenheit und Glückseligkeit konservieren.

Seitdem die Grenzen geöffnet wurden, sind dreizehn Tage vergangen. Viele haben durchgefeiert, sind mit eingestiegen in diesen Freudentaumel wie in ein sich langsam drehendes Karussell, wo das Zusteigen so leicht fällt, der Fahrtwind um die Nase weht, das Auf und Ab einlullt, einen die Realität vergessen lässt.

Die Aussicht, Berlin bei Nacht auf mich wirken zu lassen, trübt ein, da es zu nieseln beginnt. Alles verschwimmt, die Häuser ergrauen, die Straßenlaternen schaffen es nicht, gegen den Regenschleier anzukommen. Die Kälte dringt durch meine Jacke. Die Haare saugen sich voll.

Am Zoologischen Garten entdecke ich einen Aufgang zur S-Bahn, steige die Treppen hoch. Auf dem Bahnsteig ist es eisig kalt. Mein Atem dampft. Wenn ich ausatme, schmecke ich das das salzig-süße Gemisch aus Paprikachips, Salzletten und Schokolade am Gaumen.

Es ist spät. In einer Großstadt herrscht zwar vierundzwanzig Stunden Betrieb, dennoch ist es nicht ratsam, um diese Zeit unterwegs zu sein. Dazu kenne ich Berlin zu wenig.

Im Gegensatz zu Paris. Als ich zum ersten Mal nach Paris fuhr, war ich in Begleitung meiner damaligen Freundin Corinna. Wir besuchten die Akademie von Solange Golovine und ich wollte mich umschauen, was mich dort erwartete, falls ich das Stipendium annehmen und an ihre Schule wechseln würde.

Wir kamen in einem kleinen, recht abgewohnten Hotel unter. Die Tapeten hingen teils lose herunter und irgendwelche arabische Zeichen waren an die Wände gekritzelt. In der ersten Nacht witzelten wir darüber, dass am nächsten Morgen womöglich ein Kamel vor der Tür stehen und Corinna nicht mehr bei mir sein würde. Ein Tauschhandel. Schon am übernächsten Tag mussten wir feststellen, dass das nächtliche Sirenengeheul und Blaulicht eines Polizeiwagens, der für eine Weile vor unserem Fenster stand, die Einbruchserie in eine Vielzahl von Autos unterbrochen haben musste. Nach sieben Fahrzeugen mit demolierten und eingeschlagenen Seitenscheiben wäre mein Auto als Nächstes dran gewesen.

Zum Glück ist mir das bisher im fünfzehnten *Arrrondissment* nie widerfahren. Dort geht alles recht bürgerlich und friedlich zu. In meinem ersten Domizil, einer Wohnung im neunzehnten, die dem Sohn einer vom Mams Freundinnen gehörte, der wechselweise in London und Paris für eine Bank arbeitete, konnte ich die ersten drei Monate wohnen, bis ich etwas Eigenes gefunden hatte. In diesem Viertel trafen alle möglichen Charaktere und Kulturen aufeinander. Ein Schmelztiegel und Brennpunkt. Doch was wusste ich schon.

Eines Abends, nach einem langen Trainingstag und mehreren Wohnungsbesichtigungen kam ich weit nach Mitternacht an meiner Metrostation an, stieg aus dem Waggon auf den Bahnsteig und prallte dort auf eine Menschenansammlung. Mir reichte der Blick durch eine Lücke. Ich sah eine Person, die am Boden lag, mit dem Gesicht nach unten, ein Messer im Rücken. Es musste kurz vor Ankunft der Metro passiert sein. Eine Blutlache bildete sich unter dem leblosen Körper und quoll über den schmutzig grauen Boden. Ich stürzte an der Menge vorbei, die Treppen hoch, nach draußen, hörte die Sirenen der Polizei und des Krankenwagens in der Ferne, rannte die kurze Strecke zum Haus, erklomm die Treppen bis zum dritten Stock und schloss mich ein.

Hier in Berlin fühle ich mich doch sicherer. Hat es mit der Sprache zu tun, die ich verstehe und spreche? Weil ich selber Deutscher bin? Oder weil mir hier in Berlin beim letzten Besuch vor zwei Jahren nichts Einschneidendes widerfahren ist? Seit Paris ist es auf jeden Fall vorbei mit dem Schwarzwälder Landei.

Die S-Bahn fährt zum Glück noch um diese späte Zeit. Im Zwanzig-Minuten-Takt. Ich löse für zwei Mark und siebzig Pfennig ein Ticket am Automaten, versichere mich, dass ich auf dem richtigen Bahnsteig stehe, in Fahrtrichtung Friedrichstraße, und steige ein paar Minuten später in einen der mit wenigen Passagieren besetzten letzten Waggons.

Ich setze mich ans Fenster. Die Sitze sind aus Holz. Hart, ohne Polsterung. Auf der anderen Seite des Ganges hat sich ein älterer Herr in einem dicken doppelreihigen Wollmantel mit Schulterklappen breitgemacht. Dazu trägt er eine dunkelblaue Schiffermütze, die ihm tief in der Stirn sitzt. Die Aufmachung hat etwas Uniformhaftes an sich. In Paris sind eher die Baskenmützen zu sehen, lässig schräg auf dem Kopf sitzend vermitteln sie ein Flair, eine Haltung, die etwas Individuelles in sich birgt, wie ein Lächeln, das ein Gesicht verziert, selten symmetrisch, die Mundwinkel heben und senken sich unterschiedlich, zeichnen eine unverwechselbare, höchst persönliche Geometrie.

Neben dem Mann, der stur aus dem Fenster starrt, liegt auf dem Sitz zusammengerollt, mit einer Decke unterlegt, ein kleiner Hund. Ich vermute ein Dackel. Die feuchte Wolle und das nasse Fell verbreiten eine unangenehme Duftwolke und ich bin froh, dass es nur wenige Haltestellen bis zum Lehrter Stadtbahnhof sind. Von dort aus soll es unweit zur Mauer sein. Mit Blick auf das alte Reichstagsgebäude.

Die Bahn fährt ruckartig los, drückt mich in die Rückenlehne, lässt meinen Kopf kurz nach hinten kippen. Eine zuvor im letzten Moment durch die sich schließenden Türen hereingesprungene Gruppe von fünf jungen Männern und Frauen greift hastig nach einer der Stangen neben sich, damit sie nicht umgeschmissen werden. Bis auf einen. Er steht breitbeinig da, hat seine Knie leicht gebeugt, dabei die Arme weit von sich gestreckt und gleicht das Ruckeln geschickt aus. Nachdem die Bahn Fahrt aufgenommen hat, reiht er geschmeidig ein paar Tanzschritte aneinander. Wie eine ironische Antwort auf eine ruppige Frage. Seine dunklen Locken fallen ihm ins Gesicht, beginnen mit jeder weiteren Bewegung, um seinen Kopf zu hüpfen oder besser: zu tänzeln. Sein Lächeln steckt an, die braunen Augen strahlen eine Offenheit aus, die mich mit Neugier erfüllt. Mein Blick gleitet an ihm herab, und wieder zurück nach oben, als ob ich ihn vermessen möchte.

Bleib an seinem markant geschnittenen Gesicht hängen. Die dunklen Schatten auf seinen hohen Wangen lassen einen kräftigen Bartwuchs vermuten, den er täglich mit einer Rasur unter Kontrolle hält. Mit seiner dunklen, leicht knautschigen, locker sitzenden Lederjacke, dem schwarzen Rollkragenpullover und der engen Jeans wirkt er jugendlich und mit einer draufgängerischen Eleganz zugleich männlich. Klassisch mit einem Hauch Abenteuer. Oder umgekehrt? Mediterran würde Hannah sagen. Sinnlich, attraktiv und feurig zugleich. Ach, Mam.

Kaum haben sich alle gefangen und stehen wieder sicher auf ihren Beinen, beginnen sie sich angeregt in einer Mischung aus Englisch, Italienisch und Deutsch gestenreich zu unterhalten. Ihre ausgeprägten aufrechten Haltungen, die schlanken Figuren, das fast schon manierierte Gefuchtel der Hände, die auswärts gedrehten Fußspitzen lassen nur einen Schluss zu: Tänzer. Balletttänzer.

Ihrem Gespräch entnehme ich, dass sie es endlich zur Mauer, an einen der Grenzübergänge schaffen wollen. Zu lange Proben, zu viele Vorstellungen, jetzt endlich die Chance, was zu sehen. Mitzufeiern.

Wir fahren im Bahnhof Tiergarten ein und alle bleiben sitzen oder stehen. Keine neuen Passagiere besteigen den Waggon. Die Fünfergruppe entscheidet, am Lehrter Stadtbahnhof auszusteigen. Der Bahnhof Friedrichstraße auf der ostdeutschen Seite soll um diese Zeit noch immer überlastet sein. Und sowieso seien auf der Westseite die Graffitis und Ansichten bei weitem interessanter. Zumindest hätte dies Rico behauptet, und er müsse es ja wissen, als ehemaliger Ossi.

Ich werde mich an sie dranhängen. Eine Stunde habe ich Zeit. Die letzte S-Bahn geht kurz nach zwei Uhr morgens zurück. Die sollte ich nicht verpassen.

Am Lehrter Stadtbahnhof steigt die Gruppe aus und ich folge ihnen mit etwas Abstand. Keine Ahnung, welche Straßen ich entlang gehe. Das Nieselwetter trübt die Sicht und als die Gruppe kurz diskutierend stehen bleibt, stelle ich mich zu ihnen und frage sie auf Englisch, wo ich die Mauer finden kann. Sofort fixiert mich ein Augenpaar. Es ist der Italiener, zumindest vermute ich, dass er einer ist. Die anderen in der Gruppe werden zur Nebensache. Mein Blick zurück, diese Erwiderung löst einen Wimpernschlag bei ihm aus. Eine Welle trifft mich unvorhergesehen. Ich meinerseits blinzele kurz und muss aufpassen, dass mein Mund nicht offen stehen bleibt. Er antwortet in dialektfreiem Deutsch.

„Komm doch mit uns mit!"

„Oh …", quetsche ich heraus, räuspere mich, „… gerne. Bin erst heute in Berlin angekommen. Kenne mich nicht so aus."

„Bei Nacht etwas schwierig. Da sieht alles ähnlich aus."

Sein Blick huscht über mein Gesicht, wie ein Suchscheinwerfer.

„Stimmt, hier sowieso. Etwas trostlos die Gegend. Und dann noch dieser Regen …", entgegne ich und schaue mit halb zugekniffenen Augen in den Nieselregen über mir.

„Bist du auf Urlaub hier?"

„Nein, beruflich. Oder besser: Student."

Die Banalität dieses kurzen Gesprächs entspricht in keiner Weise meinem inneren Zustand. Vom Flirten bin ich meilenweit entfernt und dennoch rumort es in mir, bricht sich ein Schub an Hormonen Bahn, lässt mich zwischen Lust, Frühlingserwachen und Vorfreude hin und her pendeln. Klare Gedanken: ein Ding der Unmöglichkeit.

Da reicht er mir die Hand.

„Ich bin Alessandro."

„Freut mich. Julian."

Die anderen vier stellen sich mir kurz vor, ich kann mir aber die Namen nicht merken. Ihre Gespräche perlen an mir ab. Ich laufe neben ihnen her, den Blick starr nach vorn gerichtet. Da berührt mich eine Hand am Ärmel. Es ist seine. Er nimmt die meine, umschliesst sie mit wenig Druck. Seine ist warm, trocken. Dann hält er mich zurück und wartet, bis die anderen ein paar Schritte weitergegangen sind.

„Alles okay?"

„Äh,ja, alles gut", stammele ich, überrascht so schnell in ein Vieraugengespräch zu geraten.

„Ich habe dich schon vorhin in der S-Bahn gesehen."

„Ich dich auch."

„Wie lange bleibst du in Berlin?"

Meine Lippen öffnen und schließen sich. Wie ein Fisch an Land. Kein Laut dringt hervor. Ich schlucke, reiße mich zusammen und antworte: „Geplant ist bis Sonntag."

„Zeit für einen Drink?"

Der lässt wirklich nicht locker und ich frage: „Wie komme ich zu dieser Ehre?“

Statt einer Antwort zieht er mich mit sich mit, eilt seinen Freunden hinterher. Ich nehme einen Geruch wahr, eine Mischung aus würzigem Aftershave und Zigarettenqualm. Das Rasierwasser stammt auf jeden Fall von ihm, der Qualm von einem Menschenauflauf, der sich vor einem bunt bemalten Mauerabschnitt befindet. Dahinter, zum Greifen nah, das Brandenburger Tor mit der Quadriga und der Siegesgöttin, die den Blick nach Osten gerichtet hat.

Fast jeder in dieser kunterbunten Ansammlung hält eine Flasche in den Händen: Bier, Sekt, Wein. Zigaretten werden herumgereicht. Man unterhält sich lautstark, freudig. Es erinnert an Silvesterfeiern. Fehlen nur der Countdown und das große Feuerwerk.

Wir bleiben stehen. Gesellen uns zu den anderen. Von irgendwoher klingt der scheppernde Klang eines Transistorradios, Fetzen von deutschen und englischen Popsongs wabern durch das Getümmel. Zahlreiche Menschen stehen auf der Mauer, vereinzelt werden Neugierige hochgezogen, andere hangeln sich runter.

Es ist ein ungewohntes Bild, insbesondere wenn ich mich an die Situation vor zwei Jahren erinnere, als wir mit respektvollem Abstand an der Mauer entlang flanierten, nicht wussten, ob wir hinter oder vor der Mauer standen, ob wir die Gefangenen waren oder die anderen in ihrer Gefangenschaft wähnten.

Der Trubel, der Lärm, dass wir von weiteren hinzukommenden Besuchern eingezwängt und in eine Richtung gedrängt werden, löst ein mulmiges Gefühl in mir aus. Mein Atem geht flacher, ich halte nach Lücken Ausschau, um mich durchzuquetschen, um dem pinguinartigen Zusammenrotten zu entkommen. Die Hand des Deutsch-Italieners lässt mich nicht los und somit ziehe ich den Rest der Gruppe, die sich nach ihm richtet, im Schlepptau mit, bis wir aus dem Gewühle heraus sind, beinahe herausgespuckt werden.

Nach kurzer Beratung entscheiden sie weiterzugehen. Zum Checkpoint Charlie. Das ist mir zu weit. Ich gebe an, morgen früh rauszumüssen.

„Wann sehen wir uns wieder, schöner Mann?“, fragt mich Alessandro.

„Morgen? Gleicher Ort?“, mache ich den Vorschlag und merke jetzt schon, dass ich gar nicht mehr weiß, wo wir uns befinden. Geschweige denn, wie ich hierher gekommen bin. „Gleiche Zeit wird wohl eher schwierig …“

Alessandro lässt sich nicht aus der Ruhe bringen. „Wo bist du untergebracht?“

„In einem Hotel, in der Nähe des Ku'damms. Ecke Adenauerplatz.“

„Dann sehen wir uns im Café Kranzler. Kennst du das?“

„Ja, sagt mir was. Um achtzehn Uhr?“

„Perfekt“, Alessandro hält kurz inne, wirkt etwas verlegen und fragt dann: „Wie war dein Name nochmal?“

„Entschuldige, habe ich mich nicht vorgestellt? Ich heiße Julian.“

„Freut mich, Julian.“

„Und dein Name ist … Alessandro, nicht?“ Und schon ärgere ich mich über meine Worte. Wie ich es ausgesprochen habe, als ob ich irgendetwas testen oder seine Vergesslichkeit abstrafen wollte.

Doch er bleibt gelassen und antwortet ohne Unterton. „Ja, Alessandro.“

Während er mir den Weg zurück zur S-Bahn erklärt, dabei beide Hände auf meine Schultern gelegt hat, stelle ich fest, dass wir fast gleich groß sind, unsere Augen sich auf gleicher Höhe begegnen. Seine Hände gleiten zeitgleich an meinen Armen herunter, bis sie an meinen Fingern kurz hängenbleiben und wie Wassertropfen abfallen.

Ich verabschiede mich von den anderen mit einem kurzen Handgruß, spüre ihre Blicke, die mir folgen. Als ich um die Ecke des nächsten Blocks gebogen und aus ihrem Sichtfeld verschwunden bin, lehne ich mich mit dem Rücken gegen eine Hausmauer.

Habe ich in den letzten Minuten geatmet? Mein Mund ist trocken. Mein Kopf leer. Das habe ich nun vom Lüften. Ein hormonelles Chaos. Braune Augen und ein Lächeln, die sich unverblümt in die Netzhaut gebrannt haben. Und ein Rendezvous mit einem Mann, dessen Vorname der einzige Anhaltspunkt ist. Und dass er tanzen kann.

Nach ein paar tiefen Atemzügen gehe ich los, folge Alessandros Wegbeschreibung, gelange in wenigen Minuten zum Lehrter Stadtbahnhof und sitze kurz darauf wieder in der S-Bahn auf dem Weg zurück Richtung Charlottenburg.

Mein Blick bleibt beim Streckenverlauf hängen. Die Deutsche Oper hat eine eigene U-Bahn-Station. Am Zoologischen Garten umsteigen und an der übernächsten Haltestelle wäre ich dort. Es muss sein. Meinen Fokus klar stellen. Zurück zum eigentlichen Grund, warum ich hier bin. Keine Abweichungen, Tunnelblick. Nach Berlin fahren, Vortanzen und zurück nach Paris. *Basta*. Das war der Plan. Also reiß dich zusammen.

Trotz alledem: Warum ändert sich Geschichte so schlagartig, kann nicht einfach linear verlaufen, ohne Mauerfall, ohne Überraschungsbesuche, Herzensgeschichten, Familienmysterien? Wie ein davonspringender, hakenschlagender Hase, der zuvor unsichtbar in Lauerstellung bewegungslos in einer Erdkuhle verharrte und dem man nun hinterherzueilen scheint. Ohne Aussicht auf Erfolg ihn je einzuholen. Eher holt einen die Geschichte ein. Überrollt einen. Ändert die Perspektiven, ohne Rücksicht auf Verluste.

Am Zoologischen Garten steige ich um, fahre die zwei Stationen bis zur Deutschen Oper, steige die Treppen hoch, hinaus aus den eisigen Katakomben und stehe vor einem rechtwinkligen, nüchternen und grauen Gebäude. Der Kontrast zur Pariser Oper, zum *Palais Garnier*, wie ein Kulturschock. Dort das verschnörkelte, überladene und opulente historische Bauwerk, hier ein puristischer, kantiger Kasten. Wenn der Tanz eine ähnliche Ästhetik aufweist, könnte es spannend werden. Womöglich doch keine Strumpfhosen und kein Entengewatschel.

Nachdem ich den Bühneneingang gefunden habe, schaue ich mich um und entdecke um die Ecke eine Uhr. Es ist nach halb drei Uhr morgens. Um neun Uhr soll ich spätestens im Ballettsaal sein, mich aufwärmen. Ich gehe zu Fuß.

Eine halbe Stunde später betrete ich das Hotel und finde vor meiner Zimmertür eine braune Papiertüte: ein Sandwich, ein Apfel und eine Cola. Ein Zettel liegt ebenfalls darin. Die Handschrift erkenne ich sofort. Paps hat so viel trainiert und versucht seine Linkshändigkeit zu kompensieren und mit rechts zu schreiben, was definitiv nicht so einfach scheint. Alles ist halbwegs schief und krakelig:

Falls dich der Hunger packt und du noch nichts gegessen haben solltest. Schlaf gut und wir sehen uns beim Frühstück. Paps

CHRONOLOGIE V

1940 | 25. Dezember

Der zu Weihnachten erstandene Volksempfänger wird von Egon so manipuliert, dass er verschiedene Sender anderer Nationen empfangen kann.

Seine rudimentären Sprachkenntnisse in Französisch und Englisch erlauben ihm zumindest einen anderen Blick über die Grenzen.

1941 | 26. Juni

Nach einem Rangierunfall auf den Abstellgleisen muss einem Gleisarbeiter im Krankenhaus die Hand notamputiert werden.

Der Verletzte macht gegenüber Egon einen eher vergnügten Eindruck, da er für den Einzug zum Militär untauglich geworden ist.

1942 | 19. Juni

Der anhaltende Siegeszug der Wehrmacht versetzt Frieda in eine euphorische Stimmung, und so lädt sie zu ihrem 40. Geburtstag alles ein, was in der Gemeinde Rang und Namen hat. Da ein Großteil der Gäste aus Mitgliedern der NSDAP und der SS besteht, zudem viele in Uniform erscheinen, verlässt Egon kommentarlos die Feierlichkeiten seiner Gattin und löst seinen Kollegen im Bahnhof ab.

Danach spricht Egon für mehr als eine Woche nicht mehr mit seiner Frau.

1943 | 26. März

Zum zehnten Geburtstag seines Sohnes reist Egon mit Heiner nach Waldbrunn, um die Verwandtschaft zu besuchen.

Sie verbringen dort drei Tage in Frieden.

1944 | 27. November

Berichte über die Bombardierung von Freiburg und Offenburg veranlassen Egon, seine Familie nachts in die Kellergewölbe des Bahnhofs zu schicken, wo sie eine ganze Nacht verharren.

Keine Bombe schlägt ein.

1945 | 23. April

Einen Tag nach der erfolgreichen Sprengung des Unteren Hirschsprungtunnels und der Ravennabrücke durch alliierte Bombenangriffe ist die Höllentalbahn stillgelegt. Ein Waggon am Ende des hinteren Abstellgleises am Hinterzartener Bahnhof zieht Egons Aufmerksamkeit auf sich. Aus dem unbewachten Eisenbahnwagen kann er ein Wimmern und schwache Klopfzeichen wahrnehmen. Nachdem die Dunkelheit hereingebrochen ist, schleppt er eine Sackkarre mit Lebensmitteln und Decken zur Schiebetür und bricht mit einer Eisenstange das Schloss auf. Was er sieht, entspricht den vielen Gerüchten, Erzählungen und besonders den Berichten der ausländischen Radiosendern. Zutiefst erschüttert, verhilft er den wenigen Überlebenden aus ihrem Todeszug zur Flucht.

Zwei Nächte später steht der Waggon plötzlich in Flammen.

1946 | 03. Februar

Der Fahrbetrieb von Hinterzarten nach Donaueschingen wird wieder aufgenommen. Da der Streckenabschnitt zwischen dem Höllensteig und dem Bahnhof Hinterzarten über die gesprengte Löffeltalbrücke vorerst noch immer nicht befahrbar ist, wird dieser Abschnitt für den Personentransport der Passagiere zu Fuß bewältigt.

Egon ist mitverantwortlich für die Organisation und wird dabei mehrfach Zeuge, wie Personen auf Grund ihrer Hast und Übereile nicht den Anweisungen folgen, in die Wiesen am Straßenrand treten und von Minen zerfetzt werden.

1947 | 24. Dezember

Egon schlägt eine Tanne im Wald und die Familie feiert das erste Mal seit Jahren eine den Umständen entsprechende traditionelle Weihnachtsfeier.

Die Bescherung fällt jedoch aus.

1948 | 16. Juni

Beim Versuch, auf dem Schwarzmarkt für ihre bevorstehende Geburtstagsfeier an ein paar zusätzliche Kilo Butter, Mehl und Fleisch zu gelangen, gerät Frieda in eine Razzia der französischen Besatzer, aus der sie Egon mit Mühe und Not herauslotsen kann.

Ihre Dickköpfigkeit und Uneinsichtigkeit lassen ihn kopfschüttelnd zurück.

1949 | 23. Mai

Am Tag der Inkraftsetzung des Grundgesetzes der Bundesrepublik Deutschland (BRD) eröffnet Egon seiner Frau Frieda, dass er einen Neuanfang planen und aus dem Schwarzwaldnest weg möchte.

Den Antrag zur Versetzung hat er, ohne Frieda etwas zu sagen, bereits Wochen zuvor gestellt.

1950 | 03. Januar

Der fünfzigste Geburtstag von Egon wird zuerst nur im kleinen Familienkreis zelebriert. Am darauffolgenden Samstag findet eine große Überraschungsfeier statt, an der die ganze Verwandtschaft aus dem Odenwald teilnimmt.

Eine Postkarte aus Berlin sorgt für Aufregung, da sie zwar an Egon adressiert ist, aber von einem André unterzeichnet wurde, Fragen aufwirft, da ihn niemand kennt.

KAPITEL 14

D-WEST-BERLIN / FREITAG, 24. NOVEMBER 1989

Er wischt sich die Lippen mit der Papierserviette ab. Das Glas Orangensaft ist leergetrunken. Herbsüßlicher Kaffeeduft vermischt mit den fettigen Röstaromen von Speck und Würstchen, kaltem Zigarettenqualm und einem wenig dezenten Frauenparfüm, das an weiße Lilien und Automatenkaugummis erinnert, wabert in Schwaden durch den Frühstücksraum. Wie eine vage Reminiszenz an die letzten zwei Stunden, als jeder Tisch besetzt war und das Buffet von Vertretern, Geschäftsleuten, Touristen und Mauerneugierigen beackert wurde. Im Hintergrund läuft ein Radioprogramm. Kurz zuvor waren die Zehn-Uhr-Nachrichten in Fetzen zu hören. Das Geklapper des Bestecks und Geschirrs hat indessen das meiste übertönt.

Eine junge Hotelangestellte ist dabei, die Tische abzudecken und zu säubern. Ein älterer, mit Schürze bekleideter Mann räumt das Buffet ab. Heiner ist der letzte Gast. Vor ihm liegt ein aufgebackenes goldenes Weizenbrötchen. Schrippe nennen sie es hier in Berlin, wegen der oben aufgesprungenen Rinde. Daneben ein in Folie abgepacktes Minikarree Butter, ein Schälchen Erdbeermarmelade, je eine Scheibe Kochschinken und Emmentaler, der zu schwitzen begonnen hat. Die Tasse Kaffee aus der riesigen Thermoskanne hat er mit einer ordentlichen Ladung Zucker und drei Portionsdöschen Kaffeesahne trinkbar gemacht.

Die Säure des Orangensaftes verursacht ihm ein Ziehen auf den Zähnen. Zu Hause trinkt er nie Fruchtsäfte. Zu Hause wäre er jetzt lieber. Ohne Gedöns. Das Wort hatte er vorhin von einem Tischnachbarn aufgeschnappt und Heiner wurde bewusst, dass er hier in der nördlichen Hälfte Deutschlands sitzt. Und sich leer fühlt.

Louise ist vor einer Stunde aufgebrochen, um noch mal ihren Onkel zu besuchen. Dass sie gestern den Ort, an dem sie als Kind aufgewachsen ist, nur als Leerstelle, als Loch zwischen anderen Häusern vorgefunden hatte, nicht einmal den Anblick des Straßenzugs annähernd mit ihrer Erinnerung abgleichen konnte, hat sie nicht zur Ruhe kommen lassen. Es soll in Berlin noch eine Tante geben und ein oder zwei Cousinen, die sie besuchen will.

Hier zu sitzen, fremden Menschen bei der Arbeit zuzusehen, sich dem Müßiggang zu ergeben, passt nicht zu ihm. Und dennoch ist es genau das, was Heiner tut, seit Louise losgezogen ist. Eine Lethargie hält ihn auf dem Stuhl fest. Seine Sinne nehmen die Umgebung nur bruchstückartig wahr. Eher umrissgleich, schemenhaft. Kaum dass Gerüche oder die Geräusche von ihm noch wahrgenommen werden. Alles scheint hinter einer Glaswand. Dabei wirbelt im Inneren alles in ihm umher. Köchelt vor sich hin. Julian würde diesen Zustand *implodieren* nennen: wenn es in einem brodelt und nichts nach außen dringt, bis man in sich zusammenfällt. Alles wird nach innen kippen. In ein schwarzes Loch. Er scheint kurz davor zu sein.

Die letzten Tage bargen so viele Erlebnisse, Ereignisse und Überraschungen in sich, dass sein ganzes Wesen und Denken über die Ufer treten, alles niederwalzen möchte, was ihm im Weg steht, dort aber auf Dämme stößt. Stauwände, die er selbst gesetzt hat. Alles prallt an ihnen ab. Warum? Das weiß er schon lange nicht mehr.

Aufstehen und gehen. Egal wohin. Geht nicht. Klare Gedanken fassen, scheint ihm nicht mehr vorstellbar zu sein. Kommt ihm Louise in den Sinn, spielen seine Gefühle verrückt und ihn ergreift beinahe Panik. Er ist froh, dass etwas Abstand zwischen ihr und ihm entstanden ist. Zeit, um sich zu sammeln. Zeit, um sich klar zu werden, warum er hier in Berlin sitzt. Warum er seinen Sohn seit vorgestern Abend nicht mehr zu Gesicht bekommen hat. Warum ihn die Suche nach seinem verschollenen Onkel dermaßen aufwühlt und ihn das alles hier überfordert.

Während er die lahme linke Hand nur mit ihrem Gewicht auf die Schrippe legt, säbelt er sie mit der rechten auf, das Brötchen zerbröselt dabei fast. Dann bestreicht er schließlich den unteren Teil mit Butter, wobei ihm die Hälfte immer wieder vom Teller zu rutschen droht. Das Fluchen kann er unterdrücken, schluckt den Ärger über sich, über seinen Arm, diese Unzulänglichkeit mit dem übersüßten Kaffee hinunter. Er belegt die Schrippenhälfte mit Käse und Schinken, klappt alles mit dem Deckel zu und beißt hinein. Dabei fällt ihm ein Stück Käse zu Boden, das er sofort aufhebt, mit der Serviette abtupft und wieder aufs Brötchen legt.

Nichts wird verschwendet. Daran verreckt der Magen nicht, hat seine Mutter immer gesagt. Kauen und schlucken.

Heiner schlägt die Tageszeitung auf und nach zwei Artikeln kann er sich nicht mehr konzentrieren, starrt zum gegenüberliegenden bodentiefen Fenster hinaus, wo der Regen in Schlieren am Glas herunterläuft.

Nachdem er und Louise Julian gestern beim Frühstück verpasst haben, entschieden sie sich, den Tag mit einem Ausflug zum Olympiagelände zu starten. Für beide eine Reise zurück in alte Zeiten.

Bei Louise lösten diese Erinnerungen meist ein Unwohlsein aus. Sie verknüpfte damit in erster Linie Menschen, von denen sie weggerissen worden ist, oder Ereignisse, die sie zutiefst verletzt hatten, ohne jemals die Chance bekommen zu haben, sich nochmals umzudrehen, einen Blick darauf zu werfen, es anders betrachten, verstehen oder gar lösen zu können. Alles lag für Jahrzehnte tief in ihrem Unterbewußstein abgespeichert, in die letzte Ecke verdrängt und kam nun hervorgekrochen.

Heiner forderte sie immer wieder auf weiterzuerzählen, was Louise annahm. Bei ihrem Gang über das riesige Areal schilderte sie viele Anekdoten, sinnierte über Personen aus der Familie und der näheren Umgebung. Schließlich breitete sie die Zeit der Beklemmung, der Ohnmacht und des Versteckens in Paris unter der Besatzung der Nazis vor ihm aus. Bis sie im Inneren des Stadions angekommen waren und von einem der oberen Ränge in das weite Rund der Arena blickten. Wie lange sie dort saßen, ihren Gedanken nachhingen, kein Wort sprachen, sich dabei an der Hand hielten, konnte Heiner nicht sagen. Dann begann er zu erzählen.

Das letzte Mal war er 1968 in Berlin. Beim Deutschen Turnfest. Sein letzter Wettkampf, den er mit Bravour absolviert hatte. Es war der Höhepunkt seiner Sportlerkarriere, und dass er bei der Abschlussveranstaltung im Olympiastadion das Banner seines Heimatvereins tragen durfte, hatte ihn damals sehr geehrt. Damit hatte niemand gerechnet, er am allerwenigsten.

Ihn hatten zeitweise kurze Ausfälle geplagt, ein zufälliges und schnelles Erlahmen seines linken Armes, was er beflissentlich ignoriert hatte. Arztbesuche wurden verschoben, die Ratschläge seiner Turnkameraden in den Wind geschlagen und Hannahs erste Diagnosen tat er als Übertreibung ab. Bis er seinen frisch geborenen Sohn auf den Armen hielt und ihn fast fallen gelassen hätte, als ihn eine plötzliche Lähmung der gesamten linken Schulterpartie überfiel, so überraschend, dass er nur durch eine geschickte Bewegung seines rechten Unterarms den Sturz auffangen konnte. Julian hatte dabei glucksend gelacht und als Heiner die Bewegung ein paar Mal wiederholte, um so das Versagen seiner linken Seite zu kaschieren, wurde daraus ein Spiel, das er mit seinem Sohn noch Wochen später des Öfteren zur Bespaßung vollführte.

Damals im Sommer 1968 strahlte die Sonne fast die ganze Turnfestwoche über. Die Wettkämpfe fanden draußen im Freien statt. Er erinnerte sich, wie anders und überwältigend es sich anfühlte, die Turnübungen im Freien, unter blauem Himmel zu absolvieren. Um ihn herum Tausende von Zuschauern, die einem zujubelten, teils so weit entfernt, dass sie ihm wie Ameisen erschienen.

Beim Wettkampf hatte er während der Übungen an den verschiedenen Geräten das Gefühl, alles sei eine Sache der Konzentration, des Willens und er müsse sich nur zusammenreißen. Alle sechs Übungen liefen einwandfrei, brachten ihm hohe Punktzahlen ein. Er erinnerte sich, wie er am Reck zum Schluss die Stange losgelassen hatte und sich nach einem Salto in der Luft befand. Frei wie ein Vogel hatte er sich da plötzlich gefühlt. Am liebsten hätte er die Arme weit von sich gestreckt, um abzuheben und über das Stadion zu fliegen.

Am Schluss wurde er sogar in seiner Altersklasse zu einem der Turnfestsieger gekürt. Mit Lorbeerkranz, Medaille und Urkunde kehrte er nach Hause zurück, um festzustellen, dass es einfach ein guter Tag gewesen war und die schlechten sich zu häufen begannen. Die Ausfälle nahmen zu. Trotz höchster Wachsamkeit. Trotz täglichen Trainings. Es war sein letzter Wettkampf.

Julian hatte er daraufhin nie mehr hochgeworfen. Fallen gelassen zum Glück auch nicht.

Nach dem Besuch des Olympiageländes hatten sie am frühen Nachmittag Louises Onkel einen Besuch abgestattet. Ein pausbäckiger, untersetzter, kugelrunder Mann mit Glatze, der in einem noblen Seniorenheim im Stadtteil Grunewald sein luxuriöses Dasein genoss. Sein jovialer Umgang mit dem Personal schreckte Heiner ab, löste umgehend eine Antipathie aus, was durch das aufgesetzte Lächeln und die tätschelnden Hände, die vor nichts Halt machten, was weibliche Rundungen besaß, verstärkt wurde.

Louise hielt Abstand zu ihm, aber dafür das Gespräch am Laufen. Sie war um eine Atmosphäre souveräner Freundlichkeit bemüht. Seine Art zu reden entsprach sehr der eines Politikers, der es gewohnt war, das Gespräch an sich zu reißen, immer Recht zu haben und sich keines Fehlers bewusst zu sein. Vielmehr war es für ihn Beweis genug, dass ihre Familie und insbesondere ihr Vater den Kontaktverlust zu verantworten hatte. Louise hatte sich ja auch nie bei ihm gemeldet. Er, der letzte Mohikaner, habe die Fahne für sie alle hochgehalten. Berlin ohne ihn: ein graues Mäuschen, verloren und vergammelt unter der Herrschaft der Alliierten.

Heiners erster Gedanke: alle Lorbeeren auf sein Haupt. Unbedingt. Louises Augenrollen bestätigten dies. Ein darauffolgendes, dezentes Hüsteln ihrerseits, wo ihr hinter vorgehaltener Hand ein *co-nard* entfleuchte. Heiner verstand zuerst auf Französisch das Wort „Ente", bis er das O heraushörte und ihn das „Arschloch" erröten ließ.

Erst als der Onkel von seinen zahlreichen Beziehungen zu all den ganzen Ämtern und im Besonderen zu den Archiven von West-Berlin sprach und wie wichtig es sei, das alte deutsche Gut zu bewahren und zu sichern, wurde Heiner wieder hellhörig, traute sich aber nicht, dazwischenzufragen. Es war ihm unangenehm, hier bei einem wildfremden Menschen zu sitzen und einer Familienzusammenführung beizuwohnen, die nicht mit einer dicken Umarmung gefeiert wurde, sondern mit unterschwelligen Vorwürfen, unwichtigen Nebensächlichkeiten und schulmeisterlichen Belehrungen von Seiten des alten Mannes, der mit hochrotem Kopf in einem tiefen Ohrensessel sitzend ihn vorsätzlich ignorierte und nur Augen für seine Nichte hatte. Hin und her pendelte zwischen blanker Neugier, überbordendem, beinahe cholerischem Ärger und einer fast feurigen Charmeoffensive. Heiner vermochte nicht einzuschätzen, wohin dieses Aufeinandertreffen führen würde.

Nach zwei Stunden brachen sie auf. Louise verabschiedete sich knapp von ihrem Onkel und verließ eilig das Seniorenheim. Zum Schluss hatte er ihr eine Adresse auf der ostdeutschen Seite Berlins genannt. Dort solle ihr Elternhaus gestanden haben. Als Heiner sie fragte, ob dieses Treffen für sie befriedigend verlaufen sei, erhielt er von ihr eine halbherzige Antwort: Es sei aufschlussreich gewesen. Viele ihrer Vermutungen seien bestätigt worden. Und sie könne ihren Vater sehr gut verstehen. So könne sie *peu à peu* mit allem abschließen. Mit Berlin, mit ihrer Geschichte, mit vielem, was sie in den ganzen Jahren belastet hätte.

Der restliche Nachmittag entsprach eher einer Hetzjagd von Bus zu Bus, von U-Bahn zu S-Bahn über viele Treppen, Kopfsteinpflaster und Straßen hinweg bis zum Bahnhof Friedrichstraße, wo sie in den Osten Berlins wechseln wollten. Eine geschlagene Stunde standen sie an, um durch die Grenzkontrolle zu gelangen und kurz darauf feststellen zu müssen, dass das ehemalige Elternhaus nicht mehr stand.

Dort, wo sich Louise im Kindesalter im Hinterhof unter Bäumen im Schatten zum Bücherlesen verzogen, mit ihren Freundinnen Himmel und Hölle gespielt und ihrer Mutter beim Wäscheaufhängen geholfen hatte, klaffte eine Baulücke.

Louise war still geworden, erzählte nichts mehr. Ihre Hände steckten tief in den Manteltaschen, der Kragen war hochgeschlagen. Als wolle das Wetter ihre Stimmungslage unterstreichen, begann es zu nieseln. Der mausgraue, tiefhängende Himmel trug nicht zur Verbesserung der Laune bei. Louise aus diesem lethargischen Zustand herauszulotsen, gelang Heiner erst, als sie sich restlos verlaufen hatten und in einer Sackgasse landeten. Ein unüberwindbarer Schutthaufen lag vor ihnen, ließ sie halten. Es kam ihnen vor, als seien sie im Kreis gelaufen und hier schon ein paar Mal vorbeigekommen. Sie setzte sich auf einen Mauervorsprung. Auf ihr leichtes Schütteln und ein ruckartiges Schluchzen kniete sich Heiner vor sie hin, strich ihr die Haarsträhnen aus dem Gesicht, hob ihr Kinn an, blickte in verquollene, rotgeränderte Augen und fragte sie: „Was hast du erwartet?“

Das Schluchzen ebbte ab und Louise erwiderte: „Irgendetwas, an dem ich mich festhalten könnte. Einen Gegenstand. Einen Menschen, eine Person, etwas, dass meine Erinnerungen greifbar macht, Wirklichkeit werden lässt.“

„Was verbindet dich denn nach all den Jahren mit diesem Haus, dieser Straße, diesem Viertel? Was ist deine schönste Erinnerung?“

„Sorglosigkeit.“

Louises Antwort kam mit einer Geschwindigkeit und Direktheit, die Heiner kurz den Atem anhalten ließ.

„Nun, die lässt sich wahrlich schwer greifen“, gelang es Heiner, eine Antwort zu formulieren, die ehrlich war, aber nicht hoffnungslos klingen sollte.

„Lass uns gehen“, gab Louise daraufhin zurück, nahm Heiners Hand und stand auf.

Ein Mann in einem grauen Wollmantel war unbemerkt neben sie getreten.

„Juuten Tach. Kann ick helfen? Allet juut?“

„Alles ist gut. Danke“, winkte Heiner ab, „wir wollen so schnell wie möglich auf die westliche Seite zurück. Können Sie uns vielleicht helfen?“

„Jo klar, loofe mit ihnen zur nächsten Haltestelle, wenn det hilft. Is nicht weit.“

„Das ist sehr freundlich von ihnen.“

In Begleitung des Mannes, der sich als Karl Opperndick vorstellte, marschierten sie durch die grauen Häuserschluchten. Alles sah gleich aus. Die Fassaden bröckelten, teils waren die Backsteine freigelegt, das Holz der Fensterrahmen abgesplittert, die Kellerfenster mit Holzbrettern vernagelt. Das Kopfsteinpflaster war hier mit etlichen Löchern übersät, wo man sich jederzeit seinen Knöchel verstauchen konnte.

Heiner und Karl unterhielten sich über die aktuelle Situation, die Öffnung der Grenzen, was dies wohl bedeuten könnte. Für Berlin, für Deutschland. Louise lief schweigend hinter ihnen her, bis das Klacken ihrer Absätze nicht mehr zu hören war. Beide Männer drehten sich daraufhin um und warteten auf sie. Louise fragte, ob er, Karl, denn aus der Gegend sei, wo er sie vorhin angetroffen hatte, was er bejahte. Sein Name löse irgendeine Erinnerung aus. Karl gab an, hier groß geworden zu sein. Geburt, Schule, Krieg, Mauer, Malochen. Immer hiergeblieben. Ob er die Preunelstraße kenne, fragte sie ihn, was er ebenfalls bejahte. Und Louise berichtete ihm, dass sie dort aufgewachsen sei. Ihr Vater hatte sie wohlweislich auf die Katholische Theresienschule in Weißensee geschickt. Zwar spielte Religion zu Hause keine tragende Rolle, weder hätten sie regelmäßig eine Kirche noch Synagoge besucht, aber somit erstickten sie erste Anfeindungen oder Ressentiments im Keim. Mit drei Freundinnen sei sie um die Häuser gezogen: Hilde, Franziska und Helga. Hilde hatte damals zwei Häuserblocks weiter gewohnt.

Da stutzte Karl und hakte nach, ob sie sich noch an den kleinen Bruder von Hilde erinnern könnte. Der *kleene Kalle,* was sie nun wiederum bejahte. „Det bin icke", berlinerte er, und obwohl Heiner Mühe hatte, alles zu verstehen, sprach die spontane Umarmung Karls, der Louise um den Hals fiel und sie so fest an sich drückte, dass ihr fast die Luft wegblieb, für sich.

Louise löste sich dezent aus den Armen des Mannes, der begonnen hatte, von seiner Schwester zu erzählen. Schließlich stellte sich heraus, dass er der einzige der Familie Opperndick war, der noch lebte. Übriggeblieben war er. Zäh wie altes Schuhleder. Alle anderen seien gestorben oder verschollen, erzählte Karl. Teils im Laufe des Krieges, teils gegen Ende, besonders während der Bombennächte, in denen auch das ehemalige Wohnhaus von Louises Familie zerstört worden sei, teils in den Jahren danach. Hilde sei bei einem Autounfall in den Sechzigern ums Leben gekommen. Er sei seit über zehn Jahren allein. Halte die Stellung. Heiner fiel hierzu der Spruch „Hart wie Kruppstahl" ein, aber er verscheuchte den Gedanken umgehend.

Heiners Einladung, sie am nächsten Tag im Westen Berlins zu besuchen, schlug Karl aus. Er traue der Situation nicht. Was wäre, wenn sie doch wieder alles zumachen und er gerade dann drüben herumstreune. „Nee, bloß nicht. Icke bleeb hier, gerne ein andermal", gab er zurück und begleitete sie bis zur nächsten Straßenbahnhaltestelle am Antonplatz, verabschiedete sich überschwänglich von Louise und schrieb ihr seine Adresse auf.

Ein Räuspern löst Heiner aus der Erinnerung des gestrigen Tages. Der ältere Mann, der zuvor das Buffet abgeräumt hat, fragt ihn, ob er mit dem Frühstück fertig sei. Es sei mittlerweile elf Uhr. Sie müssten den Tisch säubern und für das Mittagessen eindecken. Heiner leert die Kaffeetasse, wedelt mit der Serviette Krümel von der Hose und steht wenige Minuten später in der Eingangshalle des Hotels, unschlüssig, wo er hingehen soll.

Das nasskalte Novemberwetter lädt nicht zu einem Stadtbummel oder einer Besichtigungstour ein. Und nach seinem verschollenen Onkel zu suchen, den er nie kennengelernt hat, der nie Teil seines Lebens war, ist ihm ganz und gar nicht zumute. Was soll er ihm denn mitteilen? Gar erzählen? Als ob er einer Fata Morgana hinterherjagen würde. Louise hat zumindest greifbar Verwandtschaft in Berlin, mit der sie eine gemeinsame Vergangenheit verbindet, die man treffen kann, egal ob man sie mag oder nicht.

An der Rezeption erhält er die Auskunft, dass sein Sohn das Hotel frühmorgens verlassen hat und seitdem nicht mehr im Hause war, der Schlüssel hinge am Brett.

In ihrem Zimmer angelangt, sieht Heiner die frisch gemachten Betten. Louises Parfüm hängt noch in der Luft. Bilder der vergangenen Nacht blitzen auf: Wie vergänglich doch alles gewesen ist. Selbst dieser Duft würde sich in ein paar Stunden verflüchtigt haben. Schon in zwei oder drei Tagen, wenn neue Besucher das Zimmer in Beschlag nähmen, würde eine andere Note den Raum füllen und täte so, als ob sie schon immer hierher gehört hätte.

Sie hatten sich geliebt, waren innig ineinander verschlungen eingeschlafen, hatten sich am Morgen langsam auseinanderdividiert, ihre Glieder entwirrt, sich verheddernd, nicht lösen wollend. Wie zwei Puzzleteile, die sich perfekt ergänzten und nur darauf warteten, wieder vereint zu werden. Sogleich ließ die Distanz zum anderen sie frösteln, wie wenn man bei winterlichen Temperaturen in ein unbeheiztes Auto einsteigt und es einem die Gänsehaut bis unter die Zehennägel und in die Haarspitzen treibt. In Louises Gegenwart wirkte eine Grenzenlosigkeit, die bei der eigenen Haut begann, sich wie eine Aura ausbreitete und ein Polster an Zuversicht und Glückseligkeit schuf, das er so nicht kannte, nie erlebt hatte.

Erst als beide frisch geduscht, komplett angezogen und für den Tag gerüstet das Zimmer verließen, war eine Art von Distanz zwischen ihnen eingetreten, die sie beide wie ein feiner Film umhüllte und eine Form von Schutz bot. Vor sich selbst, vor dem anderen und der Welt da draußen.

Je länger er sich hier allein im Zimmer aufhielt, desto mehr verflog sein Drang hinauszugehen, nach seinem Onkel zu forschen, irgendwelche traurigen Geschichten zu erfahren, an denen er doch nie hätte etwas ändern können.

War es so wichtig, Geheimnisse aufzudecken, die womöglich lieber in der Versenkung verschwunden bleiben? Was hatte ihn angetrieben, sich auf Dinge einzulassen, die ihn vor ein paar Wochen nicht die Bohne gejuckt hätten? Was würde er entdecken? Leid oder Freud? Naziterror, Stasigängelungen, Halbwahrheiten oder eine Verschollenengeschichte? So vieles war ihm seit seiner Kindheit und Jugend zu Ohren gekommen, hatte er später in Zeitungen, Büchern und in Filmen gesehen. Er war auf gewisse Art und Weise dabei gewesen, nicht mittendrin, wahrlich nicht, eher am Rand, beobachtend, still und klammheimlich. Wie viele Menschen hatten über all diese Ungeheuerlichkeiten berichtet. Immer wieder. Besonders hier in Berlin, wo alles kumulierte und sich bis heute in dieser Gespaltenheit zeigte. Zerrissen. In Zonen unterteilt. War dies der Neuanfang, um das alles zu überwinden? Perestroika, Glasnost, Mauerfall …

Heiner lässt sich in den Sessel plumpsen und massiert seine linke Hand. Sie hat in der Nacht wieder gezuckt, Empfindungen offenbart, die er nicht für möglich gehalten hätte. Wieso nahmen so viele Menschen ihr eigenes Schicksal als so bedeutsam wahr, als käme alles einem Weltuntergang oder einer Heldenfeier gleich, obwohl das Wesen so klein und unbedeutend für die Gesellschaft war? Was ist schon sein Rückenleiden, sein verdammter lahmer Arm im Vergleich zu dem, was andere hier in dieser Stadt, in diesem Land erlitten haben? Ein Fliegenschiss.

Es klopft und einen Augenblick später steht Louise im Türrahmen, ihr Gesicht strahlt. Sie hält ein Stück Papier in der Hand. Ihr Auftauchen ist wie eine Windböe, die sein Gedankenwirrwarr davon bläst. Sein Herz klopft. In seinem Bauch windet sich ein schlangenartiges Wesen. Dann flattert es wieder, mit kleinen, schwirrenden Flügelschlägen. Gleichzeitig Fülle und Leere.

„Ich habe etwas gefunden“ sagt sie und wedelt mit dem Zettel vor seiner Nase herum.

„Wen, deine Cousine? Oder deine Tante?“

„Nein. Äh, ja. Die auch“, antwortet sie und setzt sich neben ihn auf die Lehne des Sessels. „Wir haben uns etwas unterhalten können. Ich bin aber nicht wirklich warm mit ihnen geworden. War eine Stunde dort.“

„Immerhin. Fühlst du dich jetzt besser?“

„Besser, ja.“ Sie küsst Heiner auf die Stirn.

„Das freut mich für dich.“

„Ich war nochmal bei meinem Onkel und der hat mir einen Kontakt genannt, den ich heute angerufen habe. *Et voilà*“, sie hält ihm den Zettel hin, „ich habe die Adresse eines Archivs erhalten, wo man uns weiterhelfen kann.“

Louise geht auf Heiner zu, spürt sein Zögern, greift ihn an den Schultern und zieht ihn zu sich hoch, haucht ihm einen Kuss auf den Mund, ergreift seinen Mantel, der direkt neben ihm über einer Stuhllehne hängt und hält ihn ihm hin.

Das Gebäude des Westberliner Landesarchivs an der Kalckreuthstrasse liegt gerade einmal fünfzehn Gehminuten vom Hotel entfernt. Alles geht so schnell, dass Heiner keine Chance hat, sich weiter in seinen trüben Gedanken zu suhlen. Louise entwickelt eine solche Dringlichkeit, da gibt es kein Entrinnen.

Kurz darauf sitzen sie in einem kleinen Büro im Kellergeschoss, auf harten Stühlen, vor einem mit meterhohen gestapelten Dokumentenmappen und Papierhaufen beladenen Schreibtisch. Frau Schneider, die Archivarin, hat sich auf die Suche nach möglichen gemeldeten Adressen und Hinweisen des Onkels gemacht und beide um etwas Geduld gebeten. Neben dem Mief nach altem, vergilbten und trockenen Papier, entströmt der Tasse auf der ledernen Schreibauflage mit dem mittlerweile erkalteten Kaffee ein schaler Geruch, fügt sich ein in diese Katakombe der Vergangenheit. Selbst der Staub, der im Lichteinfall des kleinen, geöffneten Fensters weit oben hinter dem Schreibtischstuhl in der Luft verharrt, scheint eine Ehrfurcht vor der Zeit zu haben, die hier kein vorwärts, eher ein Rückwärts kennt.

Nachdem die Suche in den Telefonbüchern erfolglos und beim Einwohnermeldeamt keine Unterlagen zu finden waren, ist die Freude groß. Die im Archiv zusammengestellte Mappe ist zwar dünn, eher ein Mäppchen, aber zumindest ein paar Blätter darin. André Keller, zuerst als Künstlername registriert, offiziell von einer Berliner Behörde unterzeichnet, taucht auf zwei Dokumenten auf. Auf einer dritten Urkunde wird die Heirat und auf einer weiteren die Geburt eines Mädchens namens Heidemarie bestätigt. Die Mutter ist Alva Keller und bereits dort taucht nur noch der Name André auf.

Von Eduard Humbacher keine Spur mehr. Auf einem letzten Papier aus dem Jahr 1950 gibt es eine Notiz, dass die Namensänderung der Straße von Havelstraße auf Arcostraße erfolgt und sich die Hausnummern ändern würden.

„Wie sagte die Archivarin, sei der Name?“, fragte Heiner, als ob er gerade erst dazugestsossen ist, sich bis dahin an einem anderen Ort befunden hat. „Und eine Tochter hat er?“

„Sein Name ist André Keller, wie wir ja bereits wissen. Seine Tochter heißt Heidemarie Keller. Mehr konnte die Dame uns ja nicht sagen."

„Ob er noch lebt, konnte sie ja auch nicht sagen."

Heiner fühlt sich überfordert. Umso mehr er der Sache mit seinem verschollenen Onkel auf die Spur kommt, desto mehr verwirren ihn diese Informationen. Es ist keine Suche mehr auf dem Papier, sondern in Wirklichkeit. „Was ist mit seiner Frau?"

Louise hingegen ist die Ruhe in Person. Watson und Holmes. Heiner muss lächeln.

„Wir müssen warten", beruhigt sie ihn, steckt die Notizen mit den Informationen in die Handtasche, hakt sich unter, und sie schreiten voran. „Bereits am Telefon vor unserem Eintreffen hat sie angedeutet, dass viele Informationen nur bruchstückhaft, manchmal gar nicht mehr existieren. Zumindest konnte sie uns die Namensänderung bestätigen."

Eine Stunde später sind sie in Charlottenburg unterwegs. Es ist früher Nachmittag. Das Wetter hat sich kaum verändert. Ab und an blinzelt ein Stückchen blauer Himmel zwischen den träge dahinwandernden grauen Wolkenmassen hervor. Immerhin regnet es nicht.

Sie stehen vor dem Haus in der Arcostraße. Rechts über dem Eingang hängt eine Emailplakette mit der Nummer 8, schwarze Zahl auf weißem Grund. Das Haus besitzt einen Hinterhof, wo sich weitere Wohnungen und Zugänge in dem dahinterliegenden Quergebäude befinden. Im Vorderhaus wohnen insgesamt zehn Parteien. Die große, braune Holztür mit kleinen Fenstereinsätzen ist geschlossen. An der rechten Wand sind mehrere Klingelreihen, die zum Quergebäude gehören. Sie drehen sich um und betrachten die linke Wand, an der sich ein bronzenes Schild mit zwei in der Mitte angeordneten Klingelknöpfen befindet, die durch die Abnutzung fast schwarz wirken. Rechts und links davon stehen die Namen nach Stockwerken aufgelistet. Fünf Paarungen mit je zwei Wohnungen auf einer Etage. Sie werden sogleich fündig. Im zweiten Stock stehen sich die Namen A. & H. Keller und G. Bolly gegenüber.

Heiner ist am Ziel, zögert, beide Hände in den Manteltaschen vergraben. Louise berührt ihn an der Schulter. Ein Zucken durchläuft seinen linken Arm. Sie redet ihm zu. Hebt die rechte Hand und hält kurz vor dem Klingelknopf inne, zieht den ausgestreckten Finger wieder zurück. Entschlossen drückt Heiner selbst den Knopf und hört es weiter oben im Haus läuten. Ein langandauernder schriller, mechanischer Ton.

Sie warten. Keine Antwort. Kein Rufen. Sie blicken zu den Fenstern in den oberen Stockwerken. Niemand öffnet eines oder beugt sich heraus. Louise probiert es noch einmal. Wieder keine Reaktion. Als sie es nochmals an der Klingel von A. & H. Keller probieren möchte, öffnet sich die Haustür. Eine ältere Frau, mit einem farbenfrohen Kopftuch, tritt heraus. Sie trägt einen mausgrauen Wollmantel und hat eine leicht gebeugte Haltung.

„Juuten Tach auch“, werden beide begrüßt.

„Entschuldigen Sie bitte, wissen Sie vielleicht, ob Herr oder Frau Keller zu Hause sind?“, reagiert Louise.

„Die Frau Keller malocht noch. Kommt erst am Abend nach Hause.“

„Und Herr Keller?“, fragt Heiner.

„Nee, der is nach Haus jejangen. Jott hab ihn seelich“, sagt die Nachbarin und wirft seufzend einen Blick in den Himmel. „So, icke muss zum Doktor. Ick mach'n Abjang!“

Bevor die Tür ins Schloss fallen kann, stellt Heiner seinen Fuß dazwischen. Er betritt mit Louise den Korridor, in dem es nach Kohl, Kohle und Bohnerwachs riecht. Das Deckenlicht flackert. Ein schwarz-weiß karierter Kachelboden, an ein paar Stellen sind kleine Ecken abgesplittert, manche Fliesen durchzieht ein zickzackförmiger Riss. Auf der linken Seite stehen mehrere Fahrräder aufgereiht an die Wand gelehnt. Alles wirkt alt, aber gut erhalten.

Das Treppenhaus ist eine dunkle hölzerne Stiege, die mit einem Handlauf aus abgewetzten gerundeten Hölzern nach oben führt. Es knarrt und quietscht, als sie die Treppen hinaufsteigen. In der zweiten Etage angelangt, stehen sie vor zwei Türen, die direkt nebeneinanderliegen. Die oberen Hälften sind mit farbigen Glasintarsien aus dem Jugendstil verziert. Dahinter ist es dunkel. Sie klingeln bei A. & H. Keller. Das Schrillen der Glocke ist deutlich zu hören.

Wieder nichts.

Louise kramt aus ihrer Handtasche einen kleinen Block und einen Stift. Sie notiert die Telefonnummer des Hotels und Heiners

Namen, bittet um Rückruf, dankt für eine Rückmeldung und schiebt den Zettel durch den Briefkastenschlitz an der Tür.

Als sie das Treppenhaus wieder hinabsteigen, passieren sie die beiden Wohnungen im ersten Stock. An der einen Tür hängt ein kleines Plastikschild mit der Aufschrift:

DER EINE WARTET,
DASS DIE ZEIT SICH WANDELT,
DER ANDERE PACKT SIE AN.
Dante Alighieri, 13. Jh.

KAPITEL 15

D-WEST-BERLIN / FREITAG, 24. NOVEMBER 1989

Ich vibriere. Es ist passiert. Lange wusste ich nicht, was es heißt, zu begehren. Was es bedeutet, sich dieser Erfahrung zu stellen. Ist es vergleichbar mit Heißhunger, der dich überfällt, deinen Körper verzehrt, und du kannst nichts dagegen tun, als diesem gierigen Monster nachzugeben, es zu füttern, ihm alles hinterherzuschaufeln, damit es für eine kurze Zeit innehält, sich zufriedengibt und nicht so schnell wieder etwas einfordert? Heißt zu begehren mehr, als nur Lust zu empfinden? Mehr, als für einen Moment ein Hochgefühl zu durchleben, angefüllt mit Serotonin und Dopamin? Diesen Glückszustand länger als den Bruchteil einer vagen Zeitspanne zu zelebrieren? Oder ist Leiden, dieser vermaledeite Wortteil von Leidenschaft, ein fester Bestandteil dieses Zustands?

Die Gier, tanzen zu wollen – oder eher zu müssen –, kenne ich, doch sie hat eine sehr abstrakte, wenig greifbare Form angenommen. Ich kann schnell Abhilfe schaffen, mich einfach bewegen. Es braucht keine andere Person dazu. Ist das Bedürfnis zu essen und zu trinken etwas anderes als notwendigerweise einfach satt zu werden, den Durst zu stillen? Oder hat es mit Appetit zu tun? Eine Welle, die einen überflutet und wieder geht?

Was bedeutet es, einen Körper oder gar einen Menschen zu begehren, weniger ihn besitzen, eher ihn vereinnahmen zu wollen? Ist es das, was ich gerade empfinde?

Wenn zu einem reizvollen Körperbau – gespickt mit Geist, Charme, Witz, Offenheit – jenes Strahlen der Augen hinzukommt, wird es schwierig, dieser Mischung zu widerstehen. Du möchtest diese Aura um dich herum spüren, dich darin einhüllen, wie in eine Parfümwolke, die an dir haften bleibt, sich auf die Haut legt, in die Poren dringt und dich ständig begleitet. Nie mehr loslässt. So eine Art von Begierde meine ich.

Wenn es das ist, dann ist es passiert. Ohne Vorankündigung. Obwohl, das stimmt so nicht ganz. Begegnet sind wir uns schon vorher. Einmal. Kurz. Wurde da das Feuer entfacht? Zwar unbemerkt, aber kümmert mich das jetzt noch?

Es ist passiert. Es verzehrt mich. Es lodert in mir. In diesem Augenblick. Pure Begierde, die ich bis in meine tiefsten Zellen spüre. Wie ein feines Jucken, das sich über den ganzen Körper bis in die Haarspitzen und Fingerenden erstreckt. Dort verweilt, mich lebendig fühlen lässt.

Als Junge bin ich einmal nur mit einer Badehose bekleidet am Rand unseres Gartens in die Böschung gefallen. Die war voll mit Brennnesseln. Mein Körper war von oben bis unten rot. Es brannte, ein feines Brennen. Bis sich die Haut beruhigt hatte, dauerte es über zwei Stunden. Eine Mischung aus unangenehm und doch reizvoll zugleich. Mam meinte, dass es gut gegen Rheuma sei.

Ich habe keine Ahnung, wie und warum mich das alles so übermannt, dermaßen pathetisch daherkommt, sich alles so großartig, spannend, verlockend und zugleich so kräftezehrend anfühlt. Sich mein ganzes Bewusstsein damit beschäftigt, als gäbe es nur noch dieses Gefühl.

In diesem Zustand darf ich weder Briefe schreiben noch Schwüre leisten, muss ich meine Worte zügeln. Ich bin wegen etwas ganz anderem hierhergekommen. Hierher nach Berlin, in diese seltsame Stadt, die auf dem Sprung ist, wieder eins zu werden, wo sich Realität und Wunschdenken im Moment nahekommen. So nah, wie es keiner zu glauben gewagt hätte.

Wie bei mir: Tanzen, erster Vertrag und die Liebe.

Oh Gott, das klingt so kitschig. Zurückhaltung ist gefragt. Zum Lachen, denn wer weiß, wie lange das bei mir anhält. Wie lange ich hier Widerstand leisten werde. Oder ob alles wie ein Chinaböller an Silvester sekundenschnell laut knallen wird und dann verpufft, als wäre nichts geschehen.

Es ist kurz vor Mitternacht, ich sitze im Hotelzimmer vor dem Fernseher auf dem Sofa, massiere meine Füße und überlege mir, ein heißes Bad zu nehmen. Sobald ich versuche, mich zu entspannen, zucken die Muskeln. Wenn ich mir mit der Hand über mein Gesicht streife, mir die Gedanken daraus wischen möchte, drängt sich mir der Geruch von Schweiß auf, mit etwas Eisernem unterlegt.

Die Halterungen der Ballettstangen an den Wänden sind abgewetzt. Das pure Eisen lugt hervor. Je nach Position und wie man sich an der Stange hin und her bewegt oder an ihr festhält, streift die Hand darüber, nimmt mit der feuchten Innenseite die feinen Metallpartikel auf, die sich dort lösen, reibt sie von dort über die hölzerne glatte Stange, in die Haut und zeitweise ins Gesicht. Nach zwei Tagen sitzt der Geruch so tief wie beim Zwiebelschälen und Knoblauchschneiden. Man bekommt diesen selbst mit Seife kaum weg.

Und ich stelle fest: Jeder Ballettsaal hat seinen eigenen Geruch. Mancher sitzt dort seit Jahrzehnten in den Wänden und Böden, eingeätzt durch die ständigen Absonderungen der arbeitenden, schwitzenden Körper, der Flüche und Lobpreisungen, der blutenden Füße, beschlagenen Fenster und Spiegel und der umherirrenden Gedanken.

Ich habe getanzt. Zu viel getanzt. Besser gesagt: Sport getrieben. An der Grenze der Belastbarkeit. Mich von elend langen Balancen über rechts und links drehende Pirouetten bis hin zu waghalsigen Sprüngen gewalzt. Meist im Dreivierteltakt. Selten ein Tango. Der hätte zumindest Esprit gehabt. Wenig Gefühl – zu viel Technik. Habe mich kaum mit dem Rücken an Ballettstangen angelehnt, man könnte mir das Ausruhen als Zeichen der Schwäche auslegen, also sitze ich auf dem Boden in gespreizten Dehnpositionen oder bearbeite mit langem, flachem Oberkörper und den Händen auf der Stange die Rückenmuskulatur. Rolle in Wellenformen durch die Wirbelsäule vom Steißbein über den Nacken bis zur Schädeldecke und zurück. Aktiv sein. Die Füße dürfen nie stillstehen. Der Körper muss immer in Aktion bleiben. Bei den Proben im Hintergrund die Schritte mitlernen, versuchen, sofort eine Interpretation hineinzulegen, jederzeit abrufbereit zu sein.

Es begann gestern, am Donnerstagmorgen. Um Viertel vor neun Uhr habe ich mich beim Bühneneingang der Deutschen Oper gemeldet. Wenige Minuten später holte mich Mareike, eine Assistentin der Ballettdirektion, ab und führte mich durch die Korridore, die wie in jedem Theater einem Labyrinth gleichen, aus dem man im ersten Moment das Gefühl hat, nicht entkommen zu können. Sie zeigte mir die Herrengarderobe der Gruppentänzer, wies mir einen freien Platz zu und kurz darauf, nachdem ich mich umgezogen hatte, begleitete sie mich zum Ballettsaal.

Es ist ein beeindruckender Saal. Eine schräge, hoch aufragende, die ganze Längsseite einnehmende Glaswand lässt von oben herab

Tageslicht hereinfluten. Die asymmetrische Architektur der zur Spiegelwand hin abfallenden Decke schwebt über allem. Eine riesige Fläche ohne Säulen.

„Die Ballettklasse beginnt um zehn Uhr. Heute ist ein freiwilliges Training angesetzt", sagte die Assistentin. „Das Ensemble hat die letzten dreizehn Tage durchgehend gearbeitet, daher ist es an diesem Morgen ruhig und du kannst dich gut akklimatisieren. Das alles hier kennenlernen."

Als erster vor Ort zu sein verändert die Situation und hilft. Man ist bereits da und jeder, der den Raum betritt, wird einen begrüßen, zumindest wahrnehmen, einem kurz zunicken, das Kinn hochrecken oder einen von der Seite her beäugen. Eine Form von Gelassenheit breitet sich aus und die Gewähr, dass man beachtet und wahrgenommen wird.

Es gibt Menschen, die es genießen, die gesamte Aufmerksamkeit auf sich zu ziehen, im Mittelpunkt zu stehen. Es sind eher die Zuspätkommer, die wie Könige und Staatsoberhäupter zuletzt den Saal betreten, in der Gewissheit, alle Augenpaare auf sich gerichtet zu haben.

Im Leben mag ich das gar nicht. Dort muss ich nicht mit Gewalt auffallen. Auf der Bühne ist das etwas anderes. Da gehört Auffallen zum Beruf.

Während des Trainings sind wir elf Tänzer, vier Männer und sieben Frauen. Ich der einzige Gast. Der Ballettmeister gleicht einem belgischen Schäferhund. Vorgestellt hat er sich mir nicht. Er gab mir auch keine Gelegenheit dazu. Ein kurzes Zunicken seinerseits, das war es.

Er bewegt sich ökonomisch, klar bemessener Krafteinsatz, ein gewisser Fluss, der mehr als pure Funktionalität ausstrahlt. Schlank, stromlinienförmig, scharf. Wie er seine Anweisungen und Übungen vorträgt, kommt eher dem Bellen eines Hundes nah.

Kurz nach Beginn der ersten Übung an der Stange unterbricht er den Pianisten, möchte einen anderen Titel. Dies wiederholt sich dreimal, bis der Pianist wutentbrannt aufsteht, auf Russisch flucht und den Ballettsaal verlässt. Eine Tänzerin vor mir dreht sich zu mir um, verdreht die Augen und gibt mir in gebrochenem Englisch mit spanischem Einschlag zu verstehen, dass das mindestens einmal die Woche passiert.

Der Schäferhund zählt trocken die *Exercise* an, bellt uns durch die Abläufe. Korrekturen gibt es keine. Wir schlagen uns durch. Bei manchen Übungen hört man hier und da ein Stöhnen, wie man es aus Fitnessstudios kennt, wenn ein Muskelprotz zum zigsten Mal die schwer beladenen Metallstangen hochhievt. Tanztraining? Fehlanzeige! Eher Vorbereitungen für die nächsten Olympischen Spiele.

Nach einer Stunde Knochenschinderei an der Stange fühle ich meine Füße nicht mehr. Trotzdem malträtiere ich mich weiter. Adrenalin hat eine unglaubliche Kraft, überdeckt die Schmerzen, das Brennen in den Muskeln, den Frust des Nichttanzens und treibt einen an. Mein kaputter Fuß spielt mit, die Tablette vom Morgen tut ihre Arbeit.

Nach einer kurzen Pause zum Dehnen kommt ein neuer Pianist in den Saal, setzt sich an den Flügel und beginnt ein Adagio zu spielen, dass einem das Herz schmilzt. Der zweite Teil in der Mitte ist dadurch etwas tänzerischer, das Atmen fällt leichter und ich fühle mich lebendiger. Weniger exekutiv. Der Spiegel steht nicht mehr im Vordergrund. Solange Golovine sagte einmal: „Du starrst in den Spiegel und unbemerkt zieht dein Leben an dir vorbei." Dabei wollen wir doch das Leben vertanzen, es auskosten, die Grenzen ausloten und den Betrachter auf eine Reise mitnehmen. Gefühlswelten offenbaren.

Momentan ist mein Fokus ohne Ausnahme auf meinen Körper, auf das Ausführen der Übungen ausgerichtet. Eine nicht zu ehrgeizige, dennoch konzentrierte und souveräne Darbietung fällt mir schwer. Die Frage nach dem *Warum?*, nach dem *Was mache ich hier eigentlich?* taucht auf und geht sogleich wieder im Wellental der Schrittkombinationen unter.

Am Ende des Trainings kommt der Belgier auf mich zu, klopft mir auf die Schulter und murmelt etwas vor sich hin, was ich als Kompliment interpretiere. Seine Hand liegt eine Spur zu lange auf meiner Schulter. Sein Blick zu lange auf meinen Augen. Ich lächele und nicke ihm zu. Dann fordert er mich auf, bei den anschließenden Proben hierzubleiben. Es sei eine Probe für die Drittbesetzung, die morgen zum Einsatz kommen würde. Gerne könne ich mich im Hintergrund mitbewegen, das Material lernen.

Seine Hand gleitet an meinem Arm herunter, berührt kurz meine Hüfte, bevor sie in seiner Hosentasche verschwindet. Er verlässt mit energischem Schritt den Saal. Ein Tänzer mit Adiletten an den Füßen geht mit schlurfenden Schritten an mir vorbei, zwinkert mir mit einem kleinen Lächeln zu und meint: „Da hat jemand gepunktet."

Es ist klassisches, traditionelles Bewegungsvokabular. Nichts Aufregendes. Der Raum nach vorne gegen den Spiegel hin ausgerichtet. Publikumsorientiert. Der Name des Choreografen sagt mir nichts. Hier und da geflexte Füße und Hände, ein bisschen parallele Positionen in den Hüften. Wenig Innovatives, aber technisch anspruchsvoll und schnell. Rasend schnell. Meine Beine stolpern übereinander, verheddern sich. Ob rechts oder links, drunter oder drüber, es ist wie Mathematik und Grammatik auf einmal, Formelanwendung und gleichzeitig Konjugation. Und meine Ohren hören die Musik anders, weigern sich, den Körper in den vom Choreografen vorgegebenen Mustern zu führen.

Ich bleibe dran, kann nicht einschätzen, wie mein Rumgeturne im Hintergrund angekommen ist. Jeder ist auf sich ausgerichtet, keiner hat Augen für die anderen um einen herum. Man muss seine Sinne beisammenhalten, um hier zu bestehen.

In der Mittagspause sitzen wir zu mehreren in der Kantine, die meisten einen Salat vor sich und ein Glas Wasser. Hasenfutter. Jeder trägt einen Bademantel, was dem Ganzen eher den Anschein der Patiententruppe eines Krankenhauses im Ausgang gibt.

Ich will mich gerade verabschieden, da taucht der Belgier auf, er möchte, dass ich am Abend um sechs Uhr nochmals zur Probe dazustoße. Er würde mich gerne in meinen vorbereiteten Solos unterstützen.

Kaum habe ich zugesagt, fällt mir ein, dass ich ja mit meiner nächtlichen Begegnung im Café Kranzler abgemacht habe. *SCHEISSE.* Auf diesen Abstecher habe ich mich gefreut. Wäre eine Abwechslung gewesen, hätte meinen Kopf freigepustet.

Hin und her gerissen, suche ich im Telefonbuch nach der Nummer des Kranzlers, rufe aus einer Telefonzelle um die Ecke der Oper dort an und hinterlasse bei einer Bedienung, die sich am Apparat meldet, eine Nachricht mit der Beschreibung Alessandros und der Uhrzeit, die wir abgemacht hatten, und dass es mir leidtue. Wenn er seine Nummer hinterlassen würde, würde ich vorbeikommen, sie abholen und mich dann direkt bei ihm melden.

Hätte ich gewusst, dass ich ihm anderswo unerwartet wieder begegnen würde, wäre ich wohl konzentrierter und freudiger in die abendliche Probe gestartet.

Der Belgier und ich waren allein im Saal. Kein anderer Tänzer weit und breit. Mein Kopf nicht bei der Sache. Schon nach zwei Durchläufen der klassischen Solovariation war klar, dass das eine längere Probe werden würde. Nicht dass der Belgier den Schäferhund ausgepackt hätte, aber seine Kommentare und Hilfestellungen hatten es in sich.

Eine Starre erfasste mich, die sich von meiner Magengrube her ausdehnte, über den Brustkorb zu den Schultern und runter bis zu den Knien wanderte, jede Bewegung hölzern und ungelenk aussehen ließ. Bilder und Gedanken der letzten Tage hüpften in meinem Kopf herum, entluden ihren Ballast, den Frust, die Ängste und die vermeintlichen Misserfolge. Das Gefühl des Nicht-Ausreichens, des Nicht-Hierher-Gehörens setzte sich wie ein Bazillus in meinem Gehirn fest. Was sind schon zwei bis drei Jahre klassisches Balletttraining, wenn sich andere dieser Tanzkunst jahrzehntelang, von Kindesbeinen an, widmen, sich voll in den Dienst dieser Kunst stellen? Sich darin verkörperten, alles wie im Schlaf zu absolvieren schienen, als ob die Muskeln alles von allein wüssten, nur noch feinste Adjustierungen benötigten und der Perfektion so nahe schienen. In drei Jahren ließ sich das doch nicht aufholen. Nachholen.

Und dann war da dieser Moment, als ich kurz auf die Toilette verschwand, meinen Kopf lüftete und mich auf eine Erinnerung fixierte: Der Tag, als ich auf der Bühne stand, vor Tausenden von Zuschauern, in diesem riesigen Stadion in Berlin beim Galaabend des Deutschen Turnfestes, und mit meiner Partnerin tanzte. Ohne nachzudenken. Ohne zu wissen, ob das, was wir hier vortrugen, gut, schlecht oder was auch immer war. Einfach raus, tanzen, genießen und das alles zelebrieren.

Mit dem Ziehen der Wasserspülung, dem Rauschen des Wassers in der Schüssel schwemmte es auch meine Bedenken und Zweifel weg, legte den wahren Grund frei, warum ich hier war: Zeigen, dass mein Tanzen etwas bewegte, Gefühle wecken konnte, die Schritte nur Mittel zum Zweck und alles dazwischen wichtiger war.

Die Probe dauerte knapp zwei Stunden, und aus dem Schäferhund wurde ein Seehund, der mir mit größter Begeisterung Zuspruch entgegenbrachte, teils mit weiten Armen ausholte und in die Hände klatschte, mich anfeuerte und mir genau die Stellen benennen konnte, an denen ich meine Atmung, meine Kraft oder das Loslassen einsetzen sollte. Es wurde spielerischer, freier und am Schluss empfand ich eine Seelenruhe, eine Ahnung, was es bedeutet, losgelöst zu tanzen und dennoch an seine Grenzen zu gehen. Ohne Angst, Fehler zu begehen, sich dem Ganzen hinzugeben und den Augenblick zu feiern.

Während ich versuche, meinen Rücken minutenlang in der Dusche unter heißem Wasser zu lösen, die verhärtete Muskulatur aufzuweichen, geht mir der Zeitpunkt durch den Kopf, an dem sich alles veränderte, der Blickwinkel einen anderen Radius bekam. Mein peripheres Sehen an seine Grenzen zu stoßen schien. Alles ins Stocken geriet.

Am heutigen Morgen kam ich wieder früh an der Oper an, betrat als Erster den Ballettsaal, saß am Boden, knetete gerade meine Füße, als eine Gruppe von Ensemblemitgliedern den Raum betrat. Sofort erkannte ich ihre Stimmen wieder. Diese Mischung aus nicht akzentfreiem Englisch, gebrochenem Deutsch und Italienisch hatte ich schon gehört. Auf dem nächtlichen Weg zur Mauer. Sie waren Tänzer. Er war ein Tänzer.

In meinem Magen entstand ein Loch, der Raum zwischen Rippen und Becken weitete sich, um abrupt in sich zusammenzufallen, zu einem Knäuel zusammenzuschrumpfen, in einer Tiefe zu versinken, die wie ein schwarzes Loch alles in sich aufzusaugen versuchte: meine Gedanken, meinen Atem, meine Sinne.

Wie gelähmt kauere ich am Boden, rege mich nicht, reagiere auf Begrüßungen und Fragen mit einem Kopfnicken und murmele irgendetwas vor mich hin. Hat er mich erkannt? Wie soll ich reagieren? War er gestern im Café? Hat er die Nachricht erhalten? Die Fragen schlagen Purzelbäume in meinem Kopf, kugeln umher wie rohe Eier.

Die letzten Minuten vor dem Trainingsbeginn stehe ich dann mit dem Rücken zum Saal, halte mich an der Ballettstange fest, walke meine Füße durch, bis ich sie nicht mehr spüre. Und bemerke erst beim Erscheinen des Ballettmeisters, dass der Saal bis auf den letzten Platz belegt ist. Und Alessandro, zwei Tänzer weiter, an derselben Stange steht wie ich.

Der erste Blickkontakt direkt nach den Pliés flüchtig, sein Lächeln verschmitzt, mit einem Grübchen auf der linken Backe. Meine Reaktion eher verhalten, sofort die Aufmerksamkeit wieder auf den Ballettmeister gerichtet.

Das ganze Training an der Stange absolviere ich wie ein Pflichtprogramm. Der Fluss von gestern, die Leichtigkeit wie weggeblasen. In der kurzen Phase des Dehnens bleibt Alessandro auf Distanz, kommt nicht zu mir.

Vermutlich habe ich ein dermaßen großes Stoppschild in meinem Gesicht hängen, dass er es nicht wagt, mich in einem solchen Zustand zu stören, geschweige denn mit einem privaten Anliegen zu konfrontieren.

Ich bin hier, um einen Job zu bekommen. Also reiße ich mich zusammen, stehe auf, stelle mich mit den anderen in die Mitte des Raums, folge den ersten *Adagio*-Abfolgen und atme bis in meine Lenden hinein, erinnere mich an die feinen Berührungen an meinen Schultern, an den Nacken von Solange, an die Korrekturen, das Feinjustieren. Das Gewicht an den Boden abgeben und das gleichzeitige Erheben aus der Tiefe.

Als das Training vorbei ist, kann ich Alessandro nicht mehr im Studio entdecken. Ich hatte ihm zuvor zugeschaut, als er in einer anderen Gruppe seine Pirouetten gedreht hatte. Souverän, beinahe lässig. Immer ein Lächeln auf den Lippen zauberte er die Drehungen in den Raum, landete ohne Wackler. Tanzte in der Musik, umspielte sie wie ein Jazzmusiker. Mühelos, elegant. Präzise gesetzte Beine und Arme. Wie ein Uhrwerk. Unter dem eng anliegenden Trikot spielten die Muskeln ein komplexe Partie, wechselten Form und Spannung, wurden kompakt, wölbten sich beinahe beulenartig, dann streckten sie sich, ließen Bilder eines Leoparden im lang gezogenen Sprung erahnen. Wie ein Raubtier eben.

Mein Schwärmen schlug in Wettbewerb um. Der Kampfgeist des ehemaligen Sportlers brach sich Bahn, dieses Tier, das sich den besten Platz erkämpfen möchte, sich beweisen, das über allem herrschen will. Auch wenn es beim nächsten Mal anders ausgehen kann. Dieses Tier hatte mich erfasst, und ich tanzte durch den Rest des Trainings wie auf unsichtbaren Schienen. Spürte die Aufmerksamkeit der anderen, die Augenpaare, die mir folgten, Blicke, die eine Spur zu offensichtlich auf mir liegen blieben, als dass es beiläufig gewesen wäre. Ich war aufgefallen.

Im Korridor auf dem Weg zur Garderobe traf ich dann auf Alessandro. Er stand da. Lehnte an der Wand. Schien auf mich gewartet zu haben.

„Was für ein Zufall."

Sein Grinsen reichte von einem Ohr zum anderen.

„Ja, was für ein Zufall."

„Bist du zum Vortanzen hier?"

„Ja. Und du? Solist?", versuchte ich und lehnte mich lässig ihm gegenüber an die Wand.

„Halbsolist. Bin seit zwei Jahren hier."

„Deine Art zu Tanzen gefällt mir. Sehr …", ich suchte nach einem unverfänglichen Wort, „… sehr geschmeidig."

„Danke dir. Du gefällst mir auch."

Du gefällst mir auch, hatte er gesagt. Gefallen finden. Das klang wie „nett" oder „sympathisch". Eine dieser Floskeln, die je nach Sprechart einen Stein ins Rollen bringen können oder alles mit einer einfachen Handbewegung abtun, es banal wirken lassen. Zu meiner Nachricht im Café Kranzler sagte er, er sei nicht dort gewesen, es sei ihm etwas dazwischengekommen, und er sei froh, mich jetzt hier anzutreffen. Ob ich heute Abend Zeit hätte, fragte er mich. So beiläufig, als drehe es sich nur um die Frage nach Tee oder Kaffee. Der ließ wirklich nichts anbrennen.

Meine Antwort kam mit Verzögerung. Auf meine Stimmbänder hatte sich ein feiner Film gelegt, der mich erst schwer schlucken, dann mich räuspern ließ, mir Bedenkzeit gab. Ich schwankte zwischen *Ja, ich will* und *Weiß noch nicht, muss erst noch klären, ob ich heute Abend nicht hier im Ballettsaal stehen muss.*

„Okay."

„Heute Abend ist Vorstellung und ich bin nicht besetzt. Hab frei", lächelt er mich unverhohlen an.

„Dann treffen wir uns doch. Wo soll es hingehen?", gab ich zurück und dachte mir: Bist du immer so schnell, direkt und so unwiderstehlich?

„Abendessen? Italiener oder Deutsch?"

„Bin für alles offen."

„Wein oder Bier?"

„Weder noch."

„Achtzehn Uhr hier beim Pförtner?"

„Kocht der Pförtner so gut?", kommentierte ich verwundert und bekam ein laut gelachtes „Oh, Nein!" zur Antwort.

In dem Moment, als ich ihm zusagen wollte, kam der Belgier den Korridor entlang und stellte sich neben mich. Er legte seine Hand auf meine Schulter und wartete ein paar Sekunden. Blieb bei mir stehen. Ohne Worte. Zu lange, als dass man nicht reagieren müsste.

Alessandro stieß sich von der Wand ab, wobei er sich dicht an mir vorbeiquetschte und mit der einen Hand über meine strich. Er ignorierte den Belgier und ging zurück in den Ballettsaal.

Der Schäferhund behielt seine Hand auf meiner Schulter und meinte: „Konzentrier dich auf morgen. Peter Schaufuss wird hier sein. Du warst heute gut. Sehr gut sogar. Bleib kon-zen-triert." Er sagte das sachlich, ruhig. Ohne Aufhebens. Das zeigte meist die größte Wirkung, weil es fast nebenbei daherkam und man sich zig Interpretationen ausdenken konnte, nach einem Unterton suchte, den schlichten Worten und dem Tonfall nicht traute. Man blieb am Ball. Er tat, was ein Trainer tat, der genau wusste, was er damit bezweckte. Als ob morgen irgendwelche Meisterschaften stattfinden würden, nichts Besonderes, einfach Präsenz einfordern und schlichtweg das Beste von mir erwarten.

Für mich war es ein Vortanzen für einen Job, der eine Möglichkeit darstellte, eine Eventualität, keinerlei Verpflichtung. Ohne den unterschwelligen Druck, den der belgische Hund mir auferlegen wollte.

Druck mache ich mir selbst. Es geht um meine Erwartungen. Meine Wünsche und Aussichten. Klar will ich auf die Bühne, will einen Vertrag. Darauf arbeite ich seit zweieinhalb Jahren hin. Wenn ich hier an der Oper tanzen dürfte, würde sich Paps freuen. Teil des Ensembles zu sein, Teil einer Mannschaft, das ist für ihn immer wichtig gewesen. Die Mannschaft. Wie oft hat er mich an ein Gerät gerufen, obwohl ich gar nicht an der Reihe war. Es stand frei, also musste jemand ran. Üben, wiederholen, bis es sitzt. Nicht nur einmal, nein, zehnmal in Folge. Und jedes Mal muss es perfekt sein. Dann erst kannst du den nächsten Schritt wagen.

Paps wusste, dass ich nicht der große Turner werden würde, aber in der Mannschaft ein wichtiger Teil sein könnte. Also trieb er mich an. Und ich empfand es als Bürde. Unfair. Keine Vorzugsbehandlung aus der Sicht meines Vaters, Überforderung aus der Sicht des Sohnes.

Beim Tanzen würde Paps mich nie drängen, er weiß um meine Leidenschaft und meine eigenen hohen Ansprüche. Dass ich mir bis hierhin alles allein erarbeitet habe. Es bei weitem über reines Talent hinausging.

Ich begegnete dem Blick des Schäferhundes, hielt ihm stand, starrte zurück, widerstand einem Blinzeln und antwortete ihm mit gelassener Stimme: „Es kommt, wie es kommt. Ich werde mein Bestes geben. Tanzen, wie ich zu tanzen vermag."

Seine Stimme verlor an Sachlichkeit, wurde wärmer. Mir kam der Wolf, der Kreide gefressen hat, in den Sinn. „Du hast was. Etwas, was ich *besonders* nennen würde."

„Nun, ich tanze, weil ich etwas erzählen möchte. Und wenn ich jemanden damit berühre, ihn auf diese Reise mitnehmen kann, dann hab ich für den Moment mein Ziel erreicht."

„Dann wünsche ich dir viel Glück. Und erzähl morgen das Richtige."

Was sollte nun dieser Kommentar? Das konnte ich so nicht stehen lassen und erwiderte: „Aha?! Wer entscheidet denn, was richtig ist oder nicht? Entweder es passt, berührt, löst was aus – oder eben nicht."

„Richte die Augen auf den Tanz. Das andere kommt irgendwann im Leben dazu. Früh genug."

Sollte dies eine Warnung sein? Aber vor was oder wem?

Es ist weit nach Mitternacht. Der Tag des Vortanzens ist angebrochen. In einen weißen Bademantel eingepackt und zusätzlich in die Bettdecke eingewickelt, liege ich auf dem Hotelbett, nuckele an einer Wasserflasche und friere. Trotz der heißen Dusche. Trotz der Lagen, die mich umhüllen.

Bin hundemüde. Erschöpft. Und in meinem Kopf formt sich die Frage, warum das Leben nicht linear verlaufen kann oder zumindest in einer Sinuskurve. Berechenbar. Mit vorhersehbaren gleichmäßigen Höhen und Tiefen. In diesen Tagen driftet alles in eine Richtung. Kaum noch kurvenartig nach oben, sondern exponentiell und steil. Kumuliert zu einer riesigen Gewitterwolke. Dort, im Überhängenden, Mächtigen, in den obersten Höhen befinden sich Eiskristalle. Heftige Turbulenzen durchströmen das Gebilde. Majestätisch schwebt es über mir, beeindruckend durch die Höhe, das Aufbauschen, die stetig wechselnden Figuren. Im Inneren brodelt es, kann es vernichtend sein, faszinierend und bedrohlich zugleich. Und keiner weiß, wann das Donnern und Blitzen losbrechen und das Chaos über einen hereinbricht oder das ganze Gefüge weiterzieht, sich woanders entladen oder auflösen wird.

Der Wirrwarr in mir löst sich nicht auf, verheddert sich weiter. Gefühle grätschen in meinen Tanzkosmos. Verändern die Kursrichtung und verursachen zum ungünstigsten Zeitpunkt ein Tohuwabohu.

Oh Gott, klingt das geschwollen. Die Überforderung ist so etwas von spürbar. Ich bin hier wegen eines Jobs an der Deutschen Oper. Das hätte ich mir in den letzten Jahren wirklich nicht träumen lassen, sah mich später eher als Tanzlehrer in irgendeiner Provinzschule unterrichten. Was konnte ein neunzehnjähriger Ballettanfänger schon anderes erreichen?

Jetzt bin ich hier und die Reise soll beginnen. Und was mach ich? Vergucke mich in den erstbesten Mann, der mir über den Weg läuft. Die Gefühle fahren Achterbahn. So extrem hat sich das noch nie angefühlt.

Beim Pörtner empfing mich Alessandro mit einer kurzen, eher kumpelhaften Umarmung und führte mich zu einer Osteria nicht unweit der Oper. Die Begrüßung vor Ort fand auf Italienisch statt. Das gesamte Personal schien Schlange zu stehen und busselte ihn ab. Der turbulente Singsang der Vokale schwirrte durch das Lokal, vermischte sich mit den im Hintergrund dudelnden Klängen von Eros Ramazottis Song *Musica è*. Mir wurde höflich die Hand gereicht.

Der Raum war erfüllt mit Aromen von Oregano, Rosmarin und dem typischen Duft nach Holzofenpizza. Die Tischdecken rotweiß kariert. An den Wänden Bilder von italienischen Filmstars. Ich erkannte Sophia Loren, Gina Lollobrigida, Claudia Cardinale. Und an einer Wand hing ein Plakat mit der klitschnassen Anita Ekberg im Trevibrunnen aus Federico Fellinis *La dolce vita*.

Als ich die Frage, ob ich einen Aperitivo haben möchte, auf Italienisch mit *„Sì, un bitter analcolico con aqua gassata, per favore"* beantwortete, weiteten sich Alessandros Augen, grub sich das Grübchen tief in seine linke Wange. Das Lächeln blieb mir den ganzen Abend treu.

Nachdem wir an unserem Tisch angelangt waren, der in einer stillen Ecke stand, wurde zuerst die Kerze angezündet, die die Nische sofort in ein schummriges Licht tauchte. Wir nahmen Platz, erhielten unsere Aperitifs und ich begann ihm von meinen Kontakten nach Italien zu erzählen. Dass ich mit meinem Studienkollegen Salvatore erst bei seiner Familie in Mailand und später in Apulien, in Lecce, gewesen sei und durch meinen Lateinunterricht eine recht gute Basis für seine Sprache mit auf den Weg bekommen hätte.

Wir tauschten uns aus, ohne Scheu. Blickten uns ohne einen Funken der Irritation in die Augen. Redeten, meist auf Deutsch, kreuz und quer über das Tanzen, Berlin, die Oper, Paris und Familie. Vermieden Intimes. Dazwischen Antipasti, Pizza, Pasta und zum Schluss eine Portion Tiramisu, die wir uns teilten. Es fühlte sich erstaunlich vertraut an. Die Anstrengung, der Druck des Tages wie weggeblasen.

Nach dem Essen lud er mich zu sich nach Hause ein. Ich sagte zu. Ohne zu Zögern. Ohne Hintergedanken. Seine Wohnung lag zehn Gehminuten vom Restaurant entfernt. Das Wohnhaus schien das Bombardement im Zweiten Weltkrieg gut überstanden zu haben. Die Eindrücke der alten Eingangstür, des hölzernen Treppenhauses und der Geruch nach Bohnerwachs gesellten sich zu knarzenden Schritten auf Parkettböden, dem lauten Fernseher aus einer der Wohnungen im ersten Stock und dem heiseren Bellen eines Hundes, das ich nicht verorten konnte.

Alessandros Wohnung lag im dritten Stock. Die Altbauwohnung war geschmackvoll eingerichtet. Zwischen eher antiken, gut erhaltenen oder restaurierten Möbeln standen auch zahlreiche moderne und kubistisch anmutende Stücke. An den Wänden hingen Gemälde und riesige gerahmte Kunstfotos. Keine Kunstdrucke oder Poster. Eine gewaltige Schallplattensammlung stand in einem mehrstufigen Regal, von Klassik über Jazz zu Pop und Rock. Kunstbände und Autobiografien von verschiedenen Künstlern aus allen Sparten lagen in Stapeln neben dem Sofa, auf dem Couchtisch, an der Wand und zuoberst auf dem Musikregal.

Während Alessandro in der Küche hantierte, um etwas zum Knabbern und Trinken vorzubereiten, staunte ich über die reife und erwachsen wirkende Einrichtung. Wir lagen gut drei Jahre auseinander und er hatte mit achtzehn sein erstes Engagement erhalten. Von reichen Eltern hatte er nichts erzählt. Das exquisite Interieur irritierte mich.

Sobald wir es uns im Wohnzimmer auf dem Sofa und einem Sessel gemütlich gemacht hatten, knüpften wir nahtlos an unsere Gespräche von vorher an. Er erzählte von der Wohngemeinschaft, dass sein Mitbewohner aktuell nicht zu Hause sei, da er ein Gastengagement habe. Es sei ein Glücksgriff gewesen, hier zu landen. Er fühle sich sehr wohl, hier in Berlin, komme er doch aus einem Provinznest im Süden Italiens. Das Ballettinternat in Mailand sei eher wie ein Gefängnis gewesen. Sein erstes Engagement in Rom nicht wirklich befriedigend. Dann ging es nach Düsseldorf und die letzten zwei Jahre hier an die Oper.

Auf meine Frage, die mir den ganzen Abend schon unter den Nägeln brannte, wie es mit einer Freundin aussah, schmunzelte er, blickte mich mit seinen braunen Augen an und schüttelte den Kopf, dass seine schwarzen Locken tanzten. Warum fragte ich überhaupt, es war doch offensichtlich. Nicht dass sich Alessandro selbst verraten hätte, doch spürte ich eine Vertrautheit und Verbundenheit, eine Nähe, die sich vorerst nicht mit körperlichen Wünschen oder gar sexuellen Begierden beschreiben ließ. Seinen Kopf auf meiner Brust. Mein Kopf auf seiner Schulter. Arme um die Taille gelegt. Finger ineinander verschränkt. Haut an Haut, Mund auf Mund.

Ich hätte mich gerne von ihm halten, mich fallen lassen. Ganz kitschig und unprätentiös. Das war es, was ich die ganze Zeit gesucht hatte.

Dann begann ich zu erzählen, unbedarft und offen. Dass ich nicht wisse, was ich wollte, ob Frauen oder Männer. Dass ich mich seltsamerweise bei jedem Wechsel an einen neuen Ort umgehend zuerst in eine Frau verliebt hätte. Jedes Mal der Vorsatz: Jetzt kann ich alles ausprobieren, kann eintauchen und schauen, was ich wirklich mag, was ich nicht mag oder beides oder was auch immer. Und was passiert? Endlich fort von zu Hause, an der privaten Ballettakademie in Erlangen eingeschrieben, kleine Studentenbude, Privatsphäre garantiert, erster Tag, Tanzstudium beginnt, und da steht sie. An der Stange. Wärmt sich auf. Geschmeidige Bewegungen, lange Beine, dunkles, hochgezwirbeltes, in einen Knoten gestecktes Haar. Hohe Wangenknochen, slawisch. Rehbraune Augen. Corinna. Kurze Zeit später waren wir ein Paar.

Obwohl sie rauchte. Ich hasse Zigarettenrauch. Den Geruch an den Fingern, die den Glimmstängel hielten, den Mundgeruch, das Gefühl, einen kalten Aschenbecher zu küssen. Zungenküsse waren dann tabu. Zuerst kaute sie sofort nach der Zigarette Kaugummis. Spearmint, was so viel half, wie wenn man sich ein Deo unter die schwitzigen Achseln sprühte, alles übertünchte, darunter der ätzende Geruch weiter schwelte und alles noch schlimmer machte, zu stinken begann. Dennoch blieb ich bei ihr. Bis ich auf einen Studenten traf. Naturwissenschaften. Ich probierte es aus. Das hielt nicht lange. Fühlte sich an wie eine Versuchsanordnung. Augenhöhe war das Stichwort. Die fanden wir jedenfalls nicht. Nicht im Umgang miteinander, nicht beim Sex. Corinna wußte Bescheid, zeigte Verständnis, wollte mich anschließend mit einem Bekannten verkuppeln, was dermaßen schief lief, dass es schon wieder lustig war. Aber das war eine andere Geschichte. Corinna und ich blieben Freunde, bis ich nach Paris ging. Wir haben immer noch Kontakt. Sporadisch.

Später in Paris das gleiche Spiel: Amélie. Elevin an der Pariser Opernschule. Nichtraucherin. Es blieb bei einem kurzen Turteln. Nichts und niemand mit ernsten Absichten tauchte auf, auch war mir nicht nach etwas Engerem, ähnlich einer festen Beziehung. Es passierte gar nichts mehr. Kein Mann, keine Frau. Keine Zeit. Mein Körper ist mit dem Tanzen verheiratet. Wo sollte da Platz für einen anderen Menschen, für eine Beziehung sein? Seitdem eher Verwirrung. Und der Tanz als Alibi. Auf den konnte ich mich verlassen. Schon immer.

All das zu erzählen, mich zu offenbaren, nichts zurückhalten zu müssen, fühlte sich an wie ein Ankommen. Einen Ort gefunden zu haben, wo ich einfach sein konnte, ohne Rechtfertigung oder Zurückhaltung. In seine Augen zu blicken, das Grübchen beim Lächeln zu beobachten, wie es aufblitzte und wieder verschwand, ließ mich mein Innerstes nach außen stülpen.

Alessandro war zwischenzeitlich aufgestanden, hatte mir nachgeschenkt und sich dann neben mich auf das Sofa gesetzt. Unsere Oberschenkel berührten sich. Ohne Druck, eher zufällig. Wie das eben so ist, wenn man auf einem Zweiersofa nebeneinandersitzt.

Er ließ mich erzählen, nippte an seinem Glas Rotwein und knabberte an einer Nuss, hörte mir zu. Irgendwann lag ein Arm erst hinter mir auf der Lehne, kurz darauf auf meiner Schulter.

Seine Finger berührten mich, strichen über den Oberarm. Es war so vertraut, als sei dies nicht unser erster gemeinsamer Abend.

Schließlich erzählte er mir aus seinem Liebesleben. Dass er es schon immer gewusst hatte, seine Sinne einfach auf Männer gepolt waren. Gut, das Ausleben gestaltete sich schwierig. Besonders in Italien. Und noch schlimmer: Süditalien. Das sei noch rückständiger. Als er zu Hause erzählte, dass er nach Berlin gehen werde, bekreuzigten sich alle in der Verwandtschaft, es wurden Rosenkränze rauf und runter gebetet, wahrscheinlich sogar Messen in der Kirche abgehalten, da er in den Sündenpfuhl Berlin ziehen würde, das reinste Sodom und Gomorrha. Und AIDS, diese Homoseuche. Davor musste er sich in Acht nehmen. Das tat er, wobei Berlin mit seinen Clubs, Bars und Discos viel zu bieten hatte und dort ausgelassen und ohne sichtbare Grenzen alles ausgelotet wurde, was einem in den Sinn kam. Er konnte damit gar nichts anfangen. Es war ihm zu bunt, zu schrill, zu schräg und entsprach nicht der Vorstellung, wie er ein Leben mit einem Mann gestalten wollte. Wobei in der Tanzwelt auch so einiges abging.

Ich antwortete mit einem lapidaren „so so …“ und dachte, dass meine exzessiven Ausflüge in die Pariser Clubszene jetzt besser kein Thema werden sollten. Hier wahrte ich Zurückhaltung, da ich mir selber noch nicht im Klaren war, was diese Abstecher für mich bedeuteten.

Wir lachten und rutschten näher aneinander. Sein Parfüm war dezent, feinherb, es lullte mich ein. Alles andere war vergessen, ich existierte nur noch in einer Art Blase. Nichts drang herein, keine Autogeräusche von der Straße, kein Hundegebell, nicht einmal die Musik, die auf dem Plattenspieler lief.

Ich weiß nicht, wie lange wir so dasaßen. Aneinander gekuschelt. Gedankenverloren, ohne Worte, hörten wir den Herzschlag des anderen, spürten das ruhige Ein- und Ausatmen und empfanden eine wunschlose Wärme. Der Ausdruck *warme Brüder* fiel mir ein und ich musste schmunzeln. Den Gedanken, dass dies alles zu harmonisch verlief, zu gleichmäßig dahinglitt, ohne Strudel und Stromschnellen, drängte sich mir kurz auf, dann schüttelte ich den Gedanken ab und genoss die folgenden Stunden.

Die Müdigkeit übermannt mich, lässt die vergangenen Stunden wie einen Tagtraum an mir vorüberziehen. Die Begierde löst sich

Stück für Stück auf, das Verlangen nach Alessandro, nach seinem Körper, seiner Sinnlichkeit, nach dem Gefühl von Geborgenheit.

Die letzten Augenblicke bei ihm wabern in meiner Erinnerung, verschwinden hinter einem Schleier. Wir hatten uns zum Abschied geküsst. Mehrfach. Standen eng umschlungen in der Diele. Wie ich zur Tür hinaus, die Treppe hinuntergestiegen und ins Hotel gelangt war, ist mir ein Rätsel. Seine letzten Worte klingen noch nach. Ein Wiedersehen für heute Abend ist geplant.

Denke ich an das bevorstehende Vortanzen, verknotet sich mein Magen. Mich friert, die Erschöpfung breitet sich weiter aus, erfasst meine Glieder, lässt mich bis auf die Knochen zittern.

Ich gehe nochmal ins Bad, putze mir die Zähne und tapse zum Bett zurück, da entdecke in einen Briefumschlag auf dem Boden vor der Zimmertür. Er muss während meines Dahindösens durchgeschoben worden sein. Mein Vater hält sich kurz:

Lieber Julian.
Wie läuft es bei dir?
Sehen wir uns zum Frühstück vor dem großen Tag?
Sind auf der Spur meines Onkels. Toi toi toi. Paps.

Ich schiebe mich tiefer unter die Bettdecke, lege den Brief unters Kopfkissen. Muss endlich runterkommen, Energie tanken. Schlafen.

CHRONOLOGIE VI

1951 | 24. Dezember

Nachdem ein Schneesturm über dem Südschwarzwald den ganzen Zugverkehr lahmgelegt hat, verbringt das Ehepaar Humbacher den Weihnachtsabend allein in seiner Bahnhofswohnung in Hinterzarten.Die drei erwachsenen Kinder Rosa, Heiner und Sofie sind am Nachmittag bei Freunden im nahegelegen Titisee-Neustadt hängen geblieben und verbringen dort die Nacht.

Friedas gesellschaftliches Wunschbild und ihre politischen Sichtweisen werden an diesem Abend zum zentralen Thema und führt zu einer die ganze Nacht andauernden, heftigen Aussprache mit Egon.

1952 | 18. März

Der Bescheid über Egons baldige Versetzung ins alemannische Suntheim, einen Luftkurort im Schwarzwald-Baar-Kreis nicht unweit des Donauursprungs, wo sich die Brigach und die Breg treffen, löst in der Familie Humbacher sowohl Freude, als auch Trauer und Unruhe aus.

Dennoch atmet Egon auf.

1953 | 18. März

Egon und Frieda werden von ihrer ältesten Tochter Rosa überrascht, die sich verloben will. Als sie ihnen den Franzosen Henry Guerlin, einen ehemaligen Besatzungssoldaten der nahe gelegenen Garnison vorstellt, verlässt Frieda empört die Wohnung.

Egon geht ihr hinterher, kann sie aber nicht beschwichtigen.

1954 | 26. Juni

Egon und Frieda verreisen das erste Mal in den Urlaub an die Nordsee. Bereits nach drei Tagen fahren sie wieder zurück nach Hause. Das regnerische und eher windige Wetter entspricht nicht ihren Erwartungen.

Die wenig später auftretende Erkältung bei Egon verhärtet sich und wird Monate später vom Amtsarzt als Lungenentzündung diagnostiziert, die seinem Asthma wenig dienlich ist.

1955 | 04. Februar
Bei den Wahlen zum neuen Vorstand des Kreisverbands der Sozialdemokraten wird Egon als Schriftführer neu eingeführt.
Eine politische Karriere schlägt er dennoch aus.

1956 | 02. April
Am Ostermontag weiht Egon das neue Frühjahrsbeet ein, mit dessen Mauer, das vor über einem Jahr erworbenen Haus und der Garten endlich fertiggestellt sind.
Bereits am nächsten Tag pflanzt Frieda die ersten Setzlinge und Egon entfernt die ersten Schnecken.

1957 | 04. Mai
Die älteste Tochter Rosa heiratet den Polizeiobermeister Rudolf Fingerlein und zieht ins nahegelegene Mönchweiler. Nach mehreren Affären mit französischen Besatzungssoldaten ist dieser „Sinneswandel" für Frieda eine Erlösung und befriedet den jahrelangen Konflikt.
Für Egon eine Erleichterung.

1958 | 27. Juli
Nachdem die jüngste Tochter Sofie von ihrem aktuellen Freund ungewollt schwanger wird, bestehen Egon und Frieda auf eine sofortige Heirat. Im fünften Monat ehelicht Sofie den Studenten Werner Gwendner. Die Feier findet in kleinem Kreis statt.
Anfang November kommt Egons erstes Enkelkind zur Welt: Jörg.

1959 | 30. November
Die Nachricht, dass der Bahnhof von Suntheim bis zum Ende des Jahres 1960 stillgelegt wird, schlägt bei den Humbachers ein wie eine Bombe.
Egons gesundheitlicher Zustand verschlechtert sich, die Asthmaanfälle häufen sich.

1960 | 03. Januar
Zu Egons 60. Geburtstag erscheint die gesamte Verwandtschaft aus dem Odenwald. Es wird ein rauschendes Fest, von dem sich alle noch lange erzählen werden.

Eine Postkarte mit Berliner Motiven, die unter dem Briefkasten im Schnee liegt, ist bis zur Unleserlichkeit aufgeweicht.

1961 | 06. April

Der 28. Geburtstag von Egons Sohn Heiner beginnt bei strahlendem Sonnenschein.

Die von Frieda geplante Kaffee-und-Kuchen-Runde am Nachmittag wird vom Winde verweht und endet abends in einem Gewittersturm.

1962 | 01. Januar

Nach langem Tauziehen um die Bahnstrecke zwischen Villingen und Donaueschingen, wird der Abschnitt über Suntheim stillgelegt und der Bahnhof geschlossen.

Egon tritt für die letzten drei Jahre seine Stelle in einem Büro in der Bahnzentrale in Villingen an.

1963 | 27. September

Als Egon an diesem Abend von der Arbeit nach Hause kommt, liegt Frieda mit einer Kopfverletzung bewusstlos im Flur. Beim Nachbarn kann er telefonisch einen Krankenwagen bestellen.

Frieda wird in das Kreiskrankenhaus nach Villingen gebracht, wo sie sich mehreren Untersuchungen unterziehen muss.

KAPITEL 16

D-WEST-BERLIN / SAMSTAG, 25. NOVEMBER 1989

Er spürt eine innere Unruhe. Kann seine rechte Hand kaum im Zaum halten. Knetet die linke unaufhörlich. Er wartet und hofft. Louises Hand, die auf seinem Oberschenkel liegt, verströmt eine Schwere, hält ihn auf dem Sofa fest, wie ein auf Grund liegender Anker.

Die bodenlangen samtenen Vorhänge sind geöffnet, rahmen die hohen Fenster ein und dämpfen die Geräusche. Würde man sie zuziehen, könnte man meinen, die Realität müsse draußen bleiben, soll ausgesperrt werden. Eine Armada von Kissen aus Samt und Seide belagert das ausladende Sofa, bedeckt in mehreren Reihen hintereinander die gesamte Sitzfläche und Rückenlehne. Darunter, kaum sichtbar, eine bunte Decke, aus zahlreichen handflächengroßen quadratischen Stoffteilen zusammengenäht. Gegenüber steht ein breiter, lederner Ohrensessel mit einer Kuhle in der Mitte des Sitzpolsters, als wäre dies für lange Zeit der Lieblingsplatz einer Katze gewesen. Dazwischen, eher ein Fremdkörper, ein bronzener Couchtisch mit Rauchglasplatte und in einer Ecke eine riesige, altliche Stehlampe, die den Anfang eines Regals aus Kiefernholz beleuchtet, das die ganze Wand einnimmt. Es ist gefüllt mit Büchern, Bilderrahmen, Vasen und allerlei Schnickschnack. Ein Setzkasten in Übergröße. Direkt neben der Tür steht ein wuchtiger, unförmiger dunkler Wohnzimmerschrank, in Form und Nutzen am ehesten mit einem Buffet vergleichbar.

Alles wirkt wie das Sammelsurium eines Antiquitätenfundus. Einer Zeitreise gleich. Das einzige lebende Objekt ist eine Yuccapalme. Sie wuchert aus einer Ecke heraus in alle Richtungen und wird mit an der Decke befestigten Schnüren in Schach gehalten. Und immer wieder Bücher. Gestapelt, aneinandergereiht, lose auf dem Fensterbrett liegend, unter dem Tisch, kreuz und quer hinter dem Vitrinenglas des Buffets. Es brennen zahlreiche Kerzen. Im Hintergrund läuft ein Radioprogramm, das eingängige klassische Musik spielt. Ein Räucherstäbchen kokelt vor sich hin. Die von schwerem Patschuli und Sandelholz erfüllte Luft wird vom Aroma frisch aufgebrühten Kaffees durchmischt.

Heidemarie taucht auf, trägt ein Tablett mit einer blümchenverzierten Porzellankanne, drei Tassen mit Untertellern, einer Zuckerdose und einem gläsernen Milchkännchen herein. Beim Abstellen wird ein Teller mit kleinen Waffeln und Keksen sichtbar. Das Geschirr entspricht der Einrichtung: ein Potpourri aus Mustern, Materialien, Formen und Zeiten. Alles Einzelteile, Überbleibsel, Reste. Sie wirken wie ein Pfand, wie eine Kaution an Erinnerungen, im Gedenken an Dinge, die nicht verloren gehen sollen. Trotz der scheinbaren Wahllosigkeit in der Zusammenstellung wirkt alles heimelig. Geschützt. Wie in einem Kokon.

Die Nachricht lag an der Rezeption bereit. Heiners Cousine Heidemarie hatte sich gemeldet. Zu einem zweiten Frühstück sollten sie vorbeikommen. Telefonisch vereinbarten sie den Besuch für den nächsten Morgen um elf Uhr.

Heiner und Louise sitzen jetzt tief versunken in der Sofalandschaft und schlürfen einen Kaffee, so stark, dass er Tote aufwecken könnte, verkündet Heidemarie, bevor sie sich in den Sessel fallen lässt. Sie selbst trinkt einen Tee. Die Begrüßung war herzlich, fast überschwänglich gewesen, als hätten sie sich schon immer gekannt. Heidemarie schien gerne zu umarmen. Küsschen rechts, Küsschen links. Sie strahlt, lächelt, ihre Augen verheißen Offenheit und Fröhlichkeit.

„Wo sollen wir beginnen?“, eröffnet Heidemarie das Gespräch. „Bei deinem Vater im Schwarzwald oder bei mir hier in Berlin?“

„Ich glaube, deine Geschichte ist um einiges spannender als meine“, deutet ihr Heiner mit einer einladenden Geste an, den ersten Schritt zu tun.

„Spannender? Nun, ich würde eher sagen kurioser, abenteuerlicher“, entgegnet sie und nimmt einen Schluck Tee. „Jeder hat seine eigene Geschichte zu erzählen. Wer weiß, was unter dem Strich dramatischer, lustiger, seltsamer oder brutaler ist.“

„Oder langweiliger“, fügt Heiner hinzu.

„Ja, das auch. Ist dein Leben so … na ja, so langweilig? Oder besser das deines Vaters, deiner Eltern?“

Heiners Gegenüber richtet den Blick auf ihn, mit diesen typischen wässrig blauen Iriden. Die Nase etwas lang, aber nicht unelegant. Und dieses Grübchen. Humbachersche Merkmale. Unverkennbar.

Heiner erzählt die Geschichte seiner Familie. Zumindest das, was er zu wissen glaubt. Wie sein Vater Egon aufgewachsen ist, wo sie über den Krieg hinweg gelebt haben und wie sie nach Suntheim gekommen sind. Über seine eigene Lebensgeschichte bis zur Trennung und Scheidung von Hannah, von seinen beiden Kindern, bevor er abschließend sagt: „Meine Mutter ist vor anderthalb Jahren und mein Vater Anfang dieses Jahres beerdigt worden. Nichts Dramatisches. Das Alter."

„Wie hast du mich dann gefunden?"

Heidemarie hat zugehört, ohne Kommentare oder Zwischenfragen.

„Ein Kästchen", antwortet Heiner, „mitten zwischen den Büchern."

„Also gibt es dieses Ding wirklich?"

„Ach, du weißt von dem Kästchen?"

„André hat mir davon erzählt, er war sich aber nie sicher, ob es von seinem Bruder, also deinem Vater, gefunden wurde. Oder ob es in den Wirren der Zeit nicht einfach verschwunden ist."

Heiner holt das Kästchen hervor, öffnet es und hält inne: „Erst jetzt fällt mir auf, dass der Brief darin unversehrt war. Niemand hatte ihn je geöffnet. Kein Wunder, dass mein Vater nie nach dem Brief im Baum gesucht hat."

„Was mag ihn dazu bewogen haben, alles unter Verschluss zu halten? Du wusstest nichts von der Existenz eines Onkels?"

„Niemand wusste von einem Onkel, vom Verbleib deines Vaters", entgegnete er ihr und nimmt den Brief aus der Plastikhülle. „Ich habe nachgeforscht, meine Schwester befragt. Nichts. Nie wurde etwas über ihn erzählt. Sein Name fiel nie. Wie ausgelöscht. Bis ich bei meiner Cousine im Odenwald nachhakte. Die verwies mich an Tante Heide."

„Heide Maria, die Ziehschwester?", kam es über Heidemaries Lippen, als ob sie mit sich selber sprechen würde. „André hat von ihr erzählt. Er mochte sie … sehr sogar."

„Warum hast du nie nachgeforscht, wenn du doch einige Namen kanntest und dein Vater dir anscheinend weit mehr aus seinem Leben erzählt hat, als es bei mir der Fall war?"

Heiner will nicht fordernd oder gar anklagend klingen, es liegt im fern, auf jemanden mit dem Finger zu zeigen oder gar Schuldzuweisungen auszusprechen, die hier fehl am Platz sind.

„Das habe ich mich seit gestern auch gefragt. Eine Antwort kann ich dir momentan nicht geben", was bei Heidemarie eher erstaunt, als resigniert klingt. „Aber sag, was ist mit dir? Dein Arm. Was ist passiert?"

Ein Schluck Kaffee, ein tiefes Atemholen. Wie oft hat er in den letzten Tagen seine Geschichten ausgebreitet. Von Dingen berichtet, die in seinem Inneren zu lange unter Schichten von Selbstzweifel, mangelndem Selbstbewusstsein und Schmerzen verschüttet waren. Hat sich offenbart, seine Schalen Schicht für Schicht sichtbar gemacht.

Louise hält seine linke Hand. Das Kribbeln versorgt ihn mit Lebensstrom. Hält ihn im Fluss, am Schwimmen. Lässt ihn mittreiben, wie ein Stück Holz.

Sein Leben sei wie das vieler anderer verlaufen, fährt er fort. Mit Höhen und Tiefen. Der Tumor, der sich in seiner Wirbelsäule eingegraben hat, gehöre eher zu den unerfreulichen Dingen. Seine Ex-Frau Hannah habe ihn überzeugt, sich von Fachleuten und Spezialisten untersuchen zu lassen. Er war in Mainz, in Stuttgart und in Hannover. Allerlei Tests, Befunde und zwei Operationen. Nichts wurde besser, nichts behoben. Ein fast totes Teil, das da nun an seiner Schulter hängt.

„Und wie genau passt Hannah in diese Geschichte?"

Heiner hält inne. Hat er so offensichtlich etwas formuliert, Hannah etwa die Schuld gegeben? Oder hat Heidemarie einfach ein Gespür für Zwischentöne, dem, was nicht gesagt wurde? Also versucht er es mit einer diplomatischen Antwort: „Sie war Antrieb, Motivator, stets in Bewegung. Bis ich für sie wie ein Klotz am Bein wirken musste. Nichts ging mehr voran. Eher rückwärts. Oder besser abwärts. Dann ging sie weg."

„Hat sie dich aufgegeben?"

„Nein, eher ich mich."

Heiner muss schlucken. Spürt, wie der Kehlkopf trocken hoch und nieder rutscht, die Kiefermuskeln mahlen, sein Blick durch den Raum wandert, ohne sich an etwas festhalten zu können. Das Kribbeln in seinem Arm ist zu einem stetigen Flattern geworden, strahlt bis zwischen die Schulterblätter aus, löst seine Anspannung um das Brustbein herum.

Er muss lächeln, obwohl es für ihn unangenehm ist, über Hannah zu sprechen, da er sich die Schuld an allem gibt. Er gerät ins Stocken. Ein Zögern breitet sich in ihm aus, als ob diese Geschichte nicht hierher gehörte.

Einmal mehr trocken schlucken. Dann ein Schluck Kaffee. Und er erzählt weiter, geht über zu Julian und Carla. Berichtet von zwei Kindern, die ihren Weg gehen. Vom Haus, der umgestürzten Gartenmauer, dem toten Hasen Bodo und der Reise nach Paris. Über Louise. Aber nur kurz. Er möchte diesen Zauber, dieses Im-Moment-leben-Dürfen nicht aufs Spiel setzen. Die Gefühle für diese besondere Frau neben ihm nicht voreilig konkretisieren. Der Druck von Louises Hand wird stärker und er wünscht sich, ihn mit seiner Linken erwidern zu können.

Das Kästchen wird ausgepackt. Heidemarie öffnet es mit einer Langsamkeit, die einer Art Zeremonie gleicht. Als würde jedes Staubkorn, das dem Inneren entweicht, eine Geschichte erzählen. Die Pfeife liegt in ihrer Hand wie ein Kleinod.

„Das Pfeifenrauchen war reine Show", spricht Heidemarie eher zu sich, dann wendet sie ihren Blick zurück zu Heiner und Louise. „Er paffte vor sich hin, nuckelte am Mundstück herum, wie in Gedanken versunken, die Augen halb geschlossen. Meist hing das Ding im Mundwinkel. So hielt er andere auf Abstand. Die meisten fielen darauf rein."

„Mein Vater mochte Zigarren. Eine am Wochenende. Immer samstags."

„Aha …", betrachtet Heidemarie den Ausweis, „das Foto kenne ich nicht. Und der Name: Humbacher. Eduard Humbacher also … ich kann mich kaum daran erinnern. Er hat es bestimmt einmal erwähnt … für mich war er immer André."

„Wie war er? Eduard – André?"

Von draußen bricht ein Lichtstrahl durch die spaltbreit geöffneten Gardinen, spiegelt sich auf der Glasplatte und lässt einen ovalen weißlich schillernden Klecks an der Wand gegenüber erscheinen. Das Ticken einer Uhr wandert durch den Raum. Das Radio ist verstummt, wurde von Heidemarie ausgeschaltet, um sich besser auf das Gespräch konzentrieren zu können. Dennoch ertönt irgendwo leise, kaum hörbar Musik.

Heidemarie hält ihre Teetasse mit beiden Händen umschlungen, ihr Kopf wippt leicht vor und zurück, als ob sie sich Mut zusprechen möchte. Der graue Lichtbildausweis mit dem alten Namen liegt in ihrem Schoß.

„André Keller. Vater, Partner, Liebhaber, Mannsbild, kein Weiberheld, allwissend, sinnlich, robust, unbändig, humorvoll, zerbrechlich. Und ich dachte immer: unzerstörbar." Sie schluckt und wischt sich mit dem Ärmel über die Augen. „Er ist vor knapp einem Jahr gestorben. Eingeschlafen."

Heidemaries Stimme kommt eher einem Flüstern gleich. Ihre Lider sind leicht geschlossen, ihre Brust hebt und senkt sich in kurzen Atemzügen. Und sie fährt fort: „Er hatte sich im Ersten Weltkrieg verliebt. Mitten im Schützengraben. Soldat-Sein. Wollte sich als Mann beweisen. Das hatte er ursprünglich gesucht. Und plötzlich war da Stefan. Sie verbrachten Tage und Nächte in einem Schützengraben. Wenn es die Situation zuließ, unterhielten sie sich über ihr Leben, ihre Sehnsüchte und über den Tod. Um sie herum krachten Gewehrsalven, explodierten Granaten. Unter diesen unwirklichen Umständen liebten sie sich und taten es als Notsituation ab. Man war ja im Krieg. Da nahm man das, was man bekam. Nach dem Krieg hielten sie Kontakt, trafen sich an Wochenenden. Heimlich. Und konnten nicht voneinander lassen. Stefan zog nach Berlin. André besuchte ihn, tauchte dort in die aufreizende Welt der Zwanzigerjahre ein. Stefan hingegen tauchte immer mehr ab, in die Welt der Drogen, des Sex, bekam Syphilis und starb, kaum dass André fest nach Berlin gezogen war.

Dann lief ihm Georg über den Weg. Es war eine Seelenverwandtschaft, hat er immer betont. Etwas, das man schützen muss, das einmalig sei. Sie zogen zusammen. *Ungeoutet,* wie man heute sagen würde. Eine Art Wohngemeinschaft. Bis die Nazis das Ruder übernahmen und ihre Existenz bedroht war. Männer, die Männer liebten, waren zuerst nicht erwünscht, dann strafrechtliche Verfolgung und schließlich ein Todesurteil. Meinem Vater wurde bewusst, dass er seine Neigung nur leben konnte, wenn er alle Menschen aus seinem Leben raushielt, die in irgendeiner Weise mit ihm verbunden waren. So entschied er, sich von seiner Familie loszusagen, von seinem Bruder Egon – deinem Vater –, seinen Zieheltern und seiner Cousine Heide Maria, sowie später den

Kontakt zu seinen Nichten und seinem Neffen – also auch zu dir, Heiner – zu meiden."

Heidemarie unterbricht den Fluss, scheint sich zu sammeln, nimmt einen weiteren Schluck Tee, nimmt die Januskopfmünze heraus und lächelt: „Diese Münze steht für vieles, vor allen Dingen für das doppelte Gesicht der Zeit, dem Beginn und Ende einer Phase, neue oder andere Pfade, die gewählt werden. André hat diese Münzen bei einem seiner ersten Besuche in Berlin auf einem Flohmarkt erstanden, hat er mir zumindest so erzählt, und sie im Laufe der Zeit an wenige und beste Freunde und Eingeweihte verschenkt. Als Zeichen der Loyalität, des Vertrauens. Es passt, dass er eine seinem Bruder vermacht hat. Ich selber besitze auch eine, die letzte aus seiner Sammlung." Sie steht auf, geht an das große Regal, fischt eine Schatulle heraus und überlässt sie Heiner.

Und sie erzählt weiter: „André nahm einen neuen Namen und Lebenslauf an. Und wie es im Leben so läuft, kamen die besten Ideen in der Not und meist von ganz nah um die Ecke. Hier in Gestalt von Alva und Lena. Die lebten seit Jahren zusammen, ein attraktives Frauenpaar. Sie waren im Untergrund aktiv, immer kurz davor aufzufliegen und die Gestapo im Türrahmen stehen zu haben. Im Haus der beiden Frauen wurden zwei Wohnungen auf dem gleichen Stockwerk frei. André übernahm den Posten des Hausmeisters und Georg ging weiter seiner Arbeit als Goldschmied nach.

Offiziell wurden Alva und André ein Paar, heirateten standesamtlich im Jahr 1937. Kurz darauf folgten Georg und Lena. Tagsüber spielten sie die vorbildlichen bürgerlichen Pärchen, nachts tauschten sie die Betten oder gingen in die mittlerweile verbotenen Bars und Kellerlokale, um zu tanzen, Jazzmusik zu hören oder sich mit Gleichgesinnten auszutauschen.

Neugierige Nachbarn und Denunzianten gab es zu Genüge. Also wurde ich in die Welt gesetzt. Etwas, was alle vier nächtelang durchdiskutiert hatten. Wer sollte? Konnte? Mit wem? Und überhaupt und sowieso. Georg wollte nicht. Die Vorstellung, mit einer Frau zu schlafen, war für ihn absurd. Lenas Missbrauch durch ihren Vater saß zu tief. Blieben Alva und André. Eine Alibiübung, die ihr Leben neun Monate später ganz schön durcheinanderwirbeln würde."

Heidemarie ist mittlerweile aufgestanden, bewegt sich im Zimmer auf und ab, hält sich an ihrer Tasse fest und legt eine weitere Pause ein.

„Habt ihr Hunger?“

„Nein, danke“, gibt Heiner als Antwort, überrumpelt vom Themenwechsel. „Bitte mach dir keine Mühe.“

„Nun, ich habe etwas Hunger. Das Erzählen kostet mich doch mehr Kraft als gedacht. Kommt doch mit in die Küche. Ich koche uns eine Kleinigkeit, und dann geht es weiter.“

Die Küche: eine Fortsetzung des Sammelsuriums. Steingutwaschbecken, Gasofen und ein riesiger weißer Kühlschrank, der vor sich hin brummt. Auf dem Abtropfgitter ein paar Teller, ein gusseiserner Topf und Besteck. Unter den eierschalenfarbenen Hängeschränken ein Regal mit weißen Porzellanbehältern, auf denen mit blauer, schnörkeliger Schrift alles an Nahrungsmitteln, Kräutern und Zutaten geschrieben steht, was man in einem gutbürgerlichen Kochbuch vorfindet.

Der Geruch von Kaffee wird schwächer. Die Aromen von Currypulver und Essig übernehmen die Oberhand. An der Wand gegenüber dem Herd und der Spüle steht ein kleiner Küchentisch, dessen Holzplatte abgenutzt und gleichwohl gepflegt aussieht. Alles wirkt sauber. Heidemarie zieht zwei Hocker darunter hervor und Heiner und Louise nehmen Platz.

Dann beginnt sie Gemüse und Zwiebeln zu putzen und zu schneiden und fährt fort: „Das erste Jahr verlief so, wie sie es sich alle vorgestellt hatten: eine Tochter; zwei Mütter; zwei Väter. Sie wähnten sich in Sicherheit. Bis der Krieg ausbrach. Und die geheimen Treffen im Untergrund schwieriger, das Ausgehen mit Gleichgesinnten in Kellerbars oder Tanzlokale jedes Mal ein Wagnis wurden. Um sie herum verschwanden Leute. Manchmal auch Freunde. Egal ob ihres Glaubens, ihrer Gesinnung oder anderer Gründe wegen. Sie bewegten sich auf dünnem Eis.

Lena war die Erste, die nicht durchhielt. Sie verschwand nachts, tauchte ab, tanzte auf heimlichen Partys, betrank sich und hatte dabei mehr Glück als Verstand. Bis auch Georg schwach wurde, dem nach außen braven und sittsamen Leben nicht mehr standhielt und eines Nachts mit ihr mitging, genau in jener Nacht, als das Treffen in einem Keller von einem Nachbarn gemeldet wurde und eine Razzia stattfand. Lena und Georg verschwanden für mehrere Wochen. Als sie zurückkamen, waren sie nicht wiederzuerkennen. Man hatte sie gefoltert, vermutet, sie seien Widerstandskämpfer. Dass sie *vom anderen Ufer* seien, war gar nicht der Grund gewesen – zum Glück für André und Alva.

Lena war übersät mit Wunden von ausgedrückten Zigaretten, mehrere Finger waren gebrochen, Prellungen, Rippenbrüche. Georg hatte Quetschungen an den Hoden erlitten. Ihm wurde das Haar teils versengt, teils herausgerissen und mehrere Zähne ausgeschlagen.

Warum sie plötzlich freikamen, wurde nie geklärt. Lena vermutete, dass ihr Vater im Hintergrund agiert hatte. Er war ein SS-Sturmmann und hatte Einfluss. Beide erholten sich nur langsam. Der Anblick und Gestank ihrer schlecht verheilenden Wunden und die nächtlichen, traumatischen Schreie Georgs neben sich im Bett hatten sich meinem Vater ins Gedächtnis gebrannt, waren ihm unter die Haut geglitten wie Nattern, die sich dort fest gebissen hatten, und ihm ihr Gift einflößten. Er vermied es, davon zu erzählen, und wenn doch, holten ihn die Bilder spätestens nachts wieder ein, bescherten ihm bis zu seinem Tod den einen oder anderen Albtraum."

Während die Zwiebeln und das Gemüse unter Zischen in einer heißen Pfanne in Butter geschwenkt werden, greift Heidemarie nach einem Glas im Hängeschrank über ihr. Und während sie mit der anderen Hand die Pfanne über der Flamme hält, füllt sie es geschickt mit Wasser aus dem Hahn am Spülbecken, leert es in einem Zug und stellt es, noch immer die Pfanne schwenkend in die Spüle.

Als sie sich umdreht, blickt sie Heiner an, der spürt eine Untiefe in ihren Augen, eine Verletztheit in ihr. Er spürt das Leid, das sich hier in der Geschichte anbahnt. Dass dies erst der Anfang einer Geschichte ist, die noch lange nicht zu Ende erzählt ist.

„Die Erinnerung an diese Zeit ist nur vage. Meine Kindheit ein löchriger Eimer, in dem nicht viel hängen geblieben ist. Einige dramatische Bilder und Szenen sind unwiderruflich in meinem Gedächtnis verhaftet, teils aus dem Kontext gerissen. Beschönigte und beschnittene Anekdoten aus den Mündern der Eltern überwiegen. Mit sechs oder sieben Jahren begreift man vieles nur in Bruchstücken. Wahrscheinlich ist *begreifen* nicht das richtige Wort. Eher eine Annäherung.

Die Erinnerung bringt mich zu einer Nacht zurück, mitten im November 1944, kurz nach meinem sechsten Geburtstag. Lena hatte zu viel getrunken. Alva und André versuchten sie davon abzuhalten. Je mehr sie trank, desto wütender wurde sie. Sie brüllte, wurde handgreiflich und schließlich stürmte sie, nur mit einem leichten Mantel bekleidet und einer Umhängetasche, aus der Wohnung. Kurz darauf ging Georg ihr hinterher, klapperte alle möglichen Orte ab, wo sie sein könnte, Bars, Tanzlokale, geheime Treffpunkte. Sie war nirgendwo zu finden. Als er frühmorgens nach Hause zurückkam, konnte sich Alva nicht mehr beruhigen. Ihre große Liebe war wieder einmal weg.

Als Tage später noch immer kein Lebenszeichen von Lena zu uns drang, sie nicht einfach so in der Tür stand, nicht einmal ein Zettel durch den Türschlitz geworfen wurde, hielt es meine Mutter nicht mehr aus. Von da an suchte Alva Nacht für Nacht alle Orte auf, an denen sie jemals gemeinsam gewesen waren, wo Lena Kontakte hatte, offizielle wie auch geheime. Alva riskierte, mit ihren Fragen schlafende Hunde zu wecken, festgenommen zu werden, und versprach jeden Tag von Neuem, vorsichtig zu sein.

André und Georg sahen hilflos zu, wie sich meine Mutter in diese irrwitzige und riskante Suche verrannte, wie ein Bullterrier, der sich an dem Zipfel Hoffnung festbiss und nicht mehr loslassen wollte.

Bis zum 3. Februar 1945, als die Bomben zurückkamen. Es war der Auftakt zur letzten großen Fliegerattacke der Alliierten auf Berlin. An diesem Tag achtete meine Mutter nicht auf die Sirenen, preschte nach draußen und kam nie mehr zurück. Sie hatte jemanden erwähnt, der Lena wiederholt in einem geheimen Club von Studenten in den Kellergewölben der Wirtschaftsschule gesehen haben wollte. Das Gebäude wurde an diesem Tag zerstört. Später wurden zahlreiche Leichen geborgen, kaum noch identifizierbar.

Bis heute bleibt es nur eine Vermutung. Vater hatte ein paar Schuhe entdeckt, die neben einer weiblichen halb verbrannten Leiche lagen, ein Paar braune, lederne Absatzschuhe Größe 39. Dann musste er fluchtartig den Ort verlassen, da es neues Sirenengeheul gab und das Gebäude einzustürzen drohte. Seitdem ist der 3. Februar 1945 der offizielle Todestag meiner Mutter. Ein Grab gab es nie."

Heidemarie kippt die gewürzten und anschließend verquirlten Eier über das Gemüse, rührt alles kurz mit einem Holzlöffel zusammen, reibt einen Batzen Käse darüber und lässt es brutzeln. Heiner beobachtet, wie sich die Masse hebt, wie ein Soufflé aufgeht, an Volumen gewinnt. Der Duft nach Butter und Röstaromen verbreitet sich in der Küche. Heiners Blick trifft auf Louises. In ihren Augen spiegelt sich Trauer wider. Und ein zutiefst empfundenes Mitgefühl.

Ein leichtes Kopfschütteln, der Blick senkt sich und Louise verabschiedet sich mit dem Hinweis, kurz auf die Toilette zu müssen, was Heidemarie mit dem Kommentar ergänzt: „Aus der Tür raus, nach rechts und den Korridor entlang, dann direkt die Tür am Ende, mit dem grünen Glasfenster."

Heidemarie legt einen großen Teller auf die Ei-Gemüse-Masse und mit einem Schwung wendet sie die Pfanne und lässt das Ganze mit der goldbraun angebratenen Seite nach oben ins Gusseiserne zurückgleiten.

„Ist Lena jemals zurückgekehrt? Habt ihr etwas von ihr gehört?", hakt Heiner nach.

„Ein paar Jahre nach Kriegsende erhielten wir einen Brief. Er war an uns alle gerichtet. An Alva, Georg, André und mich. Er kam von einer Kanzlei aus London. Lena schien sich bis dorthin durchgeschlagen zu haben, jedoch war es ihr nicht gelungen, dort Fuß zu fassen. Sie verdingte sich mit kleinen Jobs, lebte immer am Abgrund. Ihre Alkoholsucht bekam sie nie in den Griff. Sie starb, und ein Notar schickte den Brief an uns. Er war kurz gehalten. Eine Art Entschuldigung für ihr Verschwinden. Nur wenig über ihre Flucht, wie es mit ihr weiterging. Dass Alva nicht mehr lebte, wusste sie ja nicht. André und Georg waren ihr eher freundschaftlich zugetan. Beide waren nun offiziell Witwer und ich eine Halbwaise – mit zwei Vätern."

Das Licht der untergehenden späten Nachmittagssonne bahnt sich einen Weg durch den Spalt zwischen zwei gegenüberliegenden Gebäuden und taucht die ganze Küche in ein orangefarbenes Licht wie eine warme Umarmung.

Louise betritt die Küche. Sie kneift die Augen zusammen. Das Licht blendet sie für einen Moment, sie hebt eine Hand zum Gesicht, legt sie über die Brauen und sucht mit der anderen tastend nach ihrem Stuhl, findet die Tischkante, den Hocker und setzt sich hin. Drei Teller und Besteck liegen parat.

Heidemarie öffnet die Balkontür, frische kühle Luft strömt herein, die Heiner kurz frösteln lässt. Ein Stuhl wird hereingeholt, Heidemarie setzt sich dazu und das riesige Omelett wird auf die

Teller verteilt. Das frisch aufgeschnittene Brot, das dazu gereicht wird, scheint selbst gebacken zu sein, was Heidemarie umgehend bejaht. Ein Vollkornsauerteigbrot. Selbst angesetzt.

„Sie hatten Glück gehabt", fährt Heidemarie fort, nachdem sie ihren eigenen Teller bis auf den letzten Rest mit einem Stück Brot ausgewischt und diesen finalen Happen mit Genuss gegessen hat.

„Unser Haus war eines der wenigen, die kaum beschädigt waren. Bis in die Fünfziger hinein beherbergten wir Freunde, hatten alle Zimmer belegt. Ein kunterbunter, größtenteils traumatisierter Haufen Menschen, die sich gegenseitig stützten, gemeinsam in die Tiefe rissen, nächtelang diskutierten, sich stritten, versöhnten, Träume lebten und sie wieder zerplatzen ließen. Künstler, Theaterleute, Widerständler, Schwule, Lesben. Zartbesaitete und Hartgesottene. Und dazwischen: Ich, ein junges Mädchen, eine werdende Frau, die zeitweise auf Grund des Lehrermangels und fehlender Schulliteratur zu Hause privat unterrichtet wurde, in einer Parallelgesellschaft aufwuchs, die bei weitem nicht dem entsprach, was da draußen an Wirklichkeit stattfand.

André und Georg beobachteten mit Argusaugen, was dort vor sich ging: alte Seilschaften, Nazigegner und Nazisympathisanten, kleinbürgerliche Aristokratie und scheinheilige Christen. Konservativ gegen Progressiv. Immer galt es für sie, eine gewisse Façon zu wahren, sich dem neu ausgerichteten gesellschaftlichen Leben anzupassen. Draußen wurde nicht Händchengehalten. Nicht geküsst. Jede Form der Intimtät fand ausschließlich in den eigenen vier Wänden statt. Der Paragraf 175 war ja immer noch in verschärfter Form in Kraft. Keine gleichgeschlechtlichen Handlungen. Alles unter Strafe gestellt. Sie wollten nichts falsch machen."

Nachdem auch Heiner und Louise ihr Omelett bis auf den letzten Rest aufgegessen haben, erhebt sich Heidemarie, sammelt die Teller und das Besteck ein, bringt alles zur Spüle, legt es dort hinein, drehte sich wieder zu den beiden um, lehnt sich an und verschränkt die Arme: „Sie hüteten mich wie ihren Augapfel, sorgten sich um mich. Es gab genügend Kontakte und Verbindungen, die mir einen Platz in der Oberstufe eines Gymnasiums bescherten, und somit stand dem Abitur und einem späteren Studienplatz für mich nichts im Wege.

André und Georg waren ein richtiges Team. Nachdem in ihren beiden Wohnungen wieder Ruhe eingekehrt war und es beschaulicher zuging, erkrankte Georg. Krebs. Ein stetes Auf und Ab. André jonglierte zwischen Arbeit, Pflege, Freunden und dem Engagement in sozialen Einrichtungen, denen er sich verbunden fühlte. André jammerte nie, war fürsorglich, immer da, nie krank, nie erschöpft. Doch Georg wurde immer schwächer. Er, der Berlin nie verlassen hatte, der diese Stadt wie seine Westentasche kannte, sie von Süd nach Nord, vom Osten in den Westen durchstromert hatte, lag monatelang in seinem Bett. Es war ein qualvoller, langer Abschied. Der Mauerbau gab ihm den Rest. Grenzen akzeptieren war nie seine Sache. Nicht in den Köpfen. Nicht in Räumen. Und schon gar nicht in dieser, in seiner Stadt.

Georg, der bieder daherkam, seine Haare immer akkurat mit Scheitel trug, glatt rasiert war, hauptsächlich graue Anzüge besaß, war im Inneren ein bunter Vogel, der …“, Heidemarie musste unvermittelt schmunzeln, „der einmal losgelassen, ganze Partys am Laufen hielt. Er starb im November 1962, an dem Tag, als ich meine Abschlussarbeit an der Uni eingereicht hatte.“

„Was hast du studiert?“, brachte Louise sich ein.

„Zuerst Kunstwissenschaft, dann Theaterwissenschaften.“

„Passt zu dieser Stadt. Zu deiner Geschichte“, kommentierte Heiner. „Und wo arbeitest du?“

„An der Schaubühne. Als Dramaturgin. Sagt dir Luc Bondy etwas?“

„Da musst du meinen Sohn fragen. Der kennt sich mit Theater und Bühne besser aus.“

„Wo tanzt er nochmal vor? An der Deutschen Oper hast du gesagt? Staatsballett. Hmm …“, wobei sich Heidemaries Stirn in Falten legte.

Die Zeit spielt keine Rolle mehr. Das radikale Abtauchen in eine Welt, die Heiner größtenteils aus Filmen, Fotos und Dokumentationen kennt – das eigene Leben hat nur Fragmente offeriert, sanft zu Tage gefördert, an der Oberfläche gekratzt –, befreit ihn von der Last der Orientierungslosigkeit, alles verstehen zu wollen, von dem eigenen Verlangen, Licht ins Dunkel zu bringen. So viele Schicksale, so viel Vergangenheit!

Was kann oder muss er hier bewältigen? Oder soll er einfach nur zuhören? Seine eigenen Schlüsse daraus ziehen? Was könnte er Julian mit auf den Weg geben? Sind die Zeiten besser geworden? Besser, um so leben zu können, wie man es mag, unabhängig von

Geschlecht, Zugehörigkeit, Neigung? Ohne sich verstecken zu müssen? Wie musste sich das anfühlen, anders zu sein?

Seinen jungen Turnern zuzuschauen, wie sie aus den dampfenden Duschkabinen herauskommen, ein Handtuch um die Taille geschlungen. Einen flüchtigen Blick auf diese jugendlichen, unversehrten Körper zu werfen, war das schon ein Zeichen, ein Symptom? Ein Symptom. Wie das klang. Wie eine Krankheit. Eine Veranlagung. Woher auch immer. Mit Sicherheit nichts, was man sich einfach so aussuchte.

Und für ihn war es nicht das Gefühl der Versuchung oder der Anziehung. Nein, es waren diese austrainierten, muskelbepackten Körper, die ihm seine eigenen Unzulänglichkeiten aufzeigten. Seinen asymmetrischen, schlappen, untrainierten Organismus in Frage stellten.

In jungen Jahren war er ansehnlich gewesen. Nicht athletisch, voluminös, eher drahtig, sehnig. Man nannte ihn den Gentleman-Turner. Nicht spektakulär, sondern elegant. Ein paar seiner damaligen Turnkameraden wirkten im Unterschied zu ihm eher kompakt.

Wie hatte Julian seine Turnkameraden einmal beschrieben: quadratisch, praktisch, gut. Manches Mädel fand das sexy. Er selbst hätte sie als attraktiv beschrieben. Es wäre ihm nie in den Sinn gekommen, sie berühren zu wollen, sich ihnen körperlich zu offenbaren, Sex mit ihnen zu haben. Kannte er überhaupt jemanden in seinem Umfeld, der schwul war?

Julians Auftritt im Pariser Wohnungstheater drängt sich ihm auf. Dieser die Sinne betörende Tanz. Die Kraft und Zartheit, dieses Feld zwischen Fliegen und dann Stürzen, die Ästhetik und das Rohe, das Archaische und Neuartige. Das Aufsteigen, Stärke zeigen und sich fallen lassen. Die Verletzlichkeit.

Sein Sohn scheint im Heute angekommen zu sein, vertraut dem *Hier und Jetzt* und ist bereits in diesem Augenblick definitiv einen Schritt weiter, als er jemals in seinem Leben sein wird.

Eine Hand legt sich ihm auf die Schulter. Heidemarie hat ihn etwas gefragt. Sie wiederholt es nochmal, will wissen, ob sie beide mit ihr zur Mauer wollen. Feiern. Ob sie denn schon dort gewesen seien? Auf dem Weg dorthin könne sie ihnen die Geschichte ihres Vaters zu Ende erzählen. Heiner sucht Louises Blick, spürt ihr *Ja!*, bevor sie sich äußert, und stimmt zu.

Sie räumen gemeinsam die Küche auf und verlassen kurz darauf in Mäntel gehüllt die Wohnung Richtung Mauer, in die Nähe des Brandenburger Tors.

Auf dem Weg erzählt Heidemarie weiter: „Anfangs verhielt sich mein Vater wie immer. Andrés Trauerbewältigung muss an einem Ort ganz tief in seinem Inneren stattgefunden haben. Nach außen wirkte er organisiert, kümmerte sich um alles wie zuvor. Es gab nur noch ihn und mich. Sein Engagement im Sozialen wurde ein wichtiger Bestandteil seines Lebens. Das Einzige, was ich in den Monaten danach ausmachen konnte, waren anfangs vereinzelte Fältchen, später zig Falten in seinem Gesicht, besonders unter den Ohrläppchen und um Mund und Nase. Feine Linien, die sich in die Haut ätzten. Tiefer wurden.

Selbst seine Hände wurden runzliger, nicht so, wie wenn man zu lange im Wasser gelegen hatte, eher wie zerknittertes Pergamentpapier, leicht transparent. Er trank kaum noch. Aß weniger. Als ob er sich auf einer Diätkur befinden würde. Hunger und Durst verwandelten sich in zeitraubende Zustände, die zu viel Kraft, Organisation und Existenzielles in Anspruch nahmen. Essen und Trinken mussten schnell und effizient stattfinden. Es war wie ein Verlust des lebensnotwendigen Reflexes, sich mit Flüssigkeit und Nahrung zu versorgen. Bis er eines Tages nicht mehr aufstehen wollte, sich in sein Bett verkroch und dort verharrte. Zu nichts zu bewegen war." Heidemarie hielt kurz inne, blieb stehen, blickte in zwei abgehende Strassen, entschied sich für eine und ging weiter. „Ich selbst war derart in meine erste Arbeit am Theater eingetaucht, kam nur noch zum Schlafen nach Hause, so dass ich diese schleichende Entwicklung bei meinem Vater viel zu spät wahrnahm. Ich wurde von Freunden alarmiert, daraufhin aktivierte ich umgehend das alte Umfeld. Es war wie eine fortwährende Prozession, alle standen vor der Tür, Tag und Nacht war Besuch da, übernachtete, drückte sich die Türklinke wie eine Fackel in die Hände, ließ das Licht, das Feuer nie erlöschen, und André blieb nie allein.

Nach einem halben Jahr schien es überstanden. Seine Haut wieder praller, war nicht mehr blass. Der Sommer durchströmte ihn mit Sonne und Wärme. Wie ein trockener Schwamm sog er alles auf, was ihn wieder elastisch und lebendig machte. Die einzige Veränderung waren seine Haare. Sie waren schlohweiß geworden, als hätte ihm etwas jegliches Pigment aus den Haaren gesogen."

„Gab es noch jemand Neues in seinem Leben? Einen Partner?" Heiner würde am liebsten diese Frage wieder zurücknehmen. Was ging ihn das an?

Doch Heidemarie reagierte, ohne zu zögern: „Es gab zwei Menschen, denen gegenüber er etwas empfunden hat, was einer partnerschaftlichen Liebe nahekam.

Zum einen war da Henry, ein englischer Schriftsteller und wunderbarer Klavierspieler, der sich hier in West-Berlin niedergelassen und anfänglich als Reporter vom Wiederaufbau Deutschlands und vor allem Berlins berichtet hatte. Später dann verdingte er sich als Pianist in Tanzlokalen, Bars und Hotelfoyers. Nebenbei schrieb er Bücher, die aber nie wirklich ein großer Erfolg wurden. Er starb kurz nach André. Letztes Jahr.

Und es gibt Sophia. Ein Engel von Mensch. Eine Frau, deren Leben einem wilden Roman gleicht, die nach all den Jahren noch immer Geschichten zu erzählen weiß, die ich nie zuvor von ihr gehört habe. Sie lebt in einem Seniorenheim und geht auf die Hundert zu. Ich besuche sie mindestens einmal die Woche."

Vor ihnen verdichtet sich die Menschenmenge. Alles strömt zur Mauer. Wie ein Magnet zieht sie alle an. Manch ein Hammer und Meißel sind zu sehen. Diese Betontrennwand lädt zur eigenen Demontage ein, möchte bestiegen, auseinandergenommen, in kleinste Teilchen zertrümmert und gleichzeitig bestaunt werden. Heiner denkt an den herausgebrochenen Stein in der Gartenmauer und wie Julian ihn wieder eingefügt hat. Eine Reparatur, die den Verfall nicht aufhalten konnte.

An der Mauer angekommen, zeigt ihnen Heidemarie ein paar Stellen mit Sprüchen und Graffiti und erzählt Anekdoten über den Bau in den Sechzigern und dass sie einige Menschen, denen die Flucht gelungen war, für ein paar Wochen aufgenommen hatten. Leider besteht kein Kontakt mehr zu ihnen und sie ergänzt: „André hatte nie konkret Stellung zu solchen Einschnitten bezogen, war eher ein stiller Beobachter der Ereignisse gewesen. Bei politischen oder gesellschaftlichen Themen fungierte er eher als Moderator, als dass er Farbe bekannte."

Da sei sie selbst in jeder Beziehung anders geartet, auch heute noch. Manchmal zu extrem, zu radikal, hätte er ihr immer gesagt. Ihr Vater hätte mit vielem Recht behalten, immer friedliche Lösungen bevorzugt, Diplomatie nicht als Allheilmittel betrachtet, aber besser gefunden als das Muskelspiel der Mächtigen, das Säbelrasseln und die Drohgebärden. „Nun, hier hatte mein Vater augenscheinlich Recht behalten. Die Mauer ist am Fallen, ohne Blutvergießen, ohne Gewaltakte.“

Louises Hand in seiner. So stehen sie da wie zwei Touristen, die sich den Erzählungen und Äußerungen einer Stadtführerin hingeben. Alles kommentarlos begutachten und konsumieren. Mittlerweile sind sie fast übersättigt von all den Geschichten über diese Stadt, die Menschen, die Schicksale. Als würde ihnen ein Dokumentarfilm ohne Pause stundenlang ein Leben vorführen, das wahrhaftig, brutal ehrlich und irgendwie doch phantastisch erscheint und – dessen ungeachtet – einem Produkt gleicht, das sie nie in seiner Tiefe und Bandbreite des Leidens erfassen oder gar begreifen würden.

Heiners eigenen ungeklärten Fragen rund um das in den letzten Tagen Erlebte scheinen dagegen wie die kleinsten Randnotizen und verlieren an Gewicht, werden zu Kieselsteinchen, die man mit spitzen Fingern aus dem Profil der Schuhsohle herauspulen und achtlos wegschmeißen kann. Nicht mehr als eine Erbse unter zig Matratzen. Spürbar, aber nichts gegen die Felsbrocken, auf denen viele schlafen müssen, und die dunklen Höhlen, in denen Menschen ihr Dasein verbringen.

Es ist dieses Unaussprechbare, Unausweichliche, Unausstehliche, das ihn innerlich fluchen und alles verdammen lässt, was da geschehen ist. Er verflucht sich dafür, dass er sich wegen seiner Lappalien hat gehen lassen.

Als Nächstes sieht er, wie Heidemarie sich die Mauer hochziehen lässt. Ein paar Hände, Arme, Zurufe und sie ist oben, winkt ihnen zu. Louise ist dran. Sie wagt es, folgt Heidemaries Beispiel. Heiner zögert, wird von ein paar starken Händen an die Mauer gedrückt. Räuberleiter. Seine linke Hand streift an der rauen Wand vorbei. Die Rechte greift über seinen Kopf. Eine andere Hand erwischt ihn, packt sein Handgelenk. Er wird hochgezogen, drückt sich selbst mit den Füßen vom Boden und dann von der offerierten Hilfestellung ab, gleitet mit dem Bauch über die oben leicht abgerundete Mauer und sitzt schließlich rittlings mit einem Bein im Osten, das andere im Westen auf der Mauer.

Louise hat von jemandem einen Pappbecher in die Hand gedrückt bekommen. Rotkäppchensekt. Sie reicht ihn Heiner. Er nimmt einen Schluck und möchte ihn zurückgeben, Louise jedoch lehnt ab, bleibt lieber stehen und betrachtet das Geschehen um sie herum. Heidemarie setzt sich neben ihn, bewegt sich dabei wie eine Katze auf einem Dach, geschickt, ohne Balanceprobleme. Sie lässt die Beine gen Osten hinunterbaumeln, deutet über die Grenzanlagen hinweg, versucht gegen das Stimmengewirr, die lauten Rufe und das Singen anzukommen und ihm etwas zu erklären.

Da stützt sich jemand an Heiners Schulter ab. Er verliert den Halt, greift mit der linken Hand nach dem brüchigen Beton, kann nicht zupacken, stürzt seitlich von der Mauer, der Sekt ergießt sich über ihn. Mehrere Hände und Arme versuchen ihn zurückzuhalten, ziehen an seinen Hosenbeinen, Fußgelenken, Mantelärmeln.

Ein Schuh löst sich von seinem Fuß. Die linke Ferse gleitet aus dem Schuh wie ein öliger Fisch aus der Büchse, er spreizt seine Zehen, möchte sich im Inneren des Schuhs verhaken, dann beginnen sie zu verkrampfen. Sein Fuß ist im Freien, kickt unkontrolliert in die Luft, sein Bein schlackert einen Moment, bis er die Kontrolle wieder erlangt, das Bein streckt, wie zu einer Kerze nach oben zieht, den Fuß gegen den anderen Schuh zu pressen versucht, verhindern möchte, dass sich auch der rechte Fuß aus dem Schuh löst. Scheinbar gehört das Stürzen zu den Humbacherschen Fähigkeiten. Oder Schicksalen.

Sein linker Arm hängt über seinem Kopf, pendelt wie ein loses Seil. Der rechte Arm wird noch gehalten, am Zipfel seines Mantelärmels, bis ein Knopf sich löst, ihm ins Gesicht springt, davon fliegt und sein rechter Arm nun ebenfalls im luftleeren Raum nach etwas zu Greifen versucht.

Dann löst sich der andere Fuß aus dem Griff einer helfenden Hand, die er nicht einer bestimmten Person zuordnen kann, raus aus dem Schuh, selbst der Socken löst sich. Er hört noch Louises Aufschrei und das *Ach nee!* von Heidemarie. Kopfüber, in Zeitlupe fallend, erkennt er noch einen Spruch, den er vorher beim Emporklimmen gelesen hat:

The World is too small for a wall.

Dann spürt er den Aufprall, und alles wird schwarz.

KAPITEL 17

D-WEST-BERLIN / SAMSTAG, 25. NOVEMBER 1989

Ich bin bereit. Zahlreiche Ballettstangen sind an den Wänden montiert, mehrere freistehend im Raum aufgestellt. Das gesamte Ensemble ist zum Vortanzen erschienen, der Saal proppenvoll und ich mittendrin. Wir stehen dicht an dicht, je eine knappe Beinlänge voneinander entfernt. Aufgereiht, wie auf einem Exerzierplatz.

Alles ist statisch aufgeladen. Füße reiben den Boden, Hände das abgegriffene Barrenholz. Unscheinbare Gesten, bedeutungsschwangere Blicke, Gemurmel, Getuschel und Geraune, einzelne Lacher hier, ein Seufzer da. In wenigen Minuten werden wir eine Truppe abgerichteter, einheitlich im Gleichtakt der Musik agierender Körper sein.

Dieses tägliche Schinden und Dehnen, dieses sippenhafte Schuften und Schwitzen hat etwas Masochistisches. Und das so gut wie ein Leben lang, bis dass der Körper sich scheidet? Ich erschaudere, schüttele die Gedanken ab, die Unsicherheit bleibt.

An der Wanduhr über der Haupttür rückt der große Zeiger auf die Zwölf. Es ist Punkt zehn Uhr. Der Pianist spielt eine kurze Tonfolge, wie eine Fanfare. *The king is dead, long live the king* geht mir durch den Kopf.

Umgehend verstummen alle, stehen aufrecht da, bis in die Zehen- und Haarspitzen gestreckt, die Fasern aller Muskeln angespannt. Warten auf die Anweisungen der betörenden Elfe, die vor dem Spiegel steht und alle begrüßt. Der belgische Schäferhund ist nicht da. Eine zierliche Rothaarige hat seinen Platz eingenommen, wird uns das Training geben.

Alessandro steht zwei Reihen weiter, ignoriert mich. Sogleich verzeihe ich ihm, lenke den kleinen Stich ins Herz von mir weg. Das Gleiche mache ich mit dem unangenehmen Gefühl in meinem lädierten und bandagierten Fußgelenk, beschwöre es, durchzuhalten, und schelte mich einen Idioten, mir zu viele Gedanken über eine Liebelei zu machen.

Ich bin hierhergekommen, um einen Job zu ergattern. Im Moment ist sich hier jeder selbst am nächsten. Keine Zeit für Gefühlsduselei.

Während der Übungen sind die meisten Augenpaare nach außen in einen weiten, fernen Raum gerichtet, als würden sie mit dem Publikum dort oben in den imaginären Rängen kommunizieren. Bei manch einem ist die Konzentration an der mittleren gefurchten Stirnfalte zu erkennen, bei anderen strapaziert die Spannung die Halsmuskeln, Sehnen sind in senkrechten Strichen bloßgelegt, man könnte darauf Geige spielen.

Mein Versuch, entspannt zu bleiben, wird von der Atemlosigkeit der anderen sabotiert. Ich halte dagegen, dehne meine Lungen wie einen Blasebalg und entlasse die Luft in gleichmäßigen Zügen, verliere bald den Rhythmus und überlasse das Atmen sich selbst, konzentriere mich auf die komplizierten Abläufe. Je mehr ich versuche, locker zu bleiben, desto weniger will mein Gehirn die einzelnen Bewegungen sortieren, aneinanderreihen und Befehle erteilen und spult eine undefinierbare Abfolge von Bewegungsmustern ab. Trefferquote: unbekannt.

Kaum beginnen wir mit dem *Rond de Jambe*, zirkeln mit den Zehenspitzen im Dreivierteltakt Halbkreise auf dem schwarzen Linoleum, betritt ein Mann den Raum. Lockige aschblonde, den Kopf umtanzende dichte Haare, eine längliche Nase, eleganter Gang, mit einem freundlichen Lächeln, das sein Gesicht einnimmt, ihn sympathisch erscheinen lässt. Solide, entspannte Position. Wacher Blick. Ohne Allüren. Für einen Moment keimt Hoffnung, dass es passen könnte, dass Schaufuss ein angenehmer Zeitgenosse ist.

Hinter ihm eine Entourage an Personen, die hastend versuchen, Plätze in seiner Nähe zu ergattern, ohne den Ablauf des Trainings groß zu stören, was ihnen misslingt. Ein Mann fällt mir in der Gruppe auf; dunkler Anzug, großgewachsen, verstrubbelte Haare, Sonnenbrille. Manager? Oder irgendein Ballettstar? Keine Ahnung. Auf jeden Fall lärmen sie alle mit dem Öffnen der Klappstühle, rumpeln gegen am Boden liegende Taschen, lassen Kugelschreiber fallen, murmeln ein *Sorry* vor sich hin und meinen es nicht.

Endlich sitzen sie auf ihren Stühlen, wie ein Inquisitionsgericht. Die Spannung im Raum steigt. Das Atmen und Schlucken wird auf ein Minimum reduziert, die Münder bleiben geschlossen, es wird durch die Nase geatmet. Einzig sind hier und da knackende Gelenke und die feinen Klänge des Pianos vernehmbar und erzeugen eine Stimmung, als wenn man einem zu stark aufgepumpten Luftballon beim baldigen Platzen zuschaut.

Die Elfe steht mittlerweile in der Nähe des Flügels beim Pianisten. Ihre englische Aussprache klingt britisch, exakt in den Erklärungen, das Zählen mit einem feinen Lächeln, als sei es die einfachste Sache der Welt, den komplexen Abläufen zu folgen, sie unvermittelt in die Tat umzusetzen, fehlerfrei und auf den Punkt zu präsentieren.

Wir hören ihr zu, lesen ihr die Anweisungen von den Lippen ab, studieren ihren Körper, folgen den Bewegungen, markieren mit den Händen die Abläufe der Füße, übernehmen jedes Detail, bis hin zu den kleinsten Anweisungen, glauben ihr alles, als wäre sie der Messias.

Bisher habe ich Peter Schaufuss nur auf Fotos in Tanzmagazinen gesehen. Jetzt sitzt er wenige Meter von mir entfernt auf einem Stuhl und schaut sich um, bleibt bei der einen oder dem anderen hängen, begutachtet die Statur, die Ausführung der Übungen, wechselt zum nächsten. Nicht der Reihe nach, eher spontan. Wir folgen einer weiteren Übung der Ballettmeisterin und Schaufuss verschwindet aus meinem Blickwinkel. Als ich mich zur anderen Seite umdrehe, steht er einen Meter entfernt, schaut erst meinem Vordermann zu, dann fällt der Blick auf mich.

Es ist der Moment, wo ein Vakuum in einem zu entstehen scheint, wo man nicht mehr Herr über seine Sinne, seinen Körper, seinen Kopf ist. Ein leeres Blatt Papier. Unsortiert und ungefiltert stürmen die Gedanken auf einen zu: Bin ich arg rot im Gesicht? Schwitze ich gerade sehr? Du musst atmen. Die Arme kommen aus dem Rücken. Spreiz den kleinen Finger nicht so weit ab, das wirkt so etepetete. Senk das Brustbein. At-men! Bin ich im Takt? Streck den Fuß. Atme, verdammt, aaat-meee! Wo ist meine Auswärtsdrehung in den Hüften hin? Lächeln, nein, besser: strahlen! Halte die Balance. Warum wackele ich wie ein Flugzeug während Turbulenzen? War es rechts oder links?

Und schon ist Schaufuss weitergezogen. Mein Zwerchfell drückt sich vom Beckenboden ab. Die in den Lungen angestaute Luft entweicht, wird durch die Nase geschnaubt. Die Schwerkraft kehrt zurück, lässt die Rippenbögen, die Gesäßknochen, das

Steißbein zu Boden sinken, lässt die verwirrten Gedanken wie tote Fliegen abstürzen und zu Staub zerfallen.

Heute Morgen habe ich mich zwingen müssen zu frühstücken. Ein kleines Müsli und einen Orangensaft. Obst und eine selbstgeschmierte Butterbrezel habe ich eingesteckt, aber nicht angerührt. Mir knurrt der Magen. Ich ignoriere es, schnappe mir die Wasserflasche, nehme einen kräftigen Schluck und konzentriere mich auf die letzte Übung.

Es geht nun ab in die Mitte, ohne die unterstützende Ballettstange. Der Tanz kann beginnen. Wie hat Solange Golovine immer gepredigt? An der Ballettstange stimmt man sein Instrument ein, lässt den Tanz zu sich kommen, führt ein Zwiegespräch mit sich und seinem Körper. In der Mitte tritt der Körper so dann mit dem Raum, der Musik und dem Betrachter in Kontakt und man berührt alles mit seiner Seele.

Mein Dialog gleicht momentan eher einem Monolog. Die Ballettstange ist die einzige Konstante gewesen. Fest, horizontal, robust und immer da, wenn man sie braucht. Meine Stimme ist kaum zu hören. Mein Körper konturlos, durchsichtig, wie ein Gespenst. Eine innere Stimme rät mir, nach vorne zu gehen, in der ersten Reihe zu stehen. Andere sind schneller, dominanter, ich verschwinde hinter einem Reigen sich um die eigene Achse drehender und wirbelnder Körperteile.

Die Zeit fliegt vorbei, mein Oberteil ist klitschnass, in meiner Wasserflasche lungert Restflüssigkeit, der Körper bewegt sich auf Betriebstemperatur und dennoch sperren sich die Gelenke, der Bewegungsfluss reißt immer wieder ab, es rappelt und rumpelt, wie Fehlzündungen bei einem falsch eingestellten Vergaser, Verpuffungen, die das ganze Gefährt erfassen und durchrütteln. Der Druck erhöht sich.

Die Elfe zwinkert mir während des ersten *Petit Allegro* zu. Bei diesen kleinen Sprüngen tue ich mich schwer. Springe in die falsche Richtung, stoße beinahe mit einem anderen Tänzer zusammen, der mich mit einem Blick straft, der mir klar zu verstehen gibt, dass ich hier nichts zu suchen habe. Falscher Ort, falscher Zeitpunkt.

Beim zweiten Anlauf ergeht es mir nicht besser. Es ist eine Hassliebe, ich bewundere es, dicht über den Boden hinwegzugleiten, abzuheben, die Füße wie eine Nähmaschinennadel gezwirbelt mehrfach aneinander vorbeischlagen zu können, liebe die Geschwindigkeit und Leichtigkeit, das kurze Innehalten in der Luft, die Kunst, für einen Sekundenbruchteil zu schweben. Es fasziniert mich und lässt mich verzweifeln. Es ist eines dieser Elemente, die man sich über Jahre aneignet, die man nicht einfach wie ein Handwerk erlernen kann, es muss einem über tägliches Training, über endlose Wiederholungen ins Blut übergehen. Was sind da knapp zweieinhalb Jahre? Und wieder stolpere ich. Bin kurz davor, mich an die Seite zu setzen.

Aufzugeben. Was soll das? Ich bin einfach nicht parat. Alle fliegen und ich hoppele. Alles Adler, Flamingos, *Bluebirds* und ich hier bin die Hupfdohle.

Beiß die Zähne zusammen, zieh es durch.

Nach dem Training sichtet Schaufuss einzeln alle Tänzer des Ensembles. Zuerst sind die weiblichen Mitglieder dran. Nach drei Stunden Wartezeit präsentieren sich die Männer. Jeder zeigt in weniger als zwei Minuten eine Variation: Solos, in denen jeder auf seine Weise brillieren kann, seine Vorzüge, seine Schokoladenseite präsentiert. Kriterien: unbekannt.

Steht Schaufuss auf blond oder dunkelhaarig? Eher große, langgliedrige oder kompakte Typen? Sportlich oder lyrisch? Edelmann, Charmeur oder Gipfelstürmer? Mehr Pirouettenschrauber oder Hoch- und Weitspringer? Oder beides?

Und da ist er wieder, der Konkurrenzkampf, der sportliche, wettbewerbslastige Teil dieser Kunst, der mich abstößt. Dort will ich nicht mehr hin. Das Künstlerische gerät in den Hintergrund, alles wird zur Leistungsschau. Ist das der einzig gangbare Weg?

Die Tür zum Saal ist geöffnet, man sieht die Körper vorbeifliegen, rauschen, sich winden, sich produzieren. Jeder ist mit sich beschäftigt. Hier und da ein wohlwollendes Schulterklopfen, ein motivierender Zuspruch, ein enttäuschtes Kopfschütteln.

Alessandro ist als nächstes dran. Seine Kiefer mahlen, die Augen sind auf die offene Tür gerichtet. Ich würde ihn liebend gern in die Arme nehmen, ihn bitten, an etwas Schönes zu denken, für jemanden zu tanzen, den er mag, den er verehrt. Einen Freund. Sein Blick streift mich, gleitet wieder von mir ab, als ob ich ein Stück Seife wäre, auf dem er auszurutschen droht. Wie ein Matador mit geschwellter Brust stolziert er davon. Ein arroganter Gockel, kommt mir in den Sinn und ich verwerfe den Gedanken sogleich wieder. Das Verzeihen wird langsam zu einer Manie.

Das Vortanzen der Ensemblemitglieder ist vorbei. Es gibt zwei weitere Jungtänzer, die sich neben mir um den Platz eines Eleven beworben haben und eingeladen worden sind. Sie sind deutlich größer als ich, skandinavisch blond und ohne Schatten auf den Wangen oder über den Lippen, eher Flaum.

Der Kassettenrekorder hat das Band meines Vorgängers aufgefressen. Braunes, dünnes Gewirr hängt aus dem Apparat heraus, wie die Eingeweide eines überfahrenen Tieres. Sein Solo hat er ohne Musik fertig getanzt. Er braucht keine. Er zelebriert jeden Schritt, jede Geste mit einer Präsenz und einer Energie, die den ganzen Raum einnimmt. Jeder Muskel ist sichtbar, sein Instrument gleicht einer Stradivari. Ich kann meine Augen nicht von ihm lassen. Ist es der Körper oder der Tanz? Die pure Physis oder der Fluss der Sinne?

„Ich habe meine Musik auf Platte dabei", gebe ich zurück, als ich nach Tonband, Kassette oder Schallplatte gefragt werde. Wie beim Film *Flashdance*, kommt mir in den Sinn, dieser Moment am Ende des Films, als sie mit zitternden Fingern die Nadel mit einem kratzenden Geräusch auf die Rille legt, bevor sie alles in Grund und Boden tanzt. Die berühmte Hechtrolle erspare ich mir. Das freudige Herabrennen der extrabreiten Theatertreppe vor einem Eingangsportal nach bestandenem Vortanzen lasse ich noch offen, denn im Moment läuft nichts nach Plan. Fühlt sich alles taub an, wie beim Zahnarzt, wenn dein Unterkiefer nach unten klappt, offensteht wie ein Scheunentor, deine Zunge lahmgelegt, empfindungsarm wird und du vergisst, dass spätere Schmerzen nicht ausbleiben werden.

Die klassische Variation zuvor verlief ohne besondere Vorkommnisse. Glattgebügelt, reizlos. Ich fühlte mich wie ein Eiskunstläufer in der Kurzkür, präsentierte die einzelnen geforderten Sequenzen und Schwierigkeiten wie geheißen. Dabei habe ich alle Hilfestellungen, Hinweise und Korrekturen des belgische Schäferhundes im Auge behalten, hab hinter mir ein Knurren vernommen, als würde er in einer Ecke sitzen, mich anvisieren und sicherstellen, dass ich seinen Anweisungen gefolgt bin. Ich habe mich selbst in ein Korsett gesperrt: Höhe und Enge, zweidimensionales Bewegen. Was fehlte: die Tiefe. Die Pflicht wurde erfüllt und mit keiner Hinterlassenschaft gekrönt. Das Scheitern nähert sich, nicht schleichend, eher in Siebenmeilenstiefeln.

Die Nadel wird von der Elfe aufgesetzt. Der Takt setzt ein. Ich stehe in der Mitte des Raums. Jetzt muss ich zuschlagen, der Moderne huldigen. Die Kür. Mein Ding. Der Puls schlägt bis zum Hals, ich fixiere Schaufuss auf seinem Stuhl, blinzele dabei, mich irritiert die Sonnenbrille des Anzugtypen. Sie scheint verspiegelt zu sein, als ob sich Lichtblitze von der Oberfläche absondern würden, auf mich zugeschossen kommen und mich erdolchen möchten.

Mein Herz liegt nicht mehr auf der Zunge, es hüpft gegen den Gaumen, veranstaltet einen Zirkus mit viel Wirrniss, um jäh aufzuhören und mich in einem luftleeren Raum zurückzulassen. Da beginnt die Gitarre, sechzehn Mal feinst gezupft, der Takt ist vorgegeben, hinzu kommt der tiefe Ton eines Akkordeons, und ich setze den ersten Schritt, hebe meine Augen, führe den rechten Arm nach vorne, winkele dabei den Ellbogen ab, dabei entwickelt die Hand eine Geste, spreize meine Finger, lenke die Aufmerksamkeit auf meine Handinnenfläche, als ob etwas darauf geschrieben stünde. Ein Zeichen. Ein Wort.

Meine Beine zittern, die Füße stabilisieren nicht, die Verbindung zum Boden ist für einen Moment abgerissen, der nächste Schritt eher gestolpert als souverän gesetzt, dann fang ich mich wieder.

Ich fühle mich hohl. Der Tanz beginnt. Ich verliere mich darin. Taumele und habe keine Ahnung, was ich hier mache. Bewege mich. Suche nach dem *Bum-Bum-Bumm* in mir, finde nur ein Klingeln in den Ohren. Treffe dann doch ein paar Töne meiner Musik. Tanze weiter. Erzähle was. Was auch immer.

Nach einer heißen Dusche, den Rucksack über einer Schulter hängend, stehe ich ein paar Meter vom Bühneneingang entfernt an einer Straßenlampe angelehnt, die Wasserflasche in der Hand, und starre in den sich verdunkelnden Himmel.

Don't call us, we'll call you waren die letzten Worte, bevor sich die Truppe um Schaufuss von uns dreien aus dem Ballettsaal verabschiedete.

Zigarettenqualm weht an mir vorbei und ich drehe mich ab, da ich den Geruch nicht leiden kann. Nach solch einer Anstrengung und Spannung reagieren meine Sinne sensibel, alles wirkt verstärkt, überdimensioniert. Aus der Mücke wird ein Elefant. Mein Atem verharrt vor mir, löst sich auf und verschwindet in der kühlen Spätnachmittagsluft.

Eine glimmende Zigarette in der Hand, stellt sich der Mann im dunklen Anzug vor mich hin, zieht seine Sonnenbrille ab, hüstelt kurz und spricht mich an, sagt, dass ihn das moderne Solo recht beeindruckt hätte, wer denn der Choreograf sei? Zuerst reagiere ich irritiert, denn der Namen fällt mir spontan nicht ein, saß dieser Mann doch vorhin in der Jury. Hatten sich eigentlich alle vorgestellt?

Als ich ihm sage, dass ich es selber kreiert habe, entwischt ihm ein anerkennender Pfiff und er fragt, warum ich denn hier vorgetanzt hätte? Ohne eine Antwort abzuwarten, bekundet er: Versuch es woanders! Das hier ist nicht wirklich deins.

Er tritt seine Kippe aus, hebt die Hand, verabschiedet sich mit einem kurzen Gruß, setzt die Sonnenbrille wieder auf und verschwindet im Bühneneingang. Lässt mich einfach stehen, als ob alles gesagt und nichts mehr hinzuzufügen sei. Finales Urteil.

Scheiße. Verdammte SCHEISSE.

Kurz darauf legt sich eine Hand sanft von hinten auf meine Schulter und eine mir bekannte Stimme flüstert meinen Namen, als wolle man die darunter strömenden Regungen und Empfindungen geheim halten.

Es ist diese Millisekunde, in der ich mich wappne, die nächste Enttäuschung anzunehmen, lapidar angesprochen zu werden, das gemeinsame Erlebnis des letzten Abends als Fehler, als eine romantische Möglichkeit ohne Erfolg, ohne Fortsetzung betrachten zu müssen.

Die Wärme der Handfläche, der feste, Halt gebende Griff der Finger dringen in mich ein. Alles fällt von mir ab, ich sinke in mich zusammen, mein Körper beginnt zu beben. Arme schlingen sich um mich, eine harte Brust presst sich gegen mein Gesicht, die Beine werden weich, mein Herz pocht und ich schrumpfe zu einem Teddybären, der kräftig gedrückt werden will.

„Hey, Kleiner, wie lief es?“. Seine Behutsamkeit lässt mich erschaudern und näher an ihn herankuscheln.

„Keine Ahnung. Alles hat sich irgendwie taub angefühlt.“

„Was ich gesehen habe, hat gepasst."

„Du hast mich gesehen?". Ich löse mich aus seiner Umarmung und sehe ihm in die Augen. „Das sah aber anders aus."

„Sehr wohl habe ich dich tanzen sehen."

Sein Lächeln verdrängt alle vorherigen Gedanken und ich frage ihn: „Was ist mit dir? Wie ist dein Gefühl? Ich finde, du hast wunderbar getanzt. Leicht und trotzdem energisch."

„Ach, es ging schon. Hatte einen guten Lauf", erwidert er, so als ob er gerade zehn Kilometer gejoggt und kaum ins Schwitzen geraten sei.

„Das freut mich. Würde dich gerne mal auf der Bühne sehen. Glaubst, dass du bleibst?", und begebe mich zurück in die feste Umarmung.

„Sie haben gesagt, sie wollen so gut wie alle behalten, denn Schaufuss möchte keine Tabula Rasa. Er wollte sich ein Bild verschaffen, wie wir so drauf sind. *E basta!*"

Nach einer Weile löse ich mich aus seinen Armen, fröstele, ziehe umgehend die Jacke enger um mich. Alessandros Blick geht kurz in alle Richtungen. Fast so, als ob er schauen möchte, ob uns jemand beobachtet hat. Dann dreht er sich zu mir zurück, drückt mir einen Kuss auf den Mund und schüttelt leicht den Kopf, lässt seine braunen Locken um sein Haupt springen, als ob sie als Einzige die Freude nicht zurückhalten können.

Die Frage, ob ich zu ihm mitkomme, beantworte ich mit einem Nicken, und wir gehen nebeneinander her zu seiner Wohnung. Ein paar Mal versucht er, das Gespräch auf das Vortanzen zu lenken, was ich jedoch durch mein beharrliches Schweigen unterbinde. Über diesen Tag zu sprechen, würde alles zerstören, alles in die Tiefen des Glanzlosen ziehen, unausweichlich die Erinnerungen daran unnötig verstärken. Es werden weitere solche Tage folgen, weitere Vortanzen stattfinden, die nicht so verlaufen, wie man es sich vorgestellt, erträumt hat. Wenn man einen doppelten Salto gerade zweimal von zehn Versuchen sauber steht, beherrscht man ihn nicht; zeigt man ihn dennoch bei einem Wettkampf und steht ihn, ist man ein Held, wird gefeiert, rennt wie in *Flashdance* mit jubelnden Armen die Treppen hinunter, dabei ist dies erst der Anfang eines neuen, steinigen Weges.

Ursachenforschung zu betreiben, was mit mir heute los war, was nicht funktioniert hat, ist momentan unmöglich, alles zu aufgeladen, zu subjektiv und die Tendenz, anderen oder den Umständen die Schuld daran zu geben, ein zu leichtes Unterfangen.

Irgendwann greift Alessandro nach meiner Hand, hält sie fest, und wir gehen die letzten hundert Meter zu seinem Wohnhaus. Bodennebel steigt auf und der Tag verschwindet hinter einem Schleier.

Alessandro steht in der Küche und kocht, lärmt vor sich hin. Scheppern, Klirren, Hacken, Brutzeln, Zischen. Ich sitze im weitläufigen Wohnesszimmer auf einem kleinen Ledersofa und beobachte durch den türlosen Rahmen, wie er in der Küche hin und her wandelt, vom Küchentisch zur Spüle, von dort zum Herd, weiter zum Kühlschrank, zurück zum Tisch, wie ein Rundlauf. Seine Bewegungen sind geschmeidig. Ein Panther; flink, kontrolliert und effizient. Er scheint das Kochen zu genießen.

Paps geht mir durch den Kopf. Wie ist es ihm ergangen? Ich sollte im Hotel anrufen, eine Nachricht hinterlassen. Nehme es mir vor und werde den richtigen Moment finden, nach dem Telefonapparat zu fragen. Möchte Alessandro nicht stören, ihn nicht aus dem Takt bringen. Ihm weiter zusehen dürfen. Meist steht er mit dem Rücken zu mir. Unter dem T-Shirt lassen sich die feinen Muskelgruppen erahnen, wie sie zusammenspielen, einer feingerippten Landschaft gleich, wenn die Weizenfelder im Wind wie Wellen, wie ein Meer wogen. Alessandros Ellbogen sind leicht vom Körper weggespreizt, sorgen für ein trapezförmiges Kreuz, das Spannweite und endlose Kraft verspricht. Wenn das Essen solch eine Erotik ausstrahlt wie der Koch, dann muss Liebe durch den Magen gehen.

Ich habe zu lange auf einen Punkt gestarrt, bemerke nicht, dass Alessandro vor mir steht, mir ein Glas Rotwein in die Hand drückt und zuprostet. Der Schluck herb-süß-säuerlichen vergorenen Traubensaftes rinnt meine Kehle hinunter. Der Geschmack gewöhnungsbedürftig. Wein oder Bier stehen nicht auf meiner Getränkekarte. „Ist das ein guter Roter, ein Italiener?“, höre ich mich fragen und bedaure sogleich meine banale Äußerung, was Alessandro mit einem Lächeln quittiert und mit *Primitivo aus Sizilien* eine ausreichende Antwort zu geben scheint.

Das Essen ist göttlich, mein Hunger unendlich und der Rotwein wirkt. Ein Fuß tastet unter dem Tisch nach meinen, legt sich darauf, krault mit den Zehen den Fußrücken. Fläze mich in den Stuhl, lasse Arme und den Kopf im Nacken über der Stuhllehne nach hinten hängen und ein genussvolles *Ahh!* entringt sich meiner Kehle. Sekunden später setzt sich Alessandro mir breitbeinig auf den Schoss, greift mit beiden Händen meinen Kopf und küsst mich. Mund, Nasenspitze, Wangen, Stirn. Er gleitet zum Hals, streicht mit seinen Lippen in Richtung Kehlkopf, was meinen ganzen Körper erzittern lässt. Warme, weiche Lippen drücken sich auf meine. Alessandros Zunge beginnt sich einen Weg dazwischenzubohren, gleitet hinein wie eine schlüpfrige Schlange, erkundet meine Mundhöhle, streift über meine Zunge, die wie gelähmt daliegt, tastet den Gaumen ab, an den Zähnen entlang, umschmeichelt wieder meine Zunge, die sich entscheidet, sich wie eine Kobra zu erheben, seine zurückdrückt, die Spitze sucht, sie berührt und wie elektrisiert zurückfährt, um einen neuen Anlauf zu nehmen.

Es ist ein Spiel, ein Ringen um die Lust am Erforschen der anderen Physis. Das Verlangen, sein Gegenüber bis in sein tiefstes Inneres zu erkunden. Das Spiel weitet sich aus, greift auf unsere Hände über, wir durchwühlen uns gegenseitig die Haare, tasten die Konturen der Ohren ab, kneten die Nackenmuskulatur, bis hin zu den Schulterblättern, über das Schlüsselbein hinweg zu den flächigen, gewölbten Brustmuskeln, erforschen die kleinen, festen Erhebungen der Warzen. Uns beiden entfährt ein leises Stöhnen, die Berührungen verändern sich, wandeln zwischen fein wie Seide, die über die Haut gleitet und uns Schauer über den Rücken jagt, und einem rauen Abgreifen, Drücken und Zupacken, als ob man sich versichern möchte, dass der andere in Wirklichkeit existiert.

Alessandro steigt von mir ab und zieht mich ins Wohnzimmer. Das Dessert fällt aus, dafür fallen wir aufs Sofa, wo alles seine Fortsetzung findet, zerren uns die Oberteile vom Körper, fummeln an Jeansknöpfen herum, treten und verwickeln uns in den Hosenbeinen. Können dabei das Küssen nicht lassen.

Da klingelt das Telefon. Alessandro hält inne, zögert, löst sich aus meinen Armen, befreit sich aus dem Hosenbeinknäuel und verschwindet barfuß im Flur, wo das Klingeln kurz darauf aufhört. Die knarrenden Holzdielen verraten mir, dass er während des Telefonats auf und ab geht. Stimmfetzen dringen zu mir durch, ich kann aber nichts verstehen.

Mir kommt die Idee, mich auf dem Sofa zu drapieren, so ähnlich wie Burt Reynolds, der sich nackt auf einem Fell ablichten ließ. Mit seiner behaarten Brust kann meine allerdings nicht mithalten. Ich räkele mich auf dem Sofa, wechsle ein paar Mal die Position, bis ich gut liege, spüre, wie sich eine Schwere in meinem Körper ausbreitet, der Atem flacher geht, die Augenlider flattern, der Kopf tief in das Kissen sinkt. Der Kiefer sich entspannt.

Ein Kribbeln an meinem rechten Ohr lässt mich blinzeln, ich unterdrücke den Reflex zu gähnen, den Mund weit aufreißen zu müssen. Feuchte Lippen berühren die Stirn, die Wange und landen schließlich auf meinem Mund. Das Gewicht eines schweren Körpers senkt sich auf mich, Alessandros Hände, Arme, Füße und Beine verhaken sich in meine. Ich spüre jedes Fitzelchen seiner Haut und Haare, wie sie sich mit meinen verbinden, Synapsen ähnlich andocken, wie Energie fließt.

„Bin ich eingeschlafen?", frage ich.

„Ja, und ohne zu schnarchen."

„Zum Glück! Wie lange schon?"

„Ich habe dich eine ganze Weile beobachtet."

„Und was getan?"

„Mir vorgestellt, wie es sich anfühlt, dich mit meinem ganzen Körper zu berühren. Mit dir eins zu werden."

„Fühlt sich sehr gut an. Könnte ich mich daran gewöhnen." Ein Stöhnen möchte meinem Körper entweichen. Ich schlucke diesen Reflex, dieses Zeichen der Lust, der Gier, des Sich-fallen-Lassens runter, versuche entspannt zu wirken, so als ob es mir die Vorstellung nur bedingt zusagt, und wechsle das Thema: „Wer war am Apparat?"

„Mein Mitbewohner."

„Kommt er heute schon nach Hause?"

„Nein, keine Sorge", Alessandros Stimme klingt entspannt, „er wird erst morgen wieder hier sein."

„Wie gut kennt ihr euch beide?"

„Gute Frage. Zurzeit eher weniger."

„Zurzeit? Heißt?"

„Wir verstehen uns prima. Haben einen ähnlichen Geschmack, mögen das gleiche Essen, lieben klassische Musik und einen guten Wein."

„Ist er auch Italiener?"
„Nein, er ist Belgier."
Ich spüre eine Verkrampfung an Alessandros Hals und Schultermuskulatur, seine Hände hören mit dem streicheln auf, und er fährt fort: „Lass uns bitte das Thema wechseln. Es ist viel zu schön mit dir."
Die absolute Nähe, dieses eng Umschlungene, wie ein verhedderter Wollknäuel, den man nicht entwirren möchte, lässt einen verharren, um Verlangsamung der Zeit bitten. Ein lauter Seufzer wäre hier hochromantisch und gleichzeitig pathetisch gewesen, doch wenn es dann passiert, möchte man es nicht missen, nichts darf dann anders sein. Es ist wie mit den kitschigen Sonnenuntergängen, wo alles in ein Tieforange getaucht ist, glimmt und schimmert.
Belgier hat er gesagt. Der Ballett-Schäferhund ist Belgier, der Name De Bruin sagt mir was, ich komme nicht drauf. Finger streichen meine Falten auf der Stirn glatt. Gedanken gleiten davon, lösen sich auf wie Zuckerwatte im Mund. Eine süße, klebrige Hinterlassenschaft, die sich zwischen den Zahnzwischenräumen in der hintersten Ecke bei den Backenzähnen einnistet, dort an winzigsten Stellen den Zahnschmelz angreift. Liebesrost, wie oxidierender Argwohn.
Nachdem ich die Toilette aufgesucht und mich erleichtert habe, steht Alessandro in der Diele, öffnet die Tür zum Schlafzimmer mit einer einladenden Geste. Kaum habe ich die Türschwelle überschritten, werde ich von ihm umarmt und leicht angehoben, dass meine Füße den Boden verlassen. Mit einem großen, schwungvollen Schritt landen wir gemeinsam auf dem Bett, das kurz nachfedert, quietscht, und wir tauchen in den aufgeplusterten Federbetten ein.
Ein Wolkenbett. Zum Fliegen gemacht, der Zeit davon. Zwischen dem Ticken der Uhren und dem Atemholen eine Ewigkeit. Ein Flug ohne Ziel.

Das Glockenspiel der großen Standuhr im Wohnzimmer schlägt elfmal. Meine Brust liegt an Alessandros schweißnassem Rücken. Die Beine sind mit seinen gekreuzt. Meine Arme umschlingen seine Brust und Taille. Auf seinen Haaren liegt ein feiner Duftschleier, eine Aura von Moschus, Eisenkraut und Ebenholz.

Ich entziehe mich seinem Körper. Er bleibt liegen, wie ein Puzzleteil, das darauf wartet, wieder komplettiert zu werden, die Leerstellen mit meinen Gliedern passgenau zu füllen.

Mein Weg führt mich zum Telefon in der Diele. Ich hebe den Hörer ab, wähle die Nummer vom Hotel. Mein Blick gleitet über eine Wand mit Notizen und Fotos. Dort entdecke ich die Viererserie eines Passfotoautomaten, auf dem Alessandro mit einem anderen Mann abgelichtet ist, da meldet sich eine männliche Stimme am anderen Ende. Ich frage, ob es eine Nachricht für mich gibt, er verbindet mich direkt mit Louises Zimmer, sie beginnt zu erzählen und ich erblasse, mein Atem stockt.

Mein Vater liegt im Krankenhaus. Er ist gestürzt. Von der Mauer gefallen. Welche Mauer? Der Berliner? Meinem Vater gehe es gut. Er sei stabil. Die Besuchszeit sei schon lange vorbei. Ich solle morgen früh ins Krankenhaus kommen. Ich lege auf.

In diesem Moment erkenne ich den anderen Mann auf der Viererserie. Ich stand echt auf der Leitung. Es ist der belgische Schäferhund. Der Ballettmeister. Er heißt De Bruin. Er muss der andere sein, der hier wohnt. Nur Freundschaft? Von wegen.

Alessandro steht im Türrahmen, schaut zu mir herüber, wie ertappt, senkt seine Augen. Ich verstehe.

Drei kurze Sätze, und dennoch kann ich mich nur zäh an sie erinnern:

Es sei nicht so, wie ich denke.

De Bruin sei schon länger nur ein Freund.

Für ihn gebe es nur mich, er würde es klären oder so ähnlich.

Flügelfedern verwandeln sich in Pfeilspitzen, durchdringen meine Haut, der Schmerz driftet durch den Körper wie ein Phantom. Kein Gefühl mehr, eher Verwirrung, Ratlosigkeit, Unentschlossenheit.

Das ist nicht nur Freundschaft gewesen. Zwischen *es war* und *es ist gewesen* besteht der feine Unterschied des Abgeschlossenen und des immer noch Währenden. Wo muss ich hier Alessandro verorten? Das Begreifen oder eher Erahnen dauert, und die Manie des Vergebens schlägt wieder zu, vertreibt das ungute Gefühl des Verratenseins. Kälte strömt durch meinen Körper, schüttelt mich und erlaubt mir, klare Gedanken zu fassen.

Paps liegt in einem Krankenhaus und ich muss dort hin. Jetzt.

Alessandro steht nackt vor mir. Die Beine ausgedreht, die Füße nach außen ausgestellt, als würde sogleich ein Training beginnen.

Sein „Das kriege ich hin!“ wird mit einem von Hand beschriebenen Blatt Papier vor seiner behaarten Brust unterstrichen, auf dem *TI AMO* steht. Darunter hängen sein schlaffes Glied und die schweren, glockenartigen Hoden.

Als er auf mich zukommt und mich in seine Arme schließt, halte ich erst den Atem an, meine Muskeln versteifen sich, ich möchte mich entwinden.

Dann ergebe ich mich, lasse alles sausen, kann sowieso nichts tun.

Ich greife mit einer Hand in sein Gemächt, drücke zu, vernehme sein Aufstöhnen und flüstere ihm zu: „Dann wollen wir mal sehen, wer hier Eier in der Hose hat.“

CHRONOLOGIE VII

1964 | 03. Februar

Ein Beamter der Justiz steht vor der Tür und stellt Fragen zur Nacht vom 23. April 1945. Egon gibt bereitwillig Auskunft. Während des Aufarbeitungsprozesses der Nazigräuel sind Personen aufgetaucht, die in dieser Nacht aus einem Waggon befreit wurden und überlebt haben.

Egon erhält Monate später eine Auszeichnung als *Befreier.*

1965 | 04. Januar

Egon betritt zum letzten Mal das Villinger Bahngebäude und trägt seine privaten Sachen in einem Karton aus dem Büro.

Seine Pensionierung fühlt sich für ihn in diesem Moment und noch Wochen später unwirklich an.

1966 | 25. Juni

Heiners Hochzeit mit der aus Österreich stammenden Hannah Raulan, die zwölf Jahr jünger ist, wird zu einer Doppelhochzeit, da einer von Heiners Turnkameraden gleichenorts heiratet und die Kirche wegen einer Renovierung wochenlang geschlossen bleiben wird. Bei den Feierlichkeiten sind neben Hannahs Eltern und Brüder aus der Steiermark auch Egons beide Töchter mit ihren Ehegatten und den vier Enkelkindern dabei.

Das Fünfte wird in wenigen Wochen erwartet.

1967 | 08. September

Friedas Irrfahrt durch mehrere Kliniken auf der Suche nach möglichen Diagnosen endet in Stuttgart. Dort wird ein beginnendes Parkinson-Syndrom festgestellt.

Die irrtümliche Behandlung auf Diabetes mellitus hat Egons Frau innerhalb kurzer Zeit von einer eher rundlichen, energiegeladenen und resoluten Person zu einem zerbrechlichen und mürrischen Wesen werden lassen.

1968 | 09. März

Julian, das erste Kind von Heiner und Hannah wird geboren.

Da beide in Suntheim im Haus über Egon und Frieda wohnen, kann sich Egon täglich mit seinem jüngsten Enkel beschäftigen und nutzt dies als Fluchtmoment vor seiner griesgrämigen Gattin.

1969 | 23. Juli

Egon besucht die Eltern seiner Schwiegertochter Hannah zum ersten Mal in deren alter Heimat, der Steiermark.

Es stellt sich heraus, dass Hannahs Vater Franz ebenfalls Mitglied einer sozialdemokratischen Partei, der österreichischen SPÖ, ist.

1970 | 27. Januar

Rosa, das älteste von Egons drei Kindern, stirbt im Alter von 39 Jahren nach kurzer und heftiger Krankheit an Lungenkrebs. Sie hinterlässt die beiden Kinder Karl und Hannes und ihren Ehemann Rudolf.

Carla, die gut einen Monat später das Licht der Welt erblickende Tochter von Heiner und Hannah, Egons siebtes Enkelkind, erhält den Zweitnamen Rosa.

1971 | 02. August

Obwohl Egon liebend gern wieder in die Steiermark mitgefahren wäre und Tochter Sofie angeboten hat, während seiner Abwesenheit auf ihre Mutter aufzupassen, bekniet ihn Frieda so lange und beharrlich nicht mitzureisen, bis er schließlich nachgibt.

Egon wird die Steiermark nie wieder zu sehen bekommen.

1972 | 05. September

Während Egon für den bevorstehenden Geburtstag seiner verstorbenen Tochter bei einer Floristin ein Blumengesteck für ihr Grab anfertigen lässt, verfolgt er im Radio die Nachrichten und erfährt von der Geiselnahme von israelischen Athleten bei den Olympischen Spielen in München.

Die nächsten Tage verbringt er seine Zeit ausschließlich vor dem Fernsehgerät.

1973 | 25. November

Am ersten autofreien Sonntag während der Ölkrise geht die ganze Familie Humbacher mit Egon und Frieda gemeinsam auf der nahe gelegenen A81 spazieren.

Mit Kinderwagen, Fahrrädern, Kettcars und Tretrollern.

1974 | 11. September
Egon begleitet seinen Enkel Julian und dessen Eltern Heiner und Hannah zur Einschulung an der Grundschule in Suntheim.

Egon spendiert den ersten Schulranzen: ein brauner Tornister mit roten reflektierenden Katzenaugen auf den Schnallen und weißen senkrechten Streifen, die in die gepolsterten Schulterriemen übergehen.

1975 | 03. Januar
Zu Egons 75. Geburtstag erscheint der Bürgermeister von Suntheim und gratuliert mit einem riesigen Geschenkkorb sowie einem kleinen Bild, einem Stich in Schwarzweiß eines heimischen Künstlers, der den alten Suntheimer Bahnhof darstellt.

Das Bild erhält einen Ehrenplatz über dem Sofa.

1976 | 29. Juli
Nach einer längeren Hitzewelle kollabiert Frieda, während sie im Freien Wäsche aufhängt.

Egon findet sie bewusstlos im Gras, von einem weißen Bettlaken bedeckt.

KAPITEL 18

D-WEST-BERLIN / SONNTAG, 26. NOVEMBER 1989

Er schwebt. Alles schimmert in weißen Tönen. Reinweiß bis sanft neblig. Ohne Kanten und Fluchten. Es geht weiter und weiter. Könnte ein Korridor sein. Alles bleibt im Fluss. Oder im Schweben. Kein Quietschen, kein Rumpeln, kein Ruckeln. Ein Gleiten.

Er bewegt sich und gleichzeitig liegt er; flach, wie ein Brett. Er spürt seine Arme nicht, nicht seine Beine. Der Herzschlag scheint ihm abhandengekommen zu sein. Durch seine halb geschlossenen Augenlider schiebt sich alles an ihm vorbei, schleierhaft, verschwommen, wie in den dunstigen Herbsttagen inmitten des Schwarzwalds.

Seine Mutter hatte sich einmal beim Pilzesammeln zwischen dem Nadelholz verirrt. Schwer sei es ihr ums Herz geworden, so schwer, dass sie sich am liebsten auf den moosigen Boden gelegt hätte und dort für immer liegen geblieben wäre, trotz der Nässe, trotz der aufziehenden Dunkelheit. Nebelschwaden hätten sie eingehüllt wie in ein Laken, sie umschnürt und nicht weiterziehen lassen.

Im Schwarzwald seien viele Menschen verschollen gegangen. Die Schwärze, diese unbarmherzige Dichte, die lichtundurchlässigen Nadelwipfel inmitten der Talschluchten, wohin die Sonne selten ihre Strahlen entsende, die die Menschen dort schwermütig mache, sie in eine Todessehnsucht triebe, die man nur am eigenen Leib erleben und verstehen könne. Die aufsteigenden Nebelschleier machten alles erträglicher, weichten die Konturen auf und betteten einen in einen Schein von Nichts.

Mutter ist wieder aufgetaucht, hat den Weg nach Hause gefunden. Wie? Das hat sie nie erzählt. Tief in ihrem Inneren musste sich ein Restzipfel an Schwermut verkrochen haben, der ab und an zum Vorschein kam. Eine Kraft, der sie sich nicht immer entziehen konnte. In solchen Momenten war sie still und taub. Nichts und niemand konnte zu ihr vordringen. Sie wandelte umher, wie ein Gespenst.

Ein greller Ton piepst in kurzen Abständen nahe an seinem rechten Ohr, löst ein unkontrollierbares Zucken in ihm aus. Durch seine geschlossenen Lider dringt ein rosafarbenes Lichtgewitter, ein Stimmenwirrwarr nähert sich, Hände berühren ihn, drücken, streicheln, greifen zu. Der Versuch, die Augen zu öffnen, gerät zu einem Kampf mit der Schwerkraft, als ob kiloweise Sand auf ihnen liegen würde. Eine Silbe entringt sich seinem rauen Hals. Die Stimmbänder wollen nicht schwingen, vibrieren unkontrolliert. Einzig ein Ächzen entschlüpft seinem Reibeisenschlund.

Schließlich wird es wieder still.

Eine Hand ist bei ihm geblieben, schwer liegt sie auf ihm. Er spürt eine Wärme, das Gewicht der gepolsterten Innenflächen, die wie kleine Luftkissen auf seinem Handrücken ruhen. Es muss auf der rechten Hand sein, mit der Linken würde er nichts spüren.

Er hört seinen Namen: *Heiner?* Erst einmal, dann ein zweites Mal mit mehr Druck auf der Hand. Beim dritten *Heiner?* entgleitet ihm ein klägliches *J-A*. Zu einem Fragezeichen kann er die Stimme nicht anheben, das *A* endet in einem asthmatischen Röcheln.

„Alles ist gut", flüstert eine ihm bekannte Stimme dicht an seinem Ohr. Kann sie aber nicht zu ordnen. „Gut, dass du wieder wach bist. Bei deinem Sturz bist du auf dem Kopf gelandet. Deine Wirbelsäule ist etwas gestaucht und dein Gehirn ist angeschwollen. Eine schwere Gehirnerschütterung. Ein bisschen Ruhe und in ein paar Tagen ist alles wieder in Ordnung. Ich bin bei dir."

Heiner möchte den Kopf heben. Das Flattern seiner Augendeckel wird stärker, der Druck im Schädel lässt ihn aufstöhnen. Als trüge er einen zu engen Motorradhelm.

Zwei Hände drücken ihn mit sanfter Kraft zurück in die Kissen, ein Strohhalm wippt an seinen Lippen. Seine Zunge liegt schwer in der Mundhöhle, schafft es mit äußerster Mühe, über die untere Zahnreihe hinweg zu den Lippen zu gelangen und das Röhrchen zu umklammern. Er zieht daran, das hereinsprudelnde Wasser wird von seinem Gaumen in Empfang genommen, rinnt die Speiseröhre hinunter. Es brennt, er muss kurz würgen, schluckt, holt stoßweise Luft, und es verlangt ihn nach mehr.

Auf den Kopf gefallen? Wann soll das passiert sein? Sein Gedächtnis scheint löchriger als ein Nudelsieb. Ein kurzer Hustenanfall, seine Augenlider springen auf wie der Deckel einer Überraschungsbox und er muss vor lauter Helligkeit mehrfach blinzeln. Weißer Nebel legt sich um ihn, dringt in seine Ohren ein, schaltet seine Sinne aus.

Ein Mann in einem weißen Kittel spricht zu ihm, fragt ihn nach dem Datum, ob er wisse, wo er sei und wie er denn heiße. Es dauert, aber es kommt in Bruchstücken zurück. Er greift danach, durchdringt den Dunst, hält sich an den Puzzleteilen fest und setzt sie zusammen.

Berlin, er sei in Berlin, das weiß er ganz sicher. Und sein Name sei Humbacher. Heiner mit Vornamen. Sein Geburtstag sei im April. Anfang April. Der sechste April, und sein Sohn ist mit ihm hierhergekommen. Er heißt Julian.

Heiner beantwortet weitere Fragen, mit jeder Antwort wird es klarer um ihn herum.

Louise lächelt ihn an und er erinnert sich.

Eine Ärztin erscheint, fragt nach seinem linken Arm und er erinnert sich. Und er erzählt.

Sein Sohn kommt ins Zimmer und er erinnert sich. An das Vortanzen, an seine Reise nach Paris und dann nach Berlin. Und an seinen verschollenen Onkel und seine neugewonnene Cousine; André und Heidemarie.

Alles da, alles am richtigen Platz. Er möchte hier raus. Nach Hause. Er schließt seine Augen, möchte sich dieser Welt entziehen. Sich dem Piepsen, dem Fragenstellen, dem Nebel und Belagert-Sein entwinden. Dieser Situation entfliehen.

Durch den Schlitz zwischen den zugezogenen Vorhängen bricht sich ein heller Lichtstrahl Bahn, trifft auf die Wand vor ihm, hinterlässt einen länglichen Streifen, der ihn blendet. Er wendet den Kopf nach rechts, weg vom Licht. Jemand ergreift seine rechte Hand.

„Paps, ich bin es, Julian.“

„Oh. Gut, dass du da bist.“ Dabei schmerzt ihm der Unterkiefer und er verzieht den Mund.

„Was machst du für Sachen? Kopfüber von der Mauer.“

„Mick Jagger hat das auch gemacht. Bei ihm hat es doch funktioniert. Stagediving nennt man das, nicht?“

„Deinen Humor hast du auf jeden Fall nicht verloren“, gibt Julian zurück.

„Wie lang muss ich noch bleiben? Wie lange bin ich denn schon hier?“

„Erst seit gestern Abend. Es ist Sonntagnachmittag“, lächelt Julian ihn an, wobei er sanft den Kopf schüttelt, so als ob er gleich mit ihm schimpfen will. „Sie meinen mit Sicherheit noch zwei bis drei weitere Tage. Morgen kommt eine Spezialistin aus der Charité, aus dem Osten Berlins. Sie ist eine gute Bekannte einer Ärztin hier auf der Station, die sich intensiv mit Tumoren in und an der Wirbelsäule beschäftigt. Mit der Öffnung der Grenzen kann sie ohne Probleme vorbeikommen und wird sich deinen Fall anschauen.“

Nein, kein weiterer Kurpfuscher, geht es Heiner durch den Kopf. Kein weiteres Testen und Ausprobieren. Ich bin kein Versuchsaffe. Kein weiteres Experiment mit ungewissem Ausgang. Da war ich schon, das brauche ich nicht. Seht, was aus mir geworden ist.

Julians Hand drückt die seine, sein Blick ist klar und durchdringend. Sein Sohn liest seine Gedanken. Er nickt ihm zu. Er versteht, spürt die Agonie, das Traumatische der letzten dreißig Jahre.

Heiner hat seinem Sohn von der Odyssee erzählt, den zahllosen Kliniken und Spezialisten, die er aufgesucht hat. Von Hannahs Drängen und Bitten, der Medizin mehr zu vertrauen. Von den zahlreichen Versuchen und Eingriffen, die zum Schluss einen lahmen Arm, Schmerzen in der Schulter und in keiner Weise Besserung oder zumindest Linderung zur Folge hatten.

Im Endeffekt haben sie ihn zum Krüppel gemacht, seine Ehe zerstört und seinen Kampfgeist und seine Zuversicht auf ein Minimum heruntergebrochen.

Es reicht. Er will hier weg.

„Carla kommt morgen nach Berlin und Louise bleibt so lange, wie du hierbleiben musst. Ich sollte spätestens am Dienstag nach Paris zurück. Ist das in Ordnung für dich?“, fragt ihn sein Sohn.

„Ist ja schon alles organisiert", resümiert Heiner und zieht dabei achselzuckend die Schultern hoch. „Was soll ich da noch sagen?"

„Du weißt gar nicht, was für einen Schrecken du uns allen eingejagt hast."

„Fallen ist meine Spezialität …", versucht es Heiner mit Ironie.

„… und wie eine Katze auf allen vieren landen oder sofort wieder aufstehen gehört auch dazu. Hast du mir beim Training immer gesagt", entgegnet Julian. „Und dass ich es nicht vergesse: ich habe Heidemarie kennengelernt. Also gibt es doch jemand in dieser Sippe, der ebenfalls im Theater tätig ist. Ganz ohne künstlerische Gene geht es offenbar in keiner Familie."

„Und Hannah meinte immer, das Künstlergen hättest du allein von ihrem Vater geerbt, weil er in einem steirischen Mänerchor gesungen, und auf allen Feiern der erste und letzte auf den Tanzflächen war", kann sich Heiner den Seitenhieb auf seine Ex nicht verkneifen.

„Wie auch immer", ignoriert Julian seinen Kommentar, „wir haben uns blendend unterhalten. Sie kommt später vorbei."

„Apropos Theater: Wie lief es beim Vortanzen?"

Julian scheint mit der Frage gerechnet zu haben: „Das ist so eine Sache. Eigentlich nicht gut. Hab aber trotzdem mein Bestes gegeben. Und scheinbar auch einen gewissen Eindruck hinterlassen. Ob es das richtige Ensemble ist, kann ich dir nicht sagen. Du weißt, wie ich zum Klassischen Tanz stehe. Training ja. Technik super. Bühne na ja. Die erwartete Perfektion bringt meine eigenen Erwartungshaltungen dauernd ins Wanken. … mir fehlt die Freiheit, der Ausdruck, das Atmen. Organik ist etwas anderes."

„Und was nun?"

„Ich warte noch auf Antwort. Sie rufen an. Haben sie zumindest gesagt. Und … es ist nicht das erste und nicht das letzte Vortanzen in meiner Karriere."

Da schwingt ein Zögern in Julians Stimme mit, eine Unsicherheit, die er an ihm nicht kennt. Zu viele *ob, na ja*, unterschwellige *aber* und Pausen.

Louise hat ihm zuvor berichtet, dass Julian bei seiner Ankunft heute Morgen in der Klinik von einem jungen Mann begleitet wurde. Ein attraktiver Mann. Ein Tänzer. Das hat sie sofort erkannt. Soll er nachfragen? Oder soll Julian von allein auf ihn zukommen?

Der Umgang mit dem Thema Schwulsein fühlt sich bei weitem nicht so natürlich, so einfach an, wie er geglaubt hat. Obwohl, bei seiner Tochter hat er auch nie nachgefragt, sie nie ausgehorcht. Das war eher Hannahs Masche. Er war der Zuhörer, der Kummerkasten, der nicht immer sogleich eine Antwort wusste. Er brauchte Zeit, um abzuwägen, was er wie formulieren würde, was Kraft und Wirkung hatte. Und meist, bevor er Stellung beziehen konnte, lösten sich die Probleme in Wohlgefallen auf.

Ein Glück? Oder verpasste Chancen, sich seinen Kindern zu vermitteln, seine Standpunkte, Erfahrungen oder Einsichten aufzuzeigen? Das Urteil musste er ihnen überlassen. Oder war das zu einfach gedacht?

Als er erneut erwacht, ist draußen Dunkelheit eingekehrt. Drinnen ist das Licht ausgeschaltet. Das unablässige Piepen und Blinken der Apparaturen durchkreuzt den Raum wie kleine Funken.

Die Vorhänge sind geöffnet, er sieht einen beinahe sternklaren Himmel. Der Mond scheint um die Ecke zu sein, sein milchiges Licht beleuchtet eine Baumgruppe, lässt sie weißbläulich schimmern.

Niemand ist im Zimmer. Keine Hand ruht auf seiner. Kein Atmen oder der Duft einer anderen Person schwebt im Raum. Schwerelosigkeit breitet sich aus. Er liegt da, bis der Mond um die Ecke lugt, als ob er ihm einen Besuch abstatten möchte.

Seine Gedanken kreisen um diesen Trabanten, der bisweilen zum Greifen nah scheint, manchen den Weg weist, aber letztlich für ihn und fast alle anderen Menschen auf diesem Planeten unerreichbar bleiben wird.

Wie kann man etwas nachempfinden, wenn es einem nie widerfahren ist, wenn man es nicht Auge in Auge, am eigenen Körper, mit seiner Seele und seinem Herzen wahrhaftig selbst erlebt hat? Was nützen Empathie oder Mitgefühl, wenn es kaum jemanden gibt, der das Leid, den Schmerz oder die Ohnmacht genauso durchlitten hat? Den ersten Flug zum Mond, das Betreten durch einen Menschen hat er auf dem Bildschirm miterlebt. Ja, miterlebt. War er selbst dort? Nein. Wie war es, den ersten Schritt zu setzen, wie hat sich das angefühlt? Was muss Neil Armstrong durch den Kopf gegangen sein, bevor er die bekannten Worte ausgesprochen hat, die von dem kleinen Schritt für einen Mann, der aber ein riesiger Sprung für die Menschheit war. Was fühlt er, wenn er heute den Mond sieht? Wie erinnert sich Neil Armstrongs Körper daran, sein Geist?

Heiner liegt da, wach. Die dramatischen Geschichten seines Onkels, dessen Familie, Freunde und das ganze Umfeld, die Tragik, die Schicksale, die Gewalt und der Schrecken, die in die Knochen, in die Zellen, bis in die Gene eingedrungen, weitervererbt worden sind – er kann das nicht fassen. Kann vielleicht darüber spekulieren. So wie er den Mond mit zugekniffenen Augen durch seine rechte, als Fernrohr geformte Hand betrachten kann und dabei versucht, die Krater und Berglandschaften auf diesem fernen Gestirn zu erkennen. Die wahren Dimensionen werden ihm für immer verschlossen bleiben. Es bleibt ein Gefühl. Eine Ahnung.

Der Drang, auf die Toilette zu müssen, ist stark geworden, er möchte nicht mehr in die Flasche pinkeln, möchte es im Stehen tun. Er muss aufstehen.

Nach langem Hin und Her – die Infusion am Arm irritiert, der Kopf schwankt beim Aufrichten wie bei einem Wackeldackel auf der Rückbank eines fahrenden Autos – ist der rote Knopf für die Nachtschwester gedrückt. Sie hilft ihm. Es sind kippelige Schritte. Sie bleibt bei ihm, bis er sicher im kleinen Bad steht und die Tür hinter sich angelehnt weiß.

Als er wieder im Bett liegt, bittet er die Schwester zu bleiben. Er muss reden. Sie kann nichts versprechen, hat Dienst, bleibt vorerst auf dem Stuhl neben dem Bett sitzen.

Er erzählt ihr von den mutmaßlichen Ursachen seiner Krankheit, den zahllosen Diagnosen, die sich alle bisher nicht bewahrheitet haben, den erfolglosen Eingriffen, seinem krüppelhaften Dasein, den Irrfahrten. Von Hoffnung, Zuversicht und seinen Ängsten. Dem Alleinsein, zu Hause ein Schatten seiner selbst zu sein.

Es geht ihm nicht um Mitleid, nicht um Trost. Er muss es einmal aussprechen können. Ohne dafür be- oder verurteilt zu werden.

Es ist früh am Morgen, als Heiner wieder erwacht, die Sonne muss gerade aufgegangen sein, es verspricht einen sonnigen, aber kalten Wochenstart im November zu geben. Er versucht sich zu erinnern, was er Schwester Katharina als Letztes erzählt hat. Hat sie überhaupt mit ihm gesprochen oder ist sie einfach Zuhörerin geblieben? Das geschulte Ohr einer Helfenden, ohne Kommentar, ohne formulierte Einschätzung der Lage?

Die Tür geht auf und mit der Krankenschwester, die das Frühstück auf einem Tablett serviert, betritt eine junge Frau den Raum. Sie trägt keinen weißen Arztkittel oder Ähnliches, das sie als Teil des Pflegepersonals kennzeichnen würde. Auf ihrem Namensschild steht: Frau Dr. Susanne Breitenfeld.

„Guten Morgen Herr Humbacher. Darf ich mich zu Ihnen setzen?"

„Guten Morgen, Frau Doktor Breitenfeld. Sie müssen die Ärztin von der Charité sein?"

Die Frau lächelt ihn an und erwidert: „Das bin ich nicht. Ich komme aus einer anderen Abteilung. Schwester Katharina hat mich gebeten, nach Ihnen zu sehen."

„Oh, okay", reagiert Heiner und spürt eine Unsicherheit in ihm aufkeimen, die er nicht einordnen kann. „Gut, und was verschafft mir die Ehre?"

„Nun, Sie haben Schwester Katharina heute Nacht Ihre Leidensgeschichte erzählt und sie fand, dass ich eine geeignetere Gesprächspartnerin für Sie sei. Ob das so ist, kann ich nicht sagen. Noch nicht."

„Dann gehe ich davon aus, dass Sie von der psychologischen Seite kommen? Klang ich dermaßen depressiv?"

„Sie hat sich einfach Sorgen gemacht, dass Sie womöglich Optionen in den Wind schießen werden und sich nicht bewusst sind, dass Sie Ihr Leben auf eine andere Weise beeinflussen könnten."

„Oh, das war nicht meine Absicht", versucht er etwas Wind aus dem Segel der scheinbaren Verzweiflung zu nehmen. „Das war der Mond."

„Der Mond?", gibt sie zurück und schaut ihn mit Skepsis im Blick an.

„Ja, der Mond. Dieser bedeutungsschwangere Trabant. An die Erde gekettet, beeinflusst er das Leben auf diesem Planeten und wird von den meisten doch nur wie ein Anhängsel wahrgenommen. Wer kennt ihn wirklich, war schon einmal dort?"

„Und was – oder besser – wer sind Sie dabei?"

„Ich bin der Mond", führt Heiner fort, „meine Familie, meine Arbeit, meine Umgebung die Erde. Meist sehen sie mich nicht am

Himmel stehen. Ab und an gibt es einen Vollmond, wenn das Wetter mitmacht und die Wolken einen nicht verdecken. Meine Anziehungskraft ist wechselhaft, meine Wirkung – na ja – mehr als zweifelhaft."

„Und wann fühlen Sie sich als Mond am wohlsten?"

„Als Sichel. Nein, das stimmt so nicht. Am wohlsten würde ich nicht sagen. Am respektiertesten wäre mir wichtiger; und zwar als Vollmond."

Die halblangen, zu einem Bob geschnittenen braunen Haare, die grüngrauen wachsamen Augen und das ehrliche Lächeln, das bis zu ihren Augen gelangt, strahlen eine Klarheit und gleichzeitig eine Wärme aus, die ihn ins Kissen zurücksinken lassen. Das Frühstück rührt er nicht an.

Die Tatsache, dass hier eine wildfremde Person an seinem Bett sitzt, ihm Fragen stellt, nachhakt, seine Bilderwelten zu sortieren beginnt, sie auseinanderdividiert und fein säuberlich seziert, wie ausgespiene Haarballen einer Katze, fasziniert ihn. Oder wie eine Archäologin alles abstaubt, mit größter Vorsicht Krusten abkratzt, selbst die banalsten Dinge zu Tage fördert, aus verschiedenen Perspektiven betrachtet und sich dabei kein Urteil erlaubt.

Ist es das, was Hannah im Jahr vor ihrer Trennung begonnen hat? Diese regelmäßigen Sitzungen mit einer Psychologin? Dieses Abtragen der Schichten, das Freilegen der Höhen und Tiefen des Erlebten, des Erfahrenen und teils nicht Verarbeiteten? Das Erkennen des Verworrenen, der Stolpersteine oder gar Felsbrocken, die ihr im Weg gelegen haben? Hat sie sie einfach auf die Seite gerollt, sie abgetragen, oder ist er, Heiner, einfach weggestaubt worden, wie eine Schicht zu viel, die sich auf sie gelegt hat?

Als es an der Tür klopft, ist Heiner fertig. Er könnte den Kopf ins Kissen fallen lassen und umgehend einschlafen. Er hat geredet wie ein Wasserfall. Über drei Stunden. Sein Gegenüber hat ihn mit feinen Gesten, knappen verbalen Einschüben und präzisen Rückfragen einen Weg entlanggeführt. Bis ins Hier und Jetzt. Und weiter.

Louise steht in der Tür. Und er strahlt, trotz der Müdigkeit, weiß, was zu tun ist.

Am späteren Nachmittag geht es bei ihm zu wie im Wartezimmer einer Notaufnahme. Seine Tochter kommt mit verweinten Augen unangemeldet hereingestürmt, lässt ihre Taschen fallen, schmeißt sich zu ihm aufs Bett.

Kurz darauf kommt Heidemarie auf Zehenspitzen hereingeschlichen, überrascht, dass er nicht allein ist, aber erfreut, die Bekanntschaft ihrer Nichte zweiten Grades zu machen, und setzt sich auf die Bettkante gegenüber von Clara, die vor lauter Aufregung nicht aufhört, auf Heiner einzureden.

Als schließlich Julian und Alessandro das Zimmer betreten, erscheint umgehend eine Krankenschwester und erwähnt mit strengem Blick, wie wichtig Ruhe für den Patienten sei, und man solle doch nicht in Scharen das Bett belagern. Dass Louise seit Stunden auf einem Stuhl in der Ecke sitzt und alles wie eine Familienaufstellung beobachtet, ihre eigenen Schlüsse aus den Konstellationen, den Reaktionen, Worten und Gesten zieht, fällt niemandem auf. Außer Heiner, der ihr wissend zulächelt und die Krankenschwester beruhigt, dass alles in Ordnung sei. Diese verlässt kopfschüttelnd den Raum, ohne zu versäumen, nochmals auf Ruhe zu pochen. Heiner bedankt sich bei ihr und lässt alle entweder am Bettrand oder auf Stühlen Platz nehmen. Sein erhobener Zeigefinger gleitet vor seinen Mund, den er zu einem Kussmund geformt hat, und es kehrt tatsächlich Ruhe ein.

„Heute Nachmittag war eine Ärztin hier. Eine Spezialistin aus der Charité. Ihr wisst schon, die renommierte Klinik auf der ostdeutschen Seite. Wir haben uns unterhalten und sie wird mich die nächsten Tage eingehend untersuchen. Nicht wegen des Sturzes. Da ist alles in Ordnung. Das wird wieder."

Er blickt zu Louise, sieht ihr in die Augen, auf ihre Brust, spürt das Band, das sie verbindet, dieser feine rote Faden, der schon in der chinesischen Mythologie die Verbundenheit symbolisiert. Ein Band, das bestehen bleibt, egal was geschieht.

„Diese Ärztin hat sich die Röntgenaufnahmen und das MRT von vorgestern angeschaut und mich nach meiner Krankengeschichte befragt. Sie geht davon aus, dass es mittlerweile Möglichkeiten gibt, dies zu behandeln. Ihr kennt meine Meinung dazu … und dennoch habe ich sie geändert."

Heiner pausiert, blickt in jedes der ihm vertrauten Gesichter, bleibt für einen Moment bei Alessandro hängen, studiert dessen gleichmäßige, symmetrische Züge. Findet ihn etwas zu glatt, zu geschliffen, kann es aber nicht einordnen und spricht weiter: „Erst vor kurzem habe ich ein Zitat gelesen, in dem es darum geht, wie Menschen ihr Leben gestalten: Die einen haben mehr Wünsche als Bedürfnisse, die anderen mehr Bedürfnisse als Wünsche. Irgendwie konnte ich mich keiner dieser beiden Gruppen zuordnen. Worin liegt der Unterschied? Stehen Bedürfnisse für etwas Existenzielles, etwas, das wir zum Leben dringend benötigen, weil sonst etwas Wesentliches fehlt? Und stehen Wünsche für Träume, Visionen, Wahlmöglichkeiten, die uns begleiten, aber nicht unbedingt in Erfüllung gehen müssen?

Ich war viel zu lange darauf bedacht, dass andere ihre Bedürfnisse erfüllt bekamen oder ihren Wünschen näher rückten, ohne dabei auf mich selber zu achten. Mein eigener Hunger, meine Begierden sind dabei immer klein geblieben. Meine eigenen Wünsche habe ich verdrängt. Ich habe vor langem aufgehört zu träumen, eher den Träumen der anderen zugeschaut, die anderen bewundert, wenn sie den einen oder anderen Wunsch in die Wirklichkeit umsetzen konnten. Ihnen dabei sogar geholfen, mich dabei hinten angestellt, mich zurückgenommen.

Nun, dies hier ist kein Wunsch mehr. Nichts, was man einfach mal so denkt oder ausspricht … es ist mir ein Bedürfnis, wieder ich zu sein. Mit zwei gesunden Armen, mit einem funktionierenden Körper, mit einem Leben, dass sich nicht nach den eingeschränkten Möglichkeiten oder verpassten Momenten ausrichtet, sondern nach dem, was ich will und ich mir nehmen darf und kann."

Er hält wieder inne und sieht nochmals in die betroffen dreinblickenden Gesichter seiner Kinder, in das neugierige Antlitz seiner neugewonnenen Cousine und in das von Louise, meidet das von Alessandro: „Hey, das hier ist keine Trauerrede. Ich habe jemanden gefunden, der mir hilft, mit dem ich gemeinsam stärker bin. Sie hat etwas durchlebt, das meiner Situation sehr nahekommt. Louise wird mich die nächsten Tage begleiten und wir werden sehen, was sich ergibt. Was getan werden muss, um meine Situation zu verbessern. Therapien, Operationen, keine Ahnung, was da auf mich zukommt. Wie lange das dauern wird. Unterstützung ist jederzeit willkommen. Aber richtet euch nicht nach mir. Daher, bitte, kümmert euch um eure Sachen."

Das losbrechende Stimmengewirr überlagert die letzten Worte. Carla liegt wieder neben ihm im Bett, umarmt ihn und entschuldigt sich für ihre Eskapaden und Launen.

Julian erklärt Alessandro in kurzen Zügen, wie er das alles sieht, worauf Alessandro von der *grande famiglia italiana* erzählt.

Heidemarie fällt Louise um den Hals und schwört, ihr jegliche Hilfe zukommen zu lassen, sie könne bei ihr in der Wohnung das Gästezimmer in Anspruch nehmen, was Louise dankend ablehnt, sie wolle hier in der Nähe der Klinik bleiben und hätte schon eine passende Pension gefunden.

Da betritt die Krankenschwester mit einem diensthabenden Arzt im Schlepptau das Krankenzimmer, worauf alle verstummen und Heiner sie anspricht: „Schwester Anne, es ist alles in Ordnung. Sie werden alle gleich gehen und mich in Ruhe lassen. Nur noch eine Minute bitte. Danke."

Nachdem der Arzt und die Schwester die Tür mit einem leisen Klack ins Schloss haben fallen lassen, holt Heiner einmal tief Luft, blickt jeden einzelnen an, bleibt bei Louise hängen, greift nach ihrer Hand und schaut wieder in die Runde. In seinen Augen leuchtet das Grün stärker, verdrängt fast das Grau. Er strahlt, der Wagemut ist auf sein Gesicht mit dem Dreitagebart zurückgekehrt.

Nach und nach verabschieden sich alle. Bis auf Louise. Es ist wieder still im Zimmer.

„Ich möchte ein Vollmond sein, die Hälfte von der Sonne angestrahlt, für alle sichtbar und wieder verschwinden können oder besser mich zurückziehen, wenn es notwendig ist. Das ist es, was ich möchte. Besser noch, zwei Monde, die sich umkreisen, wie Satelliten. Sich von allen Seiten betrachten können. Mit all unseren Erfahrungen, Wunden und Schmerzen und Wünschen. Ein Tanz. Eine nie endenwollende Choreografie. Du und ich."

Da klingelt das Telefon neben seinem Bett. Links von ihm. Louise eilt herbei, hebt ab und reicht ihm den Hörer.

– Ja, Hallo.

Hallo Hannah. Danke der Nachfrage.

Nein, alles ist in Ordnung.

Brauche keine Hilfe. Nicht nötig.

Nein, du musst auch nicht kommen. Alles bestens.

Die Papiere?

Welche Papiere?

Bitte frag meinen Anwalt.

Seit wann ich einen habe? Seit vorletzter Woche.

Warum?

Bestimmt nicht zum Spaß.

Veräppeln will ich dich bestimmt nicht. Wieso auch?

Muss mich einfach absichern. Du hast ja auch einen.

Wie du meinst.

Bis dann. Tschüss.

Heiner legt auf, schüttelt den Kopf, reicht Louise den Hörer, den sie sogleich auflegt, atmet einmal tief ein und aus und lächelt sie an.

KAPITEL 19

F-PARIS / SAMSTAG, 10. BIS SAMSTAG, 17. DEZEMBER 1989

Ich träume. Jedes Mal der gleiche Anfang. Ich tanze. Nein, ich stampfe. Meine Beine stampfen Synkopen, stochern zwischen den Takten, als ob ich mit den nackten Füßen irgendwelche herumwuselnden Kleinstinsekten zertreten möchte. Meine Zehenballen hämmern in den harten Boden gegen die sich überlagernden Discobeats, die aus allen Richtungen auf mich eintrommeln.

Ich gerate ins Stolpern, trippele, rotiere um mich herum wie ein Derwisch, was einer Gotteslästerung gleicht, bei all meinem Atheismus. Die Schläge echoen über meinem Haupt hinweg, jagen sich gegenseitig den Rang ab, und ich jage meinen Ängsten davon, nicht weiterzukommen, stehenzubleiben, übermannt zu werden.

Neben mir quietschen Turnschuhsohlen gegen das hohe Kreischen der Musik an, denn da ist kein Gesang mehr, nur noch ein Lärm wie hundert quiekende Schweine oder das Kreischen von Kreide über einer Tafel.

Ich kippe, fange mich, neige von der Horizontalen zurück in die Vertikale, werde zum Auge des Orkans, Haare umschlingen mein Gesicht, nehmen mir die Sicht, meine Arme und Beine wirbeln herum, zwirbeln sich empor gegen den aus den Ecken kriechenden Nebel.

Plötzlich Stillstand. Atemlosigkeit. Ich schwebe. Kein Stillstand mehr. Schnaufen. Weitermachen. Umherschwirrende Lichtstrahlen streifen Gesichter, blitzen in zahllosen Augen auf, die mich anstarren. Fratzen werden zu Antlitzen, werden zu Golovines, Malinowskys, Schaufuss' und De Bruins. Sie glotzen mich an. Finger stupsen mich, Schulter hoch, runter, weg. Hüfte gerade, Knie raus, rein, hoch, höher. Füße strecken, durchstrecken, bis sich der Spann krachend verbeugt. Der Kopf dreht sich wie bei einer Eule um die eigene Achse. Kopflosigkeitsangst breitet sich in mir aus.

Die Enge in der Brust nimmt mir die Luft weg, wie beim Tauchen, wenn es in die Tiefe geht. Druck auf den Ohren, auf der Haut, auf der Lunge, auf den Augen, aufs Gehirn. Ich zerfließe.

Verwässere, wie in einem Aquarell, tauche ein, wo nichts Handfestes mehr existiert, und verblasse.

Ein Windzug erfasst mich, drängt alles zusammen. Werde wieder zu einem Derwisch, zu einem tanzenden Orakel, das auf die Erlösung, ein finales Urteil von ganz weit oben wartet, werde zu einem göttlichen Tanzkondensat. Winde mich durch vorbeiziehende Nebelschwaden empor. Hebe ab. Kein Stampfen mehr. Ein Zischeln und Wummern drängt in meine Gehörgänge, übertönt die Kakofonie aus Boxen, die sich bis an die Decke erstrecken. Da ist kein Ende. Darüber an den Wänden auf verschiedenen Höhen lauter Ballettstangen, wie eine Sprossenwand. So weit das Auge reicht. Und ich schraube mich über die dröhnenden Lautsprecher empor, hinweg, greife nach einer der Stangen, beginne zu klettern, den glotzenden und flüsternden Fratzen davon. Eine Stange nach der anderen.

Ein Lichtkegel folgt mir, erfasst, blendet mich. Ich muss aufpassen, dass ich nicht daneben greife, die Sprosse verpasse und falle, höre mein Herz schlagen, unregelmäßig. *Bum-bummm-bu-- mbuu – Buhhhm.* Und es wird lauter, deutlicher. Das Licht wird greller.

Bin meinem Herz ganz nah. Bis ich mich selber atmen, stöhnen, schlucken, husten höre. Reiße meine Augen auf und werde vom Tageslicht geblendet. Ich zerre die Bettdecke über mich und weiß nichts mehr.

Das Klopfen geht weiter. Es ist an meiner Wohnungstür. Ich kämpfe mich aus der Matratzeninsel heraus, ziehe mir irgendein T-Shirt über und schlüpfe in eine auf dem Boden liegende Jogginghose. Rufe „Sofort!“, korrigiere es auf ein *„Un instant, s'il vous plaît!“,* fahre mir durch die in alle Richtungen abstehenden Haare, vermute, dass es einer meiner Nachbarn ist. Oder ist etwas mit meinem Auto – unten in der Sackgasse? Stehe ich jemanden im Weg?

Ich öffne die Tür.

Er steht vor mir, trägt eine hellbraune Wildlederjacke, eine Umhängetasche über die Schulter, eine lederne Reisetasche vor seinen Füßen. Die lockigen Haare sind mit Gel gebändigt, sein ganzes Auftreten wie aus dem Ei gepellt. Er ist da. Alessandro ist hier. In Paris. Überrascht mich wie vor wenigen Wochen mein Vater. Steht mit einem breiten Lächeln mitten im Türrahmen, als ob er gerade vor ein paar Minuten zu Hause aufgebrochen und hier angekommen ist.

Kaum, dass ich seinen Namen ausgesprochen habe, stürmt er herein, umschlingt mich, hebt mich vom Boden ab und setzt einen Kuss auf meinen Mund, der mir jeglichen Atem raubt.

Erst, als er mich wieder loslässt, nehme ich den Belag auf meinen Zähnen wahr, die taube Zunge, das müffelnde Shirt, das ich gestern Nacht im Club beim Tanzen durchgeschwitzt habe und den Druck auf der Blase. Ich entwinde mich seinen Armen, bitte um drei Minuten und verschwinde im Bad.

Was zur Hölle? Oder wie toll ist das denn? Ich bin zwiegespalten, zerrissen. In Berlin hat etwas begonnen, das in Paris nicht einfach so fortgesetzt werden kann. Sage diesen Satz leise vor mich hin und kann es selbst nicht glauben, dass ich so denke, so etwas aussprechen kann. Da ist Leidenschaft, da ist nicht Zufall im Spiel, sondern Fügung, nenn es Schicksal. Und ich halte meinen Kopf unter eiskaltes Wasser, brause mich ab, schüttele mich wie ein nasser Hund, werfe die irritierenden Gedanken ab und begebe mich zurück zu ihm.

In den Tagen nach Paps' Sturz von der Berliner Mauer und seinem Aufenthalt im Krankenhaus hat Alessandro mich begleitet, ist an meiner Seite gewesen, keinen Millimeter von mir gewichen. Am Tag meiner Abreise zurück nach Paris habe ich ihn dann zur Rede gestellt. Wie es weitergehen soll? Wie er sich die nächsten Schritte vorstellen könnte, denn bei mir sei nichts sicher, außer dass ich bis zum Sommer in Paris sein würde, mein Studium abschließen und danach hoffentlich ein Engagement beginnen könnte. Wenn überhaupt.

Er versprach mir, alles zu regeln und sich erst zu melden, wenn alle Fragen und Zweifel bereinigt sind. Seine Gefühle für mich seien überwältigend, er hätte so etwas noch nie erlebt. Ich solle ihm vertrauen. Er würde seine Situation mit De Bruin klären. Selten bin ich mit solch gemischten Gefühlen von einem Ort abgereist.

Seitdem haben wir ein paar Mal telefoniert. Er hat sich über Nachrichten von der Deutschen Oper erkundigt, nach dem Wohlbefinden meines Vaters, wie es mir ginge, und ich habe keinen Druck ausgeübt und es ihm überlassen zu berichten, was sich bei ihm tat. Er sollte von sich aus sagen, wann er bereit, wann die Beziehung mit De Bruin beendet und er frei für mich sei.

Der erste Abend ist zuerst geprägt vom Flirten, mit den Augen, mit Gesten, Worten. Eine Annäherung auf fremdem Terrain. Als ob wir die Lesart neu konfigurieren müssten, die alten Berlin-Einstellungen nicht Paris-verträglich sind. Erste Liebkosungen und Kosenamen knüpfen eine Decke der Geborgenheit. Wir liegen uns in den Armen, erkunden die Topographie des anderen, entfernen Oberflächen, werfen Schicht für Schicht ab.

Küsse, Fingerstriche, Haut, Haare, absolute körperliche Nähe, hin zum Eindringen in die intimsten Sphären des anderen, zum sinnlichsten Sex, den ich bis dahin erlebt habe. Ausklingen, abkühlen, trotzdem das Feuer brennen lassen. Flirten.

Später durchstreifen wir schlaftrunken und gleichzeitig aufgedreht die nächtlichen Straßen, laufen wie Hamster in einem Rad, das nicht zum Stillstand kommen will, durchdringen die Architektur, ergeben uns dem Lachen, Erzählen, Träumen, Tanzen. Tanzen Schritte auf den Asphalt, als sei alles – diese Stadt, dieses Leben, unsere Körper, unsere Sinne – nur dafür geschaffen.

Am Montagmorgen begleitet Alessandro mich in mein Balletttraining an der Akademie, macht mit, brilliert und alle Augen sind auf ihn gerichtet. Für ihn ist es ein Kinderspiel. Schon im dritten Training hat er die Grundprinzipien, den Stil von Solange Golovines Klasse erfasst, sich wie ein Chamäleon angepasst, sich souverän durch die Übungen geschlängelt.

Später in den Zeitgenössischen Klassen ziert er sich, hadert mit den entspannten und geschwungenen Bewegungsabläufen; sich fallen lassen, zu Boden gleiten, über das Parkett rollen und reflexartig aufstehen, entspricht in keiner Weise seinem Bewegungsmuster. Sein Körper wirkt verkrampft, unkoordiniert, er gerät schnell außer Atem, verliert die bis dahin so wirkungsvolle Eleganz und Klarheit, wirkt eher taub, glanzlos, abwesend. Untänzerisch, wie eine gestrandete Qualle außerhalb des Wassers, unfähig, sich zu bewegen.

Schon am nächsten Tag beendet er das Zeitgenössische Training auf halbem Weg. Am dritten Tag wartet er in einem Café um die Ecke auf mich. Seine Ausrede ist ein gezerrter Muskel im Oberschenkel, der allerdings am nächsten Tag im Klassischen Training keine Rolle mehr spielt.

Als er mich abends zu einer Jazztanzlektion begleitet, wobei er nur zuschaut, weiß er diese Tanzform nicht richtig einzuordnen, vergleicht sie mit irgendwelchen kommerziellen Fernsehballetts und degradiert sie damit zu etwas weniger Wertvollem, weit entfernt vom scheinbar so edlen königlichen Ballett.

Ich registriere alles, kriege es nicht auf die Reihe, was da gerade passiert, beobachte, ohne zu beurteilen, denn verurteilen liegt mir fern. Kann nicht mehr einschätzen, ob ich seine Haltung, seine Antipathie zu allem, was mir lieb und wichtig geworden ist, als Herausforderung oder eher Konflikt betrachten soll.

Abends verlieren sich diese Eindrücke, verblassen wie in einem pastellfarbenen Aquarell. Der negative Druck und die irritierende Heftigkeit verwandeln sich in einen lauen Sommerwind, streifen mich, verursachen etwas Gänsehaut und lassen vergessen, weichen alles auf. Nachts habe ich keine Albträume mehr, sie sind von der zärtlichen und euphorischen Sinneserfahrung überblendet, sind wie weggesaugt. Ein Bild bleibt. Eindimensional: Liebe.

Wir sitzen uns gegenüber. Kerzenlicht flackert. Die Gespräche an den anderen Tischen schwirren wie kleine Schwärme von summenden Insekten zu uns herüber, verlieren sich wieder und das Gefühl einer Glashaube über uns beiden entwickelt eine Stimmung, die Intimität par excellence zelebriert. Wir stoßen an, die schlanken Gläser klirren und ich weiß nicht, ob ich mich je an diesen herbsäuerlichen Geschmack von Sekt gewöhnen werde. Das Menü ist auserlesen, die Teller bei jedem Gang überschaubar angerichtet wie kleine Kunstwerke, manches so arrangiert, dass man sein Besteck nicht zum Einsatz bringen möchte. Es schmeckt, teils exotisch, teils undefinierbar. Es dauert. Fast vier Stunden und als ich die Rechnung sehe, wird mir schwindelig.

Alessandro zahlt mit Kreditkarte. Eine italienische Bank und ich erkenne einen Namen: Amadeo, aber keinen Alessandro.

„Seit wann heißt du Amadeo?“, versuche ich nicht zu verwundert zu klingen.

„Das ist mein Vater.“

„Also doch die Mafia“, kann ich mir in dem Moment nicht verkneifen. „Das hier kostet ja ein Vermögen.“

„Nein, keine Mafia. Das Geld hat meine Familie mit ehrlicher Arbeit verdient.“ Die Rechtfertigung wirkt ungelenk, so als ob er sie mir verkaufen möchte.

„Und das gibst du jetzt einfach so aus?“ Ich kann nicht umhin, dies zu hinterfragen. „Und ich war so stolz, uns Karten im ersten Rang in der Pariser Oper ergattert zu haben. Aber das hier ist nochmal eine ganz andere Hausnummer. Danke.“

„Nicht dafür. Ich glaube, ich muss dir etwa sagen ...“

„... du bist ein Prinz und das soll niemand wissen“, bricht es aus mir heraus und spüre gleichzeitig, dass er ernst wird. Sehr ernst, sein Gesicht keine Regung zulässt.

„Ich komme nicht aus Süditalien. Bin in Mailand geboren. Meine Familie besitzt dort eine der größten Textilfabriken.“

„Warum hast du das nicht gleich erzählt, warum das Märchen vom armen Süditaliener?“

„Ich habe ein paar schlechte Erfahrungen gemacht, wenn meine Familie ins Spiel kam. Oder besser, ich wurde oft über meine Herkunft definiert. Geld, Ansehen, Luxus.“

Aristokratische Erscheinung, aufrechtes Äußeres, in der intimsten Situation die Kontrolle nicht verlieren, eine Eleganz wahren, souverän bleiben. Kein Wunder, ich verstehe, kann es nachvollziehen. Und gleichzeitig wundere ich mich doch. Hätte es mir etwas ausgemacht, wenn ich es von Anfang an gewusst hätte? Hätte ich eine andere Erwartung entwickelt, mir ein schöneres Leben mit ihm – oder noch besser – für mich selbst vorgestellt?

Mam geht mir durch den Kopf. Ihr Liebäugeln mit dem vermeintlich Anspruchsvolleren, mit einem sorglosen Leben, ohne sich über ein neues Paar Schuhe Gedanken machen zu müssen. Nicht, weil sie das Geld dafür nicht gehabt hätte, sondern weil Paps immer seine Finanzen zusammenhalten wollte, sie das Gefühl hatte, für alles Rechenschaft ablegen zu müssen. Wie sie ihr Leben jetzt genießt, sich etwas leistet und auch einmal über die Stränge schlägt, gönne ich ihr. Und spüre, dass ich selber diese Momente auskoste, in denen etwas aus der alltäglichen Bahn läuft, ich in Situationen gerate, die größer sind als meine Vorstellungskraft. Kein Wunder, das Unvorhersehbare reicht mir schon aus.

So wie hier, in dieser Edelbrasserie, wo ich gemeinsam mit dem Sohn einer Mailänder Textildynastie das Kreditkartenlimit herausfordere. Ist mein Mich-fallen-Lassen nur möglich, weil Alessandro den Überblick wahrt, ein Auffangnetz mit sich führt und ich blindlings in etwas hineingerate, was mir am Ende nicht gefallen könnte?

Carpe diem, sage ich mir, schnappe mir die letzte Praline auf der Etagere, die zum abschließenden Espresso gereicht worden ist, und beiße hinein.

Wir stehen auf, Alessandro ergreift meine Hand, flüstert mir etwas ins Ohr, was wie eine italienische Liebeserklärung klingt, ich aber vor lauter Vokalen und dem Übergenuss an Alkohol nicht mehr zuordnen kann.

Das Taxi hält mit Warnblinkanlage in zweiter Reihe. Der Regen fällt schwer und senkrecht vom Himmel und mit wenigen Sprüngen über die Pfützen und klitschnassen Pflastersteine erreichen wir die vom Fahrer angelehnte Wagentür im Fond, reißen sie auf, hechten hinein, liegen uns in den Armen, küssen uns und lassen uns zu meiner Wohnung chauffieren.

Und dann: Tag sieben. Als klinke sich die göttliche Macht einfach aus, denkt sich: Das ist es jetzt, mehr braucht man hier nicht zu tun. Das läuft von allein!

Ein Brief, eine Frage, eine Einsicht, und alles verändert sich, mutiert zu einem grauen, bleischweren Koloss, der sich vor lauter Masse, Schwere und Plumpheit nicht mehr bewegt, der vor uns liegt und sich nicht wegschieben oder gar leugnen lässt. Das ganze Flirren und bunte Farbspiel, das Flattern und Tänzeln, das Staunen, Eintauchen und Auftauchen verschwindet, als ob es nie existiert hat.

„Man bietet mir ein Engagement an der Deutschen Oper an." Ich kann es nicht wirklich fassen. „Unerwartet, da ich mit diesem Ergebnis in keiner Weise gerechnet habe. Nicht nach dem Vortanzen."

Und Alessandro reagiert mit Zurückhaltung. „Schön für dich", sagt er und meint es nur halb.

Er rückt damit heraus, dass er gekündigt habe und nächste Spielzeit entweder in Düsseldorf oder in Stuttgart tanzen werde.

„Und was macht De Bruin?", hake ich nach. „Der wollte ja auch gehen."

„Das ist noch nicht klar", kommt Alessandros Antwort wie einstudiert, „er hat ebenfalls Gespräche mit den beiden Direktoren in Düsseldorf und Stuttgart am Laufen."

Als ich frage, ob dies zwischen ihm und De Bruin abgesprochen sei, schweigt er. Ein paar Sekunden zu lang. Und es ist klar, dass zwischen diesen beiden Herren nichts geklärt ist. Alles beim Alten.

Warum steht er dann plötzlich in Paris vor meiner Tür? Alles schien in Ordnung. Alles klar. Doch nichts ist hier am Entstehen. Auf zu neuen Ufern. Von wegen.

Warum ist er hier? Ein kleiner Ausflug nach Paris? Spaß haben? Sich austoben? Er kann es sich ja leisten? In jeglicher Hinsicht. Ist das ein Spiel?

Ohne mich.

Es hätte mir in den Tagen zuvor auffallen müssen, meine Sinne hätten geschärfter sein, ich hätte spüren müssen, dass hier etwas aus dem Ruder läuft, dass diese noble Attitüde nach außen einer Verkleidung, einer Täuschung gleichkommt, dass Alessandro nur auf seine Kosten kommen will, seine scheinbare Offenheit Augenwischerei ist.

Berlin hinterlässt bei mir einen schalen Nachgeschmack, es passt nicht zusammen. Es wird keine Wiedervereinigung geben. Nicht mit der Oper, nicht mit Schaufuss und schon gar nicht mit Alessandro.

Vielleicht bin ich noch nicht bereit, warum sollte alles auf einmal zusammenpassen, sich alles perfekt fügen, denn Haken und Ösen gibt es überall. Diese zu ignorieren wäre falsch, wenn nicht sogar fatal. Denn wer will schon einen fein gesäuberten, vorbereiteten Weg beschreiten, der einen ohne Sorge und Mühe alles bewältigen lässt? Kein Widerstand, keine Grenzerfahrungen. Schließlich damit prahlen, mit all diesen Erfolgen: Karriere, Partner, Geld. Und letztlich dafür ausgelacht werden, wenn sich alles als Lug und Trug herausstellt. Das Scheitern offensichtlich wird. Diese Utopie sich als nicht lebensecht herausstellt.

Will ich einen Freund – oder gar Partner – an meiner Seite, wenn der bereits an der nächsten Ecke auf einen neuen, auf einen anderen wartet: größer, schöner, attraktiver, langbeiniger und intelligenter? Oder einen, der mit trippelnden Schritten, über dem Boden schwebend, mit grazilen Händen, starken Armen und erhobenen Hauptes seinem alten Partner entgegentanzt, als ob dies von Anfang an eine kurze Affäre, nur ein Zwischenspiel gewesen sei, gar ein misslungenes Experiment und sich anchließend in Luft auflösen, in eine Nichtigkeit verwandeln wird? Sich in vollem Umfang wieder in den eigenen Sphären abspielen, sich durchweg nur um ihn, nein, um sie beide drehen wird? Als ob nichts geschehen wäre?

Und alles Gewesene an der Oberfläche vorbeischrammt. Gerade mal die Spur eines bedeutungslosen Kratzers hinterlässt.

Darauf kann ich verzichten.

Alessandro steht in der Tür, hat alles schnellstens zusammengepackt. Seine ganze Unordnung liegt zusammengepfercht in einer Reisetasche. Ein Notfall in Berlin. Das Telefon hat vor wenigen Minuten geklingelt, ich kenne die Stimme nicht. Es wird auf Deutsch gesprochen und nach Alessandro verlangt.

Nachdem er den Hörer aufgelegt hat, murmelte er ein paar unverständliche Worte vor sich hin und begann seine Sache zusammenzusammeln. Er müsse einspringen, könnte noch den Nachtzug erreichen und würde sich melden.

Mein Angebot, ihn mit dem Auto zum Bahnhof zu fahren, lehnt er ab.

Fünf Minuten später ist wer weg. Ein flüchtiger Kuss auf die Wange und der Duft nach *Zino* von Davidoff liegt in der Luft. Ein herb-süßliches, fast schon penetrantes Versprechen, das einen schwindelig zurücklässt, Sinnlichkeit vorgaukelt und bald nur noch eine fade Erinnerung an die Tage der Leichtigkeit sein wird.

Ich bin überall und nirgends. Der Tag danach, das Trainieren, verläuft in einem Paralleluniversum, an das ich mich nicht wirklich erinnere, zwar präsent, aber wie eine holografische Figur in die Luft projiziert, nicht mehrdimensional, eher flach und wenig Raum einnehmend vor Ort, so als ob man einfach durch mich hindurchlaufen könnte. Ohne Widerstand, ohne zu atmen.

Einzig zwei weitere Aufführungen des Tanzstückes von Kim Kan am Wochenende lassen mich Luft holen. Sie sollten eine Widmung an Alessandro und an mich werden, an die Zweisamkeit. Jetzt werden sie meine angestauten Gefühle entflammen, sie hervorbrechen lassen und die Spannweite zwischen Himmel und Hölle in allen Facetten ausloten.

Und genau in diesem Augenblick wird mir bewusst, dass mir das Weltgeschehen, all das historische, politische, gesellschaftliche Geplänkel und das Schachern um den Eintrag in die Geschichtsbücher egal ist. Scheißegal.

Es geht hier um mich. Nur um mich.

CHRONOLOGIE VIII

1977 | 16. August

Nach dem überraschenden Tod von Elvis Presley spielt die Schwiegertochter Hannah tagelang Elvis' Schallplatten.

Frieda wird es zu viel und sie bittet Egon, die *Dschungelmusik* doch bitte abzustellen und Hannah endlich klarzumachen, dass sie nicht allein hier im Haus lebe, was er aber ignoriert.

1978 | 02. April

Zur Erstkommunion von Julian übernimmt Egon die Gästeliste. Nach Hannahs Einwand, dass es viel zu viele seien, man feiere ja keine Hochzeit, denn Egons und Friedas Goldene stehe ja auch noch an, will Egon die Kosten übernehmen, was wiederum seinem Sohn Heiner nicht recht ist.

Tage später stellt sich heraus, dass sowieso nicht alle kommen können, da es gleichzeitig zwei weitere Kommunionsfeiern in der Familie gibt und man sich ja nicht dreiteilen könne.

1979 | 23. November

Egon erleidet nach zwei Stunden Holzhacken einen schweren Asthmaanfall.

Ab da muss er sich bei körperlich anstrengenden Arbeiten einschränken.

1980 | 28. Mai

Im Kinderzimmer der Hochparterrewohnung von Heiner und Hannah bricht am Vormittag ein Schwelbrand aus. Die vom Nachbarn gerufene Feuerwehr löscht den Brand.

Egon und Frieda, die vor Jahren die Wohnungen mit Heiner und Hannah getauscht haben und in die obere Etage umgezogen sind, werden über eine Feuerleiter gerettet.

1981 | 02. Mai

Nach einem Jahr Renovierung und der großen Hilfe und Unterstützung von Seiten der zahlreichen Mitglieder des Suntheimer Turnvereins laden die Humbachers alle Helfer und Helferinnen zu einem großen Gartenfest ein.

Diese Feier bleibt Egon lange in Erinnerung.

1982 | 31. Juli

Hannah setzt sich durch und die gesamte Familie Humbacher junior verbringt das erste Mal Ferien am Meer an der mehr als eintausend Kilometer entfernten Costa Brava in Spanien.

Frieda kündigt vor der Abreise allen ihren nahenden Tod an.

1983 | 03. März

Beim Versuch, Frieda nach einem Sturz vom Boden aufzuheben, zieht sich Egon einen Hexenschuss zu. Julian, der früher aus der Schule zurückgekommen ist, findet seine hilflosen Großeltern und verständigt den Notarzt.

Egon wird vorsorglich ins Krankenhaus eingeliefert, Frieda mit einer Beruhigungsspritze ins Bett gelegt.

1984 | 07. April

Einen Tag nach dem 51. Geburtstag seines Sohnes erfährt Egon, dass die Schwiegertochter Hannah die Scheidung eingereicht hat und ihre Familie verlassen wird.

In den nächsten Tagen versucht er mehrfach vergeblich, ein Gespräch mit Heiner zu führen.

1985 | 01. Mai

Jürgen Gwendner, Egons erstes Enkelkind und ältester Sohn seiner jüngsten Tochter Sofie, heiratet seine Jugendliebe Susanne.

Es wird die letzte Familienfeier außer Haus sein, an der Egons Frau Frieda teilnehmen kann.

1986 | 19. September

Egon begegnet Hannah beim Spaziergang am nahe gelegenen See in einem Café. Sie kommen ins Gespräch. Seine Ein- und Ansichten über die gescheiterte Beziehung zu seinem Sohn behält er für sich, lässt sie erzählen, resümieren und sich echauffieren.

Zu Hause erwähnt er das Zusammentreffen mit keinem Wort.

1987 | 04. März

Nach einem Sturz im Badezimmer hat sich Frieda einen Oberschenkelhalsbruch zugezogen. Sie muss längere Zeit in der Klinik bleiben. Egon begleitet sie anschließend auf Kur.

Es ist eine seiner sorgenfreiesten Phasen der letzten Jahre.

1988 | 19. Juni

Nachdem sich Frieda über mehrere Tage geweigert hat, zu trinken und zu essen, wird sie ins Krankenhaus eingeliefert und über Infusionen zwangsernährt. Mittlerweile wiegt sie nur noch fünfunddreißig Kilo und ist kaum noch ansprechbar.

Egon bleibt zwei Tage und Nächte bei ihr, bis sie am frühen Morgen einschläft und nicht mehr erwacht.

KAPITEL 20

D-BERLIN / MONTAG, 19. DEZEMBER 1989

Er starrt sie an. Die Hand zittert. Ein Kribbeln, eine Ameisenstraße, wie eingeschlafene Füße. Ohne Louises Dazutun, ohne ihre Berührung. Er kann es nicht beschreiben, nicht greifen und schon gar nicht begreifen. Nach all den Jahren.

Er betrachtet die Elektroden auf der Haut, die feinen Nadeln in seinen Muskeln, spürt die Kanüle in seinem Rückenmark, knapp unterhalb seiner Halswirbel, über den Schulterblättern. Sie bewirken dieses Wunder.

Die linke Hand zittert und es ist wie ein Beben, das Heiners ganzen Körper erfasst. Er weiß nicht, ob er die Augen offenhalten, auf seine Hand mit den aalglatten Fingern und milchigen Fingernägeln ausgerichtet halten soll, um nichts zu verpassen. Jegliche Regung wahrzunehmen. Wie sich unter der Haut etwas rührt. Sich Sehnen, Bänder, Knorpel, Knochen wie eine lange brach liegende Landschaft in Zeitlupe in Bewegung setzen, sich kleinste Falten bilden, Härchen aufstellen, Wölbungen ausformen. Oder soll er seine Augen schließen, sich der Atmung, dem Herzschlag anvertrauen und seinen Nervenbahnen innerlich lauschen, den Ameisen wie einer Leuchtspur folgen und seinen Arm neu entdecken?

Das Krankenzimmer ist diesmal auf einem anderen Stockwerk. Die Einrichtung ist die gleiche wie beim letzten Mal: steril, weiß, funktional ohne Schnickschnack, mit demselben auf Styropor aufgezogenen, billigen Kunstdruck, Van Goghs Sonnenblumenfeld, über dem kleinen Resopaltisch, mit zwei Holzstühlen an der Wand. Daneben auf einem Regalbrett ein Fernseher. Einzig das gerahmte, abstrakte Bild im Korridor gegenüber der Badezimmertür zeigt im Vergleich zum Krankenzimmer von vor wenigen Wochen ein anderes Motiv. Die Aussicht aus dem Fenster geht nun in die Weite, der Blick über die Bäume hinweg.

Dieses Mal befindet er sich in der Neurologie, vier Stockwerke weiter oben. Wegen der Tests ist er für mehrere Stunden in der Charité bei Dr. Maschewski gewesen, die ihn durch die Untersuchungen geführt hat. Sie ist zuversichtlich und löst in diesen Stunden mit ihren elektrischen Geräten und Sensoren mehr aus, als er sich in den letzten Jahren vorstellen konnte, gar erhofft hat.

Zweifel bleiben dennoch zurück. So einfach alles zulassen, sich darauf einlassen, ohne Sicherheitsnetz, kann Heiner nicht. Was wäre wenn, was könnte passieren, was wäre das Schlimmste?

Hell bleiben, Licht zulassen, nicht an das Dunkel denken. Positiv denken. Aber da, wo es Licht gibt, existiert auch Schatten. Und dann? Wie viel wird sein Arm wieder funktionieren, werden Bewegungen möglich und Regungen spürbar werden? Wird er etwas fühlen können? Was ist mit bewegen, heben, greifen?

Die letzten Tage hat er regelmäßig mit Louise telefoniert, über seine Ängste, seine Wünsche und über sie beide als Paar gesprochen. Sie dabei für ihre zugewandte, einfühlsame und dennoch bestimmende Art bewundert. Sie unterstützt seinen eigenen Antrieb, seine Hoffnung auf Veränderung und weiß ihm die Sorgen und Bedenken zu nehmen, gibt ihm Rückenwind. Er fühlt sich in nichts hineingedrängt. Heiner hätte sie gerne hier bei sich.

Die Gedanken und Erinnerungen an Hannah hingegen, diese immer gegenwärtige Sehnsucht der letzten Jahre nach einer verlorengegangenen, chancenlosen Liebe, werden zusehends schwächer, durchsichtiger, zu einem fadenscheinigen Stück Stoff, das bei einer der nächsten Windböen davonfliegen und für immer und ewig verschwinden wird.

Es klopft an der Tür und seine Cousine betritt den Raum. Heidemarie begrüßt ihn mit ihrer so eigenen Herzlichkeit, einen Tick zu überschwänglich. Fast hätte sie ihn heftigst umarmt, was er gerade noch abwehren kann, denn die offene Stelle an seiner Wirbelsäule ist nur provisorisch verschlossen worden. Am nächsten Tag sollen weitere Versuche durchgeführt werden.

„Ich habe dir etwas mitgebracht. Schau!“, hält sie ihm eine Stofftasche hin, die mit schweren, an den Ecken mit metallenen Teilen verstärkten Büchern gefüllt scheint.

„Hast du meine Alben alle schon durchgesehen?“

„Ja, fast. Bringe sie morgen wieder mit.“

„Keine Eile, bin ja noch ein Weilchen hier.“

„Es ist schon erstaunlich, dass es wirklich keine Fotos gemeinsam mit meinem Vater gibt. Wenn, dann ist nur dein Vater auf ihnen, allein, mit Heide-Maria oder gemeinsam mit verschiedenen anderen Familienmitgliedern oder Freunden. Als ob André einfach nie existiert hätte." Sie setzt sich an die Kante des Betts und packt die Alben aus.

„Was werde ich in deinen Fotoalben entdecken?", nimmt Heiner fragend eines der Alben an sich.

„Ein paar Überraschungen sind schon dabei. Denke ich zumindest."

Eine Stunde später bricht Heidemarie auf und muss zurück ins Theater. Sie sind in den Endproben und die Premiere ist bereits morgen. *Heimweh* heißt das Werk. Wobei es mehr ein Gemetzel, ein Kampf aller gegen alle sei, als dass es sich um die Sehnsucht nach *Blut und Boden* handele, meint sie, was sich mit dem Feuilleton und der Vorabbesprechung des Spiegel-Magazins deckt. Dabei betont sie, dass das Theater momentan sehr blutrünstig unterwegs sei, das Entsetzen und das Schockieren des Publikums so etwas wie eine Pflichtübung zu sein scheint. Als ob es an Feindbildern fehlen würde, das Massakrieren und Sterben, die Willkür und Fremdbestimmung zu weit entfernt in der Erinnerung liegen oder gar in den Leben der jüngeren Generationen nicht vorhanden seien. Wenn er möchte, könne sie ihm eine Karte besorgen.

Heiner bittet sich Bedenkzeit aus, da er noch nicht weiß, wann er hier wieder hinauskommen wird. Er hofft, bereits in zwei oder drei Tagen.

Das Gesicht hat sich ihm mittlerweile eingeprägt. Eduard-André. Er erkennt ihn auf jedem Foto. Egal in welchem Alter, Winkel oder Zustand: glücklich, lachend, ernst, bewegt, mit Bart, Schnauzer oder ohne; das Grübchen auf der linken Seite in der Wange und mitten auf dem Kinn; das etwas schiefe Lächeln, das die rechte obere Zahnreihe freilegt; die lange, feine Nase, der Silberblick durch die ein bisschen zu eng stehenden Augen.

Ein paar Fotos stammen aus den Zeiten, in denen er noch mit Egon in Kontakt gestanden haben musste, andere müssen zu einem späteren Zeitpunkt geschossen worden sein, als er mit Sicherheit bereits André hieß und ein neues Leben lebte.

Ein attraktiver Mann. Ihm mussten Frauen und zweifellos auch Männer zu Füßen gelegen haben. Wie konnte sein Vater diesen

Mann, seinen Onkel, mit ihm vergleichen? Ähnlichkeit nachsagen? Das war doch sehr weit hergeholt.

Die Fotos in Heidemaries Alben sind wild durcheinander. Teils nach Ereignissen, teils nach Orten sortiert, dann wieder einzelne Personen, die häufig auftauchen, egal in welchem Jahr. Alles wie eine wahllose Ansammlung von Anekdoten.

Ein weiteres ihrer Album liegt in seinem Schoß, gefüllt mit zahlreichen Fotos von Heidemarie, einzelne Aufnahmen mit ihren zwei Elternpaaren, allein, mit Schultüte, als Studentin, mit Zöpfen, ultrakurzem Haarschnitt, mit Latzhose, einem geblümten Kleid, im Badeanzug. Ein ganz anderes Leben als seines. Wo werden wie hier anknüpfen können?

Bei ihrem letzten Besuch kommentiert Heidemarie das Chronologische, das Penible und die fast schon buchhalterische Anordnung in Egons Fotobüchern. Die in Serie fotografierten und nebeneinander geklebten kleinen Szenen wirken wie Abläufe, als ob man sie wie in einem Daumenkino hintereinanderlegen und rasch abblättern soll.

Egons Leben scheint für Heidemarie zwar greifbar geworden sein, fast schon real, und dennoch bleiben es nur Bruchteile eines großen Ganzen, erwähnte sie noch.

Heiner hingegen wandelt in Andrés Alben auf Spuren, Eindrücken und Momentaufnahmen, die ihn hin und her springen lassen, wo sich sein Onkel in den Vordergrund drängt, um ein paar Seiten später wieder in den Hintergrund zu fallen, um das ganze Umfeld, seine Liebsten, seine Vorlieben und Abneigungen sichtbar werden zu lassen.

Heiner nähert sich ihm an. Spürt die Ahnen, die unsichtbaren Linien, die sich wie Synapsen verbinden, miteinander kommunizieren und ihn an diesem anderen Leben teilhaben lassen, ihn diesem verschollen geglaubten Verwandten näherbringen.

Im letzten Album sind am Ende ein paar Seiten leer. Zwei kleben aneinander und Heiner versucht, sie mit den Fingernägeln seiner rechten Hand zu lösen. Das Papier reißt. Ein Umschlag wird sichtbar. Er erinnert sich noch an die Worte von Heidemarie, dass sie selber die Alben schon seit Jahren nicht mehr betrachtet hat, wohlwissend, was dort für Erinnerungen schlummern würden.

West-Berlin, 02. Januar 1980

Liebster Bruder,
Ja, ich lebe noch. Nein, ich habe Dich – habe uns – nie vergessen. Was ich von Dir will? Zum einen ist es Dein Geburtstag (ich weiß, dass er gestern war), zum anderen fühle ich mich endlich bereit zu reden. Dir von mir zu erzählen. Zumindest habe ich eine Ahnung, was

Das erste Blatt ist leicht vergilbt, das Papier rau, so als ob es jeden Moment zerfallen und sich in Staub auflösen könnte. Ein zweiter Anlauf folgt auf dem nächsten Blatt:

West-Berlin, 02. Januar 1980

Mein lieber Egon,
Wo beginne ich, wo setze ich an, willst Du es überhaupt wissen? Was erwarte ich von Dir, nach all den Jahren? Ich bin

Heiner zählt die Bögen, kommt auf sieben und der dritte Anlauf, der dritte Brief scheint vollendet zu sein.

West-Berlin, 02. Januar 1980

Lieber Egon,
Es wird Zeit. Zeit, mich Dir zu offenbaren, Dir meine Lebensgeschichte zu erzählen. Keine Sorge, nicht in allen Details. Es soll ein Abriss werden. Sonst würde das wohl Bücher füllen.

Du fragst dich vielleicht, warum erst jetzt. Jetzt, wo alles zu spät ist, wir kaum noch Leben vor uns haben?

Mich plagt die Schuld. Eine Schuld, die sich leise angeschlichen, lange Zeit unbemerkt an mich geheftet und sich Jahr für Jahr vermehrt hat, wie eine Plage, die man nicht einfach abstreifen oder abschütteln kann.

Als ich nach Berlin gegangen bin, glich dies einem Befreiungsschlag. Weg von Normen, Erwartungen und dem gesellschaftlichen Druck, nach den Statuten zu leben. Nicht, dass du oder unsere Pflegeeltern dies ausgelöst haben, aber ich habe andere Tendenzen, anderes Gedankengut und Äußerungen wahrgenommen, die mich darin bestärkt haben, von Euch wegzugehen. Zuerst um mich zu schützen, bis es um

Eure Sicherheit ging. Ich wollte nicht Schuld daran sein, dass Du, Ihr alle, in etwas hineingezogen werden würdet, was Euch nicht betrifft. Und es hätte Euch betroffen – getroffen. Eure Leben gefährdet. Glaub mir, die Zeiten waren so und vielleicht sind sie es noch immer.

Ich liebe Menschen, liebe es, ihnen beim Leben zuzuschauen, sie wachsen, sich entwickeln zu sehen, sie in ihren Höhen und Tiefen zu begleiten. Egal welchen Geschlechts. Ich habe mich in Frauen und in Männer verliebt. Manchmal rein platonisch, dann wieder mit allem, was wir miteinander körperlich ausleben wollten. Die Grenzen waren aufgehoben und ich fühlte mich so frei wie noch nie. Berlin hatte alles, was meine verzehrte Seele wieder ins Lot, wieder aufatmen ließ.

Alles begann in einem Schützengraben, einem Ort, wo ich am wenigsten mit solchen Gefühlen gerechnet hätte. Doch wem konnte ich mich anvertrauen, mit wem konnte ich solche Gefühle teilen, ohne sogleich als Sündiger, krank oder gar verrückt bezeichnet zu werden? Als der, der Sodom und Gomorrha ins Haus, in die Gemeinde geschleppt hat? Ich hatte doch keine Ahnung.

In Berlin wurde nichts hinterfragt. Bis alles kippte. Der braune Mief sich in alle Straßen, Gassen, Häuserecken, bis in die kleinsten Ritzen hineinfraß, alles durchdrang. Selbst die Bombennächte und zahllosen Feuer, die spätere Liberalisierung der Gesellschaft, konnte diese erbärmliche Gesinnung nicht überall vertreiben. Bis heute nicht.

Ich hätte auf die Straße gehen sollen, hätte mich bekennen sollen, dafür einstehen, dass ich anders bin, dass ich nicht in die geforderte Norm passe und dafür kämpfen. Aber, ich habe es nicht gewagt, mich nicht getraut, mich an mein Leben geklammert und andere Lösungen gesucht. Ich wollte kein Märtyrer werden, nicht mein Leben opfern für etwas, was sich für mich so selbstverständlich anfühlt, wie das tägliche Zähneputzen. Ich hänge an meinem Leben.

Georg, mein Lebenspartner, mein Seelenverwandter (und glaube mir, so jemanden gibt es selten im Leben) musste genau das durchleiden, wurde gefoltert, gedemütigt, vom dunkelsten Nazigesocks gequält. Es blieben viele Narben zurück; innen wie außen. Sie haben ihm Lebenszeit genommen, ihn fast gebrochen. Aber eben nur fast.

Man hätte so leicht sagen können, lieber wäre ich für ihn gestorben, damit er dies nicht hätte erleiden müssen. Aber ich bin ehrlich, ich hätte es nicht über mich gebracht, für ihn zu sterben. Das wäre fatale

Romantik, pure Verklärung gewesen. Ich bin kein Held und werde auch nie einer sein.

Heidemarie, meine Tochter, hat mich ein paar Mal so genannt: Mein HELD! Womit habe ich das verdient? Weil ich sie gezeugt habe, trotz aller Widrigkeiten?

Die Ménage à quatre, dieses Arrangement war Segen und Fluch zugleich. Zwei Frauen, zwei Männer. Zwei gleichgeschlechtliche Paare und schließlich ein Kind. Was für eine Konstellation! Es hätte funktionieren können. Wir hätten es schaffen können. Die Augenwischerei ein genialer Schachzug. Nun, wir sind an unseren eigenen Erwartungen, unserem Verlangen nach Freiheit und Sorglosigkeit gescheitert. Konnten die Maskerade nur mit Mühe und Not aufrecht erhalten.

Heidemarie ist am Schluss ohne ihre beiden Mütter aufgewachsen. Beide Frauen sind im Krieg verschollen gegangen oder gestorben. Stattdessen hatte sie zwei Väter. Zwei homosexuelle Männer, die sie als Alibi vor sich hergetragen haben. Ein Schutzschild. Nach außen kein Bekennen, keine Ehrlichkeit.

Weißt du, dass der Paragraf 175 immer noch Gültigkeit hat? Dass sexuelle Handlungen zwischen Männern immer noch unter Strafe stehen?

Und ich habe mich davon vereinnahmen lassen. Georg und ich haben uns nie in der Öffentlichkeit geküsst, nie in den Arm genommen, uns verhalten wie zwei Kumpels, die sich mal die Hand schütteln und gelegentlich auf die Schulter klopfen. Zwei Witwer eben, die zusammenhalten.

Wie oft habe ich mich gefragt, ob die Zeugung von Heidemarie rechtens war. Moralisch. Ethisch. Ich liebe sie über alles. Sie ist alles, was mir geblieben ist. Und dennoch sind die Gründe für ihre Existenz nicht selbstlos, sondern einfach nur mutlos gewesen. Ein Feigenblatt zum Selbstschutz. Zumindest überkommt mich das eine oder andere Mal diese Gedankenflut. Wenn auch immer seltener. Man wird milde. Altersmilde. Auch mit sich selber.

Und ich sehne mich nach Dir, nach unserer Kindheit, nach unserer alten Eiche, den geheimen Botschaften, den gemeinsam durchwachten Nächten, nach Deiner Hand, die mich so viele Jahre hielt, festhielt, mir Halt gab und mir das Gefühl vermittelte, dass wir unbesiegbar wären, gemeinsam alles durchstehen würden.

Ich kann Dir nicht sagen, wann ich Deine Hand losgelassen habe, wann ich den Alleingang geprobt und mir irgendwann geschworen habe, es zu schaffen. Ohne Hilfe, ohne Familie, ohne Schützenhilfe.

Geschrieben habe ich Dir mehrfach. Eine Antwort habe ich jedoch nie erhalten. Dich zu sehen, Deine Nähe zu spüren, Deine Stimme zu hören, war ein Bedürfnis und eine Last zugleich, und dennoch habe ich es nicht geschafft, Dich und Deine Familie zu besuchen.

Verzeihe mir, wenn ich Dich nun überfalle, Dich mit all meinen wirren Gedanken und dem Gefühlschaos gar überfordert habe. Vielleicht sehen wir uns nochmals, bevor das Leben sich verabschiedet, wir unseren Hut nehmen, davoneilen und in einem Nebeldunst verschwinden.

Es ist ein Wunsch, eine Phantasie und wie Heidemarie immer sagt: Das Leben inszeniert so wunderbar und gleichzeitig unvorhersehbar, das schafft das beste Theater nicht.

In großer, verbundener Liebe
Dein Bruder Eduard,
der ich für dich immer bleiben werde.

KAPITEL 21

F-PARIS / FREITAG, 23. DEZEMBER 1989

Mir brummt der Schädel. Es herrscht Katerstimmung, obwohl ich nichts getrunken habe. Gesprächsfetzen tauchen auf wie Comicblasen, zerplatzen und hinterlassen winzige Spuren von Wehmut, die lautlos auf den Boden rieseln, dort zwischen den Dielenfugen untertauchen.

Das Thema Alessandro ist noch nicht ganz abgeschlossen. Ploppt auf, wie eine Verdauungsstörung, die einen überrascht, übermannt und unaufhörlich ihren Weg nach draußen plant, bis es dann passiert. Nicht immer. Immer seltener und weniger intensiv.

Der schale Geruch von Olivenöl, Knoblauch, Tomaten und einem angebranntem Zwiebelstück auf einer der zwei Kochplatten hängt im Raum. Bert hat bei mir übernachtet. Am Abend zuvor haben wir gemeinsam Pasta gekocht.

Über einem der beiden Stühle am Küchentisch hängt Alessandros cognacfarbene Wildlederjacke. Wenn ich mich darüber beuge, kriecht mir der süßliche Duft seines Parfüms in die Nase. Patschuli und Sandelholz. Ein Hauch von Bergamotte, Lavendel und Vanille längst verflüchtigt. Schwer und leicht zugleich, eine perfekte Balance. Das ist, was ich noch wahrnehme, was sich möglicherweise durch die Erinnerung verstärkt. Die Jacke muss mit diesem Parfüm getränkt worden sein, hängt dort wie ein Relikt, wie ein Kleidungsstück, das darauf wartet, wieder angezogen und getragen zu werden.

Durch die bodentiefen Fenster fällt fahles Morgenlicht herein, die gelblichen Sonnenstrahlen dringen kaum durch die kaltnasse Nebelsuppe, verbreiten eine schläfrige Atmosphäre im Raum. Die Jacke hingegen scheint zu leuchten, als ob sie mir eine Nachricht vermitteln wollen. Es ist mir egal. Ich habe sie einmal angezogen, sie passt, steht mir gut, aber es geht nicht, sie gehört nicht mir.

Ich sitze in meinem Ledersessel mit einer Tasse heißem Tee in der Hand, spüre der morgendlichen Stille nach und frage mich, was für ein Masochist ich sein muss, dass ich diese Jacke noch nicht entsorgt habe.

Das Geräusch von laufendem Wasser holt mich zurück in den frühen Wintermorgen. Mein Tee ist mittlerweile lauwarm, der Nebel vor dem Fenster hat sich gelichtet und es scheint ein kalter, aber schöner Vorweihnachtstag zu werden. Neben der Wohnungstür stehen bereits unsere zwei großen Reisetaschen, zwei Rucksäcke und eine Tüte mit zusammengeknüllter dreckiger Wäsche. Wir wollen in einer halben Stunde los, zu meinem Vater in den Schwarzwald fahren. Nach Hause. Weihnachten und bis nach Neujahr dort Zeit verbringen.

Paps wird ein volles Haus haben. Das freut mich für ihn. Wie früher. Seit Berlin habe ich ihn nicht mehr gesehen, nur am Telefon gesprochen. Seine Stimme klingt jedes Mal voller, zuversichtlicher. Von seinem Sturz hat er sich vollkommen erholt. Ich vermisse ihn, die Gespräche, das Gegenübersitzen, seine Ruhe und Besonnenheit. Dieses Abenteuer Paris-Berlin, diese Reise ins Ungewisse mit all ihren Überraschungen, Unwägbarkeiten und Erkenntnissen gibt ihm Mut und lässt ihn mehr nach vorne und weniger zurückblicken. Manchmal kommt es mir vor, er würde sogar schweben. Über den Dingen.

Louise habe ich einige Male hier in Paris getroffen, mit ihr Kaffee getrunken oder war bei ihr zum Abendessen eingeladen. Sie erzählte mir vom aktuellen Stand der Diagnosen. Paps macht immer ein Geheimnis daraus, dabei sieht alles vielversprechend aus. Es ist zwar Risikobehaftet, aber wenn der Eingriff gelingt, müsste man nur noch, sobald die Tumore zerfallen sind, sich zu einer Art Flüssigkeit reduziert haben, von extern alles absaugen und wieder verschliessen. Zudem gäbe es chemotherapeutische Optionen, die bei weitem nicht das Ausmaß oder die Heftigkeit wie bei anderen Krebserkrankungen haben. Seinen linken Arm und die Hand sollte er dann dank verschiedener Therapien wieder Schritt für Schritt bewegen und einsetzen können.

Paps möchte mit der Behandlung Anfang des neuen Jahres beginnen. In Berlin.

Bert steht im Durchgang zum Schlafzimmer, legt den Kopf schief und schaut mich an, dabei tropft ihm unablässig Wasser vom nassen, rötlichblonden Haupthaar über die Ohren auf die Schultern, vom Kinn auf die Brust. Kleine Rinnsale bilden sich zwischen den getrimmten Brusthaaren und verschwinden im um die Taille gebundenen blauen Badetuch.

„Du holst dir noch eine Erkältung, mein Lieber. Die Heizung habe ich nicht mehr an“, erkläre ich und stehe aus dem Sessel auf.

„Ach was“, entgegnet er mir mit einem verschmitzten Lächeln und fährt betont souverän fort, „wir sind abgehärtet. Wenn nicht wir Tänzer, wer dann?“

„In fünfzehn Minuten will ich losfahren.“

„Aye, aye, Sir!“, brüllt er mir wie auf einem Kasernenhof zu, haut sich die Handkante an die Stirn, salutiert und spannt alles an, was er an Muskeln aufzubieten hat. „Bin gleich abfahrbereit, Sir!“

Mit Bert herrscht eine solch lockere Stimmung, dass er mich in diesen Momenten immer vergessen lässt, was alles in den letzten Wochen geschehen ist. „Hey, danke, dass du mitfährst. Ich freu mich auf dich … auf uns.“

„Ebenso. Es ist gut, dass wir beide hier mal rauskommen.“

Bert lässt mit einer Drehung um die eigene Achse theatralisch das Badetuch fallen und verschwindet im Schlafzimmer. Am liebsten würde ich hinterher, ihn auf die Matratze werfen, mich dazulegen, unter einer Decke kuscheln, was ich mir sogleich aus dem Kopf schlage, denn wir müssen los. Stattdessen wasche ich die Teetasse aus und verräume sie.

Kurze Zeit später sitzen wir in meinem Auto und fahren auf den *Boulevard Périphérique.* Raus aus Paris, weg von dieser trügerischen und gleichzeitig betörenden Stadt, die innerhalb eines Jahres vieles in mir aufgedeckt, mich verwirrt und mir erlaubt hat, mir selbst näher zu kommen, die mich eingelullt hat mit ihrem Charme, ihrem französischen *Laissez faire*, ihrem Nachtleben und der unfassbaren Möglichkeit, mich künstlerisch zu entfalten, ohne den Takt vorzugeben, meine eigene Taktung zu finden.

Berts linke Hand liegt schwer auf meinem Oberschenkel. Der Druck erdet mich. All das Verwirrende der letzten Wochen, die Zweifel, das Liebeschaos, die Orientierungslosigkeit verlieren an Bedeutung, verblassen, als ob Bert sie mir vorsorglich abgenommen hat. Sie werden nicht verschwunden sein, sind bei ihm vorübergehend abgeladen und eingemottet, bis ich wieder darüber reden möchte.

„Was hast du mit Alessandros Jacke gemacht?“, fragt mich Bert.

„Ich habe sie vorhin noch eingepackt und werde sie ihm per Paket von zu Hause in Deutschland zuschicken.“

„Ich hätte sie verbrannt. In einem feierlichen Akt.“ Er macht einen Zischlaut und lacht kurz auf.

„Du möchtest *Drama, Baby. Drama*? Und dazu führe ich dann am besten einen Feuertanz auf, oder wie?“ Ich wackele dabei mit dem Kopf, verreiße fast das Lenkrad und Bert fügt hinzu: „Mit Federn auf dem Kopf. Riesigen Straußenfedern am Hintern.“

„Hast du heimlich welche aus dem *Paradis Latin* mitgehen lassen?“

Bert winkt mit der Hand ab und wechselt da Thema: „Man sollte solch eine kurze und intensive Liebe entsprechend beenden ... mit Stil und großem Brimborium.“

„Mehr Aufmerksamkeit?“ Ich schüttele den Kopf. „Das würde Alessandro bestimmt freuen, nur mir hilft das nicht. Es ist vorbei. Zumindest in meinem Kopf. Und der Rest wird noch folgen.“

„Und das Herz schreit ...“, er schluchzt theatralisch, „... und es tut so weh! Oh je, so weh!“

Ich gehe nicht darauf ein. „Ob er wohl auf meinen Brief antworten wird?“

„Wenn man schreibt, dass man in Ruhe gelassen werden möchte, und er bleiben soll, wo der Pfeffer wächst, was soll er machen? Zurückschreiben? Anrufen? Den Teufel wird er tun. Du möchtest Abstand? Da wird Abstand bleiben. Keine Reaktion. Also, was willst du?“

Bert schaltet das Radio ein, wählt einen Sender mit französischen Chansons und trällert lauthals mit, bis ich mit einsteige. Der Verkehr fließt. Zum Glück hat es nicht geschneit, die Straßen sind frei. Vor uns fährt eine grüne 2CV. Durch die kleine Heckscheibe der Ente erkennt man, dass sich zwei Köpfe immer wieder näherkommen, sich zu küssen scheinen. Einen Moment später wird die Strecke zweispurig, so dass ich überholen kann. Beim Vorbeifahren blicke ich rüber: Zwei Männer sitzen nebeneinander, der Beifahrer hat seinen Arm lässig um die Schultern des Fahrers gelegt. Ein kurzer Blick zueinander, ein Kuss, und der Fahrer richtet sich nach vorne aus, schaut mit einem Lächeln im Gesicht auf die Fahrbahn. Ich lächele ebenfalls und küsse Bert auf die Wange, der mich mit seiner Frage kurz aus dem Gleichgewicht bringt:

„Was ist anders zwischen Alessandro und mir? Wen findest du attraktiver?“

„Das fragst du nicht wirklich?“ Ich überlege kurz und fahre fort. „Äußerlichkeiten sind definitiv überbewertet. Die inneren Werte haben mehr Gewicht. Ich erinnere dich an unser gestriges Gespräch. Oder schwingt da etwa ein Funken Eifersucht mit?“

„Um das geht es mir gar nicht. Schau, vor ein paar Wochen hattest du noch diese leidenschaftliche Affäre mit dem rassigen Italiener und jetzt knutscht du mit mir rum …“

„… einem rotblonden Belgier“, unterbreche ich ihn, „der nichts Besseres zu tun hat, als Äpfel mit Birnen zu vergleichen.“

„Und wer ist die Birne und wer der Apfel?“, kontert Bert und grinst mich von der Seite an.

„Das mit Alessandro und mir war so etwas … wie Yin und Yang. Zwei Kontraste, die sich angezogen, ergänzt und abgestoßen haben. Alles zugleich. Irgendwie symbiotisch. Und trotzdem zwei verschiedene Planeten.

Du bist wie mein zweites Ich, wir ähneln uns in vielen Dingen, du könntest mein älterer Bruder sein, mein bester Kumpel und wer weiß was mehr. Wir scheinen uns seit Ewigkeiten zu kennen. Halten uns auf dem gleichen Stern auf.“

Den Brief an Alessandro habe ich am Montag abgeschickt. Einen Abschiedsbrief. Habe mir alles von der Seele geschrieben, über die Faszination, die er in mir ausgelöst hat, seine inspirierende Art zu tanzen, die Eleganz, Kraft und gleichzeitige Leichtigkeit, die er dabei ausstrahlt. Die Tatsache, dass ich mediterrane Typen einfach sexy finde. Es sind so viele Dinge, die ich gerne selber verkörpern möchte: schlankere Beine, eine behaartere Brust und mehr Bartwuchs. Einen härteren Muskeltonus, lockige Haare auf dem Kopf. Diese römisch-adelige Präsenz.

Und je mehr ich mir dies alles vergegenwärtigte, desto mehr fiel mir auf, dass es sich meist um äußerliche, extrem tänzerische Attribute und ästhetische Wertvorstellungen handelte – als ob ich alle meine subjektiv empfundenen Mängel, Möchtegern-Wünsche und oberflächlichen Ziele als Richtmaß für meine Liebe definiert hätte. Ist das möglicherweise der Grund, warum ich Männer so anziehend finde? Oder eben nur diese Art von Männern in Betracht ziehe, die gewissen Idealvorstellungen entsprechen? Meinen Idealvorstellungen! Als könnte ich durch den näheren Kontakt, durch den möglichen Sex, die intime Körperlichkeit etwas von ihren Attributen abbekommen und mitnehmen? Habe ich so wenig Selbstwertgefühl? Oder ist es der einfache und natürliche Instinkt, sich nach dem vermeintlich Stärkeren auszurichten? Ganz nach Darwin: *The survival of the fittest?*

Darin liegt wohl der Trugschluss, denn wie Bert mir erklärt hat, geht es Darwin nicht um den Stärkeren, sondern um den, der sich am besten angepasst hat. Und genau diese Angepasstheit widerstrebt mir. Das würde bedeuten, dass ich mich nach von außen gesetzten Vorgaben und nicht nach meinen eigenen Prinzipien richte, zu etwas Austauschbarem werde.

Nachdem ich aus Berlin zurückgekehrt war, hat mich Bert gleich am nächsten Tag kontaktiert. Kurz darauf habe ich ihm bei einem Abendessen alles erzählt. Von der Reise mit meinem Vater und Louise nach Berlin, von den Tagen des Vortanzens, von der unerwarteten Familienerweiterung und Vaters Sturz von der Mauer. Und von Alessandro, dem Tänzer, dem Liebhaber, dem Fremdgeher.

Seine Frage, was mich an ihm faszinierte, warum ich mich in ihn verliebt habe, konnte ich zuerst mit diesen hauptsächlich äußerlichen Attributen beantworten: dass Alessandro gut kochen kann und einen ausgewählten Geschmack bei Klamotten und Möbeln besitzt. Dass er Selbstständigkeit, Selbstbewusstsein und eine gewisse Aura der Lässigkeit ausstrahlt, mit der er einen ganzen Raum füllen kann. Seine Art, mich zu berühren, seine Sinnlichkeit und Stärke. Dass er mir in diesen Tagen ein Gefühl der Geborgenheit vermittelt hat und in diesem intimen Raum alles auf Augenhöhe geschah, kam erst Stück für Stück zum Vorschein.

Bert hakte meist nach und wollte mehr wissen. Bis zu dem Punkt, als es um Alessandros Lebenssituation ging. Dass er mit einem anderen Mann zusammenlebt, sie eine Beziehung geführt haben, sich etwas verändert hat und Alessandro aus dieser Partnerschaft ausbrechen möchte. Es sei kompliziert.

Selbstverständlich sei das kompliziert, meinte Bert, nachdem klar war, dass De Bruin, der belgische Schäferhund, Alessandro eine gewisse Sicherheit auf Augenhöhe liefern würde, eine passende Wohnung, das standesgemäße Ansehen, dass er ihm sogar einen Status im Ensemble zusichern konnte. Von da aus ließe es sich sehr gut träumen und in anderen Gefilden auf Jagd gehen. Solange man die unsichtbare Leine nicht spürte und der Pfiff zurück zum Herrchen ausblieb, war das Wildern eine willkommene Abwechslung.

Meine Schwärmerei geriet daraufhin definitiv ins Wanken. Was hatte ich denn zu bieten? War ich es wert, alles stehen und liegen zu lassen? Ich hatte definitiv nicht die Position eines De Bruins. Wie viel wogen die Blicke, die Berührungen, die Komplimente und Schmeicheleien? Warum musste er lügen? Mich anlügen. Bert hatte Zweifel gesät und der Sockel, auf den ich Alessandro gestellt hatte, wankte. Der Putz meiner Bewunderung begann zu bröckeln. Kaum tauchte Alessandro in Paris auf, wirbelte er nochmals alles durcheinander, erklomm wieder mühelos das Podest, das letztlich doch nur auf Sand gebaut war.

Nach Alessandros Besuch fiel ich innerhalb weniger Tage in mich zusammen. Mir entwich die Luft, wie bei einem Ballon, dessen Knoten sich gelöst hat, der kreuz und quer durch den Raum schoss, an den Wänden der Enttäuschung, der Wut, der Verletztheit und der Dummheit abprallte, bis ich schlaff und leer am Boden lag. Ich konnte nicht mehr atmen, nicht mehr denken. Nicht mehr tanzen.

Bert war zur Stelle, holte mich aus jenen Untiefen heraus, kam in diesen Tagen mit ins Training, gab mir Tipps, kochte für mich, schleppte mich in die Clubs, zum Tanzen, zum Loslassen, übernachtete bei mir oder ich bei ihm.

An einem Abend fragte er mich, was ich an mir selbst gut fände, was mich, mein Wesen ausmachen würde. Die Antwort fiel mir schwer. Sich selbst positiv zu beschreiben, fühlte sich befremdlich an, als wolle man sich selber anpreisen und verkaufen, und ich fragte zurück, was er denn an mir Positives sehen würde. Wie aus der Pistole geschossen antwortete er: selbstsicher, loyal, attraktiv, geerdet, immer im Fluss, breite Brust, extrem sinnlich, neugierig und zurückhaltend zugleich, Naturmensch. Und besitzt ein Auto. Woraufhin er mich mit einem verschmitzten Lächeln anblitzte.

Dann sollte ich etwas über ihn sagen. Nicht dass es mir schwergefallen wäre. Als ich loslegte, kamen mir sehr ähnliche Charaktereigenschaften und Beschreibungen über die Lippen, so als würde ich einen Zwilling von mir zeichnen. Das meiste deckte sich mit seinen Aussagen über mich.

Als ich anmerkte, bis auf das Auto, stand er auf, antwortete mir mit einer kräftigen Umarmung, einem Kuss auf den Mund, nahm seine Trainingstasche und verschwand. Ohne sich zu melden, ohne dass ich ihn erreichen oder zu Hause antreffen konnte.

Ein paar Tage später stand er unverhofft vor mir, holte mich direkt vom Training bei Solange Golovine ab, führte mich ins *Paradis Latin*, ließ mich meine Augen schließen und zog mich den Rest des Weges einen Korridor entlang an der Hand zu einem Tisch, wo ich die Augen wieder öffnen durfte. Er war für zwei Personen gedeckt. Schlicht und dennoch festlich. Eine winzige Torte stand dort mit einer brennenden Kerze darauf. Bert drehte sich zu mir, strahlte mich an und sagte: „Es ist unser Jahrestag. 365 Tage kennen wir uns jetzt. Und ich bin froh, dass es dich gibt. Freunde sind rar und ich bin definitiv keiner, der viele Freunde hat oder sie also solche bezeichnen würde. Du bist ein Freund. Ein wichtiger. Wenn nicht sogar der wichtige. Vielleicht sogar mehr …"

Ab dort kann ich mich an nichts Konkretes mehr erinnern, weiß nur, dass wir uns lange in den Armen gelegen haben, die Kerze mittlerweile ein Loch in den Zuckerguss gebrannt hatte und wir später in Berts Wohnung gelandet sind.

Bei dieser Erinnerung gleitet ein Schmunzeln über mein Gesicht. So viel zum Thema Freundschaft – oder mehr.

Mittlerweile haben wir die Hälfte der Strecke absolviert. Die Route führt an Langres vorbei, in östlicher Richtung nach Épinal und weiter in die Vogesen. Es beginnt zu schneien. Es ist nicht viel los auf der Autobahn, noch ist alles eher feuchtnass, so dass ich gut vorankomme. Dennoch zieht sich mein Magen zusammen. Es wäre nicht das erste Mal, dass ich mich mit meiner kleinen Kiste ohne Schneeketten und Allwetterreifen durch ein Schneetreiben bugsieren müsste, immer in der Hoffnung, nicht in einem Straßengraben, an einem Baum oder in ein anderes Auto verkeilt zu enden.

Das Radio spielt im Hintergrund, dudelt irgendwelche aktuellen Charthits, wird von Bert und mir nicht weiter beachtet. Er sitzt still da, beobachtet wie gebannt das Treiben der Schneeflocken, die auf die Windschutzscheibe, auf ihn zuzuschießen scheinen, hält sich mit einer Hand am Türgriff fest, die andere gräbt sich tief in das Polster des Sitzes.

„Alles okay mit dir?“, wende ich mich an ihn.

„Ja, alles gut, ich mag nur den Schnee nicht.“ Berts Stimme wird brüchig, schwächt ab.

„Sollen wir eine Pause machen?“

„Das wird ja nicht weniger mit dem Schnee, oder? Sonst müssten wir irgendwo übernachten und wer weiß, ob es bis morgen aufgehört hat zu schneien?“

„Hilft es dir, wenn ich dir sage, dass ich schon öfter unter solchen Bedingungen Auto gefahren bin und alles gut gegangen ist?” Ich spüre, dass dies nicht wirklich wirkt, ihn nicht beruhigt.

Ich lege meine rechte Hand auf seinen Oberschenkel, er ergreift sie, küsst meinen Handrücken und nickt mir zu.

Mein flaues Magengefühl weicht einer Wärme, die mich von innen heraus erfüllt, mich entgegen der Anspannung mit einer Welle der Erleichterung durchspült. Es ist wie eine Offenbarung und zeigt mir, wie unterschiedlich Alessandro und Bert gestrickt sind. Sich Schwäche einzugestehen, zuzulassen, dass der andere sieht, wo man verletzbar ist, kann nicht jeder. Bert kann es. Zumindest mir gegenüber. Und das zeugt von Vertrauen.

Ein Meer an roten Lichtern, gelbes Blinken und aufblendende Scheinwerfer durchkreuzen das heftige Schneetreiben vor mir. Ich umgreife das Lenkrad fester mit beiden Händen, trete auf die Bremse, der Wagen beginnt zu schlingern, ich versuche es mit der Stottertechnik, trete das Bremspedal kurz runter und lasse wieder los, immer stückchenweise, damit die Räder nicht blockieren, das Auto nicht seitlich ausbricht. Neben mir greift Bert nach dem Haltebügel über der Tür, stemmt seine Beine mit solcher Kraft fest in den Fußraum, dass ich Angst habe, er durchbricht das Blech. Wenige Zentimeter hinter dem Vordermann kommen wir zum Stehen.

Kaum habe ich ausgeatmet, erleichtert, so weit alles richtig gemacht zu haben, sehe ich im Rückspiegel, wie sich das herannahende Fahrzeug zu drehen beginnt, es schlittert auf uns zu, ich kann nirgendwohin ausweichen. Ich greife nach Berts Arm, blicke ihn an, intuitiv schließen wir beide die Augen, warten auf den unausweichlichen Aufprall. Der wird zu einem Schubser, schiebt unser Heck nach rechts in Richtung Straßenrand und alles kommt zum Stillstand.

Wir steigen aus. Eisige Böen voll Schnee fahren uns unter die Pullover, lassen uns umgehend die Arme eng um unsere Oberkörper schlingen. Wir betrachten den Schaden, der zum Glück keiner ist, winken dem noch immer entsetzt und starr hinter dem Steuer dreinblickenden Fahrer zu und geben ihm Zeichen, dass alles bestens sei. Er schüttelt den Kopf und haut auf sein Lenkrad, was ein den Lärm des Windes übertönendes Hupen auslöst. Daraufhin hebt er beide Hände und entschuldigt sich gestenreich, steigt aber nicht aus.

So können wir nicht weiterfahren, die Straße scheint blockiert zu sein, voll mit Fahrzeugen, die nicht weiterkommen. Wir setzen uns zurück ins Auto, holen unseren Reiseproviant und die Thermoskanne heraus und wärmen die Hände abwechselnd an der mit heißem Tee gefüllten Tasse.

Nach einer gefühlten Ewigkeit kommt Bewegung in den Stau. Die roten Lichter werden weniger. Ein paar Warnblinker bleiben an. Nicht alle scheinen so glimpflich davongekommen zu sein. Als sich der Wagen vor uns mit durchdrehenden Reifen nach ein paar Anläufen in Bewegung setzt, gebe ich ebenfalls Gas. Und komme nicht von der Stelle. Das rechte Hinterrad dreht durch, greift nicht. Ich bitte Bert auszusteigen, um nachzusehen, ob wir feststecken oder ob es einfach nur zu glatt ist. Nach dem nächsten erfolglosen Versuch sehe ich im Seitenspiegel, wie sich der Fahrer des Schubserautos zu Bert gesellt und beide versuchen, mein Auto anzuschieben. Keine Chance!

Bert, mittlerweile vollkommen vom Schnee bedeckt, kommt zur Fahrerseite: „Da ist das blanke Eis unter dem Rad. Wir brauchen etwas, das den Gummi greifen lässt."

Ich schüttele den Kopf: „Keine Ahnung, was wir machen können", blicke suchend um mich. „Da ist kein Schotter oder irgendetwas in der Nähe?"

„Hast du keine Decke im Kofferraum?", fragt Bert zurück.

„Oh, doch …"

Im Kofferraum zwischen den beiden Reisetaschen liegt eine Tüte. Ich hole sie heraus und entnehme ihr Alessandros Lederjacke, reiche sie weiter an Bert. Ein Grinsen breitet sich auf seinem Gesicht aus.

Im Chaos der Scheinwerfer, Blinker und der vorbeifliegenden Flocken könnte er Jack Nicholson in einem Horrorschocker sein. Er platziert die Jacke unter dem Hinterrad. Beim zweiten Anlauf greift der Reifen, findet Halt und wir kommen beinahe zurück auf die Fahrbahn.

Bert wiederholt den Vorgang zwei weitere Male, bis wir zu guter Letzt auf der Straße stehen. In diesem Moment kommt ein Schneeräumdienst vorbei, schiebt die zweite Spur neben uns frei, hinter ihm prasselt ein Steinsalzgemisch auf die glatte Fahrbahn.

Die Heizung bläst auf höchster Stufe. Bert reibt sich die Hände, pustet in die Handflächen und grinst mich wieder an.

„Was ist?“, wobei auch ich ein Grinsen nicht unterdrücken kann.

„Das war Teamwork vom Feinsten.“ Bert klopft sich etwas Schnee von der Hose und den Schultern.

„Stimmt. Danke dir. Und was ist mit der Jacke?“

„Vom Winde verweht.“

„Wie?“, entfährt es mir, „hast du sie einfach liegen lassen?“

„Nein. Beim letzten Versuch hat der drehende Reifen sie einfach in die Landschaft katapultiert. Wuschhh … weg war sie!“

Draußen wird es langsam dunkel. Das Schneetreiben hat sich zu einem fröhlichen Flockentanz gewandelt, wir folgen dem Tross im Schritttempo und wenig später haben wir die Vogesen verlassen. Der Schnee und die Glätte auf den Straßen werden weniger. Immer wieder glucksen wir los, amüsieren uns über das orangebraune Ding, das ins Nirgendwo davongeflogen ist.

Aus dem Radio dringt nur ein Rauschen. Bert sucht nach einem Sender, bis er ein Programm mit Chansons gefunden hat. Kurz drauf lauschen wir den Worten Edith Piafs:

„Non, rien de rien. Non, je ne regrette rien.“

CHRONOLOGIE IX

1989 | 22. Februar

Nachdem Egon sein Abendbrot beendet und alles wieder im Kühlschrank verstaut, das Geschirr gespült und eine Bluthochdrucktablette mit einem Glas Wasser auf dem Couchtisch bereitgelegt hat, setzt er sich in seinen Fernsehsessel, wirft einen Blick auf den Platz, an dem Frieda immer gesessen hat, und schaltet den Fernseher ein. Die Acht-Uhr-Nachrichten haben begonnen.

Vier Stunden später läuft der Fernseher noch immer, ohne dass sein Zuschauer etwas vom spätabendlichen Krimi und dem anschleßenden Testbild mitbekommen hat.

Egon ist für immer eingeschlafen.

KAPITEL 22

D-SUNTHEIM / SONNTAG, 31. DEZEMBER 1989

Er strahlt. Auch der Baum strahlt. Immer noch. Seit über einer Woche hängt der Duft von Tannennadeln im Wohnzimmer. Der Baum reicht bis unter die Decke. Oben auf der Spitze sitzt ein glänzendes Dekorstück in der Form einer umgedrehten goldenen Eistüte, bestückt mit einer glitzernden Kugel auf der Spitze und fransenartigem silbrigen Gehänge, das oben herausquillt. Das Lametta hängt dicht an dicht, bedeckt jedes Fitzelchen eines jeden Astes von oben bis unten, berührt in der tiefsten Reihe den Fußboden und funkelt im Kerzenlicht mit den zahlreichen silbernen und goldenen Kugeln um die Wette. Dazwischen zieren an rote Bänder geknüpfte steinharte Honigplätzchen jeden einzelnen Zweig. Es ist selbstgebackener goldgelber Christbaumschmuck in Form von Glocken, Tannenbäumchen, Monden und Sternen, die erst Wochen nach den Festtagen weich und genießbar werden. Clara hat sie nach einem Rezept aus einem alten Kochbuch von Oma Frieda zubereitet, das sie beim Aussortieren der großelterlichen Wohnung entdeckt hat.

Mittlerweile ist der erste Stock weitestgehend ausgeräumt, frisch gestrichen und mit neuen und alten, aufgefrischten Möbelstücken umgestaltet worden. Carla hat sich wieder einmal von ihrem Freund getrennt, ihn innerhalb von vierundzwanzig Stunden abserviert. Danach ihre Sachen in zwei Taschen gepackt und sich nach zwei tränenreichen Tagen und Nächten in ihrem alten Jugendzimmer dazu entschieden, nach dem Abitur nicht zu studieren, eine Lehre bei einer Bank zu beginnen und in die Wohnung oben einzuziehen.

Zuerst hat Heiner es als eine dieser spontanen und übereilten Entscheidungen seiner Tochter abgetan und bereits im Vorfeld akzeptiert, dass sie innerhalb kürzester Zeit während der ersten Umräumaktionen im oberen Stockwerk alles über den Haufen werfen, es bald als blöde Idee abtun und einen Rückzieher machen würde. Zurück zum Freund. Weit gefehlt. Schulkameraden und Freundinnen wurden aufgetrieben, und in anderthalb Wochen hatte Carla alles organisiert, renoviert und die Wohnung zu der ihren gemacht. Während Heiners Abwesenheit in der Berliner Klinik bekam Heiners Küche nebenbei einen neuen Anstrich, das Schlafzimmer wurde entrümpelt, die Möbel umgestellt und dem Muff der letzten Jahre der Garaus gemacht. Rechtzeitig zu Heiners Rückkehr fertiggestellt und passend für den kurz darauf anstehenden Besuch von Louise.

Denn sie war hier. Für vier Tage. Heiner hatte damit nicht gerechnet. Die Telefonate mit ihr in den Wochen davor waren lebendig gewesen, ihre Gespräche knüpften nahtlos an die gemeinsame Zeit in Paris und Berlin an. Je mehr sie miteinander sprachen, desto mehr offenbarten sie ihre inneren Welten, ließen ihren Ängsten und Wünschen freien Lauf, sprachen sich Mut zu, lachten, seufzten und mutmaßten, wie es wohl mit ihnen enden würde, so als freifliegende Satelliten im All. Das Telefonieren erwies sich als eine äußerst komfortable Möglichkeit, in Kontakt zu bleiben, sich zwanglos auszutauschen. Ohne großen Kraftaufwand. Ohne Zeitdruck. Dafür mit einer hohen Telefonrechnung, die da auf sie zukommen würde. Bis Louise den Schritt wagte und fragte, ob sie sich zwischen den Jahren sehen könnten. Am liebsten bei ihm, in Suntheim. Sie würde gleich im Laufe des 1. Feiertags bei ihrem Sohn von Nancy aus per Zug zu ihm weiterreisen.

Ein solches Weihnachtsfest hatte es im Hause Humbacher schon lange nicht mehr gegeben. So viele Menschen unter einem Dach! Da waren Louise, Carla mit ihrer neuen Flamme Heiko, der irgendwie keine Familie zu haben schien. Julian und Bert. Und es kamen Heidemarie und ihre beste Freundin dazu. Hannah wollte vorbeischauen, hatte es aber wieder einmal nicht geschafft, worüber Heiner eher froh als traurig war.

In den Tagen gab es keine Diskussionen wegen des Essens, keine Einschränkungen bei Gesprächsthemen, keinerlei Streit. Nicht einmal der Fernseher wurde eingeschaltet. Man saß unten im Wohnzimmer, trank gemeinsam Feuerzangenbowle, betrachtete Dias aus der Kindheit von Carla und Julian, die Heiner zuhauf geknipst hatte, und amüsierte sich über Anekdoten. Oder man traf sich zu einem kleinen Konzert bei Carla oben im ehemaligen Esszimmer, wohin seine Tochter ihr altes Klavier hatte hochschleppen lassen und sich dort gemeinsam mit Tante Heidemarie an alten deutschen Weihnachtsliedern versuchte. Die rauchige, fast kratzige Alt-Stimme seiner Cousine und das leicht verstimmte Pianoforte klangen zusammen wie eine jazzige Variante aus einer verruchten Kellerbar oder Hildegard Knef mit einem Cognac zu viel. Was den Text von *Leise rieselt der Schnee* zu einer eher apokalyptischen Gesangslawine ausufern ließ.

Heidemarie verstand es, durch ihre direkte und dennoch charmante Art die Stimmung aufzulockern. Ihre beste Freundin aus Berlin, Gertrude, eine patente, kleine, rundliche Frau, besaß das Talent, selbst aus den kleinsten Dingen im Kühlschrank eine Delikatesse zu zaubern. Da konnte selbst Heiner mit seinen Kochkünsten nicht mithalten. Als am zweiten Weihnachtstag die restliche Verwandtschaft Einzug hielt, seine Schwester Sofie, ihre drei Kinder und die beiden Söhne seiner verstorbenen Schwester Rosa vor der Tür standen, um die neu gewonnene Verwandtschaft beäugen zu kommen, zauberte Gertrude ein Buffet, von dem noch in den nächsten Jahren gesprochen werden würde. Es war Jahre her, dass das Haus so viele Menschen auf einmal beherbergte, so ausgelassen gefeiert wurde, dieses Fest der Freude seinem Namen alle Ehre machte.

Heidemarie und Gertrude sind vorgestern in die Berge weitergefahren. Seine Cousine ist noch nie dort gewesen, nur an der Ostsee. Sie würden in ein paar Tagen auf der Rückreise nach Berlin nochmals einen Zwischenstopp in Suntheim einlegen.

Louise hat sich gestern morgen verabschiedet. Sie wollte das neue Jahr mit ihrem älteren Sohn, mit ihrem Enkel Armand und der ganzen Familie in Paris begehen. Das war Tradition und sie brachte es nicht übers Herz, auf einmal alles zu ändern.

Was in den letzten Tagen und Wochen geschehen ist, erscheint Heiner immer unwirklicher. Manchmal jubiliert es in ihm mit einer unbändigen Kraft, als ob zig Glocken gleichzeitig zu läuten begännen, das Neue willkommen hießen. Um im nächsten Moment von einem Strudel des Pessimismus mitgerissen zu werden, der seine Arglosigkeit, seine Unbekümmertheit abstrafte, der er sich so bereitwillig und schutzlos hingegeben hat. Heiner hält stand, harrt der Dinge, lässt es zu, dass die Kurve über und unter null zirkuliert, die Tiefen und Höhen passiert. Kostet sie aus. Das freie Fliegen musste noch geübt werden.

Der Zeiger der Uhr in der Küche springt weiter, hält sich an keiner Ziffer mehr auf. Die Zeit ist im Fluss. Das Stagnieren, das

Grenzenziehen, Sich-Einkasteln, dieser Hindernislauf eines sich verzettelnden Lebens löst sich seit Tagen auf wie ein Nebelfeld am frühen Morgen. Für einen Moment, eine Verschnaufpause lang, hat sich Heiner nach unten in seine Wohnung verzogen, sich in der Küche einen Kaffee gemacht und ins Wohnzimmer aufs Sofa gesetzt. Die Christbaumbeleuchtung strahlt und glitzert vor sich hin.

Oben feiern sie das nahende neue Jahrzehnt in einer heiteren Ausgelassenheit, als ob mit großer Wahrscheinlichkeit alles besser werden, die Aussichten strahlender, das Leben leichter und die Altlasten weniger sein würden.

Er ist diese Aufgekratztheit nicht mehr gewohnt. Eher das Alleinsein. Die Tendenz, Tatsachen zu sehen, sie zuerst nüchtern zu betrachten, die Emotionen erst später zuzulassen und sich nicht voreilig irgendwelchen Mutmaßungen hinzugeben, ist nun einmal Teil seiner Lebensart. Dies lässt sich nicht einfach über den Haufen schmeißen – eine Nüchternheit, von der er sich nicht so schnell lösen wird.

Während er sich in die Tiefe des Sofas fallen lässt, spürt er die Asymmetrie: dieses Ausweichen in der Wirbelsäule, das für Entlastung sorgende Verschieben des Brustkorbes und der Schulterblätter. Es geht ihm besser, die Schmerzen sind zurückgegangen, die Sensorik im linken Arm nimmt zu. Er spürt hier und da eine Berührung, ein Ziehen. Stumpf, wie durch einen Fäustling. Immerhin.

Die Wohnungstür fällt klackend ins Schloss, er hört Schritte und Julian gesellt sich zu ihm, nimmt im Sessel gegenüber Platz, stellt mit einer lässigen Bewegung ein bis zum Rand mit einer braunen Flüssigkeit gefülltes Cocktailglas auf dem Couchtisch ab. Plumpst in das Polster, hängt seine Beine über die Armlehne und fixiert Heiner mit einem Lächeln im Gesicht.

„Wie lief es mit Louise? Kommt sie wieder oder fährst du als nächstes zu ihr?“

Heiner kann sich ein Lächeln nicht verkneifen. Diese Neugierde hat Julian bestimmt nicht von ihm geerbt: „Alles gut. Es waren schöne Tage mit ihr. Weiteres werden wir sehen.“

„Das freut mich. Für euch beide. Sie ist wirklich sympathisch. Das passt.“ Sein Sohn strahlt ihn an. „Du wirkst aufrechter, deine Augen bei weitem nicht so müde. Sie tut dir gut.“

„Ihr tut mir gut. Das alles hier. Wenn ich an ein Jahr zuvor zurückdenke …“, schüttelt Heiner den Kopf.

„Wann musst du wieder ins Amt?“

„Ich habe noch eine Woche frei. Wann fahren du und Bert zurück nach Paris?“

„Am liebsten würde ich gerne etwas länger bleiben“, seufzt Julian, „aber Bert muss zurück. Er hat am Mittwochabend wieder Vorstellungen laufen. Bei mir geht es erst wieder am Montag in einer Woche los.“

„Bert ist ebenfalls ein sympathischer Kerl. Ist das was Ernstes zwischen euch beiden?“ Und sofort beißt sich Heiner auf die Zunge, wollte er diese Frage doch vermeiden.

„Er tut mir gut und ich ihm scheinbar auch.“ Die Antwort kommt ohne Zögern, als ob Julian eine solche Frage geahnt hätte. „Wir genießen die gemeinsame Zeit. Alles andere wird sich zeigen.“

„Und Alessandro?“

„Abgehakt. Zu kompliziert.“

Sein Sohn und die Männer. Es fiel Heiner leichter als gedacht. Was hatte er denn wirklich mitbekommen? Hatte ihn etwas gestört? Es ist eine Vertrautheit, eine Verbundenheit, die einen beim Zuschauen berührt, die er wahrnimmt. Da liegt mehr Zärtlichkeit in einem Blickwechsel, in einem beiläufigen Händestreifen oder einem flüchtigen Kuss auf die Wange, als er es selber zustande bekommen würde. Zumindest kann er sich nicht an diese Leichtigkeit und Ehrlichkeit erinnern, wenn es um ihn und Hannah ging.

Mit Louise hingegen ist da immer dieses Vibrieren, ein Flattern, das seinen Körper durchzieht. Wenn sie ihn berührt, ihn mit ihren offenen blauen Augen ansieht, er ihren französischen Akzent hört, fallen alle Selbstzweifel, Unsicherheiten und Bedenken von ihm ab. Es kommt eher einem wohligen Erstarren gleich, einem Innehalten und Verwundertsein, wie solch einfache Gesten seine Zellen in Aufruhr versetzen können. Zwar hat er Mühe, die Initiative zu ergreifen, ist daher froh um jede Idee, jedes Bestreben ihrerseits, etwas in Gang zu setzen, aber er wird sichtbar entspannter dabei.

Er müsse endlich aus den Puschen kommen, hatte ihm seine Mutter in jungen Jahren in solchen Situationen zugerufen, ihn mit beiden Händen an den Oberarmen gepackt, kurz geschüttelt, ihn dann fest in ihre Arme geschlossen und die Haare durchgewuschelt.

Er vermisst sie. Er vermisst sie beide. Egon. Frieda. Heiner ist mit Heidemarie in die Vergangenheiten ihrer Eltern abgetaucht. Sie haben Überschneidungen oder Parallelen entdeckt. Konnten sich über die Gründe, warum sich die Brüder so aus den Augen verloren hatten, nur Vermutungen anstellen, wobei Andrés Brief so einiges geklärt hat.

Seitdem träumte er viel. Von Szenen mit seinen Eltern, von seinen Geschwistern. Von Geschehnissen, die weit bis in seine Jugend zurückreichen.

Er träumt nicht nur nachts, auch tagsüber überfallen ihn Bilder, wie Puzzleteile, die es zusammenzusetzen gilt. Episoden und Gedanken überkommen ihn wie kurze Regenschauer, fallen in schweren Tropfen vom Himmel, durchtränken ihn, und er saugt alles auf wie ein Schwamm. Dankbar, sich erinnern zu dürfen.

„Tante Heidemarie hat mir so einige Geschichten von Großonkel André erzählt", bringt Julian das Gespräch wieder in Gang. „Den Brief habe ich auch gelesen. Das muss damals eine heftige Zeit gewesen sein. Sich vorzustellen, dass man sich so verstecken, sein Leben so einrichten muss, damit man diese Zeit überlebt, überhaupt eine Chance hat. Das ist für mich unvorstellbar.

Bert hat mir ebenfalls ein paar Geschichten seiner Familie in Belgien aus der Zeit während des Dritten Reichs erzählt. Ganz Europa war von dieser braunen Masse überrollt worden, versunken im Sumpf fehlgeleiteter Ideologien, und war kaum zu stoppen. Zumindest kommt es mir so vor."

Julians Stimme, die Worte, die Bilder, die er formuliert, zeigen Heiner, wie erwachsen sein Sohn geworden ist. Und Julian fragt ihn: „Was hast du davon mitbekommen? Du warst ja noch ein Kind."

„Ganz ehrlich, Julian, wenn du in einer solchen Situation und Umgebung aufwächst, weißt du es nicht besser", erwidert Heiner und lässt in seinem Inneren Bilder aufblitzen. Erinnerungen aus seiner Kindheit, die er teils verdrängt, teils einfach vergessen zu glauben gedacht hat. „Es gibt nur wenig Konkretes, an das ich mich erinnern kann. Es gab eine Szene mit einem Plakat, über das sich mein Vater sehr aufgeregt hat. Es war im September 1939, ich bin gerade eingeschult worden. Zwei Tische weiter saß ein

Mädchen in einem Rollstuhl. Sie hatte ein deformiertes Bein, ihr Lächeln war leicht schief, aber offen und herzlich. Wenn sie sprach, klang es etwas seltsam, als ob sie nicht alle Vokale treffen würde. Aber ich verstand sie gut und im Unterricht nahm sie rege teil, wirkte aufmerksam und wusste viel. Ein paar Wochen später hing da dieses Plakat direkt neben der Klassenzimmertür. Es bezifferte irgendwelche hohen Kosten, die ein Mensch mit Behinderung dem Volk abverlangen würde, ein Leben lang, und dass dies auch Geld jedes einzelnen Bürgers sei. An dem Tag hatte Vater mich zur Schule begleitet. Er war kurz davor, das Plakat eigenhändig abzureißen. Ein Lehrer schritt dazwischen, hielt ihn davon ab. Eine Woche später war das Mädchen nicht mehr da. Sie war in eine andere, eine *besondere* Schule verlegt worden. Man kann sich denken, was mit ihr geschehen ist."

„Hast du nicht nachgefragt? Hat Opa nicht nachgehakt?" Julians Stimme klingt erregt, wirft Fragen auf, die sich so einfach nicht beantworten lassen.

„Schau, Julian, kannst du dich noch erinnern, was mit den beiden türkischen Kindern passiert ist, die bei euch in der Grundschule ein Jahr dabei waren? Wo sie sich jetzt aufhalten?"

„Gülnur und Aykan?", erinnert sich Julian. „Ich weiß noch, sie hat sich mal in der Schule mit einer heißen Sicherheitsnadel, die sie an einem Feuerzeug erhitzt hat, ein Ohrloch gestochen. Und Aykan hat schon von weitem nach Knoblauch gestunken. Sorry, aber das war recht unangenehm. Und dann waren sie plötzlich weg. Keine Ahnung."

„Ihre Eltern sind in die Türkei zurück. Ihre Mutter hat bei uns im Amt geputzt. Sie haben sich hier nie wohl gefühlt."

Julians Reaktion kommt zögerlich. Dann blickt er Heiner mit wissenden Augen an: „Und ich habe nie nachgefragt. Habe das einfach so hingenommen."

„Ja, das Leben lief für dich, für uns alle weiter. Ohne Behinderung, ohne Sorgen. Damals, als Kind, habe ich das alles ebenfalls einfach so hingenommen. Vieles ist an mir vorbeigezogen, ohne dass ich eine Ahnung davon hatte."

„Fühlst du dich denn irgendwie mitschuldig?", hinterfragt Julian und nimmt sogleich selber Anlauf für eine Erklärung des eventuellen Dilemmas seines Vaters: „Du warst ein Kind und deine Umgebung hat dir Dinge eingetrichtert, die dich beeinflusst, dich geleitet haben. Dafür kannst du am wenigsten. Das war deine Realität. Und dazu kommt, dass Opa bei der SPD war. Warum hat er nicht mehr dagegen getan?"

Draußen knallt es ein paar Male. Ein paar Jugendliche haben Böller gezündet, grölen dazu und ziehen weiter. In der Ferne ist das Glockengeläut der St. Johann-Kirche zu hören.

Noch vor einem Jahr war Opa Egon zur späten Messe gegangen, hat sein *Gotteslob* fest in Händen gehalten und bei den Gebeten und Gesängen mitgebrummt. Was wusste sein Vater wirklich über all dies? Sie hatten nie darüber gesprochen. Es war ein Tabuthema und wurde unter den Teppich gekehrt, wie vieles andere auch. Und an Weihnachten saßen sie alle zusammen, Jahr für Jahr, in einträchtiger Harmonie.

Frieda, seine Mutter, hatte schon immer ein Faible für das Adrette, Bürgerliche gehabt. Der Scheitel musste sitzen, die Haltung tadellos sein, egal was geschah. Jegliche Schwäche löste bei ihr ein Kopfschütteln aus. Er erinnerte sich an Andeutungen, ob aus der Verwandtschaft oder dem weiteren Umfeld, kann er sich nicht erinnern, dass seine Mutter von Hitler, von der NSDAP und ihrem Programm fasziniert war. Ob sie bis zur letzten Stunde und darüber hinaus gesehen oder gar gewusst hat, was alles unter diesem Regime geschehen ist, entzieht sich seiner Kenntnis. Sie wirkte auf ihn immer wie eine starke Frau, die wusste, was sie wollte. Dass sie vermeintlich schwache, anders geartete oder für sie *fremde* Menschen bemitleidete, gar beargwöhnte, was einer Verhöhnung oder Verunglimpfung gleichkam, hatte er entweder ignoriert oder nicht mitbekommen. Ob ihr seine Krankheit, seine Schwäche die Augen geöffnet oder seine Mutter zumindest milder gestimmt hat, kann er nicht beantworten. Vielleicht überspielte sie gekonnt ihre Unzulänglichkeiten, bis sie zum Schluss selbst einer Schwäche erlag, gegen die sie sich nicht wehren konnte.

Und wieder fällt ihm auf, wie er seine eigene Mutter nicht bezichtigen möchte, eine Nazisympathisantin gewesen zu sein, sie in Schutz nimmt. Es fast schön redet.

Die Diskrepanz zwischen Vater und Mutter, dieser politische Graben, war ihm schon immer suspekt. Denn im alltäglichen Leben war Politik in seiner Familie nie ein Thema gewesen, hatte man dieses Gebiet wie eine mögliche Krankheit, die ansteckend sein könnte, ausgeklammert.

Er selbst hatte sich damit auseinandersetzen müssen. Keine Diskussionen, keine Überzeugungs- oder Überredungsgespräche. Während Frieda fast pedantisch an Ordnung und Struktur festhielt, zeigte Egon eher den Drang zum Improvisieren, denn Notlösungen waren auch Lösungen und insbesondere sein untrüglicher Gerechtigkeitssinn gab ihm unter seinen Kollegen den Spitznamen *Salomon*.

„Weißt du, Julian", setzt Heiner fort, „wie heißt es so schön: Unwissenheit schützt vor Strafe nicht. Egal, ob ich – oder besser wir – Mitschuld hatten oder nicht. Wenn viele damals ihre Augen und Ohren mehr geöffnet, ihren Worten mehr Gewicht verliehen hätten, hätte manches nicht stattgefunden, wäre es eventuell anders verlaufen. Dennoch – weißt du, wie viele Politiker mit einer anderen Gesinnung damals von den Nazis umgebracht worden sind? Reichstagsabgeordnete, vom Volk gewählte Vertreter, flohen aus dem Land, verschwanden, wurden interniert, starben in KZs oder an den Folgen ihrer erlittenen Misshandlungen.

Sich vorzustellen, man müsse sein Denken, sein ethisches und moralisches Empfinden mit seinem Leben verteidigen, gelingt mir nicht wirklich. Und ich glaube, Opa Egon dachte da ähnlich. Und Onkel André handelte nicht anders. Sie wollten leben, ihre Familien schützen. Da ist man sich schlussendlich wohl am nächsten. Bestimmt auch heute noch."

„Kommst du klar, was mich anbelangt?", wechselt Julian das Thema, als ob ihm diese Frage schon seit längerem unter den Nägeln brennt.

„Wie meinst du das? Beruflich? Der Tanz?", reagiert Heiner und wirkt überrascht. „Solange du weißt, was du willst, du mit vollem Elan und Tatkraft dahinterstehst, dein Feuer brennt, in allem, was du tust, was du erreichen möchtest, stehe ich hinter dir."

„Ich meinte in Bezug auf meine möglichen Partnerschaften", entgegnet Julian. „Männlein. Weiblein."

Heiner kann nicht anders und ein Lächeln breitet sich über sein ganzes Gesicht aus: „Klar. Nur du weißt um deine Bestimmung. Ich bin für dich da. Egal, was da kommen mag."

„Danke, Paps."

Die feinen, feuchten Spuren an Julians Nasenflügeln und seinen Wangen glitzern im Christbaumlicht. Trotz des Dreitagebartes und der markanten Züge um das Kinn und den Kieferknochen erscheint ihm Julian nicht mehr wie ein erwachsener, vor Tatendrang strotzender Mann, mit dem er soeben ein Gespräch auf Augenhöhe geführt hat. Eher wie ein verletzlicher, sensibler Junge, der eine Beichte abgelegt hat, dem nach der Absolution und Erlösung ein riesiger Stein vom Herzen gefallen ist.

Sein Sohn hängt schlaff im Sessel, ein Kissen fest mit den Armen umschlungen, der Kopf in die Lehne gedrückt, hält die Augen geschlossen und lässt seinen Tränen freien Lauf. Heiner steht auf und nimmt ihn in den Arm.

Das Telefon in der Diele klingelt. Es ist Louise. Sie möchte ihm ein gutes Neues Jahr wünschen, bevor die Telefonleitungen um Mitternacht kapitulieren und kein Durchkommen mehr ist. Julian geht an ihm vorbei, klopft ihm kurz auf die Schulter, deutet ihm an: „Noch zwanzig Minuten bis zum Countdown!“, und verschwindet durchs Treppenhaus nach oben. Heiner blickt auf den Kalender, der vor ihm an der Wand hängt.

– Sehen wir uns bald wieder? Steht der sechste Januar noch?

– Mein Lieber, ja, auch wenn ich mir vor ein paar Tagen eine Tirade meines Sohnes darüber anhören musste, dass ich eine Beziehung mit einem Deutschen begonnen habe. *Quel horreur, quel dommage!*

– Und was bedeutet das für dich?

– Ich habe ihm erst einmal die Leviten gelesen, ihm etwas Geschichtsunterricht erteilt und klargestellt, dass er noch vieles dazulernen muss. Fand es arrogant, so über Dinge zu urteilen, von denen er nicht einmal einen Bruchteil erlebt oder gar verstanden hat. Geschweige denn, dich kennengelernt hat.

– Scheinbar ist gerade Geschichte angesagt. Ich hatte vor ein paar Minuten ebenfalls ein Gespräch mit Julian. Nichts Dramatisches. Meine Kindheit während der Nazizeit. Schuld und Sühne.

– Unsere Generation steckt mittendrin. Die Geschichten haben vor uns begonnen. Ohne und mit unserem Dazutun. Haben uns begleitet und beeinflusst, das gesamte Leben lang, und sie werden auch nach uns weitergehen. Gerade jetzt spüre ich um mich herum, wie viel wieder hochkommt, wiedergekäut wird. Unverdaut geblieben ist. So schnell ist da kein Ende in Sicht.

– Bei uns beiden wohl auch nicht, oder?

– Heiner, wir stehen erst am Anfang.

Als er auflegt, verkrampft sich kurz sein Herz, der Atem hält inne, als ob er den Abschiedsgruß, den durch die Leitung gehauchten Kuss festhalten, in seinem Innersten an einem sicheren Ort verwahren, diese letzte und wertvollste Erinnerung an dieses Jahr nicht an die Zeit verschenken möchte.

Er dreht sich um, streift mit der linken Hand am Telefonkabel entlang, bleibt hängen und reißt den Hörer vom Apparat. Der knallt gegen die Wand und pendelt schwer vor sich hin. Heiner nimmt ihn, legt ihn zurück. Ohne Kommentar. Ohne einen miesen Gedanken. Ein Lächeln stiehlt sich in sein Gesicht.

In dem Moment öffnet sich die Wohnungstür und Julian bittet ihn, nach oben zu kommen, es sei bald so weit.

Das Telefon klingelt wieder. Heiner hebt ab. Es ist Heidemarie. Ein schneller Gruß, Neujahrswünsche und sie freue sich, in den nächsten Tagen nochmals bei ihm vorbeizukommen, habe sie doch den Stein vergessen.

Der Stein. Aus der Gartenmauer. Aus Vater Egons Mauer. Julian hatte eine Idee. Daraufhin brachte Heidemarie ein Bruchstück aus der Berliner Mauer mit, mit bunten Graffitispuren. Auf die Rückseite hat sie Onkel Andrés Lieblingsspruch mit Filzstift geschrieben: *Es ist besser, ein einziges Licht anzuzünden, als die Dunkelheit zu verfluchen. Konfuzius.* Er liegt nun auf Vaters Grab.

Im Gegenzug wird seine Cousine einen Stein aus Egons Mauer auf Andrés Grab legen. Egons Name ist mit den Initialen *E.H.H.* auf der einen und Eduards /Andrés mit *E.H./A.K.* auf der gegenüberliegenden Seite von einem Steinmetz hineingemeißelt worden.

Gestern hatten sie über die zusammengestürzte Gartenmauer und das nun brach daliegende Frühjahrsbeet gesprochen. Carla wollte das Ganze so belassen, eine wilde Blumenwiese ansäen und es der Natur überlassen, was sie damit anstellte. Julian hätte es abgetragen und etwas anderes daraus gemacht. Einen neuen Ort für die Steine gefunden, sie in eine Skulptur verwandelt. Ähnlich wie Legosteine, stets neu zusammensetzbar. Heiner selber war sich unschlüssig. Sollte sein linker Arm wieder werden … zumindest teilweise … dann könnte er doch … pflanzen … ernten …

„Paps, kommst du?“, ruft Julian aus dem oberen Stockwerk herunter. „Noch drei Minuten, schnell!“

Oben stehen alle vor dem Fernseher. Clara mit ihrer neuen Flamme, und Heiner fragt sich jetzt schon: Wer weiß, wie lange das wohl hält? Daneben Julian und Bert, die jeweils einen Arm um die Taille des Anderen geschlungen haben. Alle vier halten leere Sektgläser in den Händen, verfolgen auf der Mattscheibe das ausgelassene Treiben der Menschenmenge vor dem Brandenburger Tor in Berlin. Bert reicht Heiner ein weiteres Glas.

Kurz darauf knallt es hinter ihm. Die Sektflasche wurde von Julian entkorkt, und Heiner erblickt durchs geöffnete Fenster am sternenklaren Himmel über dem Suntheimer Kirchturm vereinzelte, voreilig abgeschossene Raketen mit ihrem Funkenregen, die das neue Jahrzehnt begrüßen sollen. Wie funkelnde Satelliten. Mit einem Schweif.

Er ist dafür bereit. Bereits mittendrin. Am Fliegen.

KAPITEL 23

D - SUNTHEIM, 01. JANUAR 1990

Ich bin wach. Fühle mich lebendig. Bin mir ganz nah. Meine Zellen pulsieren. *Bum-Bum.* Das Herz bestimmt die Schlagzahl. Bis auf die Knochen bebt es in mir. Es hört nicht auf. *Bum-Bum.* Mein Körper hält nicht still, denn ich tanze. Zum Rhythmus, der aus den Boxen auf meine Haut trifft, wo sich die feinen Härchen aufrichten wie Antennen, die die Distanz zum nächsten Körper ausloten. Ihn erkennen, nicht vor seiner Annäherung zurückweichen. Im Gegenteil. Sie suchen unverzüglich seine Nähe. Mann berührt Mann. Berührt Haut, Haare, Knöchel, Finger, Sehnen, die Mulden an den Schlüsselbeinen, den Hals, die Ohren, den Mund, die Augen. Nicht zufällig, nicht wie ein Hauch, eher gezielt. Dringlich.

Das Morgengrauen ist noch fern. Mitternacht seit Stunden vorbei. Es ist das erste Mal seit Jahren, dass ich gemeinsam mit meiner Familie ein Silvester feiere, das sich frei anfühlt. Ich bin hier. Fühle mich aufgehoben, wahrgenommen und es pulsiert in mir. Bert und ich bewegen unsere Hüften, Arme und Füße zu Liedern von ABBA, Nena, Boney M., Wham, Kajagoogoo, Grauzone, Bronski Beat und Madonna, wagen einen Discofox, stolpern dabei über unsere Füße, stürzen fast in die Glastür des Wandschranks und können vor lauter Lachen keinen Schritt mehr vor den anderen setzen. Währenddessen hängen Carla und ihr Neuer auf dem Sofa rum, stoßen zum zigsten Mal mit immer wieder nachgefüllten Sektgläsern auf ihre Beziehung an, verschütten dabei die Hälfte, die sie sich dann selber mit einer fahrigen Handbewegung und unter Kichern und Glucksen aus den Gesichtern wischen. Paps ist bereits zu Bett gegangen.

Die Lebendigkeit, diese Notwendigkeit mich zu bewegen, dies mit jemanden teilen zu können, zu erleben, wie meine Zellen pulsieren, Berts Schwingungen zu spüren, dicht neben mir. Es ist nicht nur Tanzen. Es ist besser. Intensiver. Es ist das Leben. Dabei fühle ich mich komplett. Alle Sinne werfen sich die Bälle zu, spielen Pingpong. Der Duft von Sandelholz gelangt in meine Nase, beschert mir eine Gänsehaut auf den Armen, die hohen Töne der Musik vibrieren, umschwirren meinen Kopf, dringen in alle Öffnungen. Mund, Nase, Ohren, in die Poren, umspielen mein schlagendes Herz, wandern in die Füße. *Bumbum – Bumbum – Bumbum.*

Clara ist mittlerweile in den Armen von Heiko eingeschlafen. Ich decke sie mit einem von Oma gehäkelten Überwurf zu, stelle den Fernseher aus und nehme Bert an der Hand, führe ihn in mein altes Jugendzimmer.

Genau in dem Moment, als wir auf der Matratze landen, zischt es draußen und das Knallen verrät, dass ein Feuerwerkskörper nahe am Fenster explodiert ist. Es leuchtet kurz rot und grün auf, dann ist es vorbei.

Drei Tage sind wir noch hier, dann geht es zurück nach Paris. Länger halte ich es sowieso nicht aus. Nicht wegen meiner Familie. Mein Körper muss sich bewegen, tanzen, strecken, dehnen, drehen, springen, atmen. Paris wartet. Berlin eher nicht. Alles weitere steht in den Sternen.

Berts Körper umhüllt mich, seine Wärme ist wie ein Schutzwall. Meine Lider werden schwer, legen sich über die Augäpfel. Bevor ich einschlafe, formen meine Lippen ein letztes „Bum“.

DANKE

Es ist unglaublich, dass ich es geschafft habe, dass dieser Roman vor mir liegt.

Auf diesem Weg haben mich viele Menschen begleitet:

Judith. Ohne dich, ohne dein Mantra „du schreibst, was denn sonst?“ hätte ich nie begonnen und bis zum Ende …

Tushir. Du wunderbarer Lehrmeister für die erste Version. Deine prüfenden Augen, einfühlsamen Vorschläge und feinsinnigen Anmerkungen zum Schreibstil und zur Dramaturgie, so sorgsam hast du mich unter deine Fittiche genommen.

Marc und Jim. Euer Vertrauen und eure Arbeit, die ihr mit dem Querverlag in das Buch gesteckt habt. *Merci beaucoup*. Insbesondere Marc. So detaillierte Sichtweisen, akribisches Ausloten von Worten, Bildern und geschichtlichen Details. Ein Parforceritt, den ich sehr zu schätzen weiß. Danke auch an Inge für das sorgfältige Korrektorat.

Ein herzliches Dankeschön an meine Testleser und -leserinnen der ersten Stunde: Christina, Jacqueline, Thilo, Alfred, Nikola, Sylvia, Susanne und Elke. Eure Inputs, Ratschläge, Interpretationen und Kritik haben mich mehr als beflügelt.

Mam und Schwesterherz. Sehr kritische Blicke und wunderbare Einblicke in eure Sichtweisen und Gedankengänge, obwohl es euch nicht immer leicht gefallen ist (ich sage nur Fiktion). Danke für eure Offenheit und Ehrlichkeit.

Bruni. Du Goldschatz von Hund. Ohne dich, ohne die zahllosen Spaziergänge, in denen ich meinen Gedanken hinterherhängen konnte, die du mir diese Zeit zugestanden hast und immer an meiner Seite gewesen bist. Mit so vielen Hundeknochen kann ich dir gar nicht Abbitte leisten.

Und zu guter Letzt: Harald. Mein Mann, Partner und Freund. Danke für die Zeit, Geduld, Entbehrungen, aber auch Unterstützung, die du mir entgegengebracht hast. *Bumbum.*

JH